国学经典

〔唐〕李商隐 著
刘学锴 余恕诚 注评

李商隐诗选

中州古籍出版社
·郑州·

图书在版编目（CIP）数据

李商隐诗选 /（唐）李商隐著 ；刘学锴，余恕诚注评．—郑州 ：中州古籍出版社，2011．10（2023．5 重印）

（国学经典）

ISBN 978-7-5348-3571-1

Ⅰ．①李… Ⅱ．①李… ②刘… ③余… Ⅲ．①唐诗 - 选集 Ⅳ．① I222.742

中国版本图书馆 CIP 数据核字（2011）第 087677 号

LI SHANGYIN SHIXUAN

李商隐诗选

责任编辑　石　丹

责任校对　李接力

装帧设计　张　胜

美术编辑　曾晶晶

出 版 社　中州古籍出版社（地址：郑州市郑东新区祥盛街 27 号 6 层　邮编：450016　电话：0371-65723280）

发行单位　河南省新华书店发行集团有限公司

承印单位　郑州市毛庄印刷有限公司

开　　本　640 mm × 960 mm　1/16

印　　张　20.75

字　　数　230 千字

印　　数　24 001—27 000 册

版　　次　2013 年 10 月第 1 版

印　　次　2023 年 5 月第 7 次印刷

定　　价　28.00 元

前 言

李商隐是唐代后期杰出的、有代表性的诗人。他的作品，尖锐地揭露了腐朽的上层统治集团，反映了唐王朝衰颓期危机四伏的时代面貌，表现了那一时代被压抑的知识分子悲剧性的命运和心理。在诗歌艺术方面，他通过广泛学习前人，惨淡经营，突破了由盛唐和中唐诗人多方开拓而难乎为继的局面，创造了深婉精丽、富于感伤情调和象征暗示色彩的新诗风，为古代诗歌抒情艺术的发展作出了新的贡献。

一

李商隐（812~858）①，字义山，号玉谿生，又号樊南生，原籍怀州河内（辖地相当于今河南沁阳市和博爱县），从祖父一代起迁居荥阳（今河南郑州荥阳）。他一生经历了宪宗、穆宗、敬宗、文宗、武宗、宣宗六朝。这时，曾经空前强大和繁荣的唐王朝，已

① 李商隐的生年，有冯浩的元和八年（813）说、钱振伦的元和六年（811）说、张采田的元和七年（812）说等三种主要说法。我们采用张采田说而对其生平有所修正补充。张说详见其所著《玉谿生年谱会笺》。亦可参阅《刘学锴讲李商隐》上册第二章第二节“李商隐的生年”。

经趋于没落。李商隐童年时期，朝廷虽一度削平藩镇，出现过短暂的所谓“元和中兴”，但政治上的种种积弊依然存在，军事上一时的胜利并不巩固；加上宪宗以后的两个皇帝（穆宗、敬宗）特别荒淫昏聩，因而中兴局面转瞬即逝，各种社会矛盾更加激化，唐王朝进入了危机深重的后期。

农民阶级与地主阶级的矛盾急剧发展。均田制废弛以来，庄园制迅速发展，地主大量占有土地完全合法化。德宗时政论家陆贽已指出：“今制度弛紊，疆理隳坏，恣人相吞，无复畔限。富者兼地数万亩，贫者无容足之居。依托强豪，以为私属，贷其种食，赁其田庐，终年服劳，无日休息。罄输所假，常患不充。有田之家，坐食租税。贫富悬绝，乃至于斯！”① 其后情况更为严重。文宗开成二年（837）冬，李商隐自兴元返长安，沿途一片荒凉破败，肥沃的关中地区，竟至“十室无一存”。由于统治集团奢侈浪费，官吏贪污成风，加上战乱频仍，军费开支浩大，唐后期赋税的苛重和名目的繁多，都达到了前代少有的程度。而庄园地主又采取隐匿田亩等手段，将大量赋税和差役转嫁到贫苦农户身上。农民走投无路，由流散逃亡，进而聚集为小股起义武装。“盗贼亭午起，问谁多穷民。”这是李商隐写的长安近郊的情况，其他地区自然更为严重。

封建统治阶级内部矛盾迅速加剧。在地方，安史之乱以来形成的藩镇割据局面愈演愈烈，穆宗以后，一度臣服中央的河北三镇恢复割据，其他地区也先后出现一些割据与半割据者。在朝廷，宦官专权的局面进一步发展，他们掌握军权，凌驾于朝官之上，操纵着皇帝的废立生死，“威慑朝廷，势倾海内”，成为盘踞在中央政权内一股最反动的势力。与宦官擅权于内、藩镇割据于外相伴，朝官之间也展开了长时间的党派纷争，以牛僧孺、李宗闵为首的牛党和以

---

①《陆宣公翰苑集》卷二二《均节赋税恤百姓》。

李德裕、郑覃为首的李党迭为进退，“是非蜂起”。上述种种矛盾，表明统治集团面临深重的危机，已经难以自救了。

李商隐就生活在唐王朝趋于衰颓没落的时代。他的家庭，从高祖一代起，都只做过县令、县尉和州郡僚佐一类地方官吏，而且曾祖、祖父都死得早，“百岁无业”、“家惟屡空”。商隐十岁时，父亲李嗣又在浙西幕府中病故。他奉丧侍母由浙西返郑州时，生活更是艰难：“四海无可归之地，九族无可倚之亲。既祔故丘，便同逋骇。生人穷困，闻见所无。及衣裳外除，旨甘是急。乃占数东甸（占户籍之数于东都畿甸郑州），佣书贩舂。”① 这种寒微处境，既使他对社会生活较早地有所体察，也促使他自幼“悬头苦学”，企图由科举进身，以“振兴家道”。当时，他跟随堂叔李某求学，这位叔父长期隐居不仕，擅长古诗文和书法。在他的熏陶下，李商隐显得幼年早熟，“十六能著《才论》、《圣论》，以古文出诸公间”②。

文宗大和三年（829），李商隐被天平军节度使令狐楚聘为幕僚。从这时起，到开成二年（837），他除有一年左右依于重表叔崔戎，并在兖海观察使府做过短期幕僚外，一直追随令狐楚。令狐楚是牛党重要人物，宪宗时当过宰相。他让李商隐跟自己的儿子令狐绹等同学，亲自传授做骈文章奏的技巧。李商隐很快就青出于蓝，成为骈体四六名家。这对他诗歌创作属对的精切、用典的繁富和辞采的华美都有明显影响。

开成二年，由于令狐绹的奖誉，李商隐登进士第。但同年冬，令狐楚去世，诗人失去政治依托，不得不另谋出路。

从诗人开始步入社会到开成二年末，是他政治上依托显宦、积极为登第入仕而努力的时期，也是他诗歌创作上通过模仿学习前辈

---

① 李商隐《祭裴氏姊文》。

② 李商隐《樊南甲集序》。

诗人初露风格个性的时期。本期中能确切编年的诗不多，但无论是密切结合时事的政治诗、托古讽今的咏史诗，以及抒写爱情和人生感慨的诗作，都已在不同程度上开始显露出沉郁、冷隽、感伤、绮艳等情采个性。这一时期创作的高潮阶段，是大和末、开成初。诗人围绕甘露之变所进行的创作，以强烈的义愤、深沉的忧虑和尖锐的批判精神，成为当时诗坛上唯独敢于对事变作正面反映的一批重要作品。而写于本期末的《行次西郊作一百韵》则进一步从历史与现实的全局来思考问题，是唐人政治诗中继杜甫《北征》以后内容最宏大的杰构，在诗歌思想性方面达到诗人一生创作的高峰。

开成三年春（838），李商隐应博学宏词科考试，初审已被录取，但送中书省复审时，却被一个“中书长者”抹去了名字。这是诗人在政治道路上遇到的第一次重大挫折。落选后不久，他来到泾原节度使王茂元幕下担任幕僚。王茂元喜爱商隐的才能，将最小的女儿嫁给他。新、旧《唐书》本传都说王茂元为李德裕所厚遇，商隐娶王氏女，因而受到李宗闵、牛僧孺一党的鄙薄和排斥。今天看来，王茂元虽未必是李德裕党，但李商隐在令狐楚死后几个月，即转依与牛党关系较为疏远的王茂元，被朋党积习很深的牛党人视为“诡薄无行”，是完全有可能的。从他的《酬别令狐补阙》诗“锦段知无报，青萍肯见疑”之句也可看出，开成后期，他和令狐绹之间确已出现裂痕。开成四年，李商隐再应吏部试入选，在朝廷担任秘书省校书郎，但不久就被调为弘农尉，从清职沦为俗吏，这中间也不能排除朋党势力猜忌倾轧的因素。

武宗会昌二年（842）春，李商隐再次参加吏部的书判甄拔试入选，授秘书省正字。这时，武宗倚重宰相李德裕，朝政有些起色。但不久诗人又因母丧而离职。等到服丧期满，返回秘省时，已是会昌五年冬天。几个月后，武宗就去世了，政局和诗人的处境又一次发生显著变化。

从开成三年（838）应博学宏词科试落选，到会昌六年（846）武宗去世，李商隐三试吏部，两入秘省，是他不断谋求在朝廷立足，又不断遇到种种挫折的时期，也是他诗歌创作上由前期着重抒写对现实政治的关切与感受，逐步向后期着重抒写个人身世遭遇和人生感喟的过渡期。这一时期，他结合现实政治生活中一些重大事件（如击回鹘、讨刘稹）和现象（如帝王迷信神仙方术），仍然写了不少政治性较强的诗，在七律与七绝的艺术表现技巧上，也有明显进展，但较之甘露之变前后，感情的强度和深度都有所减弱。此时感喟个人身世遭遇、吟咏日常生活的诗则有所增加。特别是守母丧闲居永乐（今山西芮城县）期间，不少抒写闲适生活的诗作思想与艺术都较平庸。相对而言，这在诗人的创作历程中，是一个低潮阶段。

唐宣宗统治时期，先后任用善于迎合己意、“恃宠保位”[①] 的白敏中、令狐绹为相，对武宗时抗击回鹘、废除佛教、裁汰冗官等有积极意义的措施，概加否定，对李德裕等会昌旧臣，从狭隘党派观念出发，予以贬逐迫害。政治上的弊端较前朝更多，人民的反抗也更加频繁，从川陕边境到长江中下游，不断出现农民起义武装，全国性的农民革命风暴渐渐迫近了。史称“唐亡，诸盗皆生于大中之朝。……贤臣斥死，庸懦在位。厚赋深刑，天下愁苦”[②]。说明大中之政比以往各朝更加腐朽。这种政治环境，对李商隐这样的落拓才人本来就是沉重的压抑，再加上对他怀有宿憾的牛党擅权，令狐绹也日益得势，他的处境变得格外困难。从大中元年（847）到九年，他除短期在京兆府担任文字工作和在朝廷任太学博士外，绝大部分时间在桂州郑亚幕、徐州及汴州卢弘止幕、梓州柳仲郢幕做幕僚。大中五年，他的妻子王氏因病去世。仕途的失意，家庭的变

① 范祖禹《唐鉴》。
② 《新唐书》卷二二五。

故，更使他精神上受到沉重打击。居梓幕期间心情常常抑郁不舒。大中九年冬，他随柳仲郢自梓州返长安，次年任盐铁推官。大中十二年罢职回郑州闲居，不久便寂寞地去世了，年仅四十七岁。

这一时期是诗人政治上穷途抑塞、生活上漂泊天涯的时期，也是他深婉精丽、富于感伤情调和象征暗示色彩的诗风最后成熟的时期。在这十二年中，他仍然陆续写了一些政治抒情诗和针对现实政治而发的咏史诗，但占创作中最大比重的却是感喟身世遭遇、抒写抑塞苦闷的诗作。无论是写景、纪行、酬赠、咏物、怀古，都贯串或渗透身世之感和人生感慨，呈现出诗人独特的形象与个性。入川后的一些作品，更显露出颓唐的色彩。整个说来，他后期的创作虽然在艺术上更加精纯，思想感情却不像前期那样富于热力了。

李商隐一生，大体上与唐后期的牛李党争同时。他的悲剧遭遇，从根本上说，当然是唐后期整个社会政治现实所造成的，但牛李党争作为当时政治生活中重要的方面，确实曾对李商隐的政治遭遇产生过具体而深刻的影响。两党最初形成，可能与牛党重科举、李党重门第有关，但后来在长期激烈纷争中，各自的成员都趋于复杂化，双方既有人出身科举，也有人出身世族。从思想政治倾向上看，同一集团的成员也不一致。因此无论对牛党或李党，都不宜笼统地全盘肯定或否定，而应根据各个人物的具体政治实践和两党在不同阶段的政治表现实事求是地加以分析。李商隐早期与牛党的令狐楚、萧浣等人关系比较密切，但属于个人私谊，主观上未必有依附牛党的意图。后来入王茂元幕，也谈不上是去牛就李。会昌年间，李党当政，李商隐并没有去因缘攀附；到大中年间，李党迭贬，他却比较明显地表现出同情李德裕等会昌有功诸臣的政治倾向。这不仅可以从这一时期所作的《李卫公》、《旧将军》、《漫成五章》和为郑亚代拟的《会昌一品集序》等诗文中看出，而且从他追随的三位幕主（郑亚、卢弘止、柳仲郢）都是会昌年间李德裕所倚重的人物上也可得到有力的证明。李商隐没有在李党势盛时党李，反而在李党失势遭黜的情况下对他们的不幸遭遇寄予同情，甚至“不惮牵牛妒”而追随郑亚等人，说明他还是较有操守和正义感的。过去一些研究者从某一时期的表面现象出发，说他是牛党或李党，其实并无确凿证据，更不能说明他在政治上究竟是进步还是落后，反而掩盖了问题的实质。一个关心政治的诗人，可能不跻足于某一政治集团，但对一些重大政治问题和事件却不可能没有自己的看法和倾向性，而这正是判断其政治态度的主要依据。

当然，在牛、李两党迭相进退，个人求仕乃至谋生都非常困难的情况下，李商隐也暴露出庸俗卑微的弱点。就婚王氏，特别是受郑亚辟以后，他为了求得令狐绹的谅解，多次陈情表白。大中年间，他对令狐绹的庸才贵仕心存鄙薄，却又一再请求加以援引。他对李德裕在会昌朝所建功业由衷钦佩，对李的被贬深致不平，但在献牛党官僚杜悰的长诗中却违心地将李德裕当政比为“恶草当路”①。这些都是他庸俗软弱一面的明显表现。但我们今天在这个问题上对他的批评，与过去一些朋党之徒骂他“诡薄”、“背恩”，完全是两回事。

李商隐在创作上取得突出的成就，除了政治倾向比较进步外，跟他的思想比较解放也有密切关联。他早年在《上崔华州书》中说：

> 始闻长老言:“学道必求古，为文必有师法。”常悒悒不快。退自思曰：夫所谓道，岂古所谓周公、孔子者独能邪？盖愚与周、孔俱身之耳。以是有行道不系今古，直挥笔为文，不爱攘取经史，讳忌时世。百经万书，异品殊流，又岂能意分出其下哉！

---

① 见《五言述德抒情诗一首四十韵献上杜七兄仆射相公》。

后来，他又在带有自况意味的《元结文集后序》中说：

> 而论者徒曰次山（元结字）不师孔氏为非。呜呼，孔氏于道德仁义外有何物！百千万年，圣贤相随于涂中耳。……孔氏固圣矣，次山安在其必师之耶？

从这两段带有离经叛道倾向的言论中，可以看出他对当时的儒学复古主义是不满的。他认为“道”并非儒者所独能，人们行自己的道不必强为迁就古人。古往今来千万种著作，流品本自不同，不应自甘居古人之下。责备人们“不师孔氏”，要求“学道必求古”，都是没有道理的。这种思想出现在9世纪上半叶，应该说是很进步的。正因为如此，他才能多少突破儒家政治伦理和文艺观的束缚，写出许多大胆揭露腐朽、带有民主性的诗篇。如果将上述两篇文章的写作时间（开成初、大中初）与他创作的两次高潮联系起来考察，那么这些言论的现实性和实践性就更加清楚了。

二

李商隐是关心现实政治和国家命运的诗人。他现存的约六百首诗中，各种类型的政治诗占了六分之一①。这个比重，即使与唐代以写政治诗著称的诗人相比，也是相当突出的。9世纪上半叶的许多军事、政治事件和重大政治问题，他都作出了反映。这些作品，是李商隐诗歌创作中最有思想价值和认识意义的部分，也是判断其政治倾向的主要依据。

藩镇割据、宦官擅权、朋党倾轧，是唐后期政治生活的三大严重问题。李商隐分别对此作了不同程度的揭露。其中反映藩镇割据

---

① 初步统计，政治诗共有百首左右，除直接反映现实政治的篇章以外，还包括以古鉴今、托古讽今的咏史诗，以及少数词意隐约，难以指实，但大体上可肯定是针对现实政治而发的诗篇（如《无愁果有愁曲北齐歌》、《明神》等）。

叛乱的诗作，不仅数量较多，而且往往能从纵的历史发展和横的社会联系上揭示它的危害，并指出这一“疮疽”之患长期不能抉除，关键在于执政者的腐朽无能。他或者透过讨叛战争中将领冒功邀赏、擅自进退的窳败现象，揭示出问题的症结在于政治腐败、朝无贤臣；或者通过“三朝事始平”的史实，指出皇帝的猜忌激成藩镇的叛乱；或者透过“送王姬”的“礼”，批评统治者极力笼络讨好藩镇的屈辱政策。对于藩镇，则或揭露其贪婪利己、妒敌好斗的特性，或指出其恃险割据、终遭覆灭的下场。把反对藩镇割据和批判朝廷政治、揭露割据者的本质与命运结合起来，使他这类诗在思致的深刻方面超过了以前的同类作品。抨击宦官乱政的作品多写于甘露之变以后朝野间笼罩着一片恐怖气氛的时期。这些诗篇，愤怒揭露宦官控制朝廷、劫持皇帝、株连朝臣，制造大规模流血惨剧的罪行和践踏法纪、劫夺财货的行径，以沉痛的笔触描绘出长安内外昼号夜哭、冤鬼悲歌的凄惨恐怖景象，并由这一“天荒地变”式的重大政治事件预感到唐王朝衰颓没落的命运。他酬赠、哭吊反宦官的斗士刘蕡的一系列诗篇，把刘蕡受贬冤死的遭遇放在宦官肆虐、皇帝昏聩的政治环境下加以叙写，把刘蕡“扶皇运”的抱负、直言敢谏的品质与其悲剧遭遇进行对照，也倾注了对宦官黑暗势力的憎恨，具有强烈政治批判色彩。对于朋党倾轧，诗人正面加以揭露的作品不多，更多的是采用比兴象征的艺术手法来曲折抒写自己的感愤。他将朋党势力比作狰狞阴森、纵横塞途的乱石，将朋党倾轧的局面比作“弹棋局”，发出“莫近弹棋局，中心最不平”的感慨。对朋党倾轧中所暴露出来的种种阴谋手段和明争暗斗，诗人在《宫辞》、《宫妓》、《明神》等诗中也有微婉的托讽。

藩镇割据、宦官擅权、朋党倾轧，是和当时整个上层统治集团特别是最高封建统治者的腐朽分不开的。李商隐揭露封建统治者的作品，在他的政治诗中占有相当大的比重。它们虽多采取“咏史”

的形式，但都针对现实，有感而发。它们的一个共同特点，是显示封建统治者生活上的奢侈淫逸与政治上的昏聩腐朽之间的联系。如《富平少侯》将少年袭位的君主奢靡好色的行为放在国家面临深重危机的环境下来描写，尖锐讽刺其醉生梦死，无愁而终将有愁；七绝《隋宫》将炀帝“乘兴南游”的纵欲行为和他昏愚拒谏、肆意糟蹋民财民力的腐朽面目联系起来，以显示其覆亡的必然性，用意都颇深警。为了深寓警戒之意，作者往往选取历史上突出的亡国乱政的皇帝以托讽，揭露他们贪欲无穷，不顾一切后果，沉迷不悟，无视历史教训。嘲笑之尖刻，讽刺之辛辣，为古代文人政治讽刺诗中所少见。甚至连本朝皇帝唐玄宗，诗人也不留情面，不稍讳饰。《龙池》、《骊山有感》、《马嵬》等诗，往往被一些囿于封建伦理的诗评家斥为“大伤诗教”、“乖大体”、“太轻薄”，其实，这正从另一方面透露了这类诗的可贵的思想特色。

唐代后期许多皇帝迷信神仙方术，妄求长生，蠹财害民，荒废政事。诗人针对这类现象所写的政治讽刺诗，辛辣地嘲讽了求仙的愚妄。《瑶池》在传说的基础上虚构出西王母盼不到穆王重来的场景，含意深长地显示了所谓神仙也不能使遇仙者逃脱死亡。“直遣麻姑与搔背，可能留命待桑田”（《海上》），神仙和求仙者在这里都被兜底作了批判。

在揭露上层统治集团的同时，诗人对下层的疾苦也有所反映。长诗《行次西郊作一百韵》描叙京畿地区在天灾人祸侵袭下荒凉残破的景象和农民无以为生、被迫为盗的情况，反映了藩镇叛乱、宦官乱政、朝廷重赋剥削给广大人民带来的深重灾难。《灞岸》、《即日》（小苑试春衣）、《异俗》等诗，对人民在回鹘的侵掠和酷虐政治的压迫下所受的痛苦，也流露了一定的同情。但这类作品在他的政治诗中只占少数，比起对上层统治集团的揭露，显得远为逊色。

李商隐是政治上颇有抱负而遭遇非常不幸的诗人。他所创作的大量吟咏怀抱、感慨身世的诗歌，正是他这种悲剧性身世的产物，在一定意义上说，也是晚唐腐败黑暗的政治现实的曲折反映。其中一些优秀之作，表现了他一生各个不同时期政治上积极奋发的精神和关怀国家命运的思想感情。从少年时期起，他就怀着“凌云一寸心”；以后在政治上虽屡遭挫折，仍不时吟唱出“天意怜幽草，人间重晚晴”，“且吟王粲从军乐，不赋渊明《归去来》”等具有奋发进取精神的诗句；直到凄凉的晚年，仍为抱负成虚而怅惘不已。这种思想感情，是他能够写出许多揭露黑暗、抨击腐朽的诗篇的思想基础。他的一些抒写个人困顿失意的篇什，如《任弘农尉献州刺史乞假归京》、《岳阳楼》（欲为平生一散愁）、《听鼓》、《风雨》等，或愤慨于没阶趋走的屈辱处境，或对妄图“覆舟”的“蛟龙”投以蔑视，或对以势凌人的权贵表示愤慨，都表现出傲兀不平之气，而不流于低回哀吟。但由于诗人的悲剧性身世，他在更多的情况下，是用悲剧的眼光和心理来看待人生、感受外物，因此，他的这类作品，基调往往比较感伤低沉，充满了忧郁悲凉的心声。尽管，它们在客观上多少反映了封建社会对人才的压抑，并隐约透露出晚唐那样一个衰颓没落时代的面影。

李商隐以“无题”做标题的诗近二十首，除七律《无题》（万里风波一叶舟）一首系直接抒写“怀古思乡”之情以外①，其他各首均以男女相思离别为题材。这些作品究竟是纯粹的爱情诗还是另有寄托，研究者历来有不同看法。中国古代诗歌早有借美人香草、男女之情寄托政治遭遇的传统，魏晋南北朝和唐代的许多诗人（如曹植、阮籍、陶潜、陈子昂、张九龄、李白、杜甫、白居易等）也都有这类作品。李商隐自己也说：“为芳草以怨王孙，借美人以喻君

① 纪昀认为这一首是“失去本题而后人题曰‘无题’者”。

子。”① 联系作者身世遭遇和大量借题抒抱、咏物寄慨之作，可以看出无题诗中确有一部分寄托的痕迹比较明显，寄意也比较清楚。如“何处哀筝随急管”一篇，借贫家老女无媒难嫁、自伤迟暮，暗寓寒士政治上失意的苦闷；“八岁偷照镜”篇，借聪慧早熟少女的幽怨，寄托少年诗人渴求仕进而又忧虑前途的复杂心理；“照梁初有情”篇，借女子爱情失意的幽怨不平，寓托诗人因朋党纷争牵累而遭受失意的怨愤；“重帏深下莫愁堂”、“白道萦回入暮霞”、“紫府仙人号宝灯”等篇，也大体上属于这种类型。何焯说“重帏”篇“直露本意”，这是切合实际的。另一部分无题诗，寄托的痕迹似有似无，多数和纯粹的爱情诗非常相似，如历来传诵的“相见时难别亦难”、“凤尾香罗薄几重”、“来是空言去绝踪”、“飒飒东南细雨来”等篇，就大体上属于此类。它们在抒写爱情生活中的离别与间阻、期待与失望、执著与缠绵、苦闷与悲愤等方面，达到了很高的抒情艺术水平。而这种悲剧性的爱情和爱情心理，又总是隐隐约约地和诗人的悲剧身世及人生体验有着某种联系。还有一些无题诗，如“昨夜星辰昨夜风”、“闻道阊门萼绿华”及“近知名阿侯”则明显是艳情冶游之作。因此，对无题诗，应该根据不同类型作具体分析与评价②。认为无题诗不涉寄托的，自不妨将它们作为爱情诗来理解和欣赏，但不必认为凡是主张无题诗中或有所寓托的就是穿凿附会。两种理解不妨并存。当然，抓住无题诗中只言片语，割裂艺术形象的整体，牵合政治上的具体人事加以比附指实，把它们说成是影指时事的政治诗或一律说成是向令狐绹陈情告哀之作，是违反艺术创作和鉴赏规律，也不符合作品实际的。

---

① 《谢河东公和诗启》。

② 作者另有不少摘篇首或诗中数字为题，而题目与诗意又不相涉之作（如《一片》、《银河吹笙》），性质类似无题，也可按上述原则处理。

李商隐写了大量爱情诗。其中虽然也有一些篇什受南朝宫体和中唐以来艳体诗的影响，写得比较靡艳，如《拟意》、《碧瓦》、《镜槛》等，但他的不少爱情诗，确实写得深情绵邈，精纯华美，充分体现了诗人善于言情的特长。这些爱情诗，有的可能和诗人的具体爱情经历有关，有特定的抒情对象；有的则可能是在诗人生活体验基础上所作的一种艺术概括和创造，未必有所谓本事。诗中的抒情主人公也或为女性，或为男性，并不一律。主人公是女性的，身份也往往各异，其中写女冠的所占比重颇大。这和唐代道教兴盛、女子入道成为风气有关，也和诗人早岁学道玉阳的经历有关。由于诗人对宗教清规禁锢人的正常心灵有较深切的体验，这些以女冠为抒情对象的爱情诗往往能深刻揭示出她们凄清孤孑的生活处境和寂寞苦闷的内心世界，像《嫦娥》、《银河吹笙》、《重过圣女祠》等就是显例。另一些抒情对象不明的爱情诗，像《春雨》、《代赠二首》、《昨日》、《暮秋独游曲江》、《离亭赋得折杨柳二首》、《板桥晓别》等，或抒伤离怀远之意，或写小会遽别之思，或发伤逝永隔之恨，都写得情真语挚、婉曲缠绵。它们既不像民歌中的爱情诗那样直率、大胆、热烈，也不像某些文人爱情诗那样纤佻靡艳，而是大都带有浓厚的悲剧色彩，凄美芳菲，具有较高的意境和品格，尽管也不无封建士大夫爱情的某些病态。

李商隐与妻子王氏伉俪情笃，诗集中有不少抒写夫妇爱情生活的诗，其中一部分是婚后商隐离家外出期间怀念王氏的诗，如《端居》、《夜意》、《凤》、《摇落》等；另一部分是在王氏亡故后写的悼亡诗，如《房中曲》、《王十二兄与畏之员外相访见招小饮，时余以悼亡日近不去，因寄》、《悼伤后赴东蜀辟至散关遇雪》、《正月崇让宅》等。这两部分作品都写得情意真切深永，特别是悼亡诗，往往在沉痛的悼伤之情中织入浓重的身世之感和对于现实环境的凄冷感受，成为悼亡诗中一个对后世有深远影响的新品种。

李商隐还写了不少咏物抒情的精美诗章。前者除个别篇章（如《微雨》）以精细的描绘刻画客观物态见长以外，绝大多数是或隐或显地象征诗人身世遭遇、寄托诗人人生体验和感慨的一种特殊形式的咏怀诗。像为雨所败、先期零落的牡丹，非时早秀、不与年芳的梅花，先荣后悴、在斜阳暮蝉中摇曳的衰柳，暗夜自明、风天强笑的李花，“高难饱”、“恨费声”的秋蝉，“巧啭岂能无本意”的流莺，乃至“无端五十弦”的锦瑟，无不渗透身世遭逢之感，使这些客观事物成为诗人形象、品格、命运的一种象征。在托物寓慨的自觉性和物我的交融神合方面，李商隐可能是最突出的诗人之一。他的许多抒情写景短章，如《夕阳楼》、《宿骆氏亭寄怀崔雍崔衮》、《出关宿盘豆馆对丛芦有感》、《晚晴》、《楚吟》、《过楚宫》、《乐游原》等，在表现悲剧身世、心理和人生感受方面，和上述咏物诗也是声息相通的。

将李商隐的咏怀诗、无题诗、爱情诗、咏物抒情诗联系起来考察，我们会发现这些不同题材的篇章中，或显或隐地贯串着共同的抒情内容，这就是诗人的身世之感、人生体验与人生感慨。诗歌中抒写人生感慨，并不自李商隐始。屈、陶、李、杜等大诗人的作品中，也时有表达人生感慨的警句。但他们更大的兴趣却在整个社会现实，即使抒写人生感慨，也往往是以对整个社会现实的感慨为前提，像李白的“吟诗作赋北窗里，万言不值一杯水”（《答王十二寒夜独酌有怀》），杜甫的“千秋万岁名，寂寞身后事”（《梦李白二首》）等就是如此。到了李商隐诗中，表达人生感慨发展为基本主题，成为创作中一种自觉的贯串一切的要求。从李、杜的面对现实，以表达社会感受为主，到李商隐的面对自我，以表达身世之感、人生感慨为主，正反映出唐王朝由恢宏开扩到衰颓逼仄的历史趋势，也反映出封建知识分子的心态由盛世时的开放外向到衰世时的内向收敛的变化过程。晚唐诗坛上，杜牧、李商隐双峰并峙，但就代表性而言，李商隐似乎更为典型，原因之一就在于李商隐诗歌创作中以身世之感、人生感慨为基本主题这一特点，较之杜牧更能体现历史趋势和时代特点，而李商隐诗歌的沉郁、感伤，以及个性特征的鲜明突出，也和这个根本特点分不开。

综观李商隐的诗歌创作，我们不难看到，他的政治诗着重揭露了晚唐时期统治阶级内部的矛盾斗争和上层统治集团的腐朽糜烂，形象地显示了唐王朝深重的统治危机和趋于衰亡的历史趋势，它不可避免地要引起人们对黑暗现实的厌弃与憎恶，引起对腐朽的封建统治秩序的永恒性的怀疑。他的那些数量更多的渗透悲剧心理的咏怀抒慨之作，以及他的无题诗、爱情诗，也在不同程度上体现了那一时代被压抑的才人的典型心理，从一个侧面反映出时代的面影，而其中所包含的某些美好情愫，则无疑具有陶冶性灵的作用。他憎恶腐朽势力，但又不愿看到为腐朽势力所控制的唐王朝的覆亡。“运去不逢青海马，力穷难拔蜀山蛇。几人曾预《南薰曲》，终古苍梧哭翠华。”他寄希望于使天下治的尧舜之君，这在当时连他自己也感到是一种幻想。他的诗歌中蕴涵的深刻感伤、迷惘和苦闷，不但植根于晚唐那样一个衰颓没落的时代土壤，也由于作为一个地主阶级诗人，他无法解决自己世界观中的矛盾。

三

唐代诗歌的新变和发展，基本上发生在从陈子昂高倡“汉魏风骨”，举起革新旗帜，到李商隐建立深婉精丽、富于感伤情调和象征暗示色彩的新诗风为止的这二百年间。当李商隐登上诗坛时，唐诗在它的发展程途上已经出现过两个高潮，涌现了一大批独树一格的诗人和众多的诗歌流派，特别是出现了李白、杜甫、韩愈、白居易等具有划时代意义的大诗人。李、杜标志着盛唐诗歌也是中国古典诗歌的高峰。在李、杜之后，韩、白分别以狠重奇险①与平易坦达的新风格，以散文化的语言与叙事诗的创作为诗坛开辟了新境界、新风格、新品种。但与此同时，中唐诗人在开辟新境的过程中也产生了一些缺点和流弊，有的甚至流于幽僻苦涩、怪怪奇奇一途，渐渐露出搜寻已尽的衰败迹象。在这种情况下继起的晚唐诗人，一开始就面临着如何在仿佛是山穷水尽的局面下开创出柳暗花明的新局面的课题。李商隐和杜牧，出色地完成了这一历史赋予的使命，为唐诗的发展展现了一片绚丽的晚霞。就创新的程度与对后世的影响而言，李商隐还超过了杜牧。

李商隐对前人的学习是多方面的，从屈原、宋玉到六朝的徐陵、庾信，到同朝的杜甫、李贺，他都广泛地加以师承。特别是对杜诗和“长吉体”的刻意模仿学习，达到几乎可以乱真的程度。但作为一位杰出的诗人，他的主要贡献却在于为唐诗艺术所提供的新东西，尽管这独特的创造本身就兼含优点和缺点。

李商隐各种诗体都有佳作，但最能体现他独创风格的是近体律绝（特别是七律和七绝）。前人评他的诗“深情绵邈”、“包蕴密致”、“沉博绝丽”、“寄托深而措辞婉”，大体上都是指他的近体诗而言。这类诗中的优秀篇章，确实具有寄托遥深、构思细密、意境含蓄、表现婉曲、情韵优美、语言清丽、韵律铿锵、工于比兴、巧于用典等一系列特点。这里不准备对所有这些特点作平面论列，只着重从诗歌艺术发展的角度就几个主要方面作一些综合性的说明。

以心象融铸物象　中国古代抒情诗，从传统上看，它的形象构成不外情景两端。情与景扩大开来，也就是主观与客观两方面。由于这两方面的内在交互作用和变化，古典诗歌呈现出了丰富多彩的面貌。唐代诗人中，李白多直接抒情，而以客观事物作陪衬，主体

---

① 舒芜《论韩愈诗》，载《中国社会科学》1982年第5期。

处于支配地位，或凌驾于客体之上。唐代其他带有浪漫主义倾向的诗人，包括中唐大诗人韩愈，基本上属于这种类型。杜甫多寓情于景物或叙事之中，主观感情尽量通过对景物或事件的忠实描写加以体现。中唐白居易等现实主义诗人继承了这一传统。以上两种类型，无疑是人们在诗歌中表露情感最通常的方式。此外，尚有议论一途，诗歌里一般较少使用。中唐以后，诗家对抒情方式多方面探索和追求，同时随着社会发展，士大夫的心境也更加趋于复杂多样，于是，传统的方式被突破了。一些诗人的内心体验往往比他们对于外物的感受，更为深入细腻。当心灵受到外界触动时，在心境中会出现一串串心象序列，发而为诗，则可能以心象融合眼前或来源于记忆与想象而得的物象，构成一种印象色彩很浓的艺术形象。这种艺术形象，从它着重呈现人的心象和情绪看，主观化的倾向是很突出的。但由于晚唐一些诗人的情思和心绪多指向细微和幽眇的一面，精神上幻灭的、把握不定的成分往往占很大比重，这种心理状态，不同于心志充实坚强、将主客观世界都看作是可以把握的盛唐诗人。“只是当时已惘然”——要将如此茫然的心境以李白的方式直抒出来是不可能的。再加之像李商隐这样的诗人处境恶劣，心事钳口难言，有“几欲是吞声”的隐痛，于是在潜心摹写自己心象的同时，又须着意将其客观化，借客观物象经过改造之后可以诱发多种联想的优长，将本难直接表现的心象，渗透或依托于物象之中，令人抚玩无斁，联类兴感。这种多以心象为主体的主观化和客观化的交融，甚至较之李白和杜甫更加典型的“形象思维”，在李贺部分作品中已经滥觞，但真正成熟，达于极致，却推李商隐。他的诗集中固然有许多按李白、杜甫传统方式写出来的佳作，但最具艺术创造性的，则应为着意追寻和表现自己心象的一类。咏物诗在玉谿集中为一大宗，其中如咏为雨所败的牡丹：“玉盘迸泪伤心数，锦瑟惊弦破梦频”，实际上是宏博遭斥时伤心迸泪、理想破灭的心象写照；咏蝉："五更疏欲断，一树碧无情"，也不难令人想见作者羁役幕府、心力交瘁、举目无亲那种"冷极幻极"① 的心象。写物如此，写景写人亦不例外："一春梦雨常飘瓦，尽日灵风不满旗"，"嫦娥应悔偷灵药，碧海青天夜夜心"，写的是圣女祠的外景和嫦娥的形象，但作者的幻灭之感不也有如梦雨灵风；流落不偶的凄冷孤寂心境，不也有如孤月之在碧空吗？至于无题诗虽多包含情节和事件，却往往跟一般叙事诗不同，它不是事件的简单再现，而更多伴随着心境的表现。作事件看，常觉若断若续、莫知指归；作物的境象和某些心象序列的交织与融合看，则更能窥见作者的"文心"。如《无题四首》其二：

飒飒东南细雨来，芙蓉塘外有轻雷。金蟾啮锁烧香入，玉虎牵丝汲井回。贾氏窥帘韩掾少，宓妃留枕魏王才。春心莫共花争发，一寸相思一寸灰！

首联写环境，似伴随着主人公一种有所期待的心象。颔联作叙事看难以连属，作心象看，它暗示了主人公在孤寂境况中，直欲化烟化雾以达精诚和时时被牵引的情思。腹联则是情思缠结时的内心独白。末联，春心似花蕾绽放，又转似火焰化为灰烬，则是由追求到幻灭的心象。把握这一心象序列，不难意会抒情主人公在幻灭中产生新的期待，却又自思自叹，极力收敛春心。作品乃是追求和幻灭两种心象交迭映现。如《无题》：

紫府仙人号宝灯，云浆未饮结成冰。如何雪月交光夜，更在瑶台十二层？

作叙事看，真有点匪夷所思。作心象看，则"云浆"句是追求未遂，"如何"二句是所追求的对象在心境上渺远难即的感受。不仅能够意会，而且可以进一步诱发起读者某些类似的心象，引起更多

---

① 钟惺《唐诗归》。

的回味。

李商隐以心象融合客观世界的某些景物或情事铸造出来的形象，与传统的诗歌形象是不同的。“身无彩凤双飞翼，心有灵犀一点通”，不同于李白的“相见情已深，未语可知心”（《相逢行》）；“莺啼如有泪，为湿最高花”，不同于杜甫的“感时花溅泪，恨别鸟惊心”（《春望》）。这在古典诗歌形象系列中是一种新类型，对传统抒情手法有所突破。

比兴、寄托和象征的融合　比兴、象征作为两种相关而不相同的艺术表现手法，本不一定联合运用，它们和寄托更不一定直接联系。李商隐的诗歌，由于在内容上侧重表达人生体验与感受，在艺术上追求心象与物象的统一，借题摅抱，寄托身世，便成为他创作中一种自觉的要求。而且由于他所要抒写的体验与感受，往往比较深细隐微，特别是要借物象来显示心象，靠一般的比较明显的比喻每每不足以充分而有效地表达，因此，他常常更多地运用象征性的表现手法，进而将比兴与象征融合起来。中唐时代的李贺已经在诗中大量运用象征，但一般与赋体结合而不同比兴结合，且大都运用于古体诗，而李商隐则将比兴与象征融合，并“取李贺作古诗之法移于作律诗，且变奇瑰为凄美，又参以杜甫之沉郁，诗境遂超出李贺之上”①。他的无题诗以及许多接近无题的篇什运用这种以比兴象征托寓的手法最为纯熟，如：

曾是寂寥金烬暗，断无消息石榴红。（《无题二首》其一）

这里的“金烬暗”、“石榴红”除渲染气氛、点明时令外，还含有比兴、象征意味，前者可以说是无望的相思的象征，后者则暗示着青春年华的流逝。又如：

芭蕉不展丁香结，同向春风各自愁。（《代赠二首》其一）

---

① 缪钺《论李义山诗》，见《诗词散论》第31页。

青女素娥俱耐冷，月中霜里斗婵娟。(《霜月》)

欲就麻姑买沧海，一杯春露冷如冰。(《谒山》)

有时，诗人还将这种表现手法运用于政治性较强的题材，如：

江风扬浪动云根，重碇危樯白日昏。(《赠刘司户蕡》)

黄陵别后春涛隔，湓浦书来秋雨翻。(《哭刘蕡》)

陆昆曾评“江风”一联说：“只十四字，而当日北司专恣，威柄凌夷，已一齐写出。”“黄陵”一联中的“春涛”、“秋雨”，也同样含有象征间隔的思念和死别的悲怆的意蕴。

由于比兴象征与寄托的广泛运用，诗歌内容的含蕴和诗歌意象的暗示性大大增强了，经得起读者的反复寻味。但与此同时，诗境的朦胧程度也大大增加了。

朦胧的诗境和凄艳的色调　盛唐诗兼有高华明朗与含蓄蕴藉的诗美，洋溢着青春乐观的气息。中唐元白与韩孟两大诗派，一尚平易，一务奇崛，诗风不同；但在发露直致这一点上却有共同性。两派在诗歌发展上都有创造性的贡献，也有缺点流弊，缺乏情韵与不够凝练就是其中一端。李商隐可能有意纠正和避免韩、白的缺点流弊，努力恢复盛唐诗的某些优点。但由于时代的衰颓和绮靡繁艳的审美趣味的影响，盛唐那种饱满健举、明朗与含蓄结合的诗美已经不能重现，在他的诗里，含蓄蕴藉的一面往往发展为对朦胧境界的刻意追求，而盛唐的高华挥霍、情致饱满则转化为“绮密瑰艳”①，可以说，将复杂矛盾甚至惘然莫名的情绪借助于诗心的巧妙生发，铸造成如雾里繁花的朦胧凄艳的诗境，是李商隐在诗歌创作中毕生追求的目标。从青少年时代所作的《夕阳楼》、《燕台诗四首》已经可以明显看出他在这方面的特殊爱好。到晚年，《锦瑟》一诗，更达于登峰造极的程度。这种诗美，主要构成因素是朦胧、瑰艳和

① 敖陶孙《诗评》。

感伤。朦胧与以心象融铸物象和多用比兴、象征手法分不开。诗中的艺术形象须在心象和物象二者之间沟通，又多半是靠比兴、象征手法来表现，便与用赋法单纯描写某种心象或物象有别，后者明晰，而前者自然归于朦胧迷离。瑰艳与诗人接受楚辞、六朝诗歌以及李贺等人的影响，特别是对齐梁诗某些成分的吸取有关。不过六朝锦色愈往后发展，愈和腐朽生活内容联系在一起，归于靡艳。而在李商隐诗里则与爱情生活的不幸、身世遭遇的不幸，乃至和对唐朝廷命运的忧思相联系，遂转化为哀感顽艳。加以他注意学习庾信的“老成”和杜甫的沉郁，更臻于艳美与沉郁的统一。在传统的五七言诗中，感伤的成分虽然存在，但远不如悲壮、悲愤更为普遍。到了晚唐诗坛，感伤虽带有某种普遍性，但杜牧用旷放排遣伤感，温庭筠用侧艳冲淡伤感，都和李商隐的执著缠绵、郁结不解有别。“春蚕到死丝方尽，蜡炬成灰泪始干”，不妨看作他那种固结不解的伤感情绪的形象化表达。而这种伤感情绪，注入朦胧瑰艳的诗境，就更显得凄美幽眇，耐人寻味，犹如烛光下和泪的美人，使人不自觉要为之低回。像：

枫树夜猿愁自断，女萝山鬼语相邀。(《楚宫》)

红楼隔雨相望冷，珠箔飘灯独自归。(《春雨》)

雄龙雌凤杳何许？絮乱丝繁天亦迷。(《燕台诗四首·春》)

沧海月明珠有泪，蓝田日暖玉生烟。(《锦瑟》)

微生尽恋人间乐，只有襄王忆梦中。(《过楚宫》)

如果说盛唐诗主导倾向是阳刚之美，韩愈奇险一派所追求的“不诗之为诗”① 和“以丑为美”② 是阳刚之美的一种变态，李商隐在如上所引的诗句中创造的则是一种阴柔之美。他以韵致补救中

---

① 赵秉文《与李孟英书》。

② 刘熙载《艺概》。

唐，其结果不是回到盛唐阳刚之美，而是在阴柔之美的范畴内自辟一境。那种朦胧凄美不无病态成分，甚至可以说是“神经衰弱的美”①，但那是时代社会心理和美学风尚影响的结果，而作为诗歌中一种新境界、新格调，它的出现在诗歌发展史上还是有意义的。

以上从艺术方面着重介绍的几点，主要是从最为突出地反映李商隐艺术个性的无题、咏史、咏物等类诗作中归纳出来的。与此同时，我们尚应看到，他还写了不少表现直截明快、语言朴质自然的优秀作品。长篇政治诗《行次西郊作一百韵》格局宏大，表现直率，语言朴素，夹叙夹议，兼有史诗与政论的特色，是这类作品的优秀代表。《骄儿诗》、《戏题枢言草阁三十二韵》、《韩碑》等长篇五七言古诗也基本上属于同一类型。尽管它们在艺术上创新的成分并不显著，但在当时仍属艺术上有较高水平的作品。他的一部分近体律绝，也具有明快清畅的特色。上述诗作，还往往体现出诗人思想性格中积极进取、豪放不羁的一面，这对了解作者全人和他诗歌创作的全貌，也是很重要的。就文学创作总是离不开对于传统的继承和借鉴这一点而言，李商隐诗歌创作的种种成功艺术经验和技巧，无疑是值得我们珍视的，但也应该看到，由于时代的变化，某些在当时历史条件下值得肯定的艺术表现手法，已经不完全适合今天的需要了。我们只能从表现社会主义时代的新人物、新生活出发，有批判地加以吸取。

列宁说过:“判断历史的功绩，不是根据历史活动家没有提供现代所要求的东西，而是根据他们比他们的前辈提供了新的东西。”②李商隐凭着上述几方面对于诗歌艺术的开辟以及历来获得公认的他对于律体的发展，对于咏史诗的提高和对于新的诗歌品种——无题

---

① 语见黑格尔《历史哲学演讲录》。黑格尔原是用来评价中国和东方艺术的。
② 《评经济浪漫主义》，《列宁全集》第 2 卷。

诗的创造，已足以构成祖国诗歌发展链索中不可缺少而且非常值得重视的一环。祖国五七言诗歌发展过程中曾经出现过两个偏于绮妍的阶段，即六朝和晚唐。如果把从以建安为代表的汉魏古诗发展到齐梁看作一次回旋，则从盛唐发展到晚唐又是一次回旋。但这种回旋是螺旋式的上升，而不是重复。“齐梁间诗，彩丽竞繁，而兴寄都绝”①，在发展中丧失了元气，像是开了一阵病态的花朵而没有结果实。这是根源于当时控制文坛的士族地主的腐朽堕落。而从盛唐到晚唐这一次回旋，却发展得比上一次要正常和充分得多，盛唐固然超过了建安，晚唐也绝非齐梁可比，其根源则在于作为诗坛主力的庶族地主阶层文人，到了晚唐虽然受了世风的影响，醉心于欢乐、奢侈的声色享受，但这一阶层毕竟还没有彻底走向腐朽没落，而仍然有对现实人生执著的一面。正是这一面起着潜在曲折的作用，使得李商隐的诗艳而不靡，“意多沉至，语不纤佻”②，卓然成为一宗。从文艺发展的长过程看，香艳的成分终究要进入文艺领域，将香艳的成分净化，提高它的品格，一方面艳得如百宝流苏，一方面又在其中注入人生感慨，达到沉博绝丽的地步，这是李商隐的贡献。至此，汉魏以来的五七言诗，基于抒情写景而构成的几种主要品类，在它发展的各个阶段，已经分别达到了尽善尽美的境界。而从更广阔的范围来看诗歌，遂不得不发生大变。一方面新的诗体——词迅速发展起来了；另一方面导源于韩愈而又吸取了晚唐诗歌某些表现手段的宋诗（以黄庭坚、陈师道为代表），以迥异于唐诗的面貌出现了。宋诗是排斥艳情成分的，但却由词当行出色地分担了这一方面的任务。因此，处在诗词开始分道扬镳的岔道口上，李商隐的影响就不仅限于给西昆派以衣冠，给黄庭坚以造意出

---

① 陈子昂《修竹篇序》。

② 施补华《岘佣说诗》。

奇和用典的手段，而同时在绮艳的内容、要眇的文词与细腻地表达人的心境意绪方面和词沟通了。由诗向词过渡，这中间的重要转递人，除了李商隐当然还有温庭筠，但作为诗人的温庭筠，主要是以其秾丽笼罩了花间一派。而“诗有赋比兴，词则比兴多于赋”①，从词的这种特点看，李商隐的诗是和词更为接近的。因此，在通过小苑绮窗、落花细雨一类景物描写，以微妙细致的比兴手法传达心情意绪方面，李商隐给二晏、欧阳修、秦观、贺铸等词人的影响则较为深刻。至于周邦彦、吴文英、周密在写心象和制造朦胧意境方面，更往往直接取法于李商隐。所以论李商隐在中国诗歌整个发展链索中的作用时，目光不能局限于传统的五七言诗，而必须同时看到词这一方面。

四

李商隐现存诗约六百首，初版《李商隐诗选》选注了一百零四首。这次增订重版，除删去二首外，增选了七十二首，共计一百七十四首。入选的主要是思想内容和艺术表现上比较有代表性的优秀诗篇。为了反映李商隐在艺术上的独特成就，也酌选了一部分思想内容存在某种消极因素而艺术上有特色的作品。无题诗、咏史诗、咏物诗是李商隐诗中最富于艺术创造性的，本书中对这三类诗入选也较多。

明末清初以来，对李商隐诗歌的评注纷起。影响较大的有朱鹤龄、陆昆曾、屈复、程梦星、姚培谦、冯浩及近人张采田等家。朱鹤龄《李义山诗集笺注》吸取了明末释道源和钱龙惕等人的笺注成果，是今天能见到的最早的李商隐诗的完整注本。朱氏特别重视李商隐诗的进步政治倾向，强调其言情诸作多为借艳寓慨的比兴寄托

---

① 沈祥龙《论词随笔》。

之作，所论虽不免有溢美偏颇之处，但对长期以来把李商隐说成无行文人的传统看法是有力的纠正，后出诸注也多以朱注为蓝本，其开创之功不可泯没。后来，沈厚塽将何焯、朱彝尊、纪昀等人的评语辑入朱注，成为通行的《李义山诗集辑评》。冯浩吸取了前人和同时注家对李商隐诗文的评注研究成果，撰成《玉谿生诗集笺注》及《樊南文集详注》，改订年谱，按年编诗，详加诠释，在生平事迹的考订、典故史实的注释、诗旨的探求发明等方面，都大大超越了前此各种注本，是整个清代研究李商隐的生平与创作最有参考价值的著作。但冯氏过分强调李商隐与令狐绹的关系，将包括无题在内的许多作品都说成向令狐陈情告哀之作，有的不免失之穿凿附会。生平考订中江乡、巴蜀之游，也嫌根据不足。张采田在冯浩、钱振伦（曾辑注《樊南文集补编》）等人的研究基础上进一步排比史料，考订李商隐身世，撰成《玉谿生年谱会笺》，补充了许多有关诗文创作背景的材料，纠正了冯浩《玉谿生年谱》及诗注的若干缺失，同时在编年诗文下结合大意的串释附述编年依据，等于为义山诗提供了一部新注。但《会笺》也发展了冯注中已经存在的穿凿附会的缺点。岑仲勉的《玉谿生年谱会笺平质》对张氏考订方面的缺失有不少纠正。此外，宋以来特别是清人的诗话、笔记、选本、文集中还有一些零星的评论和解释。我们在注释方面主要参考、利用了辑评本、冯注本和张氏《会笺》，也吸取了其他各家和新中国成立以来一些评注研究成果。诗选初版以来的五六年中，我们读到了不少国内学者研究李商隐的论文和著作，这次增订重版，也注意吸收学术界的新成果。

李商隐的不少诗用典较多，诗意隐晦，我们除注明词义、典故和有关史实外，较为难懂的句子一般都作了串释或大意概述，对各篇的写作背景和思想艺术，也根据具体情况进行必要的解说和分析。这次增订，着重加强了对诗歌艺术表现的品评分析。一些诗中存在的带共同性的局限或消极因素，在前言中进行扼要的分析，每篇的说明不再一一涉及。有些篇章历来解说纷纭，除在说明中酌加介绍外，还辑录了前人的某些评说或有关资料作为备考。诗的写作年代可大体考定的，采用编年方式编次，难以编年的诗以类相从，置于编年诗之后。卷末附有《李商隐年表》。

文字校勘方面，用明蒋氏刻《中唐人集十二家》本（四部丛刊据此影印）、明姜道生刻《唐三家集》本、明胡震亨辑《唐音统签·戊签》本、明悟言堂抄本、清席氏《唐诗百名家全集》本、明汲古阁刊《唐人八家诗》本、清影宋抄本、清蒋氏影印钱谦益写校本、朱注本、冯注本（用嘉庆重校本）相互比勘，择善而从，不主一本。重要的异文附见于注释，一般异文不一一出校。

本书初版注稿，曾得到宛敏灏先生的校阅和订正，编注过程中得到中国社会科学院文学研究所和许多兄弟院校有关学者、专家的支持和帮助，在此对他们表示感谢。我们水平有限，虽经增补修订，书中肯定还存在缺点错误，希望得到读者的批评指正。

刘学锴　余恕诚

1984 年 5 月

目 录

编年诗

未编年诗

编年诗

富平少侯[①]

七国三边未到忧，十三身袭富平侯[②]。不收金弹抛林外，却惜银床在井头[③]。彩树转灯珠错落，绣檀回枕玉雕锼[④]。当关不报侵晨客，新得佳人字莫愁[⑤]。

［注释］

①富平侯：汉张安世封富平侯，其后人延寿、勃、临、放相继嗣爵，尤以张放最得成帝宠幸。成帝与放微行出游，常俱称富平侯家人。张放娶妻时，成帝为放供张（陈设帷帐等用具以供宴会），赐甲第，充以乘舆服饰，号为天子娶妇。张放嗣爵，史书未载其年岁。诗中关于他的骄贵宴安的描写，亦出于作者虚拟。②七国：汉景帝时，吴、楚、赵、胶东、胶西、济南、淄川等七国发动叛乱。此喻当时的藩镇。三边：战国时燕、赵、秦三国与匈奴统治区邻接，常须防备匈奴的侵扰。此借指当时吐蕃、回鹘、党项等边患。未到忧：谓七国、三边的可忧之事从未到其心头，暗斥其当忧而不忧。首句逆笔取势，先说“不知忧”，次句再点醒“十三”袭位，若顺说便平直无奇。冯浩说：“此章首七字最宜看重。”③不收金弹（dàn）：《西京杂记》：韩嫣好弹（tán），常

以金为丸，所失者日有十余。长安为之歌谣:“苦饥寒，逐弹丸。”儿童每闻嫣出弹，常随之拾取弹丸。银床：井上辘轳架。“却”为转折词（反而），“不收”、“却惜”一纵一收，“抛”、“在”二字亦宜注意，抛之不收者不惜，安置井头本不致丢者，却深惜而系念之，正贵胄憨愚的表现。冯舒曰:“三四犹谚云‘当著弗著’。第三比无当横赐，第四则膏泽不下也。”④彩树转灯：周围环绕灯烛之华丽灯柱。珠错落：形容繁灯如明珠交错照耀。绣檀回枕：疑指周回镂刻纹饰之檀木枕。玉雕锼：形容檀木枕刻镂精工，光润如同玉雕。二句皆叙宿处，已暗逗下文新得佳人与当关拒客。⑤当关：守门的人。侵晨：凌晨，清早。莫愁：古代女子名，洛阳人，后嫁卢家为妇（见萧衍《河中之水歌》）。一说石城人，善歌谣（见《旧唐书·音乐志》）。两句述现象在前，点原因在后，倒置叙述顺序，且拒客之原因不过“新得佳人”，轻重亦倒置，遂显得格外深警。何焯说:“借‘莫愁’字与‘未到忧’相应，言外则所谓无愁有愁也。”

［评析］

本篇是托古讽今之作。题为“富平少侯”，而所咏则与张放具体行事无关。抛金弹用韩嫣事已为张冠李戴，末尾用莫愁，更属后世典实。且首句责其“七国三边未到忧”，若所讽对象为本来即仅知玩乐的贵介，亦属无的放矢，必其人居其位当忧而不忧，才可能对其有这样的要求和谴责。篇末以“莫愁”暗讽其终将有愁，与下选《陈后宫》结句“天子正无愁”，用意也非常相近。所以清代研究家徐逢源、冯浩等举汉成帝微行时自称富平侯家人等事，证所谓“少侯”实即“少帝”，所讽对象为唐敬宗，大体可信。敬宗少年袭位，不知忧念国事，荒淫奢靡，唯以宴游为务，与诗中所咏少侯事正相符合。

李商隐托古的作品颇多，这类托古讽今之作，与他重在昭示历史鉴戒的以古鉴今之作（如《隋宫》）和重在借古事隐指现事的借古喻今之作（如《瑶池》）不同，它的题面虽似咏古，而内容与题面不相涉，或者故意错易史实，透露假托古事寓讽的蛛丝马迹。读者可以结合具体作品进行体会。

陈后宫[①]

茂苑城如画，阊门瓦欲流[②]。还依水光殿，更起月华楼[③]。侵夜鸾开镜，迎冬雉献裘[④]。从臣皆半醉，天子正无愁[⑤]。

［注释］

①陈后主（叔宝）是著名的荒淫皇帝。他大造宫室，材料多用香木，饰以金玉珠翠。常与宠妃及一批号称“狎客”的臣下酣歌滥饮，生活极其奢侈糜烂。后终为隋所灭。本篇标题点陈朝，但所咏内容并不全切陈事，与作者另一首同题的五律均为托古讽今之作。②茂苑：出《穆天子传》及左思《吴都赋》，原不指宫苑。孙吴曾筑苑城，东晋于其地置台省，称台城，宋有乐游苑、华林园，齐有新林、芳乐等苑，皆在台城内，故借茂苑泛指宫苑。阊门：即阊阖，传说中的天门，此处泛指宫门。瓦欲流：形容琉璃瓦光艳，釉色几乎要流滴。两句借写南朝宫苑以喻唐都长安宫室的华丽。③还依、更起，皆承上更推进一步。依：傍着。水光、月华：概指为游宴观赏而建的楼殿，不必确有这样的宫殿名称。④侵夜：刚入夜。鸾开镜：即“开鸾镜”，因修辞需要而倒装。指宫人对镜晚妆，候侍夜宴歌舞。雉献裘：即“献雉裘”。晋咸宁四年（278）冬，太医司马程据献雉头裘。两句谓不论昼夜冬夏，一味淫乐奢靡。何焯说:“作‘开鸾镜’、‘献雉裘’即笨。”“妙在中四句形容得唯日不足。”⑤“从臣”二句：《南史·陈后主本纪》:“（后主）荒于酒色，不恤政事。……江总、孔范等十人预宴，号曰狎客。先令八妇人襞采笺，制五言诗，十客一时继和，迟则罚酒。君臣酣饮，从夕达旦，以此为常。”“醉”字双关，既指酒酣，亦指精神麻木。《北齐书》载：后主高纬荒淫昏庸，作《无愁曲》，自弹琵琶而唱，民间称其为无愁天子。又《隋书·乐志》谓其曲终乐阕，莫不陨涕，乐往哀来，竟以亡国。

［评析］

本篇程梦星等人以用事不切陈，而符合敬宗“游幸无常，好治宫室”等行事，推断为托讽敬宗之作，大体近是。杜牧《上知己文章启》云：“宝历大起宫室，广声色，故作《阿房宫赋》。”此篇用意，当与《阿房宫赋》相类。

诗的前六句用铺陈笔法，结尾两句漫画式地勾勒出一幅臣半醉而君无愁的享乐图景。由于有前六句作铺垫，显得后两句的冷刺中含深沉的感慨。而由于后两句在讽其半醉和无愁时透露作者的清醒和深忧，遂使为之张本的前六句不同于泛泛的铺排。

[备考]

程梦星云：“题为陈后宫，结句乃用北齐事。合观全文，全不切陈，盖借古题以论时事也。按敬宗游幸无常，好治宫室，欲营别殿，制度甚广。……然则时事之可愁者莫大于此。而朝廷漠然不以为意，一时廷臣如裴度、李程辈固有谏诤，无如盐铁使王播造竞渡船，运材京师，摇荡君心者不乏其人，所以叹从臣半醉、天子无愁也。若作怀古，则陈、齐踳驳，了无义理。”（《重订李义山诗集笺注》）

徐逢源云：“此亦为敬宗作。《纪》书：‘命中使往新罗求鹰鹞。’则中国珍禽不待言矣。《杜阳编》载：南昌国进浮光裘，以紫海水染色五采，蹙成龙凤，饰以真珠。‘侵夜’二句，谓此类也。……”（冯浩《玉谿生诗集笺注》引）

无　题[①]

八岁偷照镜，长眉已能画[②]。十岁去踏青，芙蓉作裙衩[③]。十二学弹筝，银甲不曾卸[④]。十四藏六亲，悬知犹未嫁[⑤]。十五泣春风，背面秋千下[⑥]。

[注释]

①李商隐作品中有一部分可能由于不便或难于命题，标名为“无题”。它们绝大部分以男女爱情为题材，其中有些篇章可能采用比兴手法，或隐或显

地寓有作者的身世之感。②偷照镜：状爱美又羞涩的心理。长眉：古以长眉为美，至天宝年间，“青黛点眉眉细长”仍为入时装扮。两句写女子很早就懂得爱美。③踏青：春天郊游。芙蓉：荷花。裙衩（chà）：分指下裳、上衣。衩：衣衩，衣旁开衩处。唐时有衩衣，即开褉袍。或谓指短裤。屈原《离骚》：“制芰荷以为衣兮，集芙蓉以为裳。不吾知其亦已兮，苟余情其信芳。”两句写其性情活泼，姿容美丽，情操高洁。④筝：乐器，十三弦。银甲：套在手指上的骨爪，用以拨弦。卸：除下。两句写其学习音乐技艺的用功和对艺术的爱好。⑤藏：躲避。六亲：古代对六亲有不同说法，但都指关系最密的亲属。封建礼教强调男女有别，“藏六亲”指藏于深闺，连关系最密的男性戚属都须回避。悬知：揣知，悬心地揣测到。状女子希望而又略带胆怯的待嫁心理。两句写女子已有了对爱情的向往，但父母将她藏于深闺，而未许嫁。⑥泣春风：不只是说在春风中流泪，同时含有春风吹拂，更加撩起她的情思，使其禁不住哭泣的意思。背面秋千下：在秋千架下背着同游的女伴暗自伤心。背面：背向，背对。两句写随着年龄增长，女子面对春光，有感于青春易逝，幽怨更加深重。姚培谦说：“迤逦写来，意注末两句。背面春风，何等情思，即‘思公子兮未敢言’之意，而词特妍冶。”（《李义山诗集笺注》）

［评析］

这首诗写一个爱美、爱生活而又开始向往爱情的少女。寥寥几笔，把女子随着年龄的增长出现的种种行为表现和内心活动，写得惟妙惟肖。

这首诗带有自喻的性质，既包含自怜自赏，也生动地表现了早年忧虑遇合的心理状态。诗的调子比较开朗，可能仍属早期的作品。

诗的思想内容与《初食笋呈座中》有联系和相通的地方，而一则表现婉转低回之态，一则流露少年俊迈之气。在艺术上显然以本篇较有特色，从中很可以看出李商隐诗艺擅长之所在。

初食笋呈座中

嫩箨香苞初出林，於陵论价重如金[①]。皇都陆海应无数，忍剪凌云一寸心[②]？

［注释］

①箨（tuò）：竹类主干所生的叶。竹笋时期包于笋外，即笋壳。苞：指笋壳包裹之竹笋，状如花苞。於（wū）陵：汉县名。治所在今山东邹平东南。唐时为淄州长山县。山东半岛地近北，竹林稀少，而沿海诸山中生般肠竹，味美。故说"论价重如金"。②皇都陆海：指长安附近的鄠、杜竹林。《汉书·地理志》："（秦地）有鄠、杜竹林，南山檀柘，号称陆海，为九州膏腴。"颜师古注："言其地高陆而饶物产，如海之无所不出，故云陆海。"忍：岂忍。用问话语气，既显出怀有忧虞，情调又不流于低沉畏葸。凌云一寸心：竹笋能长成高入云霄的翠竹，故以径寸竹笋之心关合少年人的凌云壮志。

［评析］

此诗以初出林的嫩笋自喻，既抒发了凌云之志，也表露了对政治上遭受摧抑的不满和对前途的忧虑。张采田认为："必幕游未第时作"，是可信的。唯确切的写作时地，较难考定。於陵虽地近兖州，但作者在兖州崔戎幕不到月余，且五月抵兖，已非"嫩箨香苞初出林"之时，故冯浩、张采田系此诗于商隐居兖幕时，并不可靠。倒是作者此前居郓州令狐楚幕达三年之久，赋此诗的可能性或许更大一些。因郓、兖二州紧邻，郓州离於陵亦较近。且作者赴郓幕为初入仕途，与诗的首句"初出林"三字也关合得更紧。

随师东[①]

东征日调万黄金，几竭中原买斗心[②]。军令未闻诛马谡[③]，捷书唯是报孙歆[④]。但须鸑鷟巢阿阁，岂假鸱鸮在泮林[⑤]。可惜前朝玄菟郡，积骸成莽阵云深[⑥]！

［注释］

①潘畊说："按《韵会》，隋古本作随，文帝去辵作隋。二字通用。此诗

盖引隋师东征之事以讽也。”（朱鹤龄《李义山诗集笺注》引）唐敬宗宝历二年（826），横海镇（治沧州，今河北沧县东南）节度使李全略死，其子李同捷擅称留后，朝廷经年不问，文宗大和元年（827）八月，命诸道进讨。由于军政腐败，讨叛战争迟迟无功，至大和三年四月，才初步平定。本篇题为“随师东”，然所述与隋炀帝大业末用兵高丽不相涉，显系托古讽今之作，借隋师东征暗指大和年间讨李同捷之战争。②东征：指征讨李同捷。两句谓朝廷靠滥施赏赐买取将士的斗志，耗费巨大，几乎搜刮尽中原的财富。姚培谦说：“讨逆敌忾，自是武臣本分事，乃日费斗金以买斗，将愈骄，卒愈惰，邀功幸赏无已，势所必至也。”③马谡（sù）：三国时蜀国将领。诸葛亮伐魏，派马谡为前锋。他违反军事部署，兵败失去街亭。诸葛亮按军法斩了马谡。④原注：平吴之役，上言得歆。吴平，孙尚在。孙歆（xīn）：吴国都督。晋伐吴，晋将王濬谎报战功，说斩得孙歆首级。后晋将杜预俘获孙歆，解送洛阳，揭穿了事实真相。两句写军纪败坏，对违反军令者不依法惩办；将领们唯知虚报战功，以邀厚赏。《通鉴·文宗大和二年》：“时河南、北诸军讨同捷，久未成功。每有小胜，则虚张首虏以邀厚赏。朝廷竭力奉之，江淮为之耗弊。”⑤鹫鹫（yuè zhuó）：凤凰的别名。阿阁：四面有栋及檐霤的楼阁，这里指宫殿。凤巢于阿阁，比喻贤臣在朝。岂假：岂借，岂让。鸱鸮（chī xiāo）：猫头鹰。泮（pàn）林：泮宫（古代诸侯学宫）旁的树林。鸱鸮在泮林：语本《诗·鲁颂·泮水》，原以鸱鸮飞集泮林喻当时淮河一带的部落归化，这里另赋新义，喻藩镇割据州郡。两句谓只要有贤臣在朝执政，就不会容许藩镇割据局面的存在。⑥玄菟（tù）郡：汉武帝元封四年（前107），以朝鲜地置乐浪、玄菟、真番、临屯四郡。此因题为“随师东”，故用“前朝玄菟郡”影指沧景地区。积骸成莽：尸骸密集，像乱草一样。莽：密生的草。阵云：战云，杀气。两句谓遭受战乱的沧景地区，枯骨成堆，杀气弥漫，一片荒凉肃杀景象。《通鉴·文宗大和三年》：“沧州承丧乱之余，骸骨蔽地，城空野旷，户口存者什无三四。”

［评析］

隋师东征与大和年间讨李同捷的战争性质不同，此诗仅仅是借史为名而寓慨时事。诗的主旨，固非反对讨伐叛镇，亦非止于讥刺讨叛诸将的跋扈难制、冒功邀赏，而系针对有关腐败现象，溯源到朝廷威令不行，一味推行厚赂政策，且根本原因又在宰辅不得其人。五、六两句实为一篇之枢要。姚培谦说“此讽庙算之失也”，最得要领。义山一贯认为国家治乱，系人不系天，重视宰辅是否得人，此诗较早而又较鲜明地体现了这一观点。

诗的首联重笔突起。颔联“未闻”、“唯是”，用语不留余地：严肃军纪之事，从来未有；而“买斗”所得却尽是“报孙歆”式的“捷书”。腹联用“但须”、“岂假”将前面所暴露的现象一笔煞住，突出关键所在。末联于主旨既明之后，又回笔写沧景地区惨痛景象，表达作者的无限感慨。内容的恰当组织安排和虚字的配合，使诗于严整精警中见动荡回旋。

宿骆氏亭寄怀崔雍崔衮①

竹坞无尘水槛清②，相思迢递隔重城③。秋阴不散霜飞晚，留得枯荷听雨声④。

［注释］

①骆氏亭：冯浩据本篇诗意，联系白居易《过骆氏山人野居小池诗》和杜牧《骆处士墓志》进行考证，认为是长庆前后一位姓骆的处士所筑，地址在灞陵附近，大体可信。崔雍、崔衮（gǔn）：李商隐早年幕主、重表叔崔戎的儿子。咸通年间，崔雍官至和州刺史，崔衮官至漳州刺史。此诗作年无从确考。诗题径称“崔雍崔衮”，虽然因为作者年长于对方，但亦可推知二崔此时尚未入仕。故可能作于崔戎卒后不久。②竹坞：似指竹林环抱、荫蔽的可供停船之处，观“水槛”可知。坞：犹船坞。水槛：指临水的有栏杆的亭轩。槛：栏杆。此句点骆氏亭。③迢递隔重城：即“隔迢递之重城”。迢递有高、远二义，此用“高”义。重城，犹高城。④雨声盖虚拟，因日睹秋阴不散，故夜闻风荷之声而疑为雨。然亦可理解为实写。纪昀说：“‘秋阴不散起‘雨声’，‘霜飞晚’起‘留得枯荷’，此是小处，然亦见得不苟。”

［评析］

骆氏亭的清幽绝尘，自然惹动怀友思绪，亦衬出思念情感的清纯。次句点出“相思”而说“隔重城”，仿佛魂已飞去而受阻于重城，极其真切。“重城”之隔，正见情感相通。三、四句宕开，写夜宿情景。“听”字，将人的心理状态和外界环境一齐写出。大概诗人夜宿骆氏亭，开始欣赏其环境的清幽，而不乐天气的阴霾，等到听风荷之声如雨，伴自己度过寂寥长夜，转而又觉赖秋阴延长霜期，方能如此。转折推想，思绪绵绵，极有情味。

诗借景寓情，意在言外。通过对环境清幽寂寥的感受，特别是末二句所暗藏的“永夜不寐”，将怀念之情和冷落的身世之感融成一片。李香泉说：“相思二字微露端倪，寄怀之意全在言外。”（见纪昀《玉豀生诗说》）

燕台诗四首[①]

春

风光冉冉东西陌，几日娇魂寻不得[②]。蜜房羽客类芳心，冶叶倡条遍相识[③]。暖蔼辉迟桃树西，高鬟立共桃鬟齐[④]。雄龙雌凤杳何许？絮乱丝繁天亦迷[⑤]。醉起微阳若初曙，映帘梦断闻残语[⑥]。愁将铁网罥珊瑚，海阔天宽迷处所[⑦]。衣带无情有宽窄，春烟自碧秋霜白[⑧]。研丹擘石天不知，愿得天牢锁冤魄[⑨]。夹罗委箧单绡起，香肌冷衬琤琤珮[⑩]。今日东风自不胜，化作幽光入西海[⑪]。

［注释］

①《燕台诗》共四首，分题《春》、《夏》、《秋》、《冬》，是一组精心创

作的爱情诗。原本《春》、《夏》、《秋》、《冬》四题系置于每首诗下，现为读者阅读方便，特移置于篇首。所咏对象不能详考。冯浩说："燕台，唐人惯以言使府，必使府后房人也。"可参考。四首均以女子口吻抒情，也可理解为男主人公对所爱女子的思念和想象。②冉冉：渐进貌。陌（mò）：田间小路。东西陌：泛指郊野。娇魂：女主人公自指。两句说，春光冉冉而至，春色遍布田间陌上，但我这娇弱的迷魂却多少天来寻觅不到所思者的踪影。③蜜房：蜂房。羽客：指蜜蜂。冶叶倡条：形容杨柳枝叶婀娜多姿。两句意谓：我的一片芳心正像寻春的蜜蜂一样，春风中婀娜多姿的杨枝柳叶没有不相识的。言外自含春色如许，所思不见的意蕴。"遍相识"，反托"寻不得"。④暖蔼：春天和煦的烟霭。蔼，通"霭"。辉迟：即春天迟迟的阳光。《诗·豳风·七月》："春日迟迟。"桃鬟：形容繁盛如云鬟的桃花。两句是女主人公的自我写照，说在春天和煦的烟霭和迟迟的阳光笼罩下，梳着高高的发髻，伫立在繁盛的桃树下。意境颇近"人面桃花相映红"。桃鬟，蒋本、悟抄作桃枝。⑤雄龙雌凤：分喻所思念的男子和自己。杳何许：杳远不知何处。絮乱丝繁：柳絮纷乱、柳丝纷繁（丝也可解为游丝），象征思绪纷乱不宁。两句意谓：雄龙雌凤，杳远相隔，不知对方究竟在什么地方，目击絮乱丝繁的景象，自己的思绪也纷乱迷惘，感觉中似乎整个天宇也呈现出一种迷离恍惚的色彩。这是女主人公的内心独白。⑥微阳：指西斜的夕阳。两句写午醉初醒情景，谓心绪纷乱，觅醉销愁，午醉醒来，夕阳西下，映照帘帷，恍若初曙，迷梦方断，耳畔似乎犹闻对方的残语（最后几句话）。⑦铁网罥珊瑚：用铁网挂取珊瑚。《新唐书·拂菻国传》："海中有珊瑚洲，海人乘大舶堕铁网水底。珊瑚初生磐石上，白如菌，一岁而黄，三岁赤，枝格交错，高三四尺，铁发其根，系网舶上，绞而出之。"这里比喻像搜罗奇珍那样地用力寻觅。两句因梦断人杳而生出，意谓满怀愁绪，想用铁网挂取珊瑚那样寻觅对方的踪影，然而海阔天宽，终迷处所，要寻觅也无从寻起。宽，除席本外，旧本均作黐。此从席本。⑧《古诗十九首》："相去日以远，衣带日以缓。"两句说，自己因为刻骨的思念而瘦损，却怨衣带无情，忽然由宽变窄了。春烟笼碧，秋霜皓白，四时景色尽管美好，却引不起自己的兴致。朱彝尊云："景自韶丽，心自悲凉。"⑨研丹擘（bò）石：《吕氏春秋·诚廉》："石可破也，而不可夺坚；丹可磨也，而不可夺赤。”这里化用其意，喻爱情的坚贞不渝。擘，劈开。冤魄：女主人公自指。朱鹤龄注引道源曰：“情不得伸，故曰冤魄。”两句意谓，我的爱情虽然像研丹擘石那样永远赤诚坚定，但天公却并不知道，但愿有一座天牢将我这怨愤的迷魂牢牢地锁住。朱彝尊说：“（上句）莫喻其诚。（下句）诚极而悲。”⑩两句谓夹罗的衣衫已经委弃在箱箧里，穿上了单薄的轻绡服装，芳香的肌肤紧贴着琤琤作响的玉珮，感到一丝凉意。冯浩说：“暗逗入夏。”按：兼写闲冷。肌，蒋本、悟抄、影宋抄作眠。⑪不胜：不能禁受惆怅之苦。两句说，今天，连东风也好像不胜惆怅，化为一道幽光，消失在西海之中。这是描写春天的暗逝，也是抒写女主人公的无限怨思。

夏

前阁雨帘愁不卷，后堂芳树阴阴见①。石城景物类黄泉，夜半行郎空柘弹②。绫扇唤风阊阖天，轻帏翠幕波洄旋③。蜀魂寂寞有伴未？几夜瘴花开木棉④。桂宫流影光难取，嫣薰兰破轻轻语⑤。直教银汉堕怀中，未遣星妃镇来去⑥。浊水清波何异源？济河水清黄河浑⑦。安得薄雾起缃裙，手接云輧呼太君⑧？

［注释］

①两句写初夏雨景：前阁外丝雨如帘，终日不卷，令人惆怅；后堂外芳树阴阴，隐约可见。雨帘不卷，指久雨不停。②石城：女主人公所居之地。或谓即指金陵。景物类黄泉：形容雨天昏黑之状。行郎：少年行人。柘弹（zhè dàn）：用柘木作弹以弹鸟雀。两句进一步渲染环境气氛的凄黯：石城的景物就像黄泉那样幽暗，夜半时分，只空自听到少年们挟弹弹鸟的声音。柘，他本均误作“拓”，此从毛本、朱本。③阊阖（hé）天：犹西方之天，西南方之天。《史记·律书》：“凉风居西南维，阊阖风居西方。”洄：漩流。两句转写晴天夏夜情景：手持绫扇，招引着来自西南方的凉风，轻柔翠绿的帷幕在微风中飘动，像水波的洄旋。洄，除戊签外，其他旧本均作“渊”。④蜀魂：指杜鹃鸟。这里可能借指女主人公所思念的男子。瘴花：指南方蛮烟瘴雨之地的花。木棉：参《李卫公》诗注。两句写女子内心的独白：我所思念的春心不

己的“蜀魂”，如今在远方异域，寂寞中是否有伴呢？这几夜来，蛮烟瘴雨之地的木棉花想必也开放了。魂，戊签作魄。⑤桂宫：指月宫。嫣薰：犹嫣香。兰破：兰花绽苞开放。嫣薰兰破，形容女子启齿时香气溢出。曹植《洛神赋》：“含辞未吐，气若幽兰。”两句写女主人公对月怀思，意谓月轮流光，难以掇取，忧思寂寥，唯有对月轻声自语而已。流，朱本作留。⑥直教：竟让。未遣：不让。星妃：织女。镇：长，久。两句是女主人公仰望银河时产生的痴想：干脆让银河堕入我的怀中，不使织女为了相会而年年来去。这是因为自己的离别而希望别人的团圆。⑦《战国策·燕》：“齐有清济浊河。”两句说，浊水和清波的源头哪有什么不同呢，但到后来济河的水是清的，黄河水却浑浊了。这是比喻自己和对方本同末异，现在已是清浊分明，难以调谐了。⑧缃裙：浅黄色的裙子。“起缃裙”的“起”犹《春》诗“单绡起”的“起”，即穿上的意思。云軿（píng）：神仙所乘的云车。太君：泛称神仙，这里借指所思者。两句意谓：怎样才能够身着缃裙，在薄雾中迎接云车的到来，呼唤自己所思念的人呢？

秋

月浪衡天天宇湿，凉蟾落尽疏星入①。云屏不动掩孤嚬，西楼一夜风筝急②。欲织相思花寄远，终日相思却相怨③。但闻北斗声回环，不见长河水清浅④。金鱼锁断红桂春，古时尘满鸳鸯茵⑤。堪悲小苑作长道，玉树未怜亡国人⑥。瑶琴愔愔藏楚弄，越罗冷薄金泥重⑦。帘钩鹦鹉夜惊霜，唤起南云绕云梦⑧。双珰丁丁联尺素，内记湘川相识处⑨。歌唇一世衔雨看，可惜馨香手中故⑩。

［注释］

①衡：通“横”。凉蟾：凉月。传说月中有蟾蜍，故称月为蟾。两句说，月亮的光波布满整个天空，似乎天宇也因为它的凉波而呈现出湿意。凉月已经落下去，只剩下疏星映入户内。衡，姜本、悟抄、席本、毛本、朱本均作冲（衝），此从蒋本、戊签、钱本、影宋抄。②嚬：同“颦”，皱眉。风筝：悬挂

在屋檐下的金属片，风起作响，故名。也叫铁马。两句说，云母屏风静静地立在床前，遮掩着我这忧愁的孤独者，只听得西楼檐间一夜不停的铁马叮咚声。以上四句，与《嫦娥》诗内容近似，系写女主人公秋夜不寐，孤寂惆怅的情景。③却：还。两句说，想织成相思的花样寄给远方的情人，但整天的相思却又生出深深的怨恨。④回环：反复不绝。长河：指银河。水清浅：水变得清浅了（牛郎织女容易渡河相会）。《古诗十九首》："河汉清且浅，相去复几许？盈盈一水间，脉脉不得语。"北斗声回环，指斗转星移，时间流逝。不见长河水清浅，谓银河已隐没不见。句意近似"长河渐落晓星沉"。⑤金鱼：即鱼钥，铜锁。红桂：即丹桂。《南方草木状·木类》："桂有三种。叶如柏叶，皮赤者为丹桂。"李时珍《本草纲目》谓花红者为丹桂。这里用以暗喻深锁重门中的女主人公。作者《和友人戏赠二首》（其一）："殷勤莫使清香透，牢合金鱼锁桂丛。"桂丛亦指深锁之女子。古时：即旧时。鸳鸯茵：绣有鸳鸯图案的床褥。两句说，重门上的鱼钥，锁断了红桂的芳华，旧时的灰尘已经盖满了鸳鸯茵褥。⑥玉树：即《玉树后庭花》，参《隋宫》（紫泉宫殿锁烟霞）注。亡国人：指陈后主的宠妃张丽华，她曾舞《玉树后庭花》。这里借指女主人公自己。两句说，可悲的是昔日的小苑如今已经荒废，变成了一条长路，而我这个后庭歌舞的女子却再也没有人来加以怜爱了。以上四句，暗示女主人公先前的身份可能是贵家的姬妾或歌伎，后来贵人去世，原先居住的处所已显出荒凉景象，故有"尘满鸳鸯茵"、"小苑作长道"、"未怜亡国人"之语。⑦愔（yīn）愔：安静和悦貌。楚弄：指琴曲。《新唐书·礼乐志》："琴工犹传楚、汉旧声及《清调》，蔡邕五弄、楚调四弄，谓之九弄。"金泥：即"泥金"，金屑、金末。诗中指越罗衣裳上用泥金颜料绘的图案。两句写女主人公秋夜弹琴，说瑶琴的声音，安静和美，蕴涵着悲怨的楚调之声，穿着薄薄的越罗衣裳，已经感到寒冷，衣上的泥金服饰却感到有些重了。琴，除朱本、季抄外，其他旧本均作瑟。⑧南云：陆机《思亲赋》："指南云以寄钦。"陆云《九愍》："眷南云以兴悲。"这里用作怀想思念之情的代称。两句说，挂在帘钩上的鹦鹉，因为夜来霜重而惊啼，唤醒了萦绕云梦的梦思。用"云梦"、"南云"等字面，似有暗示她所怀想的人现在南方的用意。⑨双珰：一对耳珠。丁（zhēng）丁：这里形容玉珰碰击的声音。尺素：指书信。古代写信用的帛，通常长一尺。古代常以耳珠作为男女间定情致意的信物，如繁钦《定情诗》：“何以致区区？耳中双明珠。”将耳珰和书信一起寄给对方，叫“侑缄”。两句说，耳珠丁丁，连同着书信，信中记述着往昔在湘川一带相识时的情景。联系下文，这耳珠与书信当是对方所寄。作者《河阳诗》有“湘中寄到梦不到”，《夜思》有“寄恨一尺素，含情双玉珰”之句，可能与本篇所写情事有关。⑩雨：指泪雨。馨香：指书信中所染上的温馨爱情气息。故：淡薄、消逝。两句说，我将歌唇含着泪雨，永世把玩这尺素双珰，可惜信中的温馨气息已经随着时光的流逝逐渐淡薄以至消失了。“馨香手中故”，象征这段情缘的消逝。

冬

天东日出天西下，雌凤孤飞女龙寡①。青溪白石不相望，堂上远甚苍梧野②。冻壁霜华交隐起，芳根中断香心死③。浪乘画舸忆蟾蜍，月娥未必婵娟子④。楚管蛮弦愁一概，空城罢舞腰支在⑤。当时欢向掌中销，桃叶桃根双姊妹⑥。破鬟倭堕凌朝寒，白玉燕钗黄金蝉⑦。风车雨马不持去，蜡烛啼红怨天曙⑧。

［注释］

①雌凤、女龙：均喻指女主人公。两句说，太阳刚从天东出来，很快又在天西沉没，雌凤孤独地飞翔，女龙也失去了伴侣。上句点冬令，下句点女主人公处境。孤飞，钱本作飞飞。②青溪、白石：南朝乐府《神弦歌》中有《白石郎》、《清溪小姑》曲。《白石郎》词云：“白石郎，临江居，前导江伯后从鱼。”“积石如玉，列松如翠，郎艳独绝，世无其二。”《清溪小姑》词云：“开门白水，侧近桥梁，小姑所居，独处无郎。”这里以青溪、白石分指相隔的女方与男方。苍梧野：似暗用舜南巡不返，葬于苍梧故事。两句谓：自己跟对方，正如青溪小姑与白石郎这对仙偶，虽然同处堂上而又能相望，却比苍梧之野更为杳远。③芳根：联上《秋》诗，似是指红桂的根，下“香心”同此，均借指自己。两句说，冰冻的墙壁上，霜花交错隐现，庭中的丹桂，芳根已断，香心枯死。两句写冬景，以“芳根断”、“香心死”喻女主人公相思无望、爱情幻灭之感。④浪：空。蟾蜍：指嫦娥。张衡《灵宪》：“姮娥托身于月，

是为蟾蜍。”两句说，空自乘着画船思忆月中嫦娥，但嫦娥也未必就是绝世的美人。言外之意是自己形容憔悴，已非昔时之美好婵娟了。⑤两句意谓，无论是弹起南国的琴瑟，还是奏起楚地的笙箫，都一样地使人触绪生愁，眼前这座寂寥的空城中，歌舞早已停歇，只剩下当年纤细的舞腰了。二句有不胜今昔之慨。罢舞，姜本、戊签、毛本、钱本、影宋抄作舞罢，今从蒋本、悟抄、席本。⑥欢：欢乐。掌中：相传赵飞燕体轻，能作掌上舞。桃叶桃根：桃叶，东晋王献之的妾。桃根，传为桃叶之妹。两句说，当年的欢乐，已经随着轻歌曼舞而消歇，当时那种姊妹联袂而舞的景况再也不能重现了。据此二句，女主人公原有姊妹二人，并在贵人府中。⑦破鬟：蓬乱的发鬟。倭堕：即倭堕髻，又叫堕马髻，发髻偏向一边，似堕非堕。倭，蒋本、戊签、悟抄、影宋抄、席本、朱本作矮，今从姜本、钱本。黄金蝉：一种蝉形的头饰。两句写女主人公形象：头上的倭堕髻已经蓬乱不整，上面插着玉燕钗和黄金蝉，独自倚坐在清晨的凛冽寒气中。寒，毛本、姜本、悟抄、席本均作云，非，此从蒋本、戊签、钱本、影宋抄及朱本。⑧两句说，夜来的风雨未能化为风车雨马将自己带走（前往对方所居的地方），只能像眼前的蜡烛一样，空流红泪，在无限愁怨中直至天明。

［评析］

作者在《柳枝五首序》中提到，他的从兄让山曾在洛阳民间少女柳枝面前吟咏他的《燕台诗》，得到柳枝的叹赏。从序中称作者为“少年叔”看，当时作者还比较年轻，可能尚未登第。《燕台诗》的写作年代当比《柳枝五首》更早，大约是大和中后期的作品。从诗中辞采的秾艳和情感的炽烈来看，也以作于青年时代比较合理。

诗的本事，已不易详考。从这四首诗所约略透露的情事推测，大体上有以下几点或可肯定：一、女主人公原先的身份是贵家歌伎，能歌善舞，且有姊妹二人。这从“歌唇”、“罢舞”、“楚管蛮弦”、“桃叶桃根”等语可以看出。二、女主人公此时所住的地方是石城（可能即指金陵），原先据有她的贵人已经亡故。这从“石城景物类黄泉”、“古时尘满鸳鸯茵”、“玉树未怜亡国人”、“雌凤孤飞女龙寡”等句可以推知。三、女主人公与所思念的男子过去曾在湘川一带相识，写这首诗时，所思者大约在南方，这从“几夜瘴花开木棉”、“唤起南云绕云梦”等语约略可见。冯浩因为篇中多引仙女事，推测其人为女冠，也可参考。

这组诗所吟咏的题材，在白居易等诗人手里，很可能被敷演为《琵琶行》式的叙事长歌，但作者却别出心裁，将它主观化、抒情化，写成纯粹抒情的爱情诗。诗立《春》、《夏》、《秋》、《冬》四题，分别抒写女主人公的四季相思，程梦星认为系取《子夜四时歌》之义而变其格调者，可从。随着时间的流逝和四季景物的变化，女主人公的感情也由寻觅怀思、企盼重会到悲慨馨香已故、情缘已逝，最后到“芳根中断香心死”，爱情终归幻灭，悲剧色彩逐步加深加浓。《冬》诗结尾出现的破鬟蓬鬓、在风雨朝寒侵袭包围中悲啼不止的女主人公形象，从外形到内心都已憔悴衰竭，与“暖蔼辉迟桃树西，高鬟立共桃鬟齐”（《春》）、“绫扇唤风阊阖天，轻帏翠幕波洄旋”（《夏》）、“欲织相思花寄远，终日相思却相怨”（《秋》）的形象已经很不相同了。徐德泓（武源）借《柳枝诗序》“幽、忆、怨、断”四字概括四首大意，认为“春之困近乎幽，夏之泄近于忆，秋之悲邻于怨，冬之闭邻于断”（《李义山诗疏》），虽未必尽切诗意，但他感受到四首所表现的情感性质各有特点，则是比较真切的。

用炽烈的情感、秾艳的语言、纯粹抒情的笔法，来歌咏深挚缠绵、富于悲剧色彩的爱情，是这组诗的突出特点。在作者仿长吉体的诗歌中，这组诗似乎更偏重于主观情绪的抒写，也更注重色彩的渲染描绘，它所给予读者的突出印象与感受也在于情绪气氛和幽艳意境的感染。它的难解不在于寄意之深，也主要不在于语句的晦涩，而在于纯粹写情，不稍言事，而抒情本身又有很大跳跃的缘故。整个来说，它的内容、情调、风格、语言以至意境已经接近词，而和传统的诗歌有明显区别。宋人词作中多次提到这组诗，也是它对词具有较大影响的一个明证。

夕阳楼[1]

花明柳暗绕天愁，上尽重城更上楼[2]。欲问孤鸿向何处，不知身世自悠悠[3]！

［注释］

①自注："在荥阳。是所知今遂宁萧侍郎牧荥阳日作矣（一作'者'）。"荥阳，即郑州。萧侍郎，指萧浣。文宗大和七年（833）三月到八年末，浣曾任郑州刺史，夕阳楼是他在郑州任上所建。李商隐在这段时间与他结识，并深受知遇，故题注称浣为"所知"。后来萧浣入朝任刑部侍郎。大和九年七月，李训、郑注专权，排斥异己，萧浣与牛党首领李宗闵、杨虞卿一起被贬逐到远州。浣先贬遂州（今四川遂宁市）刺史，再贬遂州司马。这年秋天，李商隐曾回郑州，登夕阳楼，有感而作此诗。②柳色深碧，故说"暗"。时值秋令，"花明"当是连类而及。花明柳暗，本赏心悦目之景，但在别有伤心情怀的人眼中，却是惹愁牵恨之物。重城：高城。楼：指夕阳楼。所登愈高，所望愈远，愁绪愈不堪，"更"字见意。③登楼远望，但见孤鸿一点，在夕阳余光映照下孑然南去，因而联想到被贬远去的萧浣，但又转想自己的身世也正像孤鸿一样，悠悠然无着落，故有此二句。自：本自。

［评析］

诗将伤浣远贬、慨己孑孤的感情通过登楼遥望孤鸿自然绾合，即景抒慨中寓含比兴象征。谢枋得说："若只道身世悠悠，与孤鸿相似，意思便浅。欲问、不知四字，无限精神。"（《叠山诗话》）冯浩说："自慨慨萧，皆在言中，凄婉入神。"诗中不仅隐隐透出时代投影，且包蕴着一种人生体验：在同情别人不幸遭遇的同时，猛然领悟到自身的命运正与对方相仿佛。由于这种体验是外物触发下自然产生的，便显得情景交融，隽永耐味。抒情的深婉，情调的感伤，时世身世之感的交融，都已表现出作者艺术风格的特色。

有感二首[①]

九服归元化，三灵叶睿图[②]。如何本初辈，自取屈氂诛[③]？有甚当车泣，因劳下殿趋[④]。何成奏云物？直是灭萑苻[⑤]。证逮符书密，辞连性命俱[⑥]。竟缘尊汉相，不早辨胡雏[⑦]。鬼箓分朝部，军烽照上都[⑧]。敢云堪恸哭，未免怨洪炉[⑨]。

[注释]

①自注："乙卯年有感，丙辰年诗成。"这两首诗系为甘露之变而发。大和九年（835），唐文宗与宰相李训、凤翔节度使郑注共谋诛灭宦官。李训使人诈称左金吾大厅后石榴树上夜降甘露，想诱宦官首领仇士良等去验看，趁机加以诛杀。仇至，发觉有伏兵，逃回殿上，劫持文宗入宫，派禁军大肆捕杀朝官。除李训被杀外，连未曾预谋的宰相王涯、贾餗、舒元舆等也被灭族，长安有些街坊和人家被抢劫一空。郑注也被仇士良密令斩于凤翔。史称"甘露之变"。从此朝廷大权进一步归于宦官，文宗更处处受到挟制。乙卯年，大和九年。丙辰年，文宗开成元年（836）。②九服：古人设想中的九个行政区域，自京畿向外，每隔五百里为一服，共有侯、甸、男、采、卫、蛮、夷、镇、藩等九服。这里指全国的土地。元化：颂称帝王的"德化"。三灵：日月星。叶（xié）：合。睿（ruì）图：颂称皇帝的英明大略。睿，明智。两句谓唐王朝德化流布，获得九服归附；皇帝的英明大略上合天文垂象（这是天人感应的迷信说法）。言下见诛灭宦官本有良好条件。③本初：袁绍的字。汉少帝刘辩光熹元年（189），大将军何进与袁绍谋诛宦官，事泄，何进反被宦官所杀。袁绍引兵入宫，捕捉宦官，不论老幼，尽皆杀死。此以"本初辈"比李训、郑注，既切其谋诛宦官，又隐责其有投机之心和缺乏谋划。屈氂（lí）：汉武帝

庶兄中山靖王之子。征和二年（前91）为左丞相。次年，宦官郭穰告发他指使巫者诅咒武帝，勾结贰师将军李广利，欲立昌邑王为帝，被腰斩，妻、子枭首。屈氂诛：指因宦官的指控以谋反的罪名被诛。两句意谓，怎么那些像袁绍之流的浅谋胡干的投机者竟然自找刘屈氂式的谋逆灭族之罪呢？④有甚：有过于。当车泣：据《汉书·爰盎传》，汉文帝一次与宦者赵谈同乘一辆车，爰盎伏车前谏阻道："臣闻天子所与共六尺舆者，皆天下豪英……奈何与刀锯之余共载?!"于是文帝令赵谈下，谈泣而下车。下殿趋：《南史·梁武帝本纪》载：大通年间，有童谣说："荧惑（火星）入南斗，天子下殿走。"两句谓李、郑的用心大有过于爰盎的使赵谈当车而泣（意指想一举消灭宦官），但他们谋事不成，反使皇帝下殿趋走，为宦官所劫持。一说，"下殿趋"系用张防被斥下殿事，借指仇士良等至左金吾仗院。据《汉书·虞诩传》，虞诩欲除宦官张防，反被谗下狱。宦者孙程、张贤于顺帝前言张防奸邪，为诩辩白。时防立于帝后，程呵叱说："奸臣张防，何不下殿！"防不得已趋就东厢。按：张防为另一宦官呵叱下殿与仇士良被诱至左仗验看甘露，性质、情节均无相类之处，疑非是。⑤何成：哪能成为，哪里是，指斥的语气。奏云物：奏报祥瑞。此处隐指奏称石榴树上夜降甘露事。云物，日旁云色，古人常借以观测吉凶水旱。直是：简直是。萑苻（huán pú）：《左传·昭公二十年》："郑国多盗，取（劫取）人于萑苻之泽（芦苇丛生的湖泽）。大叔兴徒兵以攻萑苻之盗，尽杀之。"后遂称盗贼为萑苻。两句意谓：奏称夜降甘露，哪是什么真正的祥瑞吉庆呢，简直使大臣们被当成盗贼给剿灭了。这是深责李训谋事之非。⑥证逮：捕捉与案情有牵连的人。《史记·五宗世家》："请逮勃（常山王刘勃）所与奸诸证。"证，证左，即证人，指与案情有关联者。符书：指逮捕的官文书。符，凭证。辞连：供词牵连。俱：偕，同。两句谓宦官多次下令搜捕有同谋嫌疑的朝官，只要词状稍有连引，就被指为谋逆而赔上性命。⑦尊汉相：汉成帝时丞相王商身材高大，容貌过人。匈奴单于来朝，见商颇畏惧。成帝称叹说："此真汉相矣。"（见《汉书·王商传》）此以王商比李训。《旧唐书·李训传》："（训）形貌魁梧，神情洒落……（文宗）以其言论纵横，谓其必能成事。"辨胡雏：据《晋书·石勒载记》，石勒十四岁时行贩洛阳，倚啸上东门，王衍见而异之，对左右说："向者胡雏，吾观其声视有异志，恐将为天下之患。”派人前去收捕，石勒已离去。后来石勒成为“五胡乱华”时期前赵的君主。这里以石勒比郑注，指斥他怀有野心，给国家造成祸患。史称郑注“诡辩阴狡”，“挟邪市权”。两句谓文宗竟因尊崇李训这种徒有大言的妄人，连郑注这样怀有异志的奸邪也不能及早识别。（作者对于李、郑的浅谋误国均持批判态度，而于其为人，则有所区别：把李训看做志大才疏者，视郑注则为奸邪小人。）⑧鬼箓（lù）：登记死人的名册。朝部：朝班。百官上朝须按部就班。军烽：犹言战火。上都：指京城长安。唐肃宗至德元载号长安为上都。两句谓这次事变使大批朝官被杀，名列鬼箓，使帝京长安出现了战火，充满了动乱恐怖气氛。⑨敢云：岂敢说。堪恸哭：用贾谊《陈政事疏》中语。参看《安定城楼》注。洪炉：大炉，指天地。《庄子·大宗师》：“今一以天地为大炉，以造化为大冶。”两句意谓：我岂敢说这次事变可堪痛哭，但人们在恐怖无言之中仍不免要为人间发生这样的惨剧而怨恨天地的昏聩错乱。

丹陛犹敷奏，彤庭欻战争①。临危对卢植，始悔用庞萌②。御仗收前殿，凶徒剧背城③。苍黄五色棒，掩遏一阳生④。古有清君侧，今非乏老成⑤。素心虽未易，此举太无名⑥。谁瞑衔冤目，宁吞欲绝声⑦？近闻开寿宴，不废用咸英⑧。

［注释］

①丹陛（bì）：古时宫殿前涂红色的台阶。敷奏：陈述奏进。彤庭：汉代皇宫以朱色漆中庭，称彤庭。后泛指宫廷。欻（xū）：忽然。两句写甘露之变发生时的情景：李训等还在殿前陈奏，顷刻间一场流血的惨剧即已发生。②自注：“是晚独召故相彭阳公入。”卢植：东汉末年人。何进谋诛宦官事泄被杀后，宦官张让、段珪劫少帝逃往北宫。卢植执兵器于半道中指斥宦官罪恶，段珪等大为恐惧。后宦官又劫少帝逃向小平津（黄河渡口，在洛阳北），卢植连夜追赶，杀宦官数人，夺回少帝。这里以卢植比令狐楚。楚于元和十四年（819）七月守中书侍郎同平章事（宰相），大和九年（835）十月进封彭阳郡开国公，故作者自注称其“故相彭阳公”。甘露之变发生后，楚与郑覃因系左、右仆射，被文宗召入，留宿中书省，参与处决机务。说“独召”，是有意抬高令狐楚。庞萌：东汉初人，曾官侍中，很受光武帝刘秀的信任，后反叛，

刘秀深悔错用了他（见《后汉书·刘永传》）。这里以庞萌比李、郑。两句谓文宗只是到处境危急，召对令狐楚这样忠贞可靠的人物时，才后悔错用了李、郑这种不应信任之臣。③御仗：皇帝的仪仗、警卫。前殿：指文宗坐朝的含元殿。据《通鉴》载，仇士良逃回殿上后，宦官用软舆载文宗北出。李训攀舆呼喊："臣奏事未竟，陛下不可入宫！"宦者郗志荣拳击其胸，李训仆地。乘舆入宣政门，门随即关闭。"御仗收前殿"即指此。凶徒：指宦官。背城："背城借一"的省语，指在自己的城下与对方决一死战。两句谓宦官将文宗由前殿劫回后宫，并率禁军从宫中杀出，拼死反扑。④苍黄：仓皇，仓促。五色棒：曹操任洛阳北部尉时，造五色棒悬门旁，用以惩罚违反禁令者，曾杀掉犯禁的宦官蹇硕的叔父。掩遏：壅遏，阻遏。一阳生：古代把冬至看成节气的起点。从冬至起，阳气初动，叫"冬至一阳生"。甘露之变发生在十一月，正当冬至时节。两句意谓李训等仓促举事，反遭失败，把冬至初生的阳气（暗指唐王朝复兴的生机）也阻绝了。⑤清君侧：除去君主身边的坏人。《公羊传》："晋赵鞅兴晋阳之甲以逐荀寅与士吉射。荀寅与士吉射者曷为者也？君侧之恶人也。"老成：指办事稳练、富有智谋和经验的大臣。两句谓清除君主身边的坏人，古来即有其事，今天也并不缺乏能担当这项重任的富于谋略、经验的大臣。⑥素心：犹本心。未易：未改变。无名：无名目，犹"不成话"。二句谓李训的本心虽犹忠于朝廷，未有异图，然此举仓促行事，酿成巨祸，效果极坏。按：李商隐《为郑州天水公言甘露事表》云："宰臣王涯等（按实指李训）……徒思改作，未可与权。敷奏之时，已彰虚伪；伏藏之际，又涉震惊。"说他们想要"改作"，而不认为是叛逆，可与"素心"二句互证。⑦宁：岂。二句谓衔冤而死的人，谁能瞑目？未死而愤恨欲绝的人，岂能忍悲吞声？⑧咸英：《咸池》、《六英》，传说前者是黄帝之乐，后者是帝喾之乐，这里用来代表典雅的乐曲。唐文宗曾命王涯取开元时雅乐选乐童配合演奏，名《云韶乐》，"咸英"隐指此。两句意谓，近日听说皇帝重又开宴庆寿，席间演奏的仍有王涯生前所定的《云韶乐》。这是大悲剧中带滑稽性的插曲。文宗受制于宦官，朝不保夕，岂有心开宴作乐？而宦官仍然给他作这样的安排。王涯无辜被杀，文宗曾表示伤感，而席间仍然用他生前定的《云韶乐》。这种插曲引起人多方面的想象，使人愈觉悲凉。

［评析］

诗中所“感”，主要针对两个问题而发：一是李训的志大谋浅，贻误国事；一是文宗的不能知人善任。首章以斥李训为主，责其不能凭借良好条件以成大事，目标甚高而效果适得其反，手段拙劣，致结局悲惨，徒以言貌博得君主误任，贻祸国家。次章以讽文宗暗弱为主，叹其临危而始悔，举大事而不知任用老成，听信李训作无名之举，事前既暗于知人，鲁莽从事，事后又忍悲吞声，被宦官任意摆布，昏愚软弱，可愤而又可怜。

宦官虽然不是这首诗抨击的重点，但诗的抒情和议论，正是建立在必须把他们铲除的认识基础上。其时宦官气焰极为嚣张，“迫胁天子，下视宰相，陵暴朝士如草芥”（《通鉴·文宗大和九年》）。作者直斥他们为“凶徒”，揭露他们大肆株连、滥杀无辜、挟制皇帝、篡权乱政的罪行，表现了强烈的义愤。这样有胆量的作品，当时还没有第二人能够写出。

诗中不仅把郑注看做乱天下的“胡雏”，对李训诛宦官的“素心”，亦只一语带过，而对此举之失则一再指斥，不免过苛，这是受了当时情势和舆论的影响。另外，诗人遣词用语，多隐曲含蓄，也值得注意。何焯说“多用反语，然实伤之”，是体会得比较深的。诗的沉郁顿挫的风格，亦每每从抑扬吞吐、亦讽亦慨中显露。

诗以议论出之，但抒情气氛很浓。忠愤激烈、关注国家命运的感情盘郁流注于字里行间。用典虽多，却都是隐曲地表达深广内容所必需的，何焯说：“唐人论甘露事当以此为最，笔力亦全”，并非过誉。

重有感[①]

玉帐牙旗得上游，安危须共主君忧[②]。窦融表已来关右，陶侃军宜次石头[③]。岂有蛟龙愁失水，更无鹰隼与高秋[④]？昼号夜哭兼幽显，早晚星关雪涕收[⑤]。

［注释］

①甘露事变发生后，昭义军节度使刘从谏因与宦官集团有矛盾，曾于开成元年（836）二月、三月两次上表，力辩王涯等无辜被杀，揭露仇士良等罪恶，并声称“如奸臣难制，誓以死清君侧”。仇士良等惕惧而有所收敛。作者感于此事，写了这首诗。因前已写过《有感二首》，故本篇题为“重有感”。②玉帐：征战时主将所居的军帐。牙旗：古以爪牙喻武臣，故军前大旗叫牙旗。亦有说因旗上刻绘成牙形，或以象牙装饰，故称牙旗。上游：本指水的上游，引申为地理形势险要和军事地位优越的意思。当时昭义镇辖泽、潞等州（今山西南部一带），实力较强，出兵长安勤王，具备有利条件，故说“得上游”。安危：这里是偏义复词，侧重“危”义。主君：指皇帝。两句谓刘从谏为一方主帅，实力雄厚，占据有利条件，在国家危难时义不容辞地应与皇帝共忧患。③窦融：东汉初人。西汉末割据河西，后归顺光武帝，授凉州牧。他知道光武帝有统一陇西的意图，写信给割据天水一带的军阀隗（wěi）嚣，要嚣归顺。隗嚣不从，他就整顿兵马，上疏光武帝，请示出师伐嚣日期。关右：即陇右，窦融所辖为关陇以西地区。来关右，谓表自关右而来，比喻刘从谏能知道皇帝的意愿，上表谴责宦官。陶侃：东晋将领。成帝咸和二年（327），苏峻叛乱，京都建康（今南京）危急。陶侃时任荆州刺史，被推为讨苏峻的盟主，领兵抵石头城（故城在今南京市石头山后）下，斩苏峻。宜：应该。次：进驻。义山律诗一联中用两事而同指一人的例子很多，此处窦融、陶侃均指刘从谏，意思是说，刘从谏既然已经上表，表明了态度，就应该用实际行动为平定宦官之乱效力。④蛟龙失水：喻皇帝失去权力。愁，悟抄作曾。季抄一作曾，一作长。更无：绝无。隼（sǔn）：一种脚爪强健、善于搏击的猛禽，又叫鹘。《左传·文公十八年》：“见无礼于其君者，诛之，如鹰鹯之逐鸟雀也。”这里以鹰隼比忠于君主的猛将。与（與）：通“举（舉）”，高飞。两句意谓：君主失权，受制于宦官，就是因为无人像鹰隼那样，高飞秋空，搏击君侧恶人的缘故。纪昀说：“‘岂有’、‘更无’，开合相应。上句言无受制之理，下句解受制之故也。”⑤幽显：阴间为“幽”，阳世为“显”，此指阴间的鬼神和阳世

的人。早晚：犹“多早晚”，何时。星关：犹天门，指宫禁，皇帝居住的地方。雪涕：犹“抹泪”，既然抹泪，则人在流泪可知。两句谓长安内外，昼夜一片号哭声，宦官的滔天罪行，使神人共愤，何时方能收复为他们所盘踞的宫阙，朝廷上下都拭泪欢庆呢。

［评析］

本篇是《有感二首》的续篇。诗中对刘从谏上书予以肯定。由于作者忧国心切，不免把刘从谏表中所声言的兴兵勤王，看成可以成为现实的事（其实，不论刘从谏主观上是否真正愿意，在当时条件下，如无朝廷命令，刘亦不可能付诸行动），故于刘从谏不免望之殷而责之切。诗中每于祈望同时，微露不满、焦急与愤郁，这在虚字安排上最能见出用意。首联于点明刘从谏的有利条件后，即以“须”字示以义不容辞。颔联“已来”、“宜次”，前宾后主，敦促之中，隐含对“宜次”而竟“未次”的不满。腹联“岂有”、“更无”，先反诘而后跌落，深有慨于武臣们的坐视危局，能为鹰隼而不为。对刘从谏而言，则既是激励，又是督责。末联“早晚”二字，于热望中透露出忧心如焚。杜甫《诸将》：“独使至尊忧社稷，诸君何以答升平？”似可用作此诗的注脚。

本篇与《随师东》以律体议论时事，抒写感慨，而所议对象均为武臣，也明显是受了杜甫《诸将》的影响。

曲　江[1]

望断平时翠辇过，空闻子夜鬼悲歌[2]。金舆不返倾城色，玉殿犹分下苑波[3]。死忆华亭闻唳鹤[4]，老忧王室泣铜驼[5]。天荒地变心虽折，若比伤春意未多[6]。

［注释］

①曲江：又称曲江池，唐代长安最大的风景区（旧址在今西安市东南郊）。安史之乱后荒废。大和九年（835）春，郑注上言秦中有灾，需要兴工役消除灾祸。文宗读杜甫《哀江头》，知天宝前曲江四岸皆有行宫台殿，颇想恢复“升平故事”，遂采郑注建言，派神策军淘曲江，仍许公卿士大夫之家于江头立亭馆。十月，宴群臣于曲江亭。因甘露事变，十二月下令罢修曲江亭馆。②望断：极望而不见。翠辇（niǎn）：皇帝乘坐的车，车盖上以翠羽装饰。过：音 guō。子夜：半夜。鬼悲歌：非泛写荒凉，而是暗暗透露甘露之变中朝臣惨遭杀戮的事，即《有感二首》“鬼箓分朝部”、“谁瞑衔冤目”，及《重有感》“昼号夜哭兼幽显”之意。两句谓：往日皇帝车驾临幸曲江的盛况如今再也见不到了，只能在夜半时听到冤鬼的悲歌声。“望断”、“空闻”从正反两方面暗寓一场“天荒地变”。③倾城色：形容女子美色迷人。此指陪从皇帝游玩的宫妃。下苑：即曲江。曲江与御沟相通而地势较高，故说“分波”。两句谓往日乘金舆陪同皇帝至此游赏的宫妃已不能再来，如今只有曲江流水依然分波玉殿。“不返”、“犹分”寓升平不复的感慨，下文伤春之意已埋伏其中。④华亭唳鹤：晋陆机因被宦官孟玖所谗而受诛，临死前悲叹道：“华亭鹤唳，岂可复闻乎！”华亭，陆机故宅旁谷名，在今上海市松江区西。唳（lì）：鸟鸣（一般用指鹤鸣）。此句借陆机被宦官所谗害，喻指事变中宦官杀戮朝臣，上承“鬼悲歌”，下启“天荒地变”。⑤泣铜驼：西晋灭亡前，索靖预感天下将乱，指着洛阳宫门前的铜驼叹息道：“会见汝在荆棘中耳！”此句借索靖之悲，抒写忧虑国家命运的预感，上承“望断”，下启“伤春”。⑥天荒地变：本谓自然界不寻常的大变化，此处兼甘露事变带来曲江池苑荒废和惨痛的人事情况而言。折：摧。伤春：本指人在春天时因节物变化、光阴流逝而引起的伤感，李商隐诗中常借指伤时感乱、为国家命运而忧的情怀。两句作总收，一是甘露事变的残酷杀戮和破坏，一是诗人透过这一事件看到唐王朝国运沦替所引起的伤痛，作者认为在感情上后者比前者更让人承受不了。

［评析］

诗借写曲江以寓慨时事。曲江的兴废从侧面反映着唐王朝的盛衰。杜甫在《哀江头》中曾借曲江今昔抒写国家残破的伤痛。李商隐此诗在构思上可能受到《哀江头》的启发。唐文宗因想恢复“升平故事”而修治曲江，又因甘露事变而罢修。诗人抓住这个题目，便可以概括甘露事变前后的时事，抒写由此而生的种种感慨。

诗中通过夜鬼悲歌、华亭唳鹤等描述，曲折地反映了甘露事变期间宦官残酷杀戮朝士的政治现实，但重点在进一步抒发“伤春”之情。诗人认为，这一“天荒地变”式的不幸政治变故尽管令人心折，但更使人伤痛的却是唐王朝愈趋没落的命运。描绘曲江今昔，感慨“升平”难返，抒写荆棘铜驼的隐忧，都紧紧围绕这个中心。

本篇感慨时事的精神和以丽句写荒凉的手法，有接近杜诗处，但哀感缠绵、情词深婉，又有李商隐诗歌自身的特色。

[备考]

朱鹤龄云：“此诗前四句追感玄宗与贵妃临幸时事，后四句则言王涯等被祸，忧在王室而不胜天荒地变之悲也。”（《李义山诗笺注》）

程梦星云：“此诗专言文宗。盖文宗时曲江之兴罢，与甘露之事相始终也。曲江之修，因郑注厌灾一言始之；曲江之罢，因李训甘露一事终之。故但题曲江，而太（大）和间时事足以概见矣。……”（《重订李义山诗集笺注》）

冯浩云：“此盖伤文宗崩后杨贤妃赐死而作也。……首句谓文宗，次句谓贤妃。三、四承上，五、六则以甘露之变作衬。而谓伤春之痛较甚于此，盖文宗受制阉奴，南司涂炭，已不胜天荒地变之恨，孰知宫车晚出，并不保深宫一爱姬哉！”（《玉谿生诗集笺注》）

张采田云：“此诗专咏明皇、贵妃事。首二句总起，言曲江久废巡幸，只有夜鬼悲歌，亟写荒凉满目之景。‘金舆’一联，言苑波犹分玉殿，而倾城已不返金舆矣，所谓‘伤春’也。后二联则言今日回想天宝乱离，华亭唳鹤，王室铜驼，天荒地变之惨，虽足痛心，然岂若‘伤春’之感，愈足使人悲诧耶？旧注皆兼甘露之变言，诗意遂不可解。冯氏又臆造杨贤妃弃骨水中以附会之，益纰缪矣。”（《玉谿生年谱会笺》）

寿安公主出降[①]

妫水闻贞媛，常山索锐师[②]。昔忧迷帝力，今分送王姬[③]。事等和强虏，恩殊睦本枝[④]。四郊多垒在，此礼恐无时[⑤]！

［注释］

①唐文宗大和八年（834），成德节度使王庭凑死，子元逵继立。王庭凑是一个凶悍的割据者，曾多次用武力对抗朝廷。王元逵虽仍割据一方，但对朝廷较为恭谨，岁时贡献，维持臣属关系。文宗很感满意，于开成二年（837）六月以绛王（李悟）女寿安公主嫁元逵。诗即为此事而发。降（jiàng）：犹言下嫁。②妫（guī）水：在山西省境，传说尧在此把两个女儿嫁给舜。贞媛（yuàn）：纯正美好的女子。此处借尧女指寿安公主。常山：郡名，即镇州（今河北正定）。当时成德节度使治镇州。索：娶。陆游《老学庵笔记》卷十："今人谓娶妇为索妇，古语也。孙权欲为子索关羽女，袁术欲为子索吕布女，皆见《三国志》。"又《敦煌掇琐》卷二："用钱索新妇"，索亦娶义。索锐师：派精锐的军队迎娶。两句谓王元逵听说有美好的公主，于是从常山派军队迎娶。作者故意把事情描绘成藩镇盛兵求娶公主，是为了突出文宗下嫁公主系屈服于压力。③帝力：皇帝的恩威。《汉书·张耳陈馀传》载：刘邦一次路过赵国，对待女婿赵王张敖（张耳之子）很轻慢，赵相贯高要求杀刘邦，张敖说："先王亡国，赖皇帝得复国，德流子孙，秋毫皆帝力也。"迷帝力：指王庭凑恃强割据，不知道感戴皇帝的恩德，无视君主的权威。分（fèn）：分当，理所当然，系讽刺语。钱良择说："'分'字沉痛，言竟似本分当然也。"王姬：王女，指寿安公主。两句意谓：以前担忧的是王庭凑恃强悖逆，不把朝廷放在眼里；如今王元逵态度有所改变，当然要把公主奉送给他了。④和强虏：古代统治者为求得民族间的和睦或一时的苟安，把宗室的女子嫁给少数民族的首领，叫"和亲"，"和强虏"指屈辱性的"和亲"。殊：殊异。这里有"超过"的意思。本枝：嫡系子孙和旁支子孙。古代宗法制度：天子的嫡长子叫宗子，袭位为天子；庶子叫支子，出封为诸侯。王元逵非皇族分封的诸侯，与

宗支有别。两句意谓：文宗用下嫁公主的办法来笼络藩镇，事情的性质等于屈辱的和亲，隆重的恩遇甚至超过了为敦睦宗室而采取的措施。⑤四郊多垒：指藩镇割据，国内到处都是军事壁垒。此礼：指像寿安公主出降这种礼。无时：《礼记·檀弓》："有其礼，无其财，君子弗行也。有其礼，有其财，无其时，君子弗行也。"无其时，即无时。指时代的客观条件和情况不允许。两句意谓：虽有王姬下嫁的礼，但和尧降二女于舜不同，当前各地藩镇跋扈，威胁朝廷，用结亲的办法笼络藩镇，只能丧失中央王室威信，是不具备可行的时代条件，不应该这么做的。

[评析]

本篇就寿安公主出降一事抒发议论和感慨，既对唐文宗的屈辱妥协政策进行批评讽刺，也为唐王室的衰落表示痛心。

唐文宗下嫁公主，表面上是为了嘉奖王元逵的恭谨，实际上是以积弱的朝廷去讨好藩镇。诗揭示了朝廷在强藩重兵压力下的屈辱。尤其是三、四两句，以"昔忧"、"今分"对举，描画出朝廷面对强藩，忧心忡忡，竭力趋奉，只求割据者稍全大体的卑怯心理。这种批评，可谓诛心之笔。

然而，"事等和强虏"又毕竟是藩镇跋扈，威胁文宗这样一位软弱君主的结果。朝廷和藩镇之间表面上的主臣关系，要赖牺牲公主去维系，诗在讽刺中自有很深的感慨。作者并不是迂腐地认为公主不可以出降，而是慨叹行此出降之礼，当前并无适宜的时机。因此，虽然批评文宗，却又不能不为唐朝廷的艰难处境深致伤痛。

由于思想感情的复杂，诗并不只是尖峭的讽刺，同时还具有内在的沉郁悲愤，诗歌语言的情调，前后也略见发展变化。

行次西郊作一百韵①

蛇年建丑月，我自梁还秦②。南下大散岭，北济渭之滨③。

草木半舒坼，不类冰霜晨[4]。又若夏苦热，燋卷无芳津[5]。高田长槲枥，下田长荆榛[6]。农具弃道傍，饥牛死空墩[7]。依依过村落[8]，十室无一存。存者皆面啼，无衣可迎宾[9]。始若畏人问，及门还具陈[10]：

右辅田畴薄，斯民常苦贫[11]。伊昔称乐土，所赖牧伯仁[12]。官清若冰玉，吏善如六亲[13]。生儿不远征，生女事四邻[14]。浊酒盈瓦缶，烂谷堆荆囷[15]。健儿庇旁妇，衰翁舐童孙[16]。况自贞观后，命官多儒臣[17]。例以贤牧伯，征入司陶钧[18]。

降及开元中，奸邪挠经纶[19]。晋公忌此事，多录边将勋[20]。因令猛毅辈，杂牧升平民[21]。中原遂多故，除授非至尊[22]：或出幸臣辈，或由帝戚恩[23]。中原困屠解，奴隶厌肥豚[24]。皇子弃不乳，椒房抱羌浑[25]。重赐竭中国，强兵临北边[26]。控弦二十万，长臂皆如猿[27]。皇都三千里，来往同雕鸢[28]。五里一换马，十里一开筵[29]。指顾动白日，暖热回苍旻[30]。公卿辱嘲叱，唾弃如粪丸[31]。大朝会万方，天子正临轩[32]。彩旂转初旭，玉座当祥烟[33]。金障既特设，珠帘亦高褰。捋须蹇不顾，坐在御榻前[34]。忤者死跟履，附之升顶颠[35]。华侈矜递衒，豪俊相并吞[36]。因失生惠养，渐见征求频[37]。

奚寇东北来，挥霍如天翻[38]。是时正忘战，重兵多在边[39]。列城绕长河，平明插旗幡[40]。但闻虏骑入，不见汉兵屯[41]。大妇抱儿哭，小妇攀车辐[42]。生小太平年，不识夜闭门[43]。少壮尽点行，疲老守空村[44]。生分作死誓，挥泪连秋云[45]。廷臣例獐怯，诸将如羸奔[46]。为贼扫上阳，捉人送潼关[47]。玉辇望南斗，未知何日旋[48]。诚知开辟久，遘此云雷屯[49]。逆者问鼎大，存者要高官[50]。抢攘互间谍，孰辨枭与鸾[51]？千马无返辔，万车无还辕[52]。城空雀鼠死，人去豺狼喧[53]。

南资竭吴越，西费失河源[54]。因令左藏库，摧毁惟空垣[55]。如人当一身，有左无右边。筋体半痿痹，肘腋生臊膻[56]。列圣蒙此耻，含怀不能宣[57]。谋臣拱手立，相戒无敢先[58]。万国困杼轴，内库无金钱[59]。健儿立霜雪，腹歉衣裳单[60]。馈饷多过时，高估铜与铅[61]。山东望河北，爨烟犹相联[62]。朝廷不暇给，辛苦无半年[63]。行人榷行资，居者税屋椽[64]。中间遂作梗，狼藉用戈铤[65]。临门送节制，以锡通天班[66]。破者以族灭，存者尚迁延[67]。礼数异君父，羁縻如羌零[68]。直求输赤诚，所望大体全[69]。巍巍政事堂，宰相厌八珍[70]。敢问下执事，今谁掌其权[71]？疮疽几十载，不敢抉其根[72]。国蹙赋更重，人稀役弥繁[73]。

近年牛医儿，城社更攀缘[74]。盲目把大旆，处此京西藩[75]。乐祸忘怨敌，树党多狂狷[76]。生为人所惮，死非人所怜[77]。快刀断其头，列若猪牛悬[78]。凤翔三百里，兵马如黄巾[79]。夜半军牒来，屯兵万五千[80]。乡里骇供亿，老少相扳牵[81]。儿孙生未孩，弃之无惨颜[82]。不复议所适，但欲死山间[83]。

尔来又三岁，甘泽不及春[84]。盗贼亭午起，问谁多穷民[85]。节使杀亭吏，捕之恐无因[86]。咫尺不相见，旱久多黄尘。官健腰佩弓，自言为官巡[87]。常恐值荒迥，此辈还射人[88]。愧客问本末，愿客无因循[89]。郿坞抵陈仓，此地忌黄昏[90]。

我听此言罢，冤愤如相焚[91]。昔闻举一会，群盗为之奔[92]。又闻理与乱，系人不系天[93]。我愿为此事，君前剖心肝[94]。叩头出鲜血，滂沱污紫宸[95]。九重黯已隔，涕泗空沾唇[96]。使典作尚书[97]，厮养为将军[98]。慎勿道此言，此言未忍闻[99]！

［注释］

①唐文宗开成二年十二月（838年初），作者从兴元（今陕西汉中）返长安。途经京西郊畿地区，目睹耳闻衰败乱离情况，对国事忧心如焚，写了这首长诗。次：古代把行路时止宿某地叫“次”。②蛇年：开成二年丁巳，十二

生肖中巳属蛇，故称“蛇年”。建丑月：十二月。夏历建寅（以寅月为首月），推至腊月为丑月。梁：梁州，州治在兴元。秦：指长安。③两句意谓自南向北而来，先下大散岭（今宝鸡市西南），后北渡渭水。④舒坼（chè）：萌发。⑤燋（jiāo）卷：焦枯卷缩。四句写冬旱景象：草木因晴暖而萌发，不像冰封雪冻的寒冬；倒像酷热的夏天，焦枯卷缩，缺乏水分。⑥槲（hú）、枥、荆、榛（zhēn）：都是野生树木。枥：栎树。槲与栎相类。两句写田地荒芜，杂树丛生。⑦空墩：荒颓的土堆。⑧依依：依恋不舍，形容看到农村残破景象时不忍即时离去的惆怅伤感之情。⑨面啼：即背啼。《汉书·项籍传》：“马童面之。”师古注：“面谓背之不面向也。面缚，亦谓反背而缚之。”皆，戊签、悟抄作“背”，亦通。杜甫《北征》：“见爷背面啼。”程梦星说：“下文‘无衣可迎宾’，此所以畏人背面也。”按：似同时和感情沉痛有关，上引杜诗可证。⑩具陈：详细地陈述。从此句引起下文。何焯说：“此下皆述‘具陈’，至末方自发议论，章法绝佳。”

以上为第一段。描述在西郊所见农村荒凉残破景象，并借村民的话引出对唐王朝衰败情况的叙述。

⑪辅：京城附近地区。右辅，指长安以西一带，在汉代属右扶风。斯民：犹言人民，百姓。⑫伊：发语词。牧伯：指州郡一级的地方行政长官。作者为了通过今昔对比表达主题，将过去这一带地方美化为“乐土”，并归结为地方长官的“仁”。⑬官、吏：指地方上的一般官吏。六亲：六种关系极近的亲属。⑭事四邻：嫁给四邻。指不远嫁。按照封建伦理，女子出嫁后要侍奉公婆和丈夫，故称嫁为“事”。⑮瓦缶（fǒu）：瓦制的酒器。荆囷（qūn）：荆条编的圆形盛粮器具。⑯庇：这里犹言养活。旁妇：外妇。旧时代认为成年男子在正妻之外还能养活外妇是生活丰裕的表现。舐（shì）：舔。这里以“老牛舐犊”形容爱抚。⑰贞观：唐太宗李世民的年号（627~649）。儒臣：与下“猛毅辈”相对而言，泛指文臣。⑱司：管理。陶钧：陶器模子下的转轮。古代以陶人转动钧而制成瓦器喻治理国家。司陶钧，即担任宰相。四句赞美贞观后以文臣执政和征调贤明地方官入京担任宰相的一贯措施。

这一节追叙唐前期社会安定繁荣情况，强调这是由于中央和地方官吏得人。

⑲开元：唐玄宗李隆基的年号（713～741）。挠：扰乱。经纶：《周易正义》解《易·屯·象传》“君子以经纶”说：“经，谓经纬；纶，谓纲纶。”这里喻政治纲纪。两句指斥开元末年李林甫乱政。⑳晋公：指李林甫，开元二十五年（737）封晋国公，垄断朝政十余年。此事：指上面所述以文臣管理政事和征调贤明地方官任宰相的措施。据《旧唐书·李林甫传》记载，李林甫为了长久把持朝政，防止文臣由节度使内调任宰相，劝说玄宗多用蕃将任节度使（因为他们缺乏入相的资望），因此，野心家安禄山得以一身兼任平卢、范阳、河东三镇节度使。㉑猛毅辈：指骄横凶暴的边将。杂牧：犹言胡乱治理。牧：统治。升平民：指太平时代的驯良百姓。㉒多故：多变乱。除授：任命官职（拜官叫除）。非至尊：不由皇帝（决定）。㉓幸臣：皇帝所宠幸的近臣（如宦官）。当时宦官高力士得宠，权势很大。帝戚：指杨贵妃的亲属杨国忠等。㉔屠解：屠杀肢解。奴隶：指上述权臣贵戚藩镇的仆役走卒。厌：同“餍”（读平声），饱足。豚：乳猪，这里泛指猪。两句谓中原广大地区的人民被视为牛马，受尽压榨与宰割，而连官僚贵族的仆役走卒都尽情享受奢侈的生活。㉕“皇子”句：可能指玄宗杀太子李瑛和鄂王李瑶、光王李琚事。史载玄宗宠幸武惠妃，想废太子和鄂、光二王，因张九龄反对而未实行。玄宗问李林甫，李迎合玄宗意旨，说：“这是皇上家事，不是臣下所应参与的。”玄宗于是决意处死李瑛等。乳：抚养。“弃不乳”是对将李瑛等赐死的委婉说法。椒房：后妃住的宫殿用椒和泥涂壁，这里指杨贵妃。抱羌浑：讽杨贵妃洗儿事。据《安禄山事迹》说，杨贵妃收安禄山为养子，安禄山生日后三天，玄宗召入宫中，杨贵妃用锦绣绷缚安禄山，让宫人用彩轿抬着，说是给禄儿“洗三”。安禄山是营州杂胡（父胡人，母突厥人），所以说“抱羌浑”。两句讽唐玄宗宠武惠妃而杀太子李瑛，宠杨贵妃而杨贵妃收安禄山为养子。㉖中国：即“国中”。㉗控弦：拉弓的人，士卒。长臂如猿：形容善于射箭。《史记·李将军列传》谓李广“猿臂”“善射”。四句说玄宗对安禄山滥行赏赐，竭尽国内财富，安禄山则兼领北边三镇，握有重兵，实力强盛。按：安禄山所辖三镇，统兵共十八万余人，加上他所收养的同罗、奚、契丹等部降人八千余，总计有兵力近二十万。㉘三千里：指从安禄山驻地范阳（今北京大兴）到长安的大致路程。雕鸢（yuān）：鹫鸟和鸱鹰，都是善飞的猛禽。两句指安

禄山令其将刘骆谷留长安作谍报事。《通鉴·天宝六载》："禄山……常令其将刘骆谷留京师诇（刺探）朝廷指趣，动静皆报之。或应有笺表者，骆谷即为代作通之。岁献俘虏、杂畜、奇禽、异兽、珍玩之物，不绝于路，郡县疲于递运。"㉙"五里"二句：据《安禄山事迹》，安禄山身体肥胖，从范阳赴长安，驿站中间，要筑台换马，谓之"大夫换马台"；他停歇的地方，都赐以"御膳"。㉚指顾：手指目顾。暖热：态度的温和或严厉。苍旻（mín）：天。两句写安禄山的权势气焰，说他的举动态度足以指挥天日，影响皇帝。㉛粪丸：蜣螂用土包粪，转而成丸，叫粪丸。两句说朝廷大臣都遭到安禄山的嘲弄叱辱，被视如粪丸。㉜大朝：隆重的朝会。皇帝大会诸侯群臣叫大朝，以别于平日常朝。万方：指全国各地诸侯，即都督、刺史等。临轩：皇帝不坐正殿的座位而坐殿前平台接见臣下。㉝初旭：初升的太阳。祥烟：皇帝座前铜炉燃烧香料所升起的香烟。两句写大朝会时彩旗在旭日照耀下轻拂，御座前香烟缭绕的景象。㉞障：屏风。褰（qiān）：挂起。捋须：抚摸胡须。蹇（jiǎn）不顾：形容态度骄横、旁若无人的样子。据《旧唐书·安禄山传》，玄宗一次在勤政楼，特地于御座东设一大金鸡障，前置坐榻，让安禄山坐其上，并卷起榻前的珠帘。上四句当指此事，以见玄宗对安禄山的尊宠和安禄山的骄横。㉟跟：脚跟。诸本多作"艰"，据戊签改。顶颠：头顶。两句说：触犯安禄山的人就死于他的践踏之下，依附他的人则升居高位。㊱华侈：奢华淫侈。矜：夸耀。递：接连。衒（xuàn）：炫耀。矜递衒，即"递矜衒"的颠倒。这句说，权贵们竞相夸耀奢侈的生活。豪俊：指权贵。这句揭露统治集团内部的互相倾轧，如安禄山与杨国忠的权力之争。㊲生惠养：指抚育和爱养。两句意谓：统治者无爱民养民之意，对人民的压榨诛求一天天加重。

这一节叙开元末年以来，李林甫阴谋乱政，安禄山恃宠跋扈，中央集权削弱，藩镇势力膨胀，政局腐败，人民困苦。

㊳奚寇：指安禄山叛军，其中有不少奚族人。东：各本均误作"西"，从朱鹤龄说改。挥霍：行动疾速。㊴"是时"句：据《旧唐书·安禄山传》记载，当时"天下承平日久，人不知战，闻其起兵，朝廷震惊"。"重兵"句：唐代自开元、天宝以来，为了压制奚、契丹，对付吐蕃，精兵多集中在东北和西北，此时东北叛乱，西北的军队来不及救援，故云。㊵"列城"二句：意

谓沿着黄河的城邑，叛军晚上攻打，天明就攻破，插上他们的旗帜。㊶屯：驻守。两句谓：只见叛军长驱直入，看不见唐军屯驻设防。天宝十四载（755）十一月，安禄山从范阳起兵叛变。十二月渡黄河，连陷陈留、荥阳、东都洛阳。沿途所至郡县，往往没有唐军抵御。㊷轓（fān）：附着车两旁横木的向外翻出部分，用以遮蔽尘泥。两句写老百姓逃难情景。㊸“生小”句：意谓从小生长在太平年代。㊹点行：按照丁册征发兵役。㊺“生分”句：意谓虽是活着分离，然因情势艰险，却视同死别。㊻例獐怯：都像獐一样胆怯。羸（léi）：瘦羊。㊼上阳：洛阳宫名。安禄山于天宝十五载正月在洛阳自称大燕皇帝。六月，其部将孙孝哲攻陷长安，搜捕百官、宦者、宫女等经潼关押送洛阳。两句叙此事。意谓安禄山身为国家的叛贼而扫除上阳宫僭号称帝，并从长安搜捕百官经潼关送往洛阳。（一说，“为贼”二句承上二句言。上句指洛阳降臣为贼扫除宫殿，下句指潼关降将为贼捉人防守潼关。连上“廷臣”二句写朝中文武或胆怯逃走，或助贼为虐。）㊽玉辇：皇帝坐的车。这里代指玄宗。南斗：星宿名。玉辇望南斗，即皇帝乘舆向南方出奔之意思。“望”与“旋”均属玉辇。两句谓玄宗仓皇奔蜀，不知何时才能返回长安。㊾开辟：开天辟地，这里指唐朝开国。遘：遭遇。云雷屯（zhūn）：语出《周易·屯》的彖辞。彖辞说：“屯，刚柔始交而难生。”屯，艰难。古人认为开辟前一片混沌，天地开辟时云雨雷电交会。这里以云雷屯喻巨大的祸乱。二句谓诚知开辟后承平已久，不免遇此巨祸。这是用所谓治乱交替循环的必然命运来曲折地表达内心的极度沉痛。纪昀说：“‘诚知’二句筋节震动。”㊿逆者：指叛乱的藩镇。逆，各本均作“送”，此据戊签。问鼎大：《左传·宣公三年》记载：楚庄王伐陆浑之戎，路过洛阳。周定王派王孙满劳军。楚庄王向王孙满问九鼎的轻重（相传禹铸九鼎，夏商周三代都把它作为传国宝，是统治权力的象征），流露出夺取周王朝政权的野心。存者：指还未叛乱的藩镇。要（yāo）：要挟。两句谓叛镇有问鼎称王的野心，未叛者则要挟朝廷授予高官。（一说，逆应作“送”。意谓各地方镇送物劳军者有觊觎王室之意，遣使存问者亦每每邀求高官。）51抢（chéng）攘：纷乱。互间谍：互相窥伺，彼此倾轧。枭（xiāo）：与猫头鹰同类，古代认为是恶鸟，这里喻叛乱者。鸾：古人认为象征吉祥的鸟，喻忠于朝廷的官吏。52“千马”二句：意谓被征发去讨伐藩镇的军队，往往全军覆没，没有生还的。53豺狼：喻占领城邑的叛军。

这一节叙述安史叛军长驱直入，人民流离失所，皇帝官吏望风而逃，藩镇乘机叛乱、要挟，国家陷于空前混乱。

54资、费：均指财政费用。吴越：泛指东南地区。河源：指黄河上游的河西、陇右地区。安史之乱后，中原遭受严重破坏，朝廷财政收入主要依靠淮南、江南，致使东南财力消耗殆尽；而河西大片土地又沦于吐蕃，故来自东南的财源渐趋枯竭，来自西北的财源亦丧失不存。55左藏库：唐朝廷有左、右藏库。左藏库存放全国赋调，右藏库存放各地所献金玉珠宝。两句承上，因"南资"、"西费"竭失，朝廷赋调收入减少，所以左藏库为之空虚。"摧毁惟空垣"是夸张之词。左，影宋本、嘉靖本、汲古阁本作"右"。56痿痹：萎缩麻木。膻膻：牛羊的腥臊气，封建时代多指西、北地区少数民族而言。四句说，安史之乱后的唐王朝，有左无右，半身不遂，肘腋之地也屡遭少数民族统治者的侵扰。57列圣：指肃、代、德、顺、宪、穆、敬、文等历朝皇帝。蒙此耻：蒙受藩镇割据叛乱和少数民族统治者侵扰的耻辱。含怀：犹言闷在心里。两句婉讽历朝皇帝不能雪耻。58"谋臣"二句：意谓谋划国事的大臣拱手而立，毫无作为，彼此相戒，谁也不敢提出削平叛乱的倡议。59万国：本指古封建制下的各诸侯国，此犹说全国各地。杼（zhù）轴：织布机。《诗·大东》："小东大东，杼轴其空。"形容剥削残酷，致使织机空无一物。"困杼轴"意同此。两句说人民困苦，国库空虚。60健儿：指边防战士。腹歉：肚饥。61馈饷：发放军粮。估：论物价。铜与铅：这里代指钱币。唐代缺铜，流通钱币稀少。两税法施行后，钱重物轻现象严重，江淮间多铅锡钱，外烫薄铜，斤两不足。两句谓官府发放军饷时，以实物折钱计算，故意抬高钱币价值，以达到克扣粮饷的目的。62山东：华山以东地区。河北：指今河北省一带地方。爨（cuàn）烟：炊烟。两句说华山以东、河北一带，炊烟相接，人口仍然不少。63不暇给：无暇顾及。两句意谓：山东、河北地区人民，受藩镇控制，朝廷无暇顾及，他们终岁辛苦而无半年之粮。64行人：指行商。榷（què）：本指政府专利买卖，这里指征税。行资：行商所带的物资。这句说向行商征收货物税。德宗建中三年（782）于各交通要道置吏收货物税，每贯税二十文。居者：居住房屋的人，指有房产的人。税屋椽：征收房屋税。建中四年下令：上等屋每间税钱二千文，中等一千，下等五百。⑥⑤作梗：从中阻挠。这里指藩镇抗命，使朝廷政令不能下达。狼藉：杂乱，纷乱。铤（chán）：铁把短矛。用戈铤，犹说动刀兵。两句指河北藩镇朱滔、田悦、王武俊以及朱泚、李怀光、李纳、李希烈等相继反叛，局面混乱，兵连祸结。⑥⑥节制：旌节（旌是大旗，节是任命官吏的凭证）和制书（皇帝任命官吏的文书）。锡：赐。通天班：直接隶属于皇帝的最高官阶，如宰相。两句意谓：藩镇或跋扈抗命，或世袭自立，朝廷不但不加惩处，反而派使者送上旌节制书，赐以高官显位，羁縻笼络。中唐后节度使每加同中书门下平章事（宰相）等职衔。⑥⑦破者：指被朝廷讨平的藩镇。族灭：全族处死。宪宗时曾讨平西蜀刘辟、淮西吴元济、淄青李师道等。存者：指河北等地区未被消灭的藩镇。两句说：被朝廷讨平的藩镇已被族诛，而尚存的藩镇观望拖延，继续割据。⑥⑧礼数：礼仪的等级。羁：马笼头。縻：牛缰绳。羁縻，笼络维系。羌零（lián）：先零，古西羌族的一支。两句意谓：藩镇对皇帝不遵守君臣间应有的礼仪，朝廷对藩镇也如对边地少数民族，加以笼络维系而已。⑥⑨直：岂，语气副词。两句谓：朝廷岂敢奢望藩镇献纳忠诚，只不过想求得他们顾全大概的体统，名义上臣服而已。⑦⓪政事堂：唐代宰相商议政事的地方。厌八珍：饱食山珍海味。唐代制度，宰相议政，会食于中书省（唐初，政事堂设于门下省，后移至中书省）。⑦①下执事：下属具体办事人员。古代交际场合称对方时，不直说对方，而说对方手下的办事人员，表示不敢与对方并列，后来就把执事作为对对方的尊称。这里是村民称作者。其权：宰相之权。当时宰相有郑覃、李石、陈夷行等。⑦②抉：挖出。两句说国家几十年的祸患，没有人敢将它连根拔除。⑦③国蹙（cù）：指朝廷控制的区域缩小。安史之乱后，唐王朝中央能经常控制的地区仅关中和江淮流域的八道四十九州，土地和户口都比乱前大大减少，而军费开支却连年增加，故这些地区人民的赋役负担比以前更为繁重。

这一节叙述安史之乱后唐王朝财源枯竭、赋税苛重、藩镇跋扈等深重危机，抨击当权者腐败无能，不敢正视国家的危机。

⑦④牛医儿：东汉黄宪的父亲是牛医，有人称宪为“牛医儿”。这里用以贱称郑注。郑注曾以方伎游江湖间，先因医术进身依李愬，后由李愬介绍给宦官王守澄。大和七年（833），又由王守澄推荐为文宗治风痹症，从此得到文宗

的信任和重用。城社：城狐社鼠的省语。狐鼠依托城墙和神社作为隐蔽，虽为患而不易驱除，因怕损坏城社。古代常用以喻皇帝身边的奸邪。两句说郑注和一群奸邪小人相互攀附援引，结党营私。作者在这里对郑注的政治品质和进身途径都进行了批评，对文宗宠信郑注也有微词。⑮盲目：《新唐书·郑注传》："（注）貌寝陋，不能远视。"这里兼讽刺其政治识见的"盲目"。旆（pèi）：军中大旗。把大旆，持旌旗出镇一方。唐代节度使出镇时，皇帝赐以双旌。京西藩：指凤翔。唐置凤翔府，设节度使，辖长安以西地区。两句写郑注任凤翔节度使（大和九年十月，文宗以郑注为凤翔节度使）。⑯狂狷（juàn）：狂和狷本分指躁进和褊狭的两种人，这里偏用"狂"义。二句谓郑注乐于制造祸端（指诛杀宦官）而忘怨敌（宦官）的势力，他所交结的党羽又多是一些躁进妄为的人。《旧唐书·郑注传》："轻浮躁进者，盈于注门。"⑰"生为"二句：汉成帝时童谣："桂蠹花不实，黄雀巢其颠。昔为人所爱，今为人所怜。"两句反其意而用之，谓郑注活着的时候，人们对他感到畏惧，死后人们对他并不同情。这里所说的"人"，主要是指当时的官僚士大夫。《旧唐书·郑注传》："是时训、注之权，赫于天下。既得行其志，生平恩仇，丝毫必报。因杨虞卿之狱，挟忌李宗闵、李德裕，心所恶者，目为二人之党。朝士相继斥逐，班列为之一空。人人惴栗，若崩厥角。"李训、郑注谋诛宦官的行动应该肯定，但他们平时作威作福，不加区别地贬逐许多官僚士大夫，给自己制造了对立面；加以谋事不周，反遭失败，使国家危机更加深重，因而很少有人同情他们。⑱列：陈（指陈首示众）。李训举事失败（参看《有感二首》注①）后，宦官仇士良密令凤翔监军宦官张仲清，使其诱杀郑注。郑注首级被送往京师后，挂在兴安门上示众。⑲凤翔三百里：指长安以西、凤翔以东地区。凤翔距长安三百一十五里。黄巾：东汉末年张角等所领导的农民起义军。封建地主阶级诬称农民起义军为"盗贼"，这里用作盗贼的代称。甘露事变，兵祸直接蔓延到京郊地区。史载，仇士良遣禁军在京城内大肆捕杀之后，又"出卫骑千余，驰咸阳、奉天捕亡者"。当时京郊戒严，宦官领禁军四出焚杀。又任命神策大将军陈君奕为凤翔节度使，沿途祸害百姓。两句所写即上述情况。⑳军牒：调兵的文书。这两句叙陈君奕领禁军出镇凤翔。㉑供亿：唐代公文习用语，意同供给安顿。语出《左传·隐公十一年》："寡君唯一二父兄不能共亿。”供，给；亿，安也。扳（pān）：同“攀”。牵：引。两句意谓：供给安顿这批禁军是老百姓所最为害怕的，因为无力应付，只好扶老携幼，四处逃亡。⑫孩：小儿笑。生未孩：指生下来不久，还不会笑的婴儿。⑬所适：所到的地方，指目的地。两句说老百姓仓皇逃难，漫无目的，只求藏于深山，即使不免一死，也总比死于乱军好。

这一节叙述郑注的失败和陈君奕出镇凤翔，反映甘露事变和京西人民遭受的残害。

⑭尔来：指自甘露事变以来。三岁：从大和九年到作者写这首诗时首尾三年。甘泽：及时的雨水。不及春：指春旱不雨。⑮亭午：正午。两句说“盗贼”在大白天公开出来活动，如果问他们是些什么人，原来多数是穷苦的老百姓。这里客观上反映了穷民被迫反抗的现实。⑯节使：节度使。亭吏：秦汉时乡中有亭长，职责是捕“盗”。这里借指负责基层治安的小吏。两句说节度使因为亭吏捕“盗”不力而杀掉他们，但“盗贼”既然多是穷民，亭吏要捕恐怕也没有缘由。⑰官健：由州府招募并供给衣粮的士兵。为官巡：替公家（封建地方政府）巡查“盗贼”。⑱值荒迥：遇上荒凉僻远的地方。此辈：指官健。这里指出官健名为巡盗，实际上他们自己就是害民的盗贼。⑲客：村民称作者。本末：事情的本源和结果，这里指唐王朝致乱的原因和变乱所造成的结果。因循：犹言马虎大意。⑳郿坞：故址在今陕西眉县（旧称郿县）北（东汉末年，董卓曾筑坞于郿，号“万岁坞”，世称郿坞）。陈仓：在今陕西宝鸡市东。两句说从郿坞到陈仓这一带路途不安宁，切忌在傍晚时赶路。何焯说：“忽收住于‘还秦’，何生动！”冯浩说：“归到行次。”

这一节叙述甘露事变以来长安西郊地区所遭受的天灾人祸和人民被迫为“盗”的情况。

以上为第二段，借村民之口叙述唐初到开成年间的治乱兴衰，并揭示其根源。

㉑冤愤：怨恨愤激的感情。如相焚：像火烧一样。㉒会：指春秋时晋国的大夫士会。据《左传·宣公十六年》载，晋景公任命士会为中军统帅，兼任太傅，于是晋国之“盗”都逃往秦国。两句意谓，任用贤才，就能消弭“盗贼”。可见作者强调任贤，根本目的在于消除人民的反抗，巩固地主阶级政

权。⑬理：治，唐人因避高宗李治讳而改用“理”字。系：即取决于。两句说国家的治乱，取决于人事而不取决于天意。系人，季抄、朱本作“在人”。⑭此事：指国家的深重危机和自己治国在贤的主张。⑮滂沱：倾泻流溢的样子。紫宸：唐朝皇帝听政的便殿，这里借指朝廷。⑯九重：皇帝的住处，这里指皇帝。两句说皇帝被奸邪所包围，视听不明，自己的主张无从上达，只能空自流涕。⑰使典：唐代称胥吏（办理文书的下级人员）为使典。唐代中央政府设尚书省，总管全国行政事务，下分设吏、户、礼、兵、刑、工六部，各部长官为尚书。句意是说：朝廷中任高官的，才器不过如胥吏之流。⑱厮养：仆役，此指宦官（宦官本系皇帝家奴，在宫廷服役）。这句指斥宦官掌握兵权。唐德宗以来，禁军将领都由宦官担任。⑲此言：即上文“我听此言罢”一句中的“此言”，指村民历叙唐王朝衰乱情况的一大段话。作者因朝政腐败，危机深重，虽有“君前剖心肝”的愿望而不能实现，所以不忍再听这一类话让自己徒增愤郁。纪昀说：“‘我听’以下，淋漓郁勃，如此方收得一大篇诗住。”

以上为第三段。抒发对国事的忧愤，提出“系人不系天”的见解，收束全篇。

［评析］

本篇是作者追溯唐王朝治乱兴衰的历史，集中表达自己政治观点的重要作品。诗中着重叙述开元末年以来衰乱情况，对比今昔，推原祸始，显示出中央与地方官吏的贤否，是国家治乱的根本，中枢是否得人，尤为问题的关键。他认为“例以贤牧伯，征入司陶钧”，是唐前期社会安定繁荣的原因，而“奸邪挠经纶”则是国家由盛转衰的根源。作者抨击拱手而立、胆怯如獐的“谋臣”、“廷臣”，斥责“疮疽几十载，不敢抉其根”的执政者，揭露“使典作尚书，厮养为将军”的腐败政治现象，并进而对最高封建统治者进行指责或批评：叙安史之乱，深咎玄宗酿乱之责；叙甘露之变，婉讽文宗暗于任人。这一切，都体现出作者认为治乱“系人不系天”的观点。

围绕上述中心观点，诗对唐王朝衰败过程中出现的严重社会政治危机亦有多方面的揭露。藩镇的割据叛乱，宦官的专权残暴，统治集团的骄奢淫逸，赋税剥削的日趋苛重，人民生活的极端穷困，财政危机的深化，军事力量的削弱，等等，都在不同程度上得到反映。藩镇割据与人民穷困尤为作者注意的中心。这些都触及了当时现实问题的症结。

长诗是作者在《有感二首》等诗的基础上，进一步考察社会、思索国计民生问题的产物。作者的视野已由某些局部的事件和问题，扩展到对唐王朝开国以来盛衰历史，以及政治、经济、军事等方面问题的全面考察与思索，带有总结历史经验性质，可算是李商隐诗中思想性达到最高峰的带里程碑性的作品。

本篇内容广阔，体势磅礴。既有唐王朝衰落历史过程的纵向追溯，亦有各种社会政治危机的横向解剖，纵横交错，构成长达百余年的社会历史画面，是唐人政治诗中少见的长篇巨制。在构思、表现手法上明显受到杜甫《北征》等诗的影响，虽不及杜诗波澜起伏、沉郁顿挫，但规模更大，政治色彩更浓。语言质朴，夹叙夹议，兼有史诗与政论的特色。

安定城楼①

迢递高城百尺楼，绿杨枝外尽汀洲②。贾生年少虚垂涕③，王粲春来更远游④。永忆江湖归白发，欲回天地入扁舟⑤。不知腐鼠成滋味，猜意鹓雏竟未休⑥！

［注释］

①安定：郡名，即泾州（治所在今甘肃泾川县北）。唐泾原节度使府所在地。开成三年（838）春，作者参加博学宏词科考试，初选已被吏部录取，

但到铨拟官职上报中书省时，却因为一个“中书长者”认为“此人不堪”而被抹去了名字。落选后，他应泾原节度使王茂元之邀，到泾原幕府充当幕僚。本篇是他初到泾原不久登泾州城楼览眺抒怀之作。②迢递：有高、远二义，这里是高的意思。“迢递”与“高”叠用，意似重复，但给予读者的印象则更为强烈突出。汀（tīng）：水边的平地。两句意谓：高峻的城墙上耸立着百尺高楼，登楼览眺，越过近处披拂的绿杨枝柯，可以一直看到泾水岸边的一片沙洲。上句用层递写法，突出城楼之高峻；下句随视线的由近而远，展现出视野之阔远。“外”字“尽”字，暗示绿杨枝外是一片空阔。③贾生：即贾谊，西汉初期著名政治家。他年少即颇通诸子百家之书。汉文帝六年，在所上《陈政事疏》中，曾针对当时诸侯王割据势力膨胀，匈奴贵族侵扰等内忧外患，指出时势有“可为痛哭者一，可为流涕者二，可为长太息者六”。文帝本想任贾谊为公卿，后因一些大臣沮毁贾谊“年少初学，专欲擅权，纷乱诸事”而作罢。这句隐以贾谊自况，说自己虽少年才俊，富于忧国之情和匡国之才，却不被当权者所理解和任用。其中包括应博学宏词科试落选的愤郁不平，但主要出发点还是忧国。三个月之前写的《行次西郊作一百韵》全面揭示唐王朝各种危机，不妨看做诗人的“陈政事疏”，诗中“九重黯已隔，涕泗空沾唇”之叹也正是这里所说的“虚垂涕”。“虚”字沉痛愤郁。④王粲：东汉末著名文人。他在大动乱中离开西京长安，流寓荆州，依荆州刺史刘表。曾作《登楼赋》，抒写去国怀乡、忧时伤乱的感情。这句以王粲流寓依刘，喻自己离京赴泾，远幕依人，用事贴切。而且由于王粲赋《登楼》，与诗人登楼览眺的境况正合，便进一步扩大了典故的内涵，丰富了读者的联想，将诗人当时那种去国怀乡、忧时伤世、郁郁不得志的感情也暗透出来了。“春来”点时，而诗人此时“虽信美而非吾土兮，曾何足以少留”的心情自蕴其中。“更”字承上句“虚”字，见政治失意之余再加上远幕事人，情绪更觉难堪。⑤永忆：长想，一贯向往。江湖：与朝廷相对，指归隐的处所。回天地：旋转乾坤，指在政治上做一番大事业。入扁（piān）舟：暗用春秋末期越国大夫范蠡辅佐越王勾践灭吴功成后，弃官乘扁舟游五湖而归隐的典故。两句意谓：我长久地盼望着在白发苍苍的暮年归隐江湖，过着悠闲自在的生活，但必待做出扭转乾坤的大事业之后才身入扁舟，悠然离去。上句承“虚垂涕”、“更远游”，先尽量放开，下句却用力收转，强调必待功成而后身退。纵收开合的对照，突出了诗人不慕荣华的品质和“欲回天地”宏愿的坚定性，诗语也拗峭峻拔、顿挫生姿。“江湖”、“天地”、“扁舟”之想，仍由登楼远望之景触发。⑥腐鼠：《庄子·秋水》：“惠子（惠施）相梁，庄子往见之。或谓惠子曰：‘庄子来，欲代子相（要取代你的相位）。’于是惠子恐，搜于国中（都城内）三日三夜。庄子往见之，曰：‘南方有鸟，其名鹓（yuān）鶵（凤凰一类的鸟），子知之乎？夫鹓鶵，发于南海而飞于北海，非梧桐不止，非练实（竹实）不食，非醴泉（甘泉）不饮。于是鸱（猫头鹰）得腐鼠，鹓鶵过之，仰而视之曰：吓（怒叫声。担心鹓鶵要抢食腐鼠）！今子欲以子之梁国而吓我邪！’”成滋味：当成美味。猜意：猜疑。这里以鹓雏比喻具有远大志向和高洁品格的人物，借以自指；以鸱鸟比喻醉心利禄、猜忌志士的小人；以腐鼠比喻权位利禄。两句意谓：真料想不到，权位利禄这只“腐鼠”竟然成了“鸱鸟”的美味，它们自己嗜腐成癖，却对忧时爱国、志趣高远的“鹓雏”猜疑不休！这对那些啄腐吞腥已成习性者的腐朽本质和变态心理是深刻的揭露与辛辣的讽嘲。“不知”、“竟”，语含轻蔑与愤慨，感情激烈，却并不流于一泻无余的怒骂，其中仍含耐人寻味的幽默。

［评析］

这首登临之作，以抒写宏大高远的抱负志趣为中心，将忧念国事、感伤身世、抨击腐朽、蔑弃庸俗等内容融为一体，展示了青年诗人阔远的胸襟和在逆境中所显示出来的峻拔坚挺的精神风貌。“虚垂涕”、“更远游”、受“猜意”的处境遭遇，在诗中正成为宏远胸襟抱负的有力铺垫与反衬。在理想与现实、个人和时代环境的矛盾对立中，更有力地激射出进步人生理想和积极人生态度的光辉。王安石特别称赏“永忆”一联，认为“虽老杜无以过”，可能就首先着眼于它所显示的理想美和人格美。

诗题为“安定城楼”，但除首联以高楼骋望发端以外，以下三联都不再写景，而是反复抒怀寄慨，这在登临的律体中也是一种创格。但贯注全诗的那种高情远意和登临望远的规定情景在整体上仍是神合的。而且腹联抒情，情由景生，情中含景；尾联在俯视一切、蔑弃庸俗的气概中，也能让人感受到登高望远的情境。这种构思，正体现出李诗“有神无迹”的特点。

[备考]

《蔡宽夫诗话》："王荆公（安石）晚年亦喜称义山诗，以为唐人知学老杜而得其藩篱者，惟义山一人而已。每诵其‘雪岭未归天外使，松州犹驻殿前军’，‘永忆江湖归白发，欲回天地入扁舟’与‘池光不受月，野气欲沉山’，‘江海三年客，乾坤百战场’之类，虽老杜无以过也。"（《苕溪渔隐丛话》前集引）

作者《与陶进士书》："前年（指开成三年）乃为吏部上之中书，归自惊笑，又复懊恨周、李二学士以大法加我。夫所谓博学宏词者，岂容易哉！……私自恐惧，忧若囚械。后幸有中书长者曰：‘此人不堪，抹去之！’乃大快乐，曰：‘此后不能知东西左右，亦不畏矣。’"（《樊南文集详注》卷八）

张采田《玉谿生年谱会笺》卷二："玩书语，当是宏词之试，已取中于吏部，至铨拟注官之后，始被中书驳下也。周、李二学士，周谓周墀，李即李回。……惟中书长者，不详所指。冯氏谓必令狐相厚之人，似之。义山以婚于王氏，致触朋党之忌……则当时党人中必有以诡薄无行排笮于中书者。"（按：试宏词在入泾幕、娶王氏女之前。）

回中牡丹为雨所败二首[①]

下苑他年未可追，西州今日忽相期[②]。水亭暮雨寒犹在，罗荐春香暖不知[③]。无蝶殷勤收落蕊，有人惆怅卧遥帷[④]。章台街里芳菲伴，且问宫腰损几枝[⑤]？

浪笑榴花不及春，先期零落更愁人[⑥]。玉盘迸泪伤心数，锦瑟惊弦破梦频[⑦]。万里重阴非旧圃，一年生意属流尘[⑧]。前溪舞罢君回顾，并觉今朝粉态新⑨。

［注释］

①回中：在泾州附近。秦时曾建有回中宫。这里以回中代指泾州。《汉书·武帝纪》："（元封）四年冬十月，行幸雍、祠五畤，通回中道，遂北出萧关。"应劭云："回中在安定高平，有险阻，萧关在其北。"②下苑：即曲江，汉代称宜春下苑。唐开元中重经修建，成为帝京长安最大的风景区，花卉环周，烟水明媚。每年上巳日玄宗赐宴臣僚，每科新进士宴集同年，皆在其地。他年：此指昔年。西州：指安定郡（泾州）。《后汉书·皇甫规传》："皇甫规字威明，安定朝那人也。……及党事大起……自以西州豪杰，耻不得豫。"相期：这里犹言相值，相会。两句谓牡丹往年植于曲江苑圃的繁华盛况已不可复追，今日竟于此西州风雨之中相值。此联托物寓怀，表面上并非托牡丹的口吻自述，而似作者叙述，实则作者往年进士登第，曲江游赏，春风得意；今日沦落，寄身泾州，正和回中牡丹的遭遇类似。牡丹与作者在这一联中似离而实合。以下花与人更进一步融合为一。③水亭：临水的亭轩。寒犹在：牡丹暮春开花，但由于在水亭边又值暮雨，仍觉春寒料峭，故说"寒犹在"。罗荐：用罗制的垫子、褥子之类。罗荐春香：指牡丹当年在曲江的环境待遇——护以罗荐，温暖如春，香气馥郁。不知：不可知，有不堪思议、不可想望之意。两句谓回中牡丹今日处于水亭暮雨之下，虽在春时，犹觉寒气袭人，当年在下苑的罗荐春香之暖，竟好像是不可思议的了。一"寒"一"暖"极言处境变化如天壤悬绝。④"无蝶"二句：谓暮雨春寒，绝无舞蝶前来殷勤收取落蕊；牡丹因受风雨而委顿，遥看犹如佳人惆怅地卧于帷中。这一联写牡丹为雨所败，孤寂落寞，无怜赏救助者。无，姜本、席本、钱抄、影宋抄、季抄、汲古阁本作"舞"。有，朱本、季抄作"佳"。⑤章台：秦时渭河南离宫中台名。《史记·秦始皇本纪》："诸庙及章台、上林皆在渭南。"又《廉颇蔺相如列传》："秦王坐章台，见相如。"汉时长安有章台街。《汉书·张敞传》："敞为京兆……时罢朝会，过走马章台街。"芳菲伴：指柳。中唐时韩翃有《章台柳》诗。章台柳指牡丹同伴中的得意者，当此春时，章台柳在骀荡的春风中正斗腰肢，且不知宫腰将要舞损几多。二句以想象中的章台柳几乎要舞损纤腰，揣度柳的无限得意。愁的愁煞，忙的忙煞，相形之下正见牡丹的沦落失意。纪昀

说："深情忽触，妙绝言筌。"按：就花而言，由下苑移来西州，境遇大变，自然会想到至今仍在长安的章台柳。就人而论，当初参加曲江同年宴会者，如今升沉荣悴截然不同，沦落者回首京华，自然会想到那些春风得意的旧日同伴。⑥浪：徒，空。石榴花夏初始放，故说"不及春"。据《旧唐书·文苑传》：孔绍安隋大业末为监察御史，曾监高祖（李渊）军。及高祖即位，绍安来从，拜内史舍人（正五品上阶）。时夏侯端亦尝为御史监高祖军，归唐较绍安为早，授秘书监（从三品）。绍安因侍宴应诏咏石榴诗曰："只为来时晚，开花不及春。"此处翻用孔诗，言"先期零落"的牡丹比"不及春"的榴花更为可悲。⑦玉盘：指牡丹花冠，或兼指其为白牡丹。玉盘迸泪，形容牡丹花冠上雨珠飞溅情状，谓牡丹因风雨摧残而心伤泪迸。数（shuò）：屡次。锦瑟惊弦：借急奏锦瑟时促柱繁弦、令人心惊，比喻急雨打花。两句写牡丹屡遭风雨摧残，心伤泪迸，希望成空。⑧重阴：彤云密布的阴天。旧圃：指往昔曲江旧圃的美好环境。生意：生机。属：付。属流尘，指牡丹为雨败后，落红委地，化为尘泥。两句写环境气候恶劣，生机为之断绝。何焯说："（非旧圃）应回中。（属流尘）应雨败。"⑨前溪舞：前溪村在浙江武康县，是南朝习乐的场所，江南声伎，多出其地，有所谓"舞出前溪"之说。郭茂倩《乐府诗集》清商曲辞存无名氏《前溪歌》七首，其中一首说："黄葛结蒙笼，生在洛溪边。花落随水去，何当顺流还？还亦不复鲜。"前溪舞罢，以人舞喻花的零落。舞罢，指花瓣飘落净尽。并：且。两句意谓：将来零落可能更有甚于今天，甚至会反觉今天的雨中粉态犹算新艳。纪昀说："搀过一步，与长江'并州故乡'（按：传为贾岛所作的《渡桑乾》：'客舍并州已十霜，归心日夜忆咸阳。无端更渡桑乾水，却望并州是故乡。'）同一运意。"

［评析］

这是一组比兴体的咏物诗，托物寓怀，自慨身世。首章展开较长的时间过程，写牡丹他年植于曲江苑圃，今日沦落西州，着重今昔境遇的对比和同伴之间得意与失意的对比。次章突出牡丹一春的遭遇，着重写牡丹在风雨中迸泪破梦，先期零落。两章相互呼应配合，借牡丹的不幸，寓托作者应博学宏词科试遭斥、寄身泾州的种种情事，而时代环境的恶劣和它对美好事物的摧残，也曲折地得到了反映。

咏物和抒怀紧密结合，但重在咏怀。所以写牡丹为雨所败固然很逼真，但并不用力于纯客观的景物描绘，而是全以唱叹出之，没有一处为描摹物象所拘的滞笔。诗不仅次章结尾以想象中的“舞罢回顾”挽过一步作收，而且两章开篇也分别以“下苑他年未可追”、“浪笑榴花不及春”向前回溯一步，令人想象牡丹当年在曲江的繁华盛况和为雨所败前迎春开放的情景。所以虽重点写雨中牡丹，却有它此时前后的境况作为对照，隐隐构成牡丹生活遭遇的三部曲，不仅表现牡丹悲惨的现状，而且展示了牡丹悲剧的命运，使诗更加深厚隽永。

和韩录事送宫人入道①

星使追还不自由，双童捧上绿琼辀②。九枝灯下朝金殿，三素云中侍玉楼③。凤女颠狂成久别，月娥孀独好同游④。当时若爱韩公子，埋骨成灰恨未休⑤！

［注释］

①韩录事：名不详。冯浩以为即陈许节度使王茂元奏充判官的韩琮。并引《旧唐书·文宗本纪》开成三年六月“出宫人四百八十，送两街寺观安置”，推断诗当作于此时。按：韩琮在王茂元任泾原节度使时已为幕僚。而州刺史下有录事之职，则韩琮或曾在泾幕任此职亦未可定。②星使：古代天文学家认为天节八星主使臣持节，宣威四方。这里借指道观派来迎接宫人入道的使者。句意谓天上的星使又将谪在人间的仙女追还上界，她们的命运实在是不由自主。这里暗将入道宫女比作沦谪人间又复追回天界的仙女。李亢《独异志》上说，秦并六国时，太白星窃织女侍儿梁玉清、卫承庄入卫城少仙洞。天帝怒，命五岳搜捕，太白归位，玉清谪于北斗下掌舂。“追还”取此类义。“不自由”三字一篇眼目。双童：指侍奉神仙的金童、玉女，这里借指道观派来

迎接的童女。捧：扶。辀（zhōu）：小车居中的弯曲车杠。这里指车。绿琼辀，形容车的华美。③九枝灯：一种一干九枝的花灯。《汉武帝内传》提到七月七日燃九光之灯。金殿：指道观中的殿堂。《金根经》："黄金紫殿，青要帝君居之。"三素云：道家称紫、白、黄三色之气为三素云。《黄庭经》："紫烟上下三素云。"注曰："三素者，紫素、白素、黄素也。此三元妙气。"道家认为四时之立与分、至，皆有仙真乘三素云，但云色不同，仙真亦异。玉楼：指道观中楼阁。以上二句想象入道宫女在道观中的寂寥生活。④凤女：本指秦穆公女弄玉，这里借指仍留在宫内的其他宫人。颠狂：放荡不羁。这里含有自由无拘检的意思，与上"不自由"相对。句意谓从今之后，和宫中女伴们那种无拘束的生活就要永远告别了。月娥：即嫦娥，借指道观中的女冠。女道士无偶，故说"孀独"。句意谓今后唯与孤孑无侣的女道士同游。⑤韩公子：《史记·老庄申韩列传》："韩非者，韩之诸公子也。"这里借指韩录事。冯浩说："借古人以点姓，诗家泛例，不必更有事在也。"两句说，入道宫人昔日如果爱上韩姓公子，那么如今一入道观，终身须受清规约束，就将种下埋骨成灰而绵绵不绝的长恨了。冯浩说："戏录事兼醒原唱。"是。韩之原唱可能有调谑入道宫人，表示想慕之意的诗句，故作者以此戏之。"埋骨成灰恨未休"正应首句"不自由"。

［评析］

送宫人入道诗，中晚唐诗人张籍、王建、戴叔伦、元稹、于鹄、项斯、张萧远等均有制作。但一般都局限于抒写入道前后不同的生活处境，诗人的思想倾向既不鲜明，感情也比较淡漠。李商隐这首诗，却以充满同情的态度描写宫人入道后寂寥孤孑、失去青春欢乐的生活，揭示了道教清规对人的自由、爱情的束缚，是这类作品中思想倾向比较进步的。末联寓庄于谐，用意深刻沉至。上面提到的同类之作中，只有张萧远的诗句"从来宫女皆相妒，闻向瑶台尽泪垂"多少道出了宫人入道的真实情况，可与此诗相发明。

［备考］

王建《送宫人入道》：休梳丛鬓洗红妆，头戴芙蓉出未央。弟子抄将歌遍叠，宫人分散舞衣裳。问师初得经中字，入静犹烧内里香。发愿蓬莱见王母，却归人世施仙方。

张籍《送宫人入道》：旧宠昭阳里，寻仙此最稀。名初出宫籍，身未称霞衣。已别歌舞贵，长随鸾鹤飞。中官看入洞，空驾玉轮归。

于鹄《送宫人入道》：十五吹箫入汉宫，看修水殿种芙蓉。自伤白发辞金屋，许着黄衣向雪峰。解语老猿开晓户，学飞雏鹤落高松。定知别后宫中伴，遥听缑山半夜钟。

项斯《送宫人入道》：愿随仙女董双成，王母前头结伴行。初戴玉冠多误拜，欲辞金殿别称名。将敲碧落新斋磬，却进昭阳旧赐筝。旦暮焚香绕坛上，步虚犹作按歌声。

张萧远《送宫人入道》：舍宠求仙畏色衰，辞天素面立阶墀。金丹拟驻千年貌，玉指休匀八字眉。师主与收珠翠后，君王看戴角冠时。从来宫女皆相妒，闻向瑶台尽泪垂。

十一月中旬至扶风界见梅花[①]

匝路亭亭艳，非时裛裛香[②]。素娥惟与月，青女不饶霜[③]。赠远虚盈手，伤离适断肠[④]。为谁成早秀，不待作年芳[⑤]。

[注释]

①扶风：郡名，治所在今陕西凤翔县。②匝：环绕。非时：不合时宜，梅花一般腊后始见，十一月开放，与正常的节气不合，故云。裛（yì）裛：香气浓盛。何焯说：“（首句）扶风界。（次句）十一月。”二句写在扶风道上遇见梅花非时开放，美艳芬芳。③素娥：嫦娥。谢庄《月赋》注：“嫦娥窃药奔月，月色白。”青女：主霜雪的女神。二句谓素娥只能助与清冷的月光，而青女则不少减霜威的肆虐。纪昀说：“爱之者虚而无益，妒之者实而有损。”④“赠远”句：古有折梅赠远的风习。《荆州记》：“陆凯与路晔为友，在江南，寄梅花一枝诣长安与晔，并赠诗曰：‘折花奉秦使，寄与陇头人。江南无所有，聊赠一枝春。’”梅是报春的花，现在所开非时，不适合于赠远，所以

说“虚盈手”。伤离，既指跟朋友远离，又含与梅花离别。两句谓早梅虽盈手在握，然未堪用以寄远，适足以增添伤离肠断之情罢了。⑤年芳：指一年中适应季节需要而开放的花。两句倒装，意谓梅花未及报春，不能作新年的香花，早秀而香艳非时，到底是为什么呢？

［评析］

本篇纯粹是自寓，以如诗题所标的特定地点、特定时间开放的梅花，为自己身世写照。首联谓早梅吐艳非时，领起全篇。中间两联承“非时”，写所遇环境的冷酷与不堪赠远。末联总收，谓虚成早秀，未作年芳。寄寓自己才名早著而所遇非时的感叹，与《回中牡丹为雨所败》“浪笑榴花不及春，先期零落更愁人”寄兴寓慨类似。冯浩认为是泾原往来所作，似可从。

诗中写出了早梅芬芳秀美、孤孑不遇的形象，虽用了艳字增添色泽，但不涂饰刻画，而以烘染传神。并且由于寓慨深远，又绝不是只有空腔而无实质。

马嵬①（其二）

海外徒闻更九州，他生未卜此生休②。空闻虎旅传宵柝，无复鸡人报晓筹③。此日六军同驻马，当时七夕笑牵牛④。如何四纪为天子，不及卢家有莫愁⑤？

［注释］

①马嵬：即马嵬坡，故址在今陕西兴平县西。唐玄宗天宝十五载（756）六月，安史叛军攻破潼关，玄宗与杨国忠、杨贵妃姐妹等仓皇奔蜀。行至马嵬驿，随行将士杀杨国忠，并坚决要求杀杨贵妃。玄宗不得已，让人缢死杨贵妃。史称“马嵬之变”。作者以这一历史事件为题材，写了两首《马嵬》，本篇是第二首。②海外更九州：古代将中国分为九个州（兖、冀、青、徐、豫、荆、扬、雍、梁）。战国时阴阳五行家邹衍曾说中国九州总名赤县神州，中国

之外，像赤县神州这样的州共有九个，外有小海环绕，小海环绕的九州又总称为一州，这样的州又共有九个，外有大瀛海环绕。这里借“海外九州”指传说中的仙境。两句讽玄宗在杨贵妃死后命方士寻其魂魄之事。陈鸿《长恨歌传》说，玄宗命方士寻找杨贵妃魂魄，方士谎称在海外蓬莱仙山上找到了杨贵妃，并带回金钗钿盒作为信物。临行前杨贵妃还告诉方士，天宝十载在骊山避暑时她曾与玄宗订立“愿世世为夫妇”的盟誓。两句意谓：海外仙山，虚幻难凭，他生为夫妇的盟誓能否实现，亦渺茫难期，但杨妃身死，两人今生的夫妇关系肯定是完结了。“此生休”三字自然引出马嵬。吴乔说：“（首二句）势如危峰矗天，当面崛起。”③虎旅：指护卫皇帝的禁军。传，蒋本、姜本、戊签、悟抄、影宋抄、才调、英华、瀛奎律髓均作“鸣”。此从汲古阁本。宵柝（tuò）：夜间巡逻时用以报警的梆子。鸡人：古代宫廷中不养鸡，设有代替公鸡司晨的人，叫“鸡人”。鸡人敲击更筹（竹签）报晓，称“晓筹”。两句写玄宗奔蜀途中夜宿马嵬，徒闻令人惕惧不安的虎旅宵柝之声，再也不能如往日在宫中那样，安然高卧，等待鸡人报晓了。虎旅发动了马嵬兵变，虽然“传宵柝”，却不是驯服地单纯为了护卫皇帝，所以说“空闻”。此处已暗逗下文“六军同驻马”。宋范温说：“（空闻二句）如亲扈明皇，写出当时物色意味也。”④此日：指夜宿马嵬这一天（天宝十五载六月十四日）。六军同驻马：指禁军驻马不前要求诛杀杨氏兄妹事。当时七夕：指天宝十载七月七日。唐玄宗和杨贵妃在那年七夕订立盟誓，“愿世世为夫妇”。他们认为天上的牛郎织女一年只能相会一次，自己则可永世相守，故言其“笑牵牛”。一说，笑字为欣羡义，可参看张相《诗词曲语辞汇释》卷五。两句将“当时”与“此日”相对照，讽刺玄宗自取其祸，意思是说，当年二人私语盟誓，自以为可永世相守，哪知道却导致今日六军驻马、生离死别的后果。沈德潜说：“对句用逆挽法，诗中得此一联，便化板滞为跳脱。”⑤四纪：十二年为一纪（木星十二年绕日一周）。玄宗一共当了四十五年皇帝，故约言“四纪为天子”。卢家莫愁：参看《富平少侯》注。此指普通民间妇女，同时也兼取“莫愁”的字义，暗挑李、杨的“长恨”。两句说：为什么当了四十多年皇帝的唐玄宗，到头来保不住自己的宠妃，反而不如民间夫妇能够白头相守呢？

［评析］

这首诗每一联内都包含着鲜明的对照，方士招魂与杨妃已死的现实，承平年代的鸡人报晓与奔亡道中的虎旅宵柝，长生殿的七夕盟誓与马嵬坡的六军驻马，以及四纪为君反不能如民间夫妻白头相守等一连串尖锐的对照，再辅之以虚字的抑扬，充分显示出唐玄宗迷于色而不悟，并自食恶果。不过诗的意义似不止于讽刺，承平与乱离的对照，马嵬悲剧的酿成，李、杨主观愿望与实际遭遇的悬差，都不免要令人产生更广泛的联想，乃至重温玄宗朝多方面的历史教训。而篇末的发问，在讽刺的同时，又包含着一种带有民主精神和哲学意味的思考。这些使作品不流于轻利，冷讽中寓有深远的感慨。

诗用倒叙，先写玄宗遣方士招魂之举，再追叙马嵬事件，结以冷冷的一问宕开作收，而中间又用逆挽法，不只叙次错综多变，且加强了对比，突出了李隆基荒淫所招致的悲剧后果。

[备考]

此诗冯浩、张采田均未编年。按：李商隐《为举人献韩郎中琮启》：“一日三秋，空闻《马嵬》之清什。”冯浩说：“义山有《马嵬》诗二首，或琮亦赋之。意是诸人唱和之作也。”据李商隐《为濮阳公陈许奏韩琮等四人充判官状》，王茂元镇泾原时，韩琮已在幕，琮与商隐为泾幕同僚，马嵬又为长安泾原往来所经，故此诗有可能为泾幕时与韩琮唱和之作。下一首《思贤顿》大约也是同时之作。

思贤顿①

内殿张弦管，中原绝鼓鼙②。舞成青海马，斗杀汝南鸡③。不见华胥梦，空闻下蔡迷④。宸襟他日泪，薄暮望贤西⑤。

[注释]

①思贤顿：即望贤驿，在咸阳东。顿：皇帝出行时途中就餐、住宿的地

方。天宝十五载（756）六月十三日，玄宗在奔蜀途中经咸阳望贤驿，准备于其地住宿。当时地方官吏逃散，没有东西供应。玄宗只得在树下暂息。②内殿：指宫廷。张弦管：奏乐。玄宗精通音律，喜爱听赏歌舞。曾亲自教授太常乐工子弟三百人为丝竹之戏，号梨园弟子。鼙（pí）：一种战鼓。绝鼓鼙：没有战事。这是讽刺性的说法，意指玄宗自以为天下太平，可以尽情享乐。③“舞成”句：郑嵎《津阳门诗》注：“（玄宗）设连榻，令马舞其上。马衣纨绮而被铃铎，骧首奋鬣，举趾翘尾，变态动容，皆中音律。”青海马：产于青海湖的一种千里马。“斗杀”句：玄宗酷爱斗鸡，建鸡坊于宫中，搜求大量高冠金羽、脚爪劲健的雄鸡，选六军小儿五六百人专门饲养训练。神鸡童贾昌为其首领，极受玄宗宠信，当时有民谣：“生儿不用识文字，斗鸡走马胜读书。贾家小儿年十三，富贵荣华代不如。”汝南鸡：汝南产的一种长鸣鸡。这里泛指雄鸡的名贵品种。④华胥梦：传说黄帝曾昼寝而梦游华胥氏之国，这个国家没有官吏，人民没有嗜欲，不知亲己疏物。黄帝梦醒后，怡然自得，过了二十八年，天下大治，几乎和华胥国一样（见《列子》）。这里以华胥国借指理想中的太平世界。此句意谓玄宗根本无励精求治的愿望。下蔡迷：宋玉《登徒子好色赋》中有“嫣然一笑，惑阳城，迷下蔡”等句，形容美色迷人。这句讽玄宗唯知迷恋美色，宠幸杨妃。⑤宸襟：皇帝的襟怀、心情。他日：此处指过去、前日，相对今日而言。作者今日过望贤驿追忆旧事，所以这样说。据《明皇幸蜀记》，玄宗在望贤驿树下休息，心怀郁郁，“若有弃海内之意”，宦官高力士极力劝喻乃止。或谓“他日”是相对玄宗斗鸡舞马沉迷于享乐时而言，亦可通。姚培谦说：“曰‘他日泪’，则是前日都在梦中也。”

［评析］

本篇讽刺唐玄宗荒淫失政，较为广泛地揭露了他淫侈生活的各个方面，如沉溺于声色宴乐，热衷于斗鸡舞马，毫无励精求治之意，等等，不仅刻画出玄宗晚年腐朽的精神面貌，而且在一定程度上显示出天宝年间政治的腐败。诗中正面写思贤顿仅结尾两句，但由于前六句作充分铺垫，昔日纵情享乐与仓皇出逃、暮宿望贤驿时黯然洒泪的情景形成强烈对照，讽刺和警戒的意旨自明，所以冯浩说："通首作势，结乃唤醒。"

出关宿盘豆馆对丛芦有感①

芦叶梢梢夏景深，邮亭暂欲洒尘襟②。昔年曾是江南客，此日初为关外心③。思子台边风自急，玉娘湖上月应沉④。清声不逐行人去，一世荒城伴夜砧⑤。

［注释］

①关：指潼关。盘豆馆：在河南灵宝市境，距潼关四十里。相传汉武帝过此，父老以牙盘献豆而得名。②梢梢：此状芦叶垂长的样子。李贺《唐儿歌》："竹马梢梢摇绿尾。"刘瞻《无极道中诗》："缺月梢梢挂晚凉。"或谓状风动草木的声音。鲍照《野鹅赋》："风梢梢而过树，月苍苍而照台。"邮亭：即驿亭，古代设于沿途，供传送文书者与旅客歇宿的馆舍。尘襟：世俗的胸襟。两句意谓：宿盘豆馆面对给人清凉幽深之感的丛芦，尘襟为之一洗。③江南：指长江中下游以南。作者童年曾随父在浙水东西生活六年，但当时年幼，似不能称"江南客"。《樊南文集·献相国京兆公启》云："某爰自弱龄，侧闻古义，留连薄宦，感念离群。东至泰山，空吟梁父，南游郢泽，徒和阳春。""东至泰山"指随崔戎赴兖海幕，"南游郢泽"当与"东游"时间相近，唯具体情事不可考。"昔年曾是江南客"，可能指这次"南游郢泽"。关外心：关，指函谷关，原在弘农境内。汉武帝时楼船将军杨仆数有大功，耻为关外民，上书请求移关，以家财给其用度。武帝意亦好广阔，于是移函谷关于新安，去弘农三百里。"初为关外心"，是说开始有了类似杨仆耻居关外的心情。作者这种"关外心"的产生，显然由仕途失意，不得已离开长安引起。何焯说："昔客江南，黄芦遍地，然年壮气盛，自视立致要津，曾无摇落之感。此日流落而为关外之人，不觉凄兮其悲，因芦叶梢梢，而百端交集也。"商隐一生由京职外调，途经函潼，而时令又值夏天，唯有开成四年（839）由秘书省校书郎调任弘农尉为然。这是作者第一次左迁关外，与"初"字相符。又因弘农本函

谷关旧地，联想起杨仆事，也极自然。故可证这一句所写的是商隐调补弘农尉时情事。④思子台：《汉书·戾太子传》载：戾太子（刘据）以巫蛊事自杀，后来汉武帝知其冤，因作思子宫，又建归来望思之台于湖县。台址在今河南灵宝市境。玉娘湖：王士禛《秦蜀驿程后记》："过阌乡盘豆驿，涉郎水，即义山所云之玉娘湖。"未知所据何书。湖当距盘豆馆不远。二句咏思子台、玉娘湖景物，可能寓母子悬念、夫妻相思之意。商隐路出潼关，离家已较近，故有此想。⑤清声：指风吹芦叶之声。行人：泛指东来西去之人，非作者自指。两句谓芦叶的声音不随过路的人而去，唯于此地伴荒城夜砧而长在。言外见因仕途失意兼思念亲人，长夜难眠，唯觉芦叶之声聒耳。一世，出于心理感觉，夜久不眠，风声萧萧，遂觉此声似将一世难终。逐，诸本均作"远"，今从悟抄。世，冯注本引一作"任"，又作"宿"。冯浩说："二句收足'宿''对'。"

［评析］

这首诗因出关对丛芦而生仕途淹蹇、身世孤寂之感。"此日初为关外心"是一篇主意。诗的前四句由丛芦而忆及江南，再由江南折出"关外心"，在曲折的思绪活动中，回溯了漫长悠远的时间、空间和有关生活内容。这种回忆，以及暂时因环境清幽而尘烦乍释的心境，对于逐渐萌生起来的"关外心"，起着引发和映衬的作用。后四句则由"关外心"扩展开去，思绪连绵，融合了对亲人的思念和长夜难眠之中对外在环境的感受，使"关外心"被表现得更加充分和形象。

诗正面写丛芦只一句，但一连串的思绪和感情活动，都由丛芦触发，末联渲染清音伴荒城长在，更把环境给人的感觉注入心境之中，让读者自始至终都能感觉到芦叶梢梢的那种形象和韵味。

任弘农尉献州刺史乞假归京[①]

黄昏封印点刑徒[②]，愧负荆山入座隅[③]。却羡卞和双刖足，一生无复没阶趋④。

[注释]

①开成四年（839），李商隐由秘书省校书郎调任弘农尉（弘农县属虢州，今河南灵宝市）。因为活狱（免除或减轻对受冤囚犯的处罚）触怒陕虢观察使孙简，诗人愤而辞去尉职。这首诗是呈献虢州刺史要求离职之作。②封印：封存官印。封印与清点囚徒是府县主管治安的官吏每天散衙前的例行公事。作者《偶成转韵七十二句赠四同舍》“手封狴牢屯制囚，直厅印锁黄昏愁”可参证。③荆山：虢州湖城县（今河南灵宝市）有荆山（又名覆釜山），山势雄峻。入座隅：指入座当值，兼有屈居席末的意思，因县尉的职位在县令、县丞、主簿之下。作者《荆山》诗：“压河连华势孱颜，鸟没云飞一望间。”诗人举目可见的湖城荆山，与楚地荆山同名，古老的荆玉受诬的传说，与眼前民受冤的现实，可以构成联想。而县尉职低位卑，仅仅是微小的活狱的事都不能遂愿，现在入座清点刑徒，仍然是履行镇压人民的职责，所以内心感愧。④卞和刖（yuè）足：相传春秋时楚人卞和在荆山（今湖北南漳县西）得一玉璞，先后献给楚厉王和楚武王，都被人说成是石头，相继被刖去双足。楚文王即位，他抱璞哭于荆山。文王命玉工雕琢这块玉璞，果得宝玉，称“和氏之璧”。刖足：断足，古代的一种酷刑。两荆山同名，作者“活狱”，用心本是为了巩固朝廷统治，反因此触忤上司，忠而见罪，又与卞和献玉反遭刖足的遭遇有类似处，所以产生进一步的联想。没阶：尽阶，走完台阶。没阶趋：形容拜迎长官时奔走于阶前的卑屈情况。两句说：我反倒羡慕卞和被刖去双足，免得一辈子遭受在阶前逢迎奔走的耻辱。

[评析]

李商隐在《行次西郊作一百韵》中曾说：“盗贼亭午起，问谁多穷民。节使杀亭吏，捕之恐无因。”可以推想他这次在弘农尉上的“活狱”之举是出于对穷民处境的某些同情和对酷虐政治的不满。职主捕“盗贼”的县尉而“活狱”，自然要触忤孙简一流施行酷虐政治的上司。在这种情况下，诗人呈诗“乞假”，愤而离职，本身就是一种抗议。诗中抒写的“封印点刑徒”时的愧疚心情和对

“没阶趋”的卑辱处境的不满，表现了对县尉这种既要残酷镇压人民，又要曲意逢迎上司的职务的厌恶。盛唐诗人高适曾说“拜迎长官心欲碎，鞭挞黎庶令人悲”（《封丘作》），本篇所写与其有相类似处。

作者利用两个荆山同名，展开多方面的联想，抒写强烈的感愤，直率中见深警曲折，在灵活运用典故史事和一事而具有多种用意方面，值得注意。

戏赠张书记①

别馆君孤枕，空庭我闭关②。池光不受月，野气欲沉山③。星汉秋方会，关河梦几还④？危弦伤远道，明镜惜红颜⑤。古木含风久，平芜尽日闲⑥。心知两愁绝，不断若寻环⑦。

［注释］

①张书记：即张审礼，李商隐的连襟。《樊南文集·祭张书记文》云：“维会昌元年……四月……陇西公荥阳郑某、陇西李某、安定张某、昌黎韩某、樊南李某（六人皆王茂元婿）谨以清酌之奠，致祭于故朔方书记张五审礼之灵。”知张审礼当卒于开成末会昌初。而开成三年暮春以后，李商隐方娶王茂元女，与张审礼为姻娅。张采田《玉谿生年谱会笺》云：“考《为外姑祭张氏女文》云：‘汝寄京师，食贫终岁。顷吾南返，又往朝那（指泾原），汝实从夫，适来岐下（指凤翔），道途虽迩，面集犹妨。及登农扈（指王茂元于开成五年内迁，任司农卿及检校右仆射），去赴天朝。汝罢蒲津（即蒲津关，属河中府），聿来胥会。’是张审礼未尝与妇相离。此或张于役弘农，与义山相见，其妇尚居岐下，故以思家戏之也。”按：张说近是。②别馆：指弘农县的馆舍。空庭：指作者任弘农尉时所居官舍。首联君、我对举，孤寂处境相似。当时作者大概也是孤身一人在弘农，未挈妇同住。③两句写初夜景色。月光照映在池面上，反射出粼粼波光，故说“池光不受月”；野外的暮气逐渐地将远

山笼罩掩没，故说“野气欲沉山”。两句写景精微浑融，意境阔大，为王安石所赏。④两句意谓：天上的牛郎、织女，遥隔银河，每年七夕方能一会，张审礼和妻子遥隔关河，想来魂梦一定多次回返妻子身边了。语中含“戏”。⑤两句转从张妻方面写，说她弹奏急管繁弦的琴瑟，流露出怜念远道征人的思绪，对着明镜，不由得叹惜年华流逝，红颜易老。⑥两句写秋日萧瑟闲寂之景。朱彝尊评道：“眼前语，却道不出。”作者《摇落》诗中亦有“古木含风久”之语，可见这是他的得意之句。⑦寻环：连续不断的环，如九连环之类。寻，蒋本、悟抄作“循”。两句谓：我心知你们夫妻双方都因伤离而愁绪满怀，两情缠绕，正像解不开的连环。“两愁绝”，结中四句。

［评析］

李商隐的五言排律，有一类写得精严凝重，如《有感二首》、《哭遂州萧侍郎》等；另一类却写得自然流动，很少典故藻饰，几乎觉察不出排偶的痕迹，像本篇及《摇落》、《西溪》等即属于这一类型。这首诗写张审礼出门在外对妻子的思念，将眼前景与离思羁愁融为一体，在设身处地的体贴同情中微寓“戏”意，显得亲切而不流于狎昵。纪昀说：“戏张之忆家也，妙不伤雅。”

咏 史①

历览前贤国与家，成由勤俭破由奢②。何须琥珀方为枕，岂得真珠始是车③？运去不逢青海马，力穷难拔蜀山蛇④。几人曾预《南薰曲》，终古苍梧哭翠华⑤。

［注释］

①本篇题为“咏史”，实系伤悼唐文宗之作。诗当作于开成五年（840）正月之后。②“历览”二句：《韩非子·十过》载秦穆公问由余曰：“愿闻古之明主得国失国何常以？”由余对曰：“常以俭得之，以奢失之。”两句化用其意，谓纵观古代君主治国的经验教训，往往因勤俭而成功，因奢侈而破败。

③琥珀：由松柏树脂形成的化石，是制作工艺品的珍贵材料。琥珀枕：用琥珀制作的枕头。据沈约《宋书》载，武帝（刘裕）时宁州献琥珀枕，时北征需琥珀治金疮，即命捣碎分付诸将。真珠车：装有所谓“照乘（车辆）之珠”的车。战国时魏惠王向齐威王夸耀他有“径寸之珠，照车前后各十二乘者十枚”，威王说自己宝贵的是贤臣，“将以照千里，岂特十二乘哉!”（见《史记·田敬仲完世家》）两句谓国君所应看重的是贤臣良将，何必琥珀为枕、珍珠饰车呢？言外说文宗既注意节俭，也有重贤之意，然竟不能成事。故下二句归之于“运去”、“力穷”。按：旧史称文宗“自为诸王，深知两朝（指穆、敬二朝）之弊，及即位，励精求治，去奢从俭”（《通鉴》卷二四三），事具见新、旧《唐书·文宗纪》及《通鉴》。④运：时运。青海马：一种产于青海的杂交马，据说能日行千里。此处比喻可任军国大事的英才。蜀山蛇：传说战国时秦惠王嫁五美女给蜀王，蜀王派五壮士迎娶。回来时路过梓潼，见一大蛇钻入山洞，五力士共拔蛇尾，结果山崩坍，力士与美女都被压死（见《华阳国志·蜀志》及《艺文类聚》引《蜀王本纪》）。这里以蜀山蛇比喻宦官。冯浩说：“句意本刘向《灾异封事》:‘去佞则如拔山’。”两句慨叹文宗处于唐王朝衰世，因“运去”而得不到杰出人才辅佐，因力穷而无法铲除宦官。按：此处须与文宗误任李训、郑注事合看，但所抱的态度不是嘲讽，而是惋惜。⑤预：通“与”，这里有“与闻”的意思。南薰曲：传说舜曾弹五弦琴，歌南风之诗（即《南薰曲》），而天下治。歌词为：“南风之薰（温和）兮，可以解吾民之愠（怨恨）兮；南风之时兮，可以阜（增）吾民之财兮。”这里以《南薰曲》指君主爱民求治之曲，以舜比文宗，意谓文宗有求治的愿望。文宗夏日与诸学士联句，独称诵柳公权的诗句“薰风自南来，殿角生微凉”，令题于殿壁。终古：犹永世。苍梧：山名，即九疑山（在今湖南宁远县南），传为舜葬之处。这里借指文宗所葬的章陵。翠华：以翠羽为饰的旗，是皇帝用的仪仗，这里指代文宗。两句意谓：当今之世，几人曾经亲闻并能理解文宗的求治之意呢，自己将永远为文宗的赍志以殁而哀伤。

［评析］

唐文宗在位期间，颇想挽回唐王朝的颓势，作风勤俭，政治上也作过一些努力，但未能收到多大效果。两次谋诛宦官失败，更表明他的某些努力，几乎处处事与愿违，最后终于在“受制于家奴”的哀叹声中死去。本篇在哀惋文宗图治无成的同时，对唐王朝的没落趋势寄寓了很深的感慨。诗中说俭成奢败本是历代兴衰的常规，但文宗却勤俭而无所成。诗人于是不得不将这种反常现象归于“运去”、“力穷”，说明他隐约感觉到唐王朝崩颓之势已成，即使皇帝勤俭图治，也无力挽救危机，这是他对晚唐政治现实感受深刻的地方。但诗人不可能理解，究竟是什么导致“运去”、“力穷”。这正是本篇和其他许多诗篇笼罩着一层悲凉之雾和迷惘情绪的主要原因。

文宗在位时，诗人对于他的暗弱，颇多讥评；而于其身后，则又加以叹惋。讥评与叹惋，都出于关注国家命运的感情。

淮阳路①

荒村倚废营，投宿旅魂惊②。断雁高仍急，寒溪晓更清③。昔年尝聚盗，此日颇分兵④。猜贰谁先致，三朝事始平⑤？

［注释］

①淮阳：郡名，即陈州。治所在今河南省淮阳县。开成五年（840）冬，王茂元被任命为忠武军节度，陈许观察使。李商隐应茂元之召入陈许幕，并随茂元同赴许州。此诗当作于开成五年冬赴陈许幕途经陈州一带时。②“荒村”二句：意谓投宿于荒村，村边即是废弃的营垒，令人心魂惊恐不安。次句应题中“路”字。③断雁：失群的孤雁。仍：更。高仍急：已经高飞，不敢贴近地面，且又飞得很急迫。“寒溪”句：水的清和冷给人的感觉往往是相连的，此句寒、清二字分别在句子首尾，寒中含有清意，清中亦含有冷意。意谓溪水在拂晓时显得尤为清冷。何焯说：“三四写出彻夜无寐，待旦急发。”④“昔年”句：德宗建中年间，淮西节度使李希烈据镇谋叛，自称建兴王、天下都元帅，贞元二年（786）被部将陈仙奇毒死，不久吴少诚杀陈仙奇，继续割据

淮西，再传至吴少阳、吴元济，于宪宗元和十二年（817）十月被讨平。李希烈、吴元济叛乱时，均骚扰至陈州境内，“聚盗”指此。分兵：指分彰义（淮西）兵力归他镇统辖。吴元济的叛乱被讨平后，析郾城为溵州，属陈许。其后又撤销彰义军建置，划归忠武军。“此日”承“昔年”而言，正因为昔年诸盗恃强割据，所以此日朝廷有分兵的措施。“颇”字下笔较重，见不仅是行旅者惊恐，连朝廷制置亦颇费心机。⑤猜贰：猜疑妒忌。这里指唐德宗，他以猜忌著称，建中年间的大动乱，与其猜忌有一定的关系。李希烈虽然素怀野心，但他的叛乱仍是在当时上下猜贰的背景和条件下出现的。希烈死，陈仙奇为节度使，史称其“性忠果”，“颇竭诚节”，然才数月即下诏调其兵至京西戍守。仙奇为吴少诚所杀，淮西赴京西戍卒受吴少诚密召，自鄜州返回，德宗密诏李泌、刘玄佐等沿途加以袭击、诱杀。凡此，都只能助长淮西割据。三朝：指德、顺、宪三朝。淮西自德宗朝开始割据，至宪宗朝始被裴度等讨平。二句谓：究竟谁以猜贰导致叛乱，历经三朝才平定呢？

［评析］

诗的前四句写景。作者途经旧日战地，亲身感受残破恐怖的环境气氛，描绘了一幅淮西之乱以后的荒村废垒图。后四句叙述议论，追思藩镇叛乱的危害，推原祸本，感慨并指责唐德宗的猜忌。虽然唐代藩镇叛乱有着深刻的经济、政治和军事等多方面原因，割据局面的形成，要一直上溯到玄宗开元后期，但德宗猜忌太甚，不仅怀有野心的武臣如李怀光等被过早激成叛乱，即使像李晟那样忠贞，也被解除兵权。其结果，既削弱朝廷的力量，也造成藩镇的疑惧。诗人有感于此，大胆地加以指责，还是有意义的。

即 日[①]

小苑试春衣，高楼倚暮晖[②]。夭桃唯是笑，舞蝶不空飞[③]。赤岭久无耗，鸿门犹合围[④]。几家缘锦字，含泪坐鸳机[⑤]！

［注释］

①即日：犹言以当日所接触之题材为诗，与“即事”一类诗题近似。②小苑：小园。两句写女子在小园旁的高楼上试着春装，观赏春色。“试春衣”似当在早晨或午后，“倚暮晖”则已傍晚，其间有时间推移。③夭：即是“笑”。犹下句“舞”即是“飞”。（参看钱钟书《管锥编》卷一）不空飞：因蝴蝶双双对对，似情侣嬉戏于园中，故云。两句写女子在楼上所见的园中景物。“唯是笑”、“不空飞”皆出自女主人公倚暮晖而望时的主观感觉，“感此伤妾心”的情味，不言而暗含其中。④赤岭：《新唐书·地理志》：鄯州鄯城县西南有石堡城（地在今青海西宁市西南），又西二十里至赤岭。开元二十二年（734），唐王朝与吐蕃立界碑于此，赤岭以西为吐蕃管辖区。耗：音讯，消息。鸿门：据《汉书·地理志》，武帝元朔四年（前125），置西河郡，鸿门为其属县，地与雁门、马邑相接，唐代这一带是河东道的边沿地区。会昌二年（842）春，回鹘乌介可汗曾侵扰天德振武军与云朔地区。两句写时事：上句说远戍赤岭一带防御吐蕃的征人久无音讯，归期无日；下句说鸿门一带仍被回鹘军队所围困，战事正在进行。⑤锦字：即锦书。前秦将领窦滔妻苏蕙，因思念窦滔，曾织锦为回文诗（一种循环反复都可成诵的诗图）寄赠。鸳机：刺绣的器具。两句承腹联，说由于前方杳无音讯，锦书难寄，只能在鸳机旁含泪思念远戍的丈夫。

［评析］

女主人公初试春装，倚楼眺望，本为观赏韶丽的春光，但蝴蝶、桃花欣欣然舞笑的情景却勾起她的心事。诗的后半，皆女主人公内心所想，反映出当时边防的紧张和战争影响范围之广。诗是托女子怀念征人的闺怨之作，构思接近王昌龄的《闺怨》（闺中少妇不知愁）。王诗三、四句把思妇思想活动直接挑明，此诗则暗寓在叙述和描写中。

诗的遣词设色接近齐梁体，而借闺怨反映时事则可以说是对齐梁体的一种改造。诗的思想感情比较深沉，腹联空间、时间都很广远。

赠别前蔚州契苾使君[①]

何年部落到阴陵，奕世勤王国史称[②]。夜掩牙旗千帐雪，朝飞羽骑一河冰[③]。蕃儿襁负来青冢，狄女壶浆出白登[④]。日晚䴙鹈泉畔猎，路人遥识郅都鹰[⑤]。

［注释］

①自注：使君远祖，国初功臣也。蔚（yù）州：唐州名，州治在今山西省灵丘县。使君：汉以后对州郡长官的尊称。前蔚州契苾（bì）使君，指前蔚州刺史契苾通（契苾本我国北方铁勒族的部落名，后以部为姓）。其五世祖契苾何力为部族酋长，贞观六年（632），率众归唐。唐太宗授官左领军将军，后封凉国公。会昌二年（842）九月，为抗击回鹘贵族侵扰，唐朝廷命银州刺史何清朝、蔚州刺史契苾通率河东少数民族军队开赴天德军（今内蒙古自治区乌拉特前旗北）。这首诗即作于契苾通奉命赴天德时。称“前蔚州契苾使君”或赴天德时另有所授职衔。②阴陵：即阴山，在今内蒙古自治区中部。契苾何力归唐时，唐太宗置其部落于甘、凉（今甘肃境内）一带。可能在何力之子契苾明任鸡田道（治所在今宁夏灵武县）大总管时，部落东移，后迁至阴山一带。奕世：累世。勤王：为王事尽力。以下三联即叙其累世勤王事。③牙旗：军前大旗，参看《重有感》注②。羽骑（jì）：本指传送羽书（紧急军事信件）的骑兵，这里泛指行动迅疾的骑兵。两句写契苾何力勤王事迹，意谓在雪盖千帐的寒夜，掩旗突袭敌军；在冰封河流的早晨，率骑涉冰飞越。④蕃儿、狄女：泛指我国西方和北方的少数民族男子和妇女。襁（qiǎng）负：指用布幅把小孩兜负在背上。襁：背小孩用的布幅。青冢：汉王昭君墓，在今呼和浩特市南。壶浆：箪食壶浆的省语，指老百姓用箪盛饭，用壶盛汤来欢迎他们所拥护的军队。白登：山名，在今山西省大同市东。两句写契苾通深得北方少数民族拥护，纷纷背着幼儿前来归附，箪食壶浆表示欢迎。后一句已明显过渡到契苾通奉命出师。⑤䴙鹈（pì tí）泉：在内蒙古自治区五原县附近。

《新唐书·地理志》：鹈鹕泉在丰州（治所在今五原县）西受降城北三百里。郅（zhì）都：西汉时人。史称其行法不避贵戚，号曰苍鹰。景帝拜为雁门太守，匈奴不敢近雁门。这里以郅都比契苾通。两句借出猎隐指对回鹘作战，意谓契苾通傍晚出猎鹈鹕泉畔，路人在很远的地方看到他所放的鹰，就知道这位苍鹰式的人物即将出现。“鹰”字双关，既关合上句“猎”字，又喻契苾通正如号称苍鹰的郅都，为回鹘所畏惮。

［评析］

唐文宗开成五年（840），回鹘被其北方的黠戛斯打败，诸部逃散。其中一支南下到天德、振武两镇北境，李德裕劝武宗命令边将对回鹘采取友好态度，并赠送米粮二万石。次年，可汗兄弟嗢没斯等归唐。其余一部分在塞上掳掠，并南入大同川，抢劫附唐诸部落牛马，逼近云州（今山西大同市）。会昌二年九月，唐朝廷调遣各道兵马，三年春，破回鹘于黑山。这是一场自卫性的正义战争。这首送别契苾通出征的诗，以“奕世勤王”一语为中心，历叙契苾部落内附后与唐朝廷的良好关系，表彰契苾氏历代勤王的功绩及其对促进北方边疆地区少数民族和睦相处的作用。作者着力写“奕世勤王”，意在激励契苾通为国再建功勋，亦反映出他对民族友好关系的重视。

诗声华既壮，骨力也足以相副。末联“郅都鹰”给人以勇悍威严的印象。由于腹联已写了他获得“蕃儿”、“狄女”的拥护和欢迎，则其威严又是和对兄弟民族的关怀和友爱相结合的，从而表现出一位既得到各部落感戴，又令敌人畏惮的出身于少数民族的边防太守形象。

灞岸[1]

山东今岁点行频，几处冤魂哭虏尘[2]。灞水桥边倚华表，平时二月有东巡[3]。

［注释］

①这首诗可能是会昌二年（842）作。这年八月，回鹘乌介可汗率所部南侵至大同、云州一带，唐朝廷下令征发许、蔡、汴、滑等六镇兵马，准备抗击。诗所反映的是征集军队时的情况。灞岸：指诗中所说的灞水桥（在长安东）边。②山东：函谷关以东地区。点行：按名册抽丁出征。虏尘：虏寇扬起的沙尘，与“胡尘”、“胡沙”等词用法相近。冤魂哭虏尘：指回鹘南侵，百姓死亡流离，呻吟号哭。③华表：古代用以表示王者纳谏或指路的木柱，立于大路交衢。后宫殿、城垣、陵墓等大建筑物前亦有作装饰用的石制的华表，柱身多雕刻龙凤等图案，上部横插雕花的石板。平时：升平的年代。东巡：指皇帝巡游东都洛阳。《书·舜典》：“岁二月，东巡守。”故说“二月有东巡”，并非实际记此诗写作之时。唐朝安史之乱前，皇帝在东西都之间往来频繁，灞桥为车驾所必经，可以说是当年升平的见证。安史之乱后，巡幸东都之事久废，故诗人倚灞桥华表而感慨系之。

［评析］

这首诗以会昌初年回鹘南侵为背景，写诗人在灞岸远眺时的心情。通过想望中东都一带兵士应征、北方边地百姓号哭的情景与盛时帝王东游的对比，寓今昔盛衰之感，表现了诗人对时局的关注和对百姓苦难的同情。诗先写今日情景，然后点出想象中的昔日东巡，通过倒装取得衬跌的效果。但未必是有意为之，诗人的思路本来就是由现实出发而联想开去的。

行次昭应县道上送户部李郎中充昭义攻讨[1]

将军大旆扫狂童，诏选名贤赞武功[2]。暂逐虎牙临故绛，远含鸡舌过新丰[3]。鱼游沸鼎知无日，鸟覆危巢岂待风[4]。早勒勋庸燕石上，伫光纶綍汉庭中[5]。

［注释］

①次：行路时止宿。昭应县：今陕西西安市临潼区。户部李郎中：名未详。冯浩、张采田认为是昭义降将李丕，不确。（详见“备考”）充：指临时充任，另有本职。昭义攻讨：指讨伐昭义镇刘稹的军事行营的攻讨使、攻讨副使一类职衔。从诗意看，李郎中是带攻讨衔去赞助军幕的。②将军：指军事行营的主将。当时征调八镇兵马四面攻打刘稹，其西南初设晋绛行营，以李彦佐为主将，令屯翼城（即下文的“故绛”）。大旆（pèi）：大旗。狂童：犹狂妄无知的小子，系轻蔑的称呼。此指刘稹。赞：赞助。两句说主将奉命率领大军扫荡刘稹，皇帝下诏选拔您这样著名的贤才赞助军事，共建功勋。③逐：随。虎牙：汉代将军名号，这里借指行营主将。故绛：春秋时晋国都城原在绛（今山西省翼城东），后迁都新田，称旧都为故绛。唐在这里置翼城县。地当潞州西南，为讨刘稹时晋绛行营所在地。鸡舌：鸡舌香，即丁香。汉代尚书郎到明光殿奏事，口含鸡舌香。因李以尚书省户部郎中之职远赴行营，故说“远含鸡舌”。新丰：即昭应县。天宝二年（743），分新丰、万年置会昌县，七年，改名昭应县。此处因对仗、叶韵需要，故不称昭应而称新丰。两句说李郎中追随主将征讨，远赴晋绛行营，路过新丰。④鱼游沸鼎：《后汉书·张纲传》：“若鱼游釜中，喘息须臾间耳。”鼎：古代烹煮食物的器具。两句说刘稹的处境，像鱼在开水锅里游，挣扎不了多久，像鸟筑巢于危弱的树枝，不等风吹就要倾覆。⑤勒：刻。勋庸：功勋。古称“王功曰勋，民功曰庸”，后来合为一词。燕（yān）石：东汉窦宪击匈奴，破北单于，登燕然山（今蒙古国杭爱山）刻石记功。伫（zhù）：期待。纶绋（lún fú）：皇帝的诏书。此两句祝愿李郎中早日立功归朝，得皇帝的褒奖。

［评析］

会昌三年（843），昭义镇（辖泽、潞、邢、洺、磁等州）节度使刘从谏死，其侄刘稹据镇自立，抗拒朝命。宰相李德裕力主讨伐，但朝廷许多大臣则以“回鹘余烬未灭，边境犹须警备，复讨泽潞，国力不支”为借口，主张允许刘稹割据世袭。作出讨刘稹的决策后，仍有不少人制造“刘悟（刘从谏父）有功，不可绝其嗣”，“从谏养精兵十万，粮支十年，如何可取”等舆论，阻挠伐叛战争的进行。李商隐这首诗，以“大旆扫狂童”的豪壮语言，形象化地再现了当日平叛战争的形势。说刘稹如鱼游沸鼎、鸟居危巢，灭亡指日可待，对割据者表示极大的蔑视，对战争的前途满怀胜利信心，旗帜鲜明地表达了反对割据、维护统一的进步政治立场。这种态度与朝廷内部那些主张姑息的观点正形成鲜明的对照。

本篇格调近似《赠别前蔚州契苾使君》，不像作者多数七律那样深婉沉挚，但气象宏整，音节遒壮，有盛唐风味。

［**备考**］

冯浩、张采田据李德裕《授李丕晋州刺史充冀氏行营攻讨副使制》（见《会昌一品集》），以为此李丕即李郎中。然李丕于会昌三年八月归降朝廷后，历授忻州、汾州、晋州刺史，均兼御史中丞。李德裕《代卢钧与昭义大将书》云：“李丕中丞……曾未一年，骤历三郡”，可证直至授晋州刺史时始终未改其兼职。诗中之李郎中显系另一人。且据诗意，李郎中系在朝文官，而李丕原为昭义大将，归降后又一直在外任州刺史，情况显然不合。

赋得鸡①

稻粱犹足活诸雏，妒敌专场好自娱②。可要五更惊稳梦，不辞风雪为阳乌③？

［**注释**］

①《战国策·秦策》：“诸侯不可一，犹连鸡不能俱止于栖亦明矣。”用缚在一起的鸡喻互相牵制不能一致的诸侯割据势力。本篇取这一比喻加以生发，借以揭露当时的藩镇。唐末韩偓《观斗鸡偶作》，取譬与此相类。（参“备考”）②稻粱：指鸡的饲料。妒敌专场：刘孝威《斗鸡篇》：“丹鸡翠翼张，妒敌得专场。”写斗鸡彼此妒视，都想压倒对方，独占全场。两句说稻粱食料已足以养活其幼雏，但它们却互不相容，以独霸全场为乐。比喻藩镇虽割据世袭，或已高官厚禄，足以荫及子孙，但仍为各自私利而彼此敌视，相互火并。

③可要：岂要，岂愿。阳乌：传说太阳中有三足乌，此喻指皇帝。两句意谓：鸡的本心岂愿在五更时惊扰自己的酣梦，不辞风雪报晓，以迎接太阳的升起呢？比喻藩镇虽有时在表面上秉承朝命，但本心并不愿为朝廷效力。

［评析］

本篇借鸡为喻，揭露藩镇跋扈利己、贪婪好斗的本质。他们相互之间，各怀敌意；虽或表面上秉承王命，实则无真正效力的意愿。冯浩认为诗作于讨伐刘稹时，虽无确证，然颇可发明诗意。其时讨叛诸军，有的本来就是割据者或半割据者，相互间矛盾重重，于朝廷命令，则消极应付。据《通鉴》载：晋绛行营节度使李彦佐从徐州出发，行动缓慢，又请休兵于绛州。成德镇王元逵军前锋入邢州境已逾月，魏博镇何弘敬犹未出师。忠武节度使王宰亦迁延观望。元逵与弘敬之间，王宰对于石雄，皆心存顾忌。这些都是“妒敌专场”，无意于勤劳王事的表现。

诗中抓住鸡的特征，联系藩镇的种种表现，或直接讽刺，或进行反挑，虽不免有比附的痕迹，但由于诗人对讽刺对象的本质发掘较深，却能以犀利辛辣取胜。

［备考］

韩偓《观斗鸡偶作》：何曾解报稻粱恩，金距花冠气遏云。白日枭鸣无意问，惟将芥羽害同群。

登霍山驿楼①

庙列前峰迥，楼开四望穷②。岭鼹岚色外，陂雁夕阳中③。弱柳千条露，衰荷一向风④。壶关有狂孽，速继老生功⑤。

［注释］

①霍山：又名太岳山、霍太山。在山西省中南部，主峰在今霍州东南。

驿：古代供传递公文的人或来往官吏换马、暂住的地方。本篇系作者会昌四年（844）秋往返永乐（今山西芮城县，时作者移居于此）、太原途中所作，时讨伐刘稹的战争尚未结束。②庙：指霍山的岳庙。迥：远。穷：尽。据诗意，岳庙与驿楼实在一处。两句意谓：登楼四望，视野广阔，岳庙前远远地罗列着群峰。③鼷（xī）：一种小鼠，又称耳鼠。岚（lán）：山上的雾气。陂（bēi）：池塘。两句说远望岚色外，遥山数点，有如小鼠；近看夕阳斜照下的池塘，已来新雁。④露：指将要凝成露水的湿润水汽。一向：犹言一片或一派。两句续写眼前景物：弱柳千条萦绕着日暮的雾气，衰荷受风显出一派萧瑟。⑤壶关：刘稹的老巢潞州（今山西长治市）附近有壶关山。狂孽：猖狂的叛逆者，指刘稹。老生：指隋朝将领宋老生。据《旧唐书·高祖本纪》，李渊由太原起兵，向关中进军。隋将宋老生守霍邑（今山西霍县），阻唐军前进。有一穿白衣的老者，自称霍山神使者，要唐军于八月雨止时由霍邑东南进攻，说届时霍山神将给予帮助。李渊依言进军，果斩宋老生。（按：当时因久雨粮尽，李渊决定退兵。李世民力劝不可。此白衣老父请见，可能是李世民派人故弄玄虚，以坚军心。）两句说：壶关附近有猖狂的叛乱者，希望霍山神能继当年斩宋老生之功，早日助朝廷加以殄灭。

［评析］

这首诗首联点岳庙，中间两联在写景中显示了战区附近的萧条冷落，末联借祈神抒发对割据势力的愤恨。通过登楼所见所感，表达了希望早日平定叛乱的迫切心情。

由中二联写景到末联祈愿，跳跃性较大，有似突然。但实际上在诗人的意识里，对时事的关切早就潜存着，由于登高眺望，被广阔渺远的时间、空间感受，把蓄积在内心的思想感情引发出来了。诗人将这表现在诗中，而又省略了其间的笔墨蹊径，就会出现像末联的跳跃。纪昀说："登高望远，忽动于怀，兴寄无端，往往有此似突而究非突，盖其转接之间以神而不以迹也。"

幽居冬暮[①]

羽翼摧残日，郊园寂寞时[②]。晓鸡惊树雪，寒鹜守冰池[③]。急景倏云暮，颓年寖已衰[④]。如何匡国分，不与夙心期[⑤]？

［注释］

①本篇旧本与《秋日晚思》、《春宵自遣》、《七夕偶题》三首五律相连（中间仅隔五排《灵仙阁晚眺寄郓州韦评事》一首，亦闲居永乐时作），颇似同一时期连续创作的即景抒情组诗。《春宵自遣》、《秋日晚思》均会昌四年（844）作，本篇当亦作于是年冬暮。②羽翼摧残，比喻政治上遭受摧折，不能奋飞远举，与“短翼差池”意近而感情较沉重。郊园：指诗人在永乐郊外的住所。永乐闲居诗多次提到“丘园”、“小园”、“小桃园”。③鹜（wù）：鸭子。两句说晨鸡因见树上积雪的反光误以为天明而惊啼，鸭子仍在寒冷结冰的池塘中游泳。何焯说这一联“工于比兴”，姚培谦说：“晓鸡句，喻不改其常；寒鹜句，喻不移其守。”似求之过深。诗人或许只是借此抒写寂寥冷落之感。④急景：犹说“短日”。景：日光。倏：忽然。云：语助词。冬天日短，故云。杜甫《阁夜》：“岁暮阴阳催短景，天涯霜雪霁寒宵。”颓年：衰暮之年。寖：渐。句意谓自己年已渐衰。同期所作《春日寄怀》有“白发如丝日日新”之句。⑤匡国分（fèn）：匡救国家的职责。夙心：素愿。期：合。两句慨叹自己空怀匡国素愿而无匡国之职。

［评析］

诗作于永乐闲居后期。前两联着重写幽居冬暮的寂寞寒冷，后两联着重写急景颓年、报国无门的悲愤。幽冷阴寒的环境气氛与诗人渴望匡国的热情形成鲜明对照，仿佛平静从容的外表下蕴藏着深沉的感喟。写得不着力，浑圆耐味。

正月十五夜闻京有灯恨不得观[①]

月色灯光满帝都，香车宝辇隘通衢[②]。身闲不睹中兴盛，羞逐乡人赛紫姑[③]。

［注释］

①《通鉴·元和五年》胡三省注："唐制：两京及诸州、县街巷率置逻卒，晓暝传呼，以禁夜行；惟元夕张灯，弛禁，前后各一日。"②隘：作动词用，阻塞。通衢：指四通八达的街道。③中兴盛：指唐武宗讨回鹘、平泽潞后出现的"中兴"盛况。时作者因服母丧居永乐，故说"身闲"。赛：旧俗用仪仗、鼓乐、杂戏，迎神出庙，周游街巷，叫"赛会"。紫姑：神名。传说她本为人妾，为大妇所嫉，于正月十五日死去。上帝命为厕神。民间旧俗元夕于厕边或猪栏边迎之。赛紫姑，即举行迎紫姑神的赛会。

［评析］

此诗写于会昌五年（845）春。先从想象着笔，极写京城观灯的热闹场面，以渲染所谓"中兴"的盛况，后跌回个人当前处境，抒发"身闲"、"恨不得观"的感慨，表现了对击退回鹘贵族侵扰、平定泽潞叛镇的喜悦，也流露出不愿无所事事、渴望为国效力的心情。

冯浩认为此诗系东川归后病还郑州时作，张采田进行了辨正。（参"备考"）且"病废"家居，与有报国之力而"身闲"亦有显然区别。唯有会昌五年时，泽潞初平，诗人闲居永乐，与所谓"中兴"、"身闲"正合。

［备考］

冯浩云："……《旧书·纪》、《通鉴》：宣宗大中之政，有贞观之风，迄于唐亡，人思咏之，谓之小太宗。三州七关，乃得收复。以云中兴，于斯为合。……'身闲'者必东川归后病还郑州时也。'乡人'亦似郑州较亲切。"

（《玉谿生诗集笺注》）

张采田云："武宗朝回鹘既破，泽潞又平，而义山方丁忧蛰处，不克躬预庆典，故曰'身闲不睹中兴盛'也。冯氏属之病还郑州时，则宣宗末政，不得言中兴。且义山屡经失意，兴致亦别。细玩自悟。'乡人'只泛指乡居之人，不必泥作故乡解也。今编永乐闲居时，较得其实。"（《玉谿生年谱会笺》）

春日寄怀[1]

世间荣落重逡巡，我独丘园坐四春[2]。纵使有花兼有月，可堪无酒又无人[3]。青袍似草年年定[4]，白发如丝日日新。欲逐风波千万里，未知何路到龙津[5]！

［注释］

①作于会昌五年（845）春闲居永乐期间。②荣落：荣显和衰落。重：甚。逡巡：迅速。两句说，世间的人事忽荣显忽衰落，变化非常迅速，我却独独枯坐丘园，已经第四个年头了。作者会昌二年丁母忧服丧闲居，到五年春已第四年。③可堪：岂堪。作者《小园独酌》："空余双蝶舞，竟绝一人来。"与"无人"同慨。又，冯引一本作"更"。袁彪说："无酒无人，反不如并花月而去之。二语沉痛。"④青袍：唐八、九品官穿青袍。作者居丧前任秘书省正字，系正九品下阶，故着青袍。青袍颜色似春天的青草，《古诗》有"青袍似春草"之句，故云。"年年定"，应上"四春"。居丧期间离职家居，原职仍在。⑤龙津：即龙门，又名禹门口，在今山西省河津县西北。《三秦记》："河津，一名龙门，水险不通，龟鱼之属莫能上。江海大鱼薄集门下数千，不得上，上则为龙。"两句说自己虽有随风波远涉千万里而直上龙门的强烈愿望，却不知道哪里是通向龙津的路。

［评析］

这首写于永乐闲居后期的诗，抒发了长期闲居生活的寂寞苦闷和岁月蹉跎、仕进无路的伤感郁悒。全诗在清爽流利的格调中寄寓着沉痛郁结的情怀，春日的花月青草也都成了这种情怀的反托或触媒。

落 花[1]

高阁客竟去，小园花乱飞[2]。参差连曲陌，迢递送斜晖[3]。肠断未忍扫，眼穿仍欲稀[4]。芳心向春尽，所得是沾衣[5]。

［注释］

①商隐守母丧居永乐期间曾亲自种植花木，诗中屡次提到小园、小桃园，本篇当是这一时期的作品。②客竟去：语气犹说客人终于去了。客自去，花自飞，本不相关，但措语却似花飞缘客去，“无谓而有至情”（钟惺语）。花落，当客在时浑然不觉，客去后寂寥孤独，方引起注意。两句借主、客、花三者关系，微妙地写出客去后面对满园落花的迷惘心境。田兰芳说：“起超忽。”纪昀说：“得神在倒跌而入。”③参差：形容花先后相接，纷纷飞落的样子。曲陌：弯曲的小路。迢递：遥远。二句承上“花乱飞”，谓落英缤纷，势连园外曲径；临空飞舞，宛若送夕阳斜晖。④眼穿：犹望眼欲穿，此指怀着关切的心情久久注视。仍欲稀：指花落未已，留于枝头的愈来愈疏。稀，季抄、朱注本作归。两句谓落于地上的花渐积渐多，然因肠断而未忍扫；残留于枝头的花，愈见稀疏，不因惜花者心急眼穿而暂留。⑤芳心：指花，也指作者惜花的心情。沾衣：指花飘落时着人衣裳，也指作者流泪沾衣。两句语意双关，意谓面对春尽日暮，有情的“芳心”（花）所得的唯零落飘荡沾人衣裳的命运而已，关合自己面对春残日暮，虽有惜花之心而无可奈何，唯有泣下沾衣而已。钟惺说：“‘所得’二字苦甚。”屈复说：“人、花合结。”（《玉谿生诗意》）

［评析］

这首诗以惜花、伤春者的眼光与心情写落花，使落花与伤落花者浑然一体。首联倒跌而入，以高阁客去，加重小园和诗人心境上的寂寥冷落。“竟”、“乱”二字分别写客和花，而其深一层作用却在于表现惜落花者心绪之怅惘与纷乱。颔联以写落花动态为主，而

“连曲陌”见飞红在惜花者心目中飘洒弥漫之广；“送斜晖”传达出诗人目睹斜阳落花倍加感伤。腹联以写惜花情绪为主，而花的委地、依枝情状仿佛可见。末联总收，将落花与具落花身世的诗人合而为一。在一片花谢花飞和伤春之感中，落花与惜花者的神情全出。

借落花以寓慨身世本是常调，但本篇不是靠比附，而是于无限深情的惜花心意中隐含身世之感。物我既融合无间，而又能使物态人情各自得到贴切的表现。虽咏落花，却不沾滞于诗题，不借香艳的辞藻进行描摹刻画，纯用白描，绝去纤媚之态。这些在同题材的作品中都显得很有特色。

寄令狐郎中①

嵩云秦树久离居②，双鲤迢迢一纸书③。休问梁园旧宾客④，茂陵秋雨病相如⑤。

[注释]

①会昌五年（845）秋天，作者闲居洛阳，身体多病。当时在长安任右司郎中的旧友令狐绹有书问候，李商隐作此诗回寄。②嵩：嵩山，地近洛阳，这里即借指作者所居之地。秦：秦中，指长安。这句从杜甫《春日忆李白》“渭北春天树，江东日暮云”化出。云、树是分隔两地的双方即目所见，“嵩云秦树”不仅点明京、洛相隔，且含有各自翘首遥望、两地思念的意蕴。③双鲤：指书信。古乐府《饮马长城窟行》：“客从远方来，遗我双鲤鱼。呼儿烹鲤鱼，中有尺素书。”此谓令狐绹有书问讯。“迢迢”、“一纸”，从对比映照中显出后者的可珍。④梁园：汉景帝时梁孝王的宫苑。司马相如曾为梁孝王门下的宾客。《史记·司马相如列传》：“（相如）事孝景帝为武骑常侍，非其好也。会景帝不好辞赋，是时梁孝王来朝，从游说之士齐人邹阳、淮阴枚乘、吴庄忌夫子之徒。相如见而说（悦）之，因病免，客游梁，梁孝王令与诸生

同舍。”这里以“梁园旧宾客”自指。李商隐从大和三年（829）到开成二年（837）这段时间内曾三次在令狐绹的父亲令狐楚的幕府为幕僚，故自称“旧宾客”。梁园，喻指楚幕。⑤《史记·司马相如列传》：相如尝称病闲居，不慕官爵。既病免，家居茂陵。作者会昌二年因丁母忧而罢秘书省正字，几年来一直闲居。这里以闲居病免的司马相如自况。

［评析］

这是以诗代书之作。首句平平叙起，次句款款承接，纡徐平淡中含有悠长的思念和亲切感激之情。三、四句凝练含蓄，富于情韵。往昔与令狐楚的关系、当前的处境心情、对方来书的内容以及对旧主故交情谊的感念交融在一起。第三句用“休问”领起，末句以貌似客观描述当前处境的笔调淡淡收住，感慨身世落寞之意，全寓言外。诗有感念旧谊故交之意，而无卑屈趋奉之态；有感慨身世之情，而无乞援望荐之念。纪昀说：“一唱三叹，格韵俱高。”

汉宫词

青雀西飞竟未回，君王长在集灵台①。侍臣最有相如渴，不赐金茎露一杯②。

［注释］

①青雀：传说中作为西王母信使的鸟。据《汉武故事》，西王母与汉武帝会见时，有三青鸟在旁，及去，王母许帝以三年后复来，但终于没有来。竟：竟然。这里，作者故意揣摩求仙者的心理，表现其意外之感。集灵台：指为求仙而兴修的建筑物。灵，即仙。集灵犹言会仙、降仙。汉武帝时有集灵宫、望仙宫。唐亦有集灵台（在华清宫长生殿侧）。唐武宗会昌五年（845），又于长安南郊筑望仙台。两句借青雀未回暗示西王母复来的话未生效验，然虽好音尚乖，君王犹登台望仙不已，迷于方士之言而不悟。②相如：汉武帝时著名知道辞赋家，姓司马，字长卿，以文学事汉武帝，为侍臣，患有消渴病

(即糖尿病)。金茎：即汉武帝所造的金铜仙人承露盘。《三辅故事》："汉武帝以铜作承露盘，高二十丈，大十围，上有仙人掌承露，和玉屑饮，以求仙也。"两句说：侍臣之中相如最为消渴，何不赐一杯仙露给他解渴治病呢？病之重和一杯露水之轻微，构成强烈对比，而君王何以不赐，则引起人多种疑问和推测。作者常借相如自喻，这里亦有以其消渴喻自己渴求仕进之意。然虽消渴至极，却不得分君王一杯雨露。

[评析]

唐武宗后期，更加迷信服食求仙，会昌五年春，筑望仙台，本篇次句"君王长在集灵台"，隐然似有所指，可能作于其时。

此诗主旨，或说讽刺求仙，或说自慨才而不遇，实际上这两方面在本篇中兼而有之。封建时代，人们总是切盼君主能够求贤，但昏庸的君主热衷的却是求仙，即使欲其分一杯残羹给贤者也不可得。这首诗正是从这一角度进行构思，巧妙地借汉武帝和司马相如事点化而出。青雀未回，已见出沉迷于求仙的虚妄；不赐金茎之露，更引起人怀疑仙露的有无及灵验与否。而诗人渴求仕进，无所遇合，则又借君主溺于求仙，坐视其"消渴"而不救，被衬托得格外可慨可叹。

汉武帝求仙和相如消渴，原是不相关的两件事，诗人却在两者之间产生了巧妙的联想，新鲜幽默，包含丰富深刻的思想，在驱遣和融化典故方面很有创造性。诗既深婉不露，又笔笔转折，尤其后两句在转折中翻出好几层意思，更是变化莫测，精警异常。

北齐二首[①]

一笑相倾国便亡[②]，何劳荆棘始堪伤[③]。小莲玉体横陈夜[④]，已报周师入晋阳[⑤]。

巧笑知堪敌万机[⑥]，倾城最在着戎衣[⑦]。晋阳已陷休回顾，更请君王猎一围[⑧]。

［注释］

①二首均咏北齐后主高纬宠冯淑妃，荒淫亡国事。②《诗·大雅·瞻卬》："哲夫成城，哲妇倾城。"《汉书·外戚传》李延年歌曰："北方有佳人，绝世而独立。一顾倾人城，再顾倾人国。宁不知倾城与倾国，佳人难再得。"此句"一笑相倾"之"倾"为倾倒、倾心之意，谓君主一旦为美色所迷，便种下亡国祸根。"一"、"便"相承，极言时间之短、为祸之速。③《吴越春秋》：夫差听谗，子胥垂涕曰："以曲作直，舍谗攻忠，将灭吴国，城郭丘墟，殿生荆棘。"句意谓何必定要等到宫殿长满荆棘的时候才去悲伤呢。堪，一作悲。④小莲：北齐后主高纬的宠妃，姓冯。本是大穆后的侍婢。穆后爱衰，进小莲，得宠。能弹琵琶，工歌舞。莲，一作怜。横陈，出宋玉《讽赋》："主人之女又为臣歌曰：'内怵惕兮徂玉床，横自陈兮君之旁。'""玉体横陈夜"，指小莲进御之夕。⑤周师入晋阳：据《北齐书》载：武平七年（576）十二月，周武帝来救晋州（今山西临汾），齐师大败。齐后主弃军先还，留安德王延宗等守晋阳（今山西太原），后主逃奔到都城邺城。同月十七日，延宗与周师战，大败，为周师所虏。次年，周师攻破晋阳。这里用"周师入晋阳"表明北齐面临亡国的危急局势。小莲进御之夕与周师入晋阳在时间上本不相接，为极言色荒之祸，特加剪接连缀。⑥《诗·卫风·硕人》："巧笑倩兮，美目盼兮。"万机：君主日常处理的纷杂政务（机亦作几）。《书·皋陶谟》："兢兢业业，一日二日万几。"孔传："几，微也。言当戒惧万事之微。"句意谓冯淑妃的媚笑足以与君主的政务相敌（足以使后主荒废政事）。⑦意谓冯淑妃之美艳动人尤在着戎装之时。⑧《北齐书》载：周师取平阳，帝猎于三堆。晋州告急，帝将还。淑妃请更杀一围（再围猎一次），从之。《通鉴》亦载：晋州告急，自旦至午三至；至暮更至，曰："平阳已陷。"乃奏之。齐主将还，淑妃请更杀一围，从之。据此，已陷者系晋州平阳，非晋阳，当是作者一时误记。

［评析］

两首均咏史而寓鉴戒，但不妨有某种具体针对性。唐武宗后期喜畋猎，宠女色。史载武宗王才人善歌舞，每畋苑中，才人必从，“袍而骑，佼服光侈”。与本篇所写“着戎衣”、“猎一围”有相似之处。武宗固然不是高纬一流“无愁天子”，但诗人从关心国家命运出发，自不妨借北齐亡国事预作警戒。首章一、二句“一”“便”、“何劳”“始堪”，危言耸听，语重心长，看得出有具体警戒对象。若作泛论来读，便乏情味。

两章都有较重的议论成分，但由于诗人善于提炼、剪裁典型的历史事件、场景与细节，与议论相互映照发明，不但使议论落到实处，而且使读者透过鲜明的历史场景深切感受到其中寓含的历史教训。首章三、四句剪接不同时间发生的两个场景，融合夸张与对比，以揭示其间的因果联系，显得警切明快，发人深省。次章一、二句反言若正，似赞实讽，谐趣横生。三、四句选取最能表现讽刺对象的典型细节，有按无断，而人物神情口吻和昏聩性格毕现。极危急的局面与极闲暇的态度所形成的对比，构成了一种耐人寻味的幽默。

无题二首（其一）①

昨夜星辰昨夜风，画楼西畔桂堂东②。身无彩凤双飞翼，心有灵犀一点通③。隔座送钩春酒暖，分曹射覆蜡灯红④。嗟余听鼓应官去，走马兰台类转蓬⑤。

［注释］

①另一首是七绝，其中有“岂知一夜秦楼客（诗人自指），偷看吴王苑内花”之句。二首合参，可揣知诗人所怀想的对象是一位贵家女子。②两句

由今夕追想昨夜。星辰好风，宛如昨夜，而昨夜在“画楼西畔桂堂东”经历的一幕却难以追寻。“昨夜”重叠，句中自对，两句蝉联，圆转流美中富咏叹之致。画楼，影宋抄作“画堂”。③彩凤：有彩色羽毛的凤凰。灵犀：古代把犀牛角视为灵异之物。犀角中心的髓质像一条白线贯通上下，诗中借喻相爱的双方心灵的感应与暗通。两句因今夕的相隔而抒慨：自己身上尽管没有彩凤那样的双翅，得以飞越阻隔，与对方重见，但彼此的心却如灵异的犀角，有一脉暗通。④送钩：古代一种游戏，又称藏钩。周处《风土记》：“义阳腊日饮祭之后，叟妪儿童为藏钩之戏。分为二曹（队），以校胜负。……一钩藏在数手中，曹人当射（猜）知所在。”射覆：古代游戏。在巾盂等物下面覆盖着东西让人猜。两句追忆昨夜所参与的一次热闹宴会：席上酒暖灯红，觥筹交错，隔座送钩，分曹射覆，气氛热烈融洽。而双方目成心会之情可想。冯浩说这一联系想象中情景，非诗人身在其中。但次首既说“一夜”“偷看”，双方似当在席上相遇。⑤听鼓：唐制：五更二点，鼓自内发，诸街鼓承振，坊市门皆启。鼓响天明，即须上班。应官：上班应差。兰台：汉代藏图书秘籍的宫观叫兰台，这里借指诗人供职的秘书省。两句写自己天明上班，匆匆走马秘省官署，如蓬草的飘转不能自主。“听鼓应官”与下首“一夜”相应，盖昨夜之宴，竟彻夜达晓。天明不得不离去，故有“嗟余”之语。

［评析］

这是一首有诗人自己出场的赋体无题，抒写对昨夜一夕相值、旋成间隔的意中人的深切怀想。颔联“身无”、“心有”相互映照，不仅写出心虽相通而身不能接的苦闷，而且写出间隔中的契合、苦闷中的欣喜、寂寞中的慰藉，将对立感情的相互渗透与交融表现得深刻细致而又主次分明。星辰好风、灯红酒暖的追忆，加深了今夕相隔的怅惘。末联于爱情间隔的嗟叹中微露转蓬之感，使这首写爱情的无题内容上带有自伤身世的意味。

诗作于任职秘省时。末联嗟叹兰台蓬转，与《偶成转韵》诗自叙会昌末“憔悴在书阁”情况相仿，或即作于居母丧期满重官秘省正字期间。

茂 陵[1]

汉家天马出蒲梢，苜蓿榴花遍近郊[2]。内苑只知含凤嘴[3]，属车无复插鸡翘[4]。玉桃偷得怜方朔[5]，金屋修成贮阿娇[6]。谁料苏卿老归国，茂陵松柏雨萧萧[7]。

［注释］

①茂陵：汉武帝的陵墓。李商隐常以汉武帝影指唐武宗。《昭肃皇帝挽歌辞》三首，用典绝大部分取自武帝。本篇则通首用汉武帝事影指武宗，可能作于会昌六年（846）八月武宗葬端陵之后。②蒲梢：古代良马名。《史记·乐书》载：汉武帝伐大宛，得千里马，名蒲梢。作歌诗曰："天马来兮从西极……"苜蓿：豆科植物。原产今新疆一带，因大宛马嗜食，汉武帝遣使采其种子遍种于离宫旁。榴花：石榴花。《博物志》载：张骞使西域还，得安石榴（今简称石榴）、胡桃、蒲桃。两句借宣扬汉武帝的武功，赞唐武宗。武宗在位期间，抗击回鹘贵族侵扰、平定泽潞叛镇，在唐后期以武功著称。作者《昭肃皇帝挽歌辞》中"九县怀雄武"，"玉塞惊宵柝，金桥罢举烽"等句均颂其武功。③内苑：宫内的庭园，即禁苑。凤嘴：传说仙人煮凤嘴、麟角作胶，能续弓弩的断弦，或刀剑的断折面。又传汉武帝时西国王使者献此胶。帝至华林苑射虎，弦断，使者用口濡胶以续弦。含凤嘴：用嘴把胶濡湿融化。此句讽唐武宗好游猎。④属车：皇帝侍从的车。鸡翘：皇帝出行，属车前插编有羽毛的鸾旗以为标志，民间称之为鸡翘。句意谓常隐藏身份微行出游。冯浩认为："此谓已殂落。弩弦可续，而寿命难延。"非是。此句"无复"与上"只知"对文，均咏武宗生前行事，五、六句也是写其生前，突然插入殂落的意思，文气不贯，且与末联犯复。⑤玉桃：迷信传说中吃了可以长生不死的仙桃。方朔：东方朔，汉武帝时人，性滑稽诙谐。后代道家者流往往把他描绘成神异人物。《博物志》上说，西王母曾给汉武帝仙桃吃，时东方朔从窗中偷看，西王母说："此窥牖小儿常三来盗吾此桃。"此句以方朔偷桃喻道士为帝王致长生

药。汉武帝和唐武宗都为此所迷。武宗宠道士赵归真，亲受法箓。他因服长生药致病，而道士说是换骨，终于以此丧命。⑥阿娇：汉武帝陈皇后的名字。“阿”读入声。传说武帝数岁时，长公主问他：“儿欲得妇否?”又指其女问：“阿娇好否?”武帝笑着回答：“若得阿娇作妇，当作金屋贮之也。”其后陈皇后专宠十余年。此句以汉武帝宠陈皇后讽唐武宗好女色。武宗宠王才人，欲立为后。帝每出猎，才人必戎装而从。⑦苏卿：苏武字子卿。武帝天汉元年（前100）出使匈奴，被匈奴扣留十九年，昭帝始元六年（前81）春始回，诏武奉一太牢谒武帝园庙。两句说苏武年老归国，武帝已逝。按：作者会昌二年以书判拔萃授秘书省正字，不久因母丧归家，至会昌五年冬服满回京。次年三月，武宗卒，因借苏武事寄慨。

[评析]

本篇假托汉武帝咏唐武宗。作者所历的几朝皇帝中，武宗是曾希图中兴并取得某些成效的君主。但诗人并没有将他理想化，而是在赞扬其武功的同时，对他的游猎、求仙和宠女色等行为进行了含蓄的讽刺。晚唐时期的政治现实，不大可能再让诗人们去希求完美的所谓“明主”了。这是作者对武宗既有微词，同时又借苏武自慨，对他追念的原因。从篇末深沉的感喟中，可以看出诗人渴望有为国家效力的机会。

纪昀说这首诗“前六句一气，七八掉转作收”，意指诗的前六句展开武宗生前活动的各个方面，后两句陡然接以自己归朝而唯见陵墓凄凉的景象。由于后两句是眼前实景，就使前面的种种场景，无论其可赞或是可慨，尽皆化为云烟，而诗人此时追念、叹惋的情绪就显得特别复杂深沉。写法很有点像绝句中的李白《越中览古》一章。在句格方面，适应内容和情绪的变化，后两句也和前六句不同。

瑶 池①

瑶池阿母绮窗开②，黄竹歌声动地哀③。八骏日行三万里，穆王何事不重来[4]？

［注释］

①《穆天子传》上说，周穆王西游至昆仑山，遇西王母。西王母宴穆王于瑶池。临别，西王母作歌："白云在天，山陵自出。道里悠远，山川间之。将（希望）子毋死，尚能复来。"穆王作歌回答，约定三年后重来〔"比及三年，将复而（汝）野"〕。本篇借这一故事加以生发，讽刺皇帝求仙。②阿母：西王母，又称玄都阿母（见《汉武帝内传》）。绮（qǐ）窗：雕刻如绮纹的窗。句意谓西王母敞开窗户，等待穆王重来。③黄竹歌：《穆天子传》上说，周穆王在到黄竹的路上，遇"北风雨雪，有冻人"，曾作《黄竹歌》三章以哀民。句意谓人不重来，徒留哀歌。④八骏：传说中穆王所乘的八匹骏马。点出八骏，增加了行文的跌宕，见穆王不来非缘道路遥远，山川阻隔。

［评析］

本篇专讽皇帝求仙。它不为《穆天子传》的情节所拘，从"将子毋死，尚能复来"与"比及三年，将复而野"的期约中，翻出"不重来"的情景。同时，撇开正面写求仙者，而从西王母方面着笔。首句叙西王母凭窗眺望，写目之所接。次句叙徒有哀歌，写西王母耳之所闻。三、四句可以理解为作者以诘问之词吞吐含蓄地表达讽刺的意思，也可以理解为西王母心中所想。斥责求仙的愚妄，多从长生不可求，神仙不可遇着眼，这里却翻进一层，说连西王母所接待并忆念的人也不能免于一死，甚至更进而说西王母对穆王"何事不重来"亦茫然无所知，如此求仙和所谓神仙，岂非彻底荒唐！讽刺的意思很尖锐也很着实，但却写得这样尽而不尽。深透至极，而又似信笔挥洒以出，未曾攻苦著力，故历来脍炙人口。

海 客[1]

海客乘槎上紫氛[2]，星娥罢织一相闻[3]。只应不惮牵牛妒，聊用支机石赠君[④]。

［注释］

①本篇截取首句头两字为题，性质类似无题。②海客乘槎（chá）：传说汉代张骞奉命出使大夏，寻河源，乘槎（木筏）经月，见城郭如州府，一女子在室内织布，又见一男子牵牛饮河。骞问曰："此是何处？"答曰："可问严君平。"织女取支机石与骞俱还。后来张骞至蜀问严君平，得知所遇者系织女、牵牛。（见周密《癸辛杂识》前集引《荆楚岁时记》）又《博物志》也载有类似传说，言天河与海相通，海边有人因乘槎而至天河，遇牵牛、织女。本篇糅合上两种传说。紫氛：犹紫霄，指天空。③星娥：织女星。相闻：相见。亦可解为相知。④只应：只因。惮：畏惧。传说中牵牛、织女系夫妇。织女既为海客罢织，又以支机石相赠，故说"不惮牵牛妒"。聊：姑且。

［评析］

本篇系寓言体，比附痕迹明显。程梦星说："此当为相从郑亚而作。亚廉察桂州，地近南海，故托之以海客。言亚如海客乘槎，我如织女相见。亚非杨、李之党（指牛党），令狐未免恶之。然昔从茂元，已为所恶，亦不自今日矣。只应不惮其恶，是以又复从亚耳。自反无愧，横逆何计哉！"解释可信。乘槎典常用来喻指奉命出使（杜甫《秋兴》有"奉使虚随八月槎"之句），故借指郑亚出任桂管观察使。星娥罢织，谓己罢秘书省之职（职、织谐音）而就郑亚之辟。牵牛可包括令狐绹，但不必专指。李商隐娶王茂元女，即遭"牛、李党人（指牛僧孺、李宗闵一党）蚩谪"，"以为诡薄无行"。自牛党视之，李商隐确是不贞的"星娥"了。

唐宣宗即位后，重用牛党白敏中，贬斥会昌年间对国家统一事业有过贡献的李德裕等人。李商隐在牛党复炽、李党受到有计划的打击时罢秘书省正字职入李党骨干郑亚幕府，远赴桂林，其行动的政治含义和所体现的政治倾向，是相当清楚的。尽管由于客观的处境和本身的弱点，他并不能真正做到"不惮牵牛妒"。

荆门西下[①]

一夕南风一叶危，荆门回望夏云时[②]。人生岂得轻离别，天意何曾忌崄巇[③]！骨肉书题安绝徼，蕙兰蹊径失佳期[④]。洞庭湖阔蛟龙恶，却羡杨朱泣路歧[⑤]。

［注释］

①荆门：荆州西六十里长江南岸有荆门山，隔江与虎牙山相对，为楚之西塞。这里借指荆州（即江陵）。题意是从荆州自西而东沿流而下。岑仲勉说："舟发荆州向东而下，以东向为西下，古人自有此种语法。"按：作者《行次西郊作一百韵》"南下大散岭"，也指自南向北下大散岭，用法与此相似。宣宗大中元年（847），作者随郑亚赴桂林，行经江陵时，正当闰三月，因涨水船行不便，曾在江陵滞留十来天。这首诗是从江陵续发后所作。②一叶：指作者所乘小舟。两句说，刮了一夜的南风，乘着一叶扁舟出没在汹涌的江波间，时时感到行程的艰危。在舟上回望荆州，只见层层夏云盘绕在它的上空了。自江陵顺流而下，系自北向南方向，"南风"正是逆风，故说"一叶危"。"危"字启下"崄巇"。夏云时，即夏云处。次句实即"夏云起处是荆州"之意，与李白"朝辞白帝彩云间"同为回望出发地所见，而感情色彩正相反。荆门，旧本作荆云，据朱、冯校改。③崄巇（xiǎn xī）：艰险崎岖。两句说，人生在世，岂能轻视离别，老天的意思，何尝禁忌艰险崎岖而不处处设置呢！出句先说结论，对句再申明原因，句子显得拗折有力、感慨深沉。"天意"语义双关，兼指统治者。朱彝尊评："情深意远，玉谿所独。"④书题：书信。绝徼（jiào）：极远的边塞。这里指桂林。蹊径：小路。两句意谓：家里亲人的书信劝慰我安心在遥远的边塞供职，可是我却不能不想到，在家园长满蕙兰的香径上，将长期辜负美好的良辰了。上句以家人劝慰见对方的关怀体贴，下句以自己之思忆家室见一往情深。双方夹写。这一联承"轻离别"。⑤杨朱泣路歧：《淮南子·说林训》："杨子见逵路而哭之，为其可以南，可以

北。”杨子，即杨朱，战国时杨朱学派创始人。逵路，犹歧路。两句意谓：瞻望前路，洞庭湖阔，蛟龙凶恶，时时有覆舟之险，反倒羡慕杨朱作路歧之泣了。钱良择说：“路歧在平陆，无风波之险。”这一联承“天意”句。

[评析]

这首纪行抒怀诗以颔联为中心，抒写了南行途中对家室的思念和对旅途风波之险的感慨。首联是甫历风波、惊魂初定时回顾来路所见所感，引出颔、腹两联的感慨和思忆。尾联是瞻望前路，对即将出现的更加险恶的风波的忧惧，透过一层，用羡杨朱之泣路歧作反衬，益见前路风波之险。联系当时政局的变化和诗人的处境，诗中的崄巇、风波很可能带有象征意味。首尾分写已历、将历的险境，中间是感情相对平静的感慨思忆，这种结构方式本身也给人以险象环生、心潮起伏之感。

梦 泽[①]

梦泽悲风动白茅[②]，楚王葬尽满城娇[③]。未知歌舞能多少，虚减宫厨为细腰。

[注释]

①古代有云梦泽，传为一方圆八九百里的大湖泊，地在今湖北、湖南之间。旧有云泽在江北，梦泽在江南的说法。这里所说的梦泽，或即指洞庭湖一带。②白茅：俗称茅草，春夏抽生有银白色丝状毛的花穗。古代常用以包裹充祭祀的礼物。梦泽系楚地。周代时楚国每年要向周天子贡包茅。《左传》：“尔贡包茅不入。”故作者因眼前“悲风动白茅”的萧瑟景象联想到楚国繁华旧事，引出下几句。③楚王：指楚灵王，公元前540~前529年在位，是著名的荒淫之君。《韩非子·二柄》：“楚灵王好细腰，而国中多饿人。”《后汉书·马廖传》引传曰：“楚王好细腰，宫中多饿死。”这里综合上述记载，而以“葬尽满城娇”的重笔渲染揭示其为害之烈。“葬尽”与上句悲风白茅的景象有意

念上的联系。

［评析］

本篇首句从悲风白茅的景象发兴，展开历史联想。次句揭出“楚王葬尽满城娇”的悲剧。三、四句撇开楚王，把用笔的重点放在被害而又自戕的宫女身上。“未知”、“虚减”，开合相应，讽刺入骨，也悲凉彻骨。它不是一般地讽刺宫女们的迎合邀宠，而是讽刺她们身陷悲剧、被人戕害而不自知，自我戕害而不自知。讽刺中有同情，但不是一般地同情她们的处境与命运，而是悲悯她们作为悲剧人物所不应有的无知、愚蠢和灵魂的麻木。由于诗人深刻地揭示了这种为腐朽世风所左右而自愿、盲目地走向坟墓的悲剧的内在本质，概括了与“虚减宫厨为细腰”相类似的历史、现实生活内容，这首以“楚王好细腰”为题材的小诗，在客观上就获得了远远超出这一题材范围的典型性和普遍意义，而且给读者以思想上的启迪。联系当时朝局变化、迎合趋附新君之风日炽的现实政治背景，诗中或寓有对这类现象的讽慨，但诗的客观意义自不局限于此。

据首句，诗约作于大中元年（847）春夏间自京赴桂途中。

晚 晴

深居俯夹城①，春去夏犹清②。天意怜幽草，人间重晚晴③。
并添高阁迥④，微注小窗明⑤。越鸟巢干后，归飞体更轻⑥。

［注释］

①深居：幽居，指作者在桂林的寓所。夹城：瓮城，大城门外层的曲城。寓所地势较高，俯临夹城，故云。首句点出览眺晚晴景物的立足点。②谢朓《别王丞僧孺》诗：“首夏实清和。”句意谓时虽值夏季，气候尚清和宜人。曹丕《槐赋》亦谓首夏“天清和而温润”。③两句着重抒写对夏日晚晴的主观感

受。雨后晚晴，生长在幽僻处的小草因沾沐余晖而平添无限生意，似乎是天意特为爱怜这细小平凡的生命。人间也因云开日出、夕晖照映而分外珍重晚晴。冯浩说："深寓身世之感。"田兰芳说："偏于闲处用大笔。"两句即景抒慨，赋予晚晴中的幽草以人生命运的象征意味，且由对目前境遇的欣慰中引出珍重人生"晚晴"的态度。"重"字是在意识到"晚晴"短暂的前提下对它的价值更深刻的认识。④并：更。高阁：指作者幽居的高阁。雨后晚晴，在高阁眺望时视线更为遥远。暗透云收雾散，天地澄清，烟尘俱净的空明景象。⑤夕阳的余晖淡淡地流注在小窗上，给室内带来一片光明。斜晖柔和清淡，故说"微注"。上句写景路线由内向外，下句由外向内。⑥越鸟：南方的鸟。《古诗十九首》有"胡马依北风，越鸟巢南枝"之句。桂林一带古为百越之地。这一联通过飞鸟归巢的描写表现晚晴。"归飞"切"晚"，"巢干"、"体轻"切"晴"。"越鸟"有自况意味。

[评析]

诗写于大中元年（847）夏六月，时作者抵桂林不久。诗中描绘雨后晚晴明净清新的境界和生机盎然的景象，表达出欣慰喜悦的感受和明朗乐观的襟怀。"天意"一联，微寓身世之感和珍重现实人生的态度，为全篇点睛之笔。诗中既有腹联那种精切工致的描绘，又有颔联这样的浑融无迹的托寓，浓淡疏密相间。晚晴景物与诗情、哲理融为一片，寄兴深微而自然。风格在清新秀朗中含有深沉凝重的成分。

城 上①

有客虚投笔②，无憀独上城③。沙禽失侣远，江树著阴轻④。
边遽稽天讨，军须竭地征⑤。贾生游刃极，作赋又论兵⑥。

[注释]

①大中元年（847）秋居郑亚幕府时登桂林城有感而作。②有客：作者

自指。投笔：投笔从戎的省语。《后汉书·班超传》：超有大志，家贫，为官府抄写文书以维持生计，曾投笔叹道："大丈夫无他志略，犹当效傅介子、张骞立功异域，以取封侯，安能久事笔研（砚）间乎？"作者感慨自己虽入幕从军，但理想抱负却无从实现，故说"虚投笔"。③无憀：同"无聊"，愁闷空虚，精神无所依托。④两句写登城所见景物：远处沙洲上失侣的水鸟孑然孤立，江边树林上笼罩着一层轻阴薄雾。著：附着，旧读入声。"失侣"应上"独"字。第四句暗逗下联。⑤遽（jù）：传送官府文书的驿车。稽（jī）：迟延。天讨：朝廷的征讨。军须：即军用所需。地征：本指按各地不同情况制订征收赋税的品种等级。《周礼·地官》："大司徒以土均之法，辨五物九等，制天下之地征。"这里即指土地上的税收。两句写登城所感，谓朝廷对西北边地党项的征讨稽延时日未能取胜，传送公文的驿车仍奔驰往来；浩繁的军用开支竭尽了全国土地所能提供的征赋。边遽，毛本作伐必。按：会昌末年以来，党项时常侵扰西北地区，朝廷命将征讨而迟迟无功。本年五月，吐蕃统治者又诱党项及回鹘余部侵掠河西。"江树"句已暗透阴霾昏暗的时代气氛，故这一联进一步联想到国家的危机。⑥贾生：即贾谊。游刃极：游刃有余，应付裕如。语出《庄子·养生主》："彼节者有间，而刀刃者无厚，以无厚入有间，恢恢乎其于游刃必有余地矣。"贾谊是著名的辞赋家，又曾上书论破匈奴的军事策略，故说"作赋又论兵"。论，读 lún。两句以贾谊自况，说自己兼有文才武略，对解救国家危机游刃有余，却无从施展。应上"虚投笔"。

[评析]

首联以"虚投笔"、"独上城"笼起全篇。颔联于景物描写中微透失意孤孑意绪和黯淡阴霾的环境气氛，烘染得宜。腹联由目之所见转入心之所存，由景物转入时事，过渡自然不着迹。这一联改用重笔，感情沉郁。末联只说作赋论兵，才智足以匡国，而与上联对照，报国无门的苦闷自见于言外。

高松

高松出众木[①]，伴我向天涯[②]。客散初晴后，僧来不语时[③]。

有风传雅韵[4]，无雪试幽姿[5]。上药终相待，他年访伏龟[6]。

［注释］

①出：高出，凌越。纪昀说："起句挺拔。"②向：临，面对。天涯：极远之地，此指桂林。本篇押支韵，涯读 yí。③后：朱本作"候"，系后人因下句"时"字误改，蒋本、毛本、影宋抄等均作"后"。两句分写初晴客散之后和僧来相对不语之时松间林下的幽雅境界。全联不及高松一字，只从侧面烘托，而神韵自远。④雅韵：指风吹松树所发出的清雅声响。⑤松树在霜雪严寒中更显得苍翠挺拔，而桂林地处岭南，终年无雪，故说"无雪试幽姿"。屈复说："有风、无雪，写天涯令人不觉。"⑥上药：指延年益寿的上品仙药。伏龟：指茯苓，菌类植物，寄生于松树根部。形如龟鳖者被认为上品仙药。旧有百千岁松树之精变为伏龟的说法。两句说，既以生成上药相期，将来必有寻访伏龟、为世所重之日。

［评析］

这是一首托物自寓的诗。前四句写高松凌越众木的身姿和幽雅清高的神韵，见诗人自己卓然特立、鄙弃凡近的风度气韵。五、六句紧扣"天涯"，于咏叹自赏之中微露僻处荒远、无由一试幽姿的感慨。末联隐然以生成"上药"自期，表现出对自身价值的自信。屈复说："结承五六，'终'字着意。"全篇不重描摹刻画，不用典故藻饰，以传神写意见长。据"天涯"、"无雪"等语，当是大中元年（847）初冬在桂林作。

端 居[1]

远书归梦两悠悠[2]，只有空床敌素秋[3]。阶下青苔与红树，雨中寥落月中愁[4]。

［注释］

①端居：平居。本篇是客中闲居思家之作。②悠悠：遥远，长久。远别

家乡，盼望亲人远方的来书而久无信息，寻觅归梦而又久久未成。悠悠，见远书、归梦的杳远难期，也传出希望落空时怅然若失的意态。而别来久远、山川阻隔之意亦隐见于言外。③敌：匹敌，抵挡。素秋：秋天。《初学记》卷三引梁元帝《纂要》："秋曰白藏，亦曰……素秋、素商、高商。"据古代"五行"说，秋季色尚白，故称"素秋"。杨守智评："'敌'字险而稳。"按："敌"字除表现"空床"与"素秋"默默相对的清冷寂寥意态外，兼传出空床独寝的人无法承受素秋凄寒的凄怆感受。虽下字较硬较奇，却深刻而隽永。④两句移情入景，说屋外阶前的青苔红树，在寂寥的秋夜，似乎也呈现出无言的愁绪和清冷寥落的意态。"雨中"、"月中"，当非一夕，二者错举，将眼前实景与回忆中景色交织在一起，暗示念远怀人已非一夕。

［评析］

首句一篇之根。远书久疏，归梦难成，故益感客居秋夜的寂寥冷落。次句好处，不在描绘素秋清冷之容态，而在表达素秋对于客居孤寂者的心理重压，虽虚涵而实传神。但过分渲染这种主观感受，易成逼仄之音，所以三、四句又转笔写室外景色，以景托情，显得比较浑融容与。两句"青苔"与"红树"，"雨中"与"月中"，"寥落"与"愁"，互文对举，不但具有回环流动的美感，而且大大丰富了诗句的内涵。

这是诗人中年幕游远地时所作，味其意致，颇似桂幕时。

海上谣①

桂水寒于江②，玉兔秋冷咽③。海底觅仙人，香桃如瘦骨④。紫鸾不肯舞，满翅蓬山雪⑤。借得龙堂宽，晓出揲云发⑥。刘郎旧香炷，立见茂陵树⑦。云孙帖帖卧秋烟⑧，上元细字如蚕眠⑨。

［注释］

①诗题似取古代帝王遣人入海求仙之意，与七绝《海上》题意相类。庚

信《道士步虚词十首》之九："汉武多骄慢，淮南不小心。蓬莱入海底，何处可追寻?"可能与本篇题意有关。②桂水：犹桂海之水。南海别称桂海。《文选·江淹〈袁太尉淑从驾〉》诗："文轸薄桂海。"李善注："南海有桂，故云桂海。"作者大中元年（847）从郑亚赴桂林，地近南海，其《自桂林奉使江陵途中感怀寄献尚书》诗云："水势初知海。"《上尚书范阳公启》云："远从桂海，来返玉京。"江：指长江。这句取作者近地的海名点"海上"，说南海之水凛然生寒，似比江水还冷。③"玉兔"句：神话传说月中有玉兔捣药，又有桂树，因此由桂联想到月。句意谓海上冷气侵袭，连秋空的月中玉兔也为之寒栗噤战。④"海底"句：传说海上蓬莱、方丈、瀛洲三神山有仙人和不死之药。未到时，望之如云；及到，三神山反居水下，故说"海底觅仙人"。觅至"海底"，亦见其所觅无所不至。"香桃"句：《拾遗记》载西王母曾将万岁冰桃送给周穆王。又《汉武帝内传》载东方朔曾三次偷西王母的仙桃。这里以"香桃"喻不死之药。两句与作者悼唐武宗的《昭肃皇帝挽歌辞》"海迷求药使，雪隔献桃人"内容相近。谓入海求仙，不见仙人，唯见香桃如同瘦骨，暗示仙人与仙药均属虚幻渺茫。⑤紫鸾：传说中的神鸟。《瑞应图》："鸾鸟，赤神之精，凤凰之佐，喜则鸣舞。"两句仍写仙境的寒冷，说又见紫鸾不肯鸣舞，满翅皆为蓬山冰雪所压。⑥龙堂：犹言龙宫。《楚辞·九歌·河伯》："鱼鳞屋兮龙堂，紫贝阙兮朱宫。"传说龙宫在水底，故由上文"海底"联想而及。这里以"龙堂"指宫廷。说"借得"正见其有如过客，而不可永世居位。揲（shé）：用手点数成批或成束物品的数目。原是古代占卜时对蓍草计数的一种方式。《易·系辞传》："揲之以四，以象四时。"谓四四（以四个为一组）加以点数。云发：年轻时浓密的头发。晓出揲云发：谓怀着希冀长生不老的祈愿，晓起对镜审视数阅云发，唯恐其损落。两句承上启下，由"海上"过渡到人间。意谓彼求仙的帝王虽借得宽广的龙堂，但无法使云发不改、盛年永在。亦即类似汉武帝《秋风辞》所说："少壮几时兮奈老何。"⑦刘郎：指汉武帝。李贺《金铜仙人辞汉歌》："茂陵刘郎秋风客。"炷（zhù）：指线香。《汉武帝内传》说汉武帝在七月七日焚百和之香等待西王母到来。茂陵：汉武帝的陵墓。两句说汉武帝求仙时点剩的香炷还在，但很快又看到他陵墓上的树木已长成了。⑧云孙：指远代子孙。《尔雅·释亲》：玄孙（本身以下的第五代）之子为来孙，来孙之子为昆孙，昆孙之子为仍孙，仍孙之子为云孙。帖帖：帖伏的样子。这句意谓：连武帝的远代子孙都已长眠地下，贴卧于秋烟笼罩的旷野上。⑨上元：指上元夫人，女仙名。《汉武帝内传》上说她是道君（老子）弟子，曾与西王母同宴于汉宫。上元细字：指长生求仙一类书籍。《汉武帝内传》："帝以王母所授《五真图》、《灵光经》，及上元夫人所授《六甲灵飞》十二事，自撰集为一卷，及诸经图，皆奉以黄金之箱，封以白玉之函，以珊瑚为轴，紫锦为囊，安著柏梁台上。"如蚕眠：这里指书上的字用蚕书体写成。《书断》："鲁秋胡玩蚕作蚕书。"这句说：上元夫人授给武帝的金书秘诀，空留人间。意谓这种所谓仙书秘籍毫无效用。

[评析]

本篇首句点桂水，可能作于大中元年（847）秋居桂幕时。前半写仙境的寒冷萧瑟和神仙、仙药无处可寻，后半写迷信神仙的汉武帝下至云孙尽皆同归陵墓，只剩下所谓金书秘诀空留人间。全篇用意在于揭露求仙的虚妄，与《昭肃皇帝挽歌辞》、《茂陵》等诗中对唐武宗求仙的讽刺有相近之处。但诗未必专为武宗而发。当时继位的宣宗"务反会昌之政"，却偏偏不反武宗的求仙，即位不到几个月便受三洞法箓于衡山道士刘玄静（事见《通鉴·会昌六年》）。这自然引起诗人很深的感慨和愤懑，"刘郎旧香炷，立见茂陵树"、"云孙帖帖卧秋烟"，正是对中晚唐时期皇帝一个接着一个妄求长生的尖锐讽刺。

诗在构思和表现上有意学习李贺，是较为典型的"长吉体"。

宋 玉①

何事荆台百万家②，惟教宋玉擅才华？楚词已不饶唐勒，风赋何曾让景差③！落日渚宫供观阁，开年云梦送烟花④。可怜庾信寻荒径，犹得三朝托后车⑤。

[注释]

①宋玉：战国时楚国辞赋家。本篇是大中元年（847）冬奉使江陵时怀古之作。②荆台：本楚国台馆名，这里指荆州（即江陵）。③唐勒、景差：都是和宋玉同时的辞赋家。《史记·屈原贾生列传》："屈原既死之后，楚有宋玉、唐勒、景差之徒者，皆好辞而以赋见称。"《风赋》，传为宋玉所作，见《文选》。饶、让：比……差。两句谓宋玉所作楚辞已自不在唐勒之下，他的《风赋》更何曾比景差逊色！二句承"擅才华"。④渚宫：春秋楚成王所建的别宫，故址在今湖北江陵境内。南朝梁元帝在江陵即位，扩建宫苑，渚宫旧址渐湮。供：呈献。开年：一年的开始，犹初春。云梦：即云梦泽，参《梦泽》诗注。烟花：指春天艳丽的景物。两句意谓：每天日暮时分，落日映照着渚宫壮丽的观阁，呈献在宋玉的面前；每年开春时节，云梦泽国又为他送来了艳丽的景色。何焯说："言渚宫观阁、云梦，莫非助发才华，为词赋用也。"宫供、观阁双声，梦送叠韵。⑤可怜：可美。庾信寻荒径：庾信《哀江南赋》："诛茅宋玉之宅，穿径临江之府。"唐余知古《渚宫旧事》："庾信因侯景之乱，自建康遁归江陵，居宋玉故宅。""庾信寻荒径"，谓庾信寻宋玉故宅的荒径而卜居其地。三朝：指梁武帝、简文帝、元帝三朝。按：《北史·庾信传》，信先事梁武帝，为东宫抄撰学士；后事简文帝，侯景作乱，信奔于江陵；梁元帝除御史中丞，转右卫将军，封武康县侯，加散骑侍郎。后车：侍从者所乘的车子。托后车，指为文学侍从之臣。曹丕《与朝歌令吴质书》："从者鸣笳以启路，文学托乘于后车。"两句意谓：可美庾信寻宋玉故宅的荒径而居，犹能连续三朝而为文学侍从之臣。言外见宋玉沾溉后世文人之多。作者《过郑广文旧居》说："可怜留著临江宅，异代应教庾信居。"

[评析]

杜甫《咏怀古迹》（其二）说："摇落深知宋玉悲，风流儒雅亦吾师。怅望千秋一洒泪，萧条异代不同时。"这首《宋玉》则反其意。前两联极赞宋玉的才华，言外隐含自己的才华不亚宋玉之意（《偶成转韵》诗有"回看屈宋由年辈"之句）。五、六句谓其故宅风景优美，渚宫观阁、云梦烟花，都足以助其才思文藻，承"何事”“擅才华”而言。七、八句谓宋玉因擅才华而得为文学侍从之臣，托于楚王之后车，其遇合固不用说，即使后代寻荒径、居故宅的庾信，也沾其余溉，而历仕三朝。言外见自己虽才比宋玉，而三朝（文、武、宣三朝）沦落，寄迹幕府，遇合迥异，不免深为悲怅。才同而遇异，是一篇之主旨。温庭筠《蔡中郎坟》：“今日爱才非昔日，莫抛心力作词人！”《过陈琳墓》：“词客有灵应识我，霸才无主始怜（羡）君。”亦此意。何焯说：“（末联）淡淡收住，自有无限感慨。”温诗则正把李诗蕴蓄的感慨明白揭示出来了。

赠刘司户蕡[1]

江风扬浪动云根[2]，重碇危樯白日昏[3]。已断燕鸿初起势[4]，更惊骚客后归魂[5]。汉廷急诏谁先入[6]？楚路高歌自欲翻[7]。万里相逢欢复泣[8]，凤巢西隔九重门[9]。

［注释］

①刘蕡（fén）：字去华，唐幽州昌平（今北京市昌平区）人。文宗大和二年（828），应贤良方正直言极谏科考试，在对策中猛烈抨击宦官乱政，要求“揭国柄以归于相，持兵柄以归于将”，指出唐王朝正面临“天下将倾，海内将乱”的深重危机，在当时士人和朝官中引起强烈反响。刘蕡因此遭到宦官嫉恨，被黜不取。令狐楚、牛僧孺节度山南西、东道，皆表蕡幕府，授秘书郎。后遭宦官诬陷，贬柳州司户参军，卒。刘蕡贬柳年月，史无明文。按：牛僧孺任山南东道节度使，在开成四年（839）八月至会昌元年（841）七月期间。又罗衮《请褒赠刘蕡疏》：“遂遭退黜（指应制科试不取），实负冤欺。其后竟陷侵诬，终罹谴逐（指贬柳州）。沉沦绝世，六十余年。”疏上于天复三年（903），上距会昌四年为六十年。则刘蕡贬柳，当在开成四年八月以后，会昌四年以前这一段时间内。冯浩、张采田认为李商隐在开成五年秋至会昌元年春这段时间内曾南游江乡（今湖南长沙一带），《赠刘司户蕡》即会昌元年春

在黄陵（今湖南湘阴）与贬为柳州司户的刘蕡晤别之作。岑仲勉《唐史余瀋·李商隐南游江乡辨正》及《玉谿生年谱会笺平质》曾详辨所谓开成末江乡之游，实际上并不存在。岑说虽有若干局部失误，但否定开成末江乡之游大体可从。据我们考证，此诗实非刘蕡贬柳时商隐与之相遇而作，而是大中二年（848）春商隐奉使江陵归途中与自贬所放还的刘蕡晤别之作，详见《李商隐开成末南游江乡说再辨正》（载《文学遗产》1980年第3期）、《〈李商隐开成末南游江乡说再辨正〉补证》（载《文史》第40辑）、《李商隐开成五年九月至会昌元年正月行踪考述——对李商隐开成末南游江乡说的续辨正》（载《文学遗产》2002年第2期）。②云根：指江边的山石。宋武帝《登乐山诗》："屯烟扰风穴，积水溺云根。"就人的视觉直感而言，云好像就是从山石上生出，故称山石为云根。扬，朱本作吹。③碇：系船的石墩或镇船石。樯：桅杆，借指船。危樯：犹危舟。两句写江风鼓浪、山摇石动、危舟独系、天昏日暗的景象，写景中寓比兴象征。陆昆曾说："只十四字，而当日北司专恣，威柄凌夷，已一齐写出。"（《李义山诗解》）④燕（yān）鸿：刘蕡是幽燕人。《旧唐书·刘蕡传》说他"好谈王霸大略"，"慨然有澄清之志"，故以燕地的鸿雁为喻。这句指大和二年刘蕡因对策触忤宦官而遭黜事，说他像北国有万里之志的鸿雁，刚刚振翅飞翔就被狂风摧断（比喻政治道路上刚要奋飞高举就遭到恶势力摧抑）。⑤骚客：屈原受谗被放而作《离骚》，故称骚客。这里喻指受宦官谗害的刘蕡。后归：即迟归。刘蕡自会昌元年左右被贬，至大中元年方自贬所放归，首尾达七年左右，故说"后归"。旧注以此诗为蕡被贬途中商隐与之相遇而作，于"后归"无解。这一联仍承"江风"说，"已断"、"更惊"的主语即上述风浪蔽天的景象。⑥汉廷急诏：据《汉书·贾谊传》载：贾谊被谪为长沙王太傅三年。后岁余，文帝思念他，又将他召回长安，拜为梁怀王太傅。这句活用此典。按：宣宗即位后，武宗朝被贬远州的牛党五相（牛僧孺、李宗闵、崔珙、杨嗣复、李珏）同日北迁。此句意谓朝廷急诏重征会昌年间旧相，但不知谁先能入朝辅政。牛党旧相中杨嗣复与刘蕡有座主门生之谊，此时已量移江州刺史，而刘蕡则由柳州司户累迁澧州员外司户。此句"谁先入"之语可能希冀杨嗣复入朝辅政。⑦楚路高歌：承上"骚客"，仍以屈原比刘蕡，说他在被放还的道途中，自己制作歌诗以抒慨。翻：按照旧曲谱制作新词。刘禹锡《杨柳枝词》："请君莫奏前朝曲，听唱新翻《杨柳枝》。"二人相遇在湘阴，地属楚，故说"楚路"，亦暗切屈原说。"高歌"，形容诗歌辞情慷慨悲壮。旧注有说此句用楚狂接舆歌凤典的，与刘蕡积极用世的思想性格不合，疑非。⑧万里相逢：指两人在远离京城的荆楚一带重逢。按：刘蕡曾在令狐楚任山南西道节度使时为幕僚，时商隐亦在楚幕，二人早已结识。⑨凤巢：传说黄帝时，凤凰止息于帝之东园，或巢于阿阁。凤巢于阿阁，比喻贤臣在朝。九重门：指皇帝居住的地方。宋玉《九辩》："君之门兮九重。"这句以凤巢与君门远隔喻贤者流贬远地，兼寓对国事的忧虑，承上句"泣"字，遥应篇首"白日昏"。长安在荆楚西北，故说"西隔"。

［评析］

刘蕡远贬七年后方才放还，但仍累迁澧州员外司户。宣宗即位，党局反复，而整个政治局面却更见昏暗。这首赠友之作，开篇即赋中含比，描绘出风浪蔽天、日昏舟危的景象。渗透对时代政治环境的感受，既为刘蕡的悲剧遭遇提供典型环境，又为双方深沉激愤的忧国之情提供凭借。对朋友的同情，对国事的企望与忧虑，对宦官黑暗势力的愤恨，融为一体，感情丰富复杂，风格沉郁悲壮。结句"一剪便住，绝好收法"（纪昀评语）。

北 楼[①]

春物岂相干？人生只强欢[②]。花犹曾敛夕，酒竟不知寒[③]。异域东风湿，中华上象宽[④]。此楼堪北望，轻命倚危栏[⑤]。

［注释］

①北楼：指桂林城北楼。范成大《桂海虞衡志》："朔雪至（严）关辄止，大盛则度至桂林城下，不复南矣。北城旧有楼，曰雪观，所以夸南州也。"作者《桂林》诗亦有"西北有高楼"之句。②二句意谓桂林地处炎方，无鲜明之季节变化，故虽到春天，却无春物和自己相干；处在这种寂寞苦闷

中，人生只有强求欢乐以遣愁而已。③叶嘉莹说："花……应是专指南方所盛产的木槿花而言。……炎方的春日既无万紫千红轮番开放的盛事，所见的唯一属于花的变化的仅有槿花之朝开暮萎而已。……北国中原，每当春来之际，往往余寒犹厉，所以诗人们向来赏花时也要饮酒。……远在炎方，虽欲勉强借饮酒以求强欢，然而却可惜竟全无身外春寒之感，如是则情味全非矣。……不仅写出了炎方的气候，也写出了自己在异域勉强寻欢的一种惆怅无聊的心情。"按："犹"字似让一步，感情上已显含不足；"竟"则更进一步，表现出强烈的遗憾。虚字表情细腻，开合相应。④异域：指远离中原的边远地区。二字点醒以上二联的描写。中华：这里指中原地区。上象：犹天空。两句说身处荒远的异域，感到东风也含着湿气；遥忆中原，但觉天空无限宽广。"中华"句启下"北望"。⑤此：毛本作北。两句说，此楼既能北望中原，我自不惜性命而独倚高栏！杨守智评："结句无限悲凉，不堪多读。"

[评析]

诗作于大中二年（848）春。当时朝局变化，李党迭败，郑亚地位岌岌可危，诗人已感到很难在桂幕安身，故思归之作特多。诗中极写身处异域的苦闷和对中原的怀想，及苦闷中强欢反增惆怅的心情，读来有一种强烈的压抑感和逼仄感。起联突兀而来，直抒"强欢"，结联尽情发泄，不复含蓄，都透露出诗人情绪的愤郁。但颔联写借酒、花以求强欢，却在直致中显出沉郁与苍凉。

异俗二首①（其一）

鬼疟朝朝避②，春寒夜夜添③。未惊雷破柱，不报水齐檐④。虎箭侵肤毒，鱼钩刺骨铦⑤。鸟言成谍诉，多是恨彤幨⑥。

[注释]

①自注：时从事岭南。异俗：指边远地区的风习。岭南：五岭以南，这里指当时的桂管地区。冯浩引徐逢源语："此诗载《平乐县志》，原注下又有

‘偶客昭州’四字。”杜佑《通典》：“顷年常见州县有摄官，皆是牧守所自置署，政多苟且，迎新送故，劳弊极矣。”冯浩据此及《渊鉴类函·州郡部·广西》引义山佚诗“假守昭平郡，当门桂水清。海遥稀蚌迹，峡近足滩声”四句，谓义山曾摄守昭州。然据今人陶敏考证，“假守昭平郡”四句乃宋人陶弼诗，故义山曾代理昭州刺史之说不可信。②鬼疟：即疟疾。迷信认为疟疾系因病鬼作祟，故患者于病发前逃往他处，以避疟鬼，为“治”疟的一种办法。昭州一带地处边远而又湿热的南方，疟疾和迷信都较内地为甚。③“春寒”句：岭南一带通常较暖，但春天多雨，连阴时即显得格外凄寒。冯浩引《广西通志》：“三春连暝而多寒。”④“未惊”句：雷破房柱、水涨齐檐，在中原地区本值得惊异，但在多雷雨的南方，人们习以为常，故“未惊”“不报”。⑤铦（xiān）：锋利。两句写当地百姓用毒箭射虎、利钩捕鱼。⑥鸟言：指昭州一带的方言。古代常称少数民族语言或与中原地区语言差异很大的方言为鸟言（语），因其不易听懂，有如鸟语。谍（dié）诉：诉讼的状词。谍，通“牒”，通常指官文书或简札，这里指讼词。彤幨（chān）：红色的车帷。汉代刺史用“传车骖驾垂赤帷裳”（《后汉书·贾琮传》），彤幨即传车赤帷，用以指代刺史一类官吏。冯浩说：“此似州民有讼其刺史者。”所谓鸟言，则指用土俗语进行控诉。

[评析]

这首诗实赋昭州地方风习，但非纯客观描绘。从篇中对材料的选择，以及“朝朝”、“夜夜”、“未惊”、“不报”等一系列词语的运用上，都见出带有诗人自己一份颇不习惯的异常感受。通过表现异俗，写出一个心理上对之反应非常敏感的“殊乡”，流露出诗人因被排挤而投身荒远地区的抑郁。末联微有寓意，谓吏其地者多贪残之辈，故百姓每恨其长官。诗把对昭州自然环境和社会情况的描写交织在一起，颇具地方色彩。

乱石

虎踞龙蹲纵复横[①]，星光渐减雨痕生[②]。不须并碍东西路，哭杀厨头阮步兵[③]。

［注释］

①虎踞龙蹲：形容乱石奇形怪状，纵横塞路的情状。踞，蹲坐。夜间乱石暗影朦胧，故觉其如“虎踞龙蹲”，四字画出其狰狞可怖、森然欲搏人之状。“纵复横”，点题内“乱”字。②《左传》：“陨石于宋五。陨星也。”这句将乱石想象为陨石，说它们坠地后光芒渐灭，雨蚀之痕渐生。暗示乱石阻塞道路为时已久。言外亦见夜空阴霾昏暗，惨淡欲雨。③阮步兵：指阮籍。《晋书·阮籍传》：“籍闻步兵厨营人善酿，有贮酒三百斛，乃求为步兵校尉。”“时率意独驾，不由径路，车迹所穷，辄恸哭而返。”阮籍处于魏晋易代之际，对当权的司马氏很不满，常担心司马氏对他进行政治迫害，故用醉酒佯狂的举动来掩护自己。“穷途恸哭”是他极端苦闷心情的流露。这里借阮籍自喻。“并碍东西路”应上“纵复横”。“不须”二字愤极、痛极。

［评析］

本篇可能是大中二年（848）罢郑亚幕后所作。诗以纵横塞途、狰狞可怖的乱石喻抑塞贤路的黑暗政治势力。迷茫暗夜，怪影朦胧，东西路塞，表达了晚唐才士对当时政治环境的典型感受。语虽直率，情自沉郁。

潭　州[①]

潭州官舍暮楼空，今古无端入望中[②]。湘泪浅深滋竹色[③]，楚歌重叠怨兰丛[④]。陶公战舰空滩雨[⑤]，贾傅承尘破庙风[⑥]。目断故园人不至，松醪一醉与谁同[⑦]？

［注释］

①潭州：唐时为湖南观察使治所，今湖南长沙市。大中二年（848）五月，作者在由桂林返长安途中，曾在此逗留。时作者座主李回任湖南观察使。②无端：不自禁地。两句说，身居潭州官舍，傍晚独登空楼，触景兴感，古今

的许多情事都不由得齐赴眼下，涌上心头。“望”中有由今及古的联想，故说“今古无端入望中”。以下两联表面上吊古，实际上伤今之情即寓于其中。③“湘泪”句：相传舜南巡，死于苍梧。他的两个妃子娥皇、女英追至湘江一带，哭舜极为悲哀，斑斑泪痕，染于竹上。句意谓湘灵的斑斑泪痕，浅浅深深地滋润着青青竹色。这里借寓对故君的悲悼。④楚歌：指屈原的《九歌》、《离骚》、《九章》等作品。重叠：接连不断。怨兰丛：《离骚》中有“兰芷变而不芳兮，荃蕙化而为茅。何昔日之芳草兮，今直为此萧艾也”，“余以兰为可恃兮，羌无实而容长”等句，对“兰”的变而不芳、有名无实表示痛心怨愤，旧解相承以为“兰”系影射令尹子兰。这里用“兰丛”寓指当时的统治集团。句意谓楚歌连续不断，唱出的都是怨恨“兰丛”的心声。⑤陶公：指东晋著名将领陶侃。侃曾任江夏太守，与诸军合力抗击叛变的将领陈恢。以运船为战舰，所向必破。后为征南大将军，讨杜弢、平苏峻，封长沙郡公。句意谓陶侃当年曾率战舰立殊功，如今遗迹荡然，唯见雨洒空滩而已。这是暗示当时立下战功的人物遭到不应有的冷遇与排斥。⑥贾傅：即贾谊，曾为长沙王太傅。承尘：承接尘土的天花板。《西京杂记》载：贾谊在长沙，鵩鸟集其承尘。俗以鵩鸟至人家，主人死，谊作《鵩鸟赋》。破庙：残破的贾谊庙。庙即贾谊旧宅。句意谓残破的贾谊庙，冷落荒凉，唯风吹承尘作响。这句可能暗寓当时有功文臣遭贬斥。⑦松醪（láo）：用松叶、松节或松胶制成的名酒。松醪为唐代潭州名产，屡见于唐人诗文。两句说自己望断故园，而所盼的人竟不到来，无人可与自己共醉松醪，一遣愁怀。味此联，似是作者在潭州等待一位来自故园的友人未至，独在客中，益感怀古伤今之情的难以排遣。

［评析］

这首登览抒怀之作，借吊古寓现实政治感慨。由于“吊古显然，伤今则并无明文”（冯注初刊本王鸣盛手批），故注家说法不一。徐逢源、冯浩以为作于杨嗣复出为潭州时（事在开成五年），颔联系伤悼文宗之死及寓指嗣复被贬。何焯、陆昆曾、程梦星、张采田均以为作于大中初年，诗系伤悼武宗之死与“会昌将相名臣之流落”。冯说别无佐证，王鸣盛已批评其“揣度附会，太觉穿凿”。

何、陆诸家之说，证以作者对大中政治的不满和对李德裕等会昌有功将相的同情（参看下选《旧将军》、《李卫公》、《漫成五章》等），似较合理。诗人追念会昌君相，怨恨当时执政者，曲折地表露了自己的政治倾向。

颔、腹两联句句用典，既切合题目，又融合情景，联系古今，涉及政治，富于暗示。陆昆曾说“言之所及在古，心之所伤在今，故曰‘今古无端’”，颇能道出此诗构思特点。

楚 宫[①]

湘波如泪色漻漻，楚厉迷魂逐恨遥[②]。枫树夜猿愁自断[③]，女萝山鬼语相邀[④]。空归腐败犹难复，更困腥臊岂易招[⑤]？但使故乡三户在，彩丝谁惜惧长蛟[⑥]！

［注释］

①本篇系有感于屈原五月五日沉湘事而作。大中二年（848）五月，作者在潭州。诗有“湘波”字，或即写于此时。诗题“楚宫”与内容无涉，何焯、程梦星疑当作“楚厉”。②漻（liáo）漻：水清而深。厉：古代迷信的说法，鬼无依则为厉。《左传·昭公七年》：“鬼有所归，乃不为厉。”楚厉：指屈原无归的冤魂。逐：随。两句说，湘水清深，如流不尽的眼泪，屈原无依的迷魂已经随着这充满怨愤的逝波远去。屈原因忧愤国事，在汨罗（今湖南湘阴县北）投江自杀。这两句即写其身死而遗恨无穷。戴叔伦《过三闾庙》：“沅湘流不尽，屈子怨何深！”与这一联意略同。③《招魂》：“湛湛江水兮上有枫，目极千里兮伤春心。”《九歌·山鬼》：“雷填填兮雨冥冥，猿啾啾兮狖夜鸣。”“枫树夜猿”化用其意。④《九歌·山鬼》：“若有人兮山之阿，被薜荔兮带女萝。既含睇兮又宜笑，子慕予兮善窈窕。”以上二句意谓屈原迷魂已杳远不可寻，而今但目睹江上青枫，耳闻山间鸣猿，而觉愁肠欲断；又恍见以女萝为带的山鬼含睇目语，殷勤相邀。（盖谓迷魂远逝而当年情景宛在。）女

萝，地衣类植物，一名松萝。⑤归腐败：指人死归葬地下，尸体腐败。复：招魂。《礼记·檀弓下》：“复，尽爱之道也。”注：“复，始死招魂。”困腥臊：为腥臊的水族所困。指屈原投江自沉，葬身鱼腹。招：招魂。这一联承上“迷魂逐恨遥”，说人死归于腐败尚且难以招魂复魄，更何况没于江流，葬身鱼腹呢？旧说宋玉哀怜屈原“忠而斥弃，愁懑山泽，魂魄放佚，厥命将落，故作《招魂》”（王逸《楚辞章句》）。这里说“岂易招”，是深悼屈原的不幸。⑥故乡三户：《史记·项羽本纪》载楚南公说：“楚虽三户，亡秦必楚。”三户，犹三户人家，极言存留人家之少。彩丝惧长蛟：《续齐谐记》说：楚人每年五月初五用竹筒贮米投入江水祭屈原。汉时，有人见到一个自称三闾大夫（屈原曾任此职）的人对他说：往年投赠的食物，都被蛟龙窃取，今后可用楝树叶塞其上，外缠彩丝。这两种东西是蛟龙所畏惧的。两句说：只要屈原的故乡还有人存在，又有谁会吝惜彩丝而不用它来吓跑长蛟呢？（意思是说，楚乡人民将永远纪念屈原。）

［评析］

这是一篇吊屈之作。首联由眼前湘波起兴，引出吊古情怀，“泪”、“恨”二字，双绾凭吊者与被吊者，不但写出屈原的沉哀遗恨，也透出诗人自己的伤痛。颔、腹二联，承次句进一步渲染屈子沉江故地凄迷幽冥的环境气氛，抒写迷魂难招的哀感遗恨，将伤悼之情写足。末联借彩丝惧蛟的传说与习俗，转出新意，振起全篇，于楚乡人民的崇敬追思中显示这位伟大爱国诗人精神的不朽，将“迷魂逐恨遥”的哀伤转为热情的赞颂，诗境变得开朗了。诗在情思、文采上明显受到屈原《九歌》及《招魂》等作品的影响。“枫树”一联，化用屈赋吊屈，自然贴切，极富“幽忆怨断”的悲剧美。

清代以来不少注家认为此诗另有寄托。或以为悲悼甘露事变时被杀的王涯等人（何焯、陆昆曾、冯浩）；或以为影指大和五年宋申锡窜死开州事件（程梦星）；或以为同情慰藉李党失意者（张采田《会笺》）。这些说法或失之穿凿，或过于指实，不一定可信。诗人在吊屈的同时可能融会了对现实政治的某些感受（如进步人物遭冤贬），但这种感受并不单纯源于某一具体人物与事件。他在哭吊刘蕡的诗中有“已为秦逐客，复作楚冤魂”，“只有安仁能作诔，何曾宋玉解招魂”之句，可以约略窥见吊古与伤今的联系，尽管写这首诗时刘蕡还没有成为“楚冤魂”。

过楚宫[①]

巫峡迢迢旧楚宫，至今云雨暗丹枫[②]。微生尽恋人间乐，只有襄王忆梦中[③]。

［注释］

①大中二年（848）秋，作者由桂归京途经江陵，曾溯江至夔、峡一带作短期游览与羁留，本篇当是离夔州东下过巫山县楚宫遗址时有感而作。②巫峡：在巫山县东，绵延一百六十里。迢迢：形容巫峡绵长之状。旧楚宫：《太平寰宇记》：“楚宫在巫山县西北二百步，在阳台古城内，即襄王所游之地。”按：杜甫《咏怀古迹》（其二）云：“最是楚宫俱泯灭，舟人指点到今疑。”则所谓“楚宫”，不过荒废的遗迹而已。云雨：用宋玉《高唐赋序》语。句意谓巫山云雨，至今仍然笼罩着丹枫。这里将眼前景色与历史想象融合，引出三、四句对襄王的议论。③微生：常人，芸芸众生。微，一作浮。人间乐：指现实生活中的种种欢乐，如仕宦婚姻的顺遂、家室人伦的乐趣。襄王忆梦中：楚襄王梦与神女遇，其状甚丽。“忆梦中”是说他总是回忆、向往着美好的旧梦。

［评析］

楚襄王在这首诗里并不是以历史人物的身份出现，而是作为某种人生追求的代表，实即诗人自己的化身。“人间乐”与“云雨梦”，在诗中分别代表现实的却不免平凡猥琐的人生境界与理想的却不免虚幻难求的人生境界。诗人不满足（但并不否定）前者，竭力追求后者，但在追求中却时时感到它的虚幻渺茫，而且连这种追求本身也不为“尽恋人间乐”者所理解，而自己也因“忆梦中”而不能享有“人间乐”。尽管如此，诗人仍然坚持幻灭中的追求。全诗深刻表现了追求理想而又深感其虚幻的诗人精神世界的矛盾苦闷。“尽恋”、“只有”，感情内涵并不单一。

久已泯灭的楚宫旧址，云雨丹枫的迷茫气氛，为“忆梦中”创造了典型的氛围，使后两句富于哲理意蕴的诗句变得更加耐人寻味。

楚 吟①

山上离宫宫上楼②，楼前宫畔暮江流。楚天长短黄昏雨③，宋玉无愁亦自愁④。

［注释］

①大中二年（848）秋由桂返京途中作。题称“楚吟”，地濒大江，山有离宫，似在江陵。②离宫：可能泛指江陵的宫观台殿，不必是楚宫。“宫上楼”是诗人登览之所。③长短：反正，总是。④宋玉：诗人自指。《席上作》、《宋玉》、《过郑广文旧居》、《有感》（非关宋玉有微辞）等诗中，多次以富于才华、多愁善感的宋玉自况。楚地、离宫、暮雨，也都使诗人自然联想到宋玉。自，姜本作有。

［评析］

诗触景兴感，黯然神伤，纯从虚处传神。身世沉沦，仕途坎坷，东西路塞，茫茫无之。值此楚天暮雨，江流渺渺，不觉触绪纷来，悲愁无限，故说“宋玉无愁亦自愁”。薄暮的朦胧迷茫，江流的浩浩渺渺，黄昏的如丝细雨，本身就是愁绪的象征或触媒。诗中叠字的成功运用，造成一种回环流动的美。冯浩说：“吐词含珠，妙臻神境，令人知其意而不敢指其事以实之。”

听鼓

城头叠鼓声[①]，城下暮江清[②]。欲问渔阳掺，时无祢正平[③]。

［注释］

①叠鼓声：轻轻击鼓声。谢朓《入朝曲》："凝笳翼高盖，叠鼓送华辀。"李善注："小击鼓谓之叠。"古时客船启程，常鸣鼓催客，故有下句。②清：戊签作晴。冯浩云："晴则鼓声更震，似晴字佳。"纪昀云："次句着'城下暮江清'五字，倍觉萧瑟空旷，动人远想，此烘染之法。"按纪评是。③祢衡，字正平，东汉末人，是当时著名的狂士。曹操想见他，衡称狂病不肯去。曹操怀恨，听说衡善击鼓，故意召衡为鼓手，想借此折辱他。祢衡表演《渔阳参挝（zhuā）》，声节悲壮，听者莫不慷慨动容。进至操前，先解衵衣（近身衣），次释余服，裸身而立，徐取岑牟、单绞之服（岑牟，鼓角士戴的帽子；单绞，苍黄色的单衣。这是曹操规定要鼓手穿的）着之。毕，复参挝而去。曹操笑道："本欲辱衡，衡反辱孤。"渔阳掺，犹渔阳鼓曲。两句意谓：想要学渔阳掺的鼓调，可惜当世没有祢衡这样的人物。言外见自己有满腹孤愤要借鼓声来宣泄。

［评析］

诗人性格，本有刚直不阿、强项不屈的一面，但仕途偃蹇，命运多舛，又往往不得不屈节事人，甚至陈情告哀，希求援引。长期郁积的苦闷和孤愤，无从发泄。城头闻鼓，遂联想到祢衡击鼓之事，激发愤世嫉俗、蔑视权贵的感情。"欲问"二句，正是这种感情的流露。"欲问"、"时无"，一转一跌，使诗在一气呵成中显出顿挫之致，增加了沉郁的情味。

曹操曾将祢衡遣送荆州刘表，诗有"暮江"二字，或即作于大中二年（848）自桂归京经江陵时。

陆发荆南始至商洛①

昔去真无素，今还岂自知②。青辞木奴橘，紫见地仙芝③。四海秋风阔，千岩暮景迟④。向来忧际会，犹有五湖期⑤。

［注释］

①荆南：即荆州，治江陵（今湖北江陵县），唐后期在此设荆南节度使府。商洛：唐县名，今陕西商州市。②无素：指不是旧交。“素”一作奈。作者《自桂林奉使江陵途中感怀寄献尚书》诗云“投刺虽伤晚”，可证与郑亚本非旧交。《汉书·江充传》：“以教敕亡（无）素者。”王褒《四子讲德论》：“非有积素累旧之欢。”两句意谓：昔日从郑亚赴桂管，非因素交，只缘感其知遇，今日罢还，岂当初所逆料（言外对时局变迁和自身遭遇不偶，均有感慨）。③木奴：三国时吴国太守李衡派人在龙阳洲上种柑橘千株，临死时对儿子说：“吾有木奴千头。”后柑橘成，每年得绢数千匹。地仙：指商山四皓。《高士传》说四皓曾作紫芝之歌，故称“地仙芝”。两句承“今还”，点“陆发荆南始至商洛”，谓已离江陵地界，来到商洛，兼寓不善谋身之慨。据作者“江陵从种橘”（《故番禺侯以赃罪致不辜》）、“谋身绮季长”（《商於》）等诗句，可以看出他认为李衡和四皓是善于为自己打算的，故借此寓慨。④两句写秋天萧条的暮景，其中渗透对时局和自己身世的感受。⑤际会：指政治上的遇合。五湖期：指怀有像春秋时范蠡（lǐ）那样功成身退、游于三江五湖的愿望。两句说自己长期落拓不遇，向来忧愁际会之难，然至今犹怀抱功成身退的夙愿。两句一宕一折，“犹”字颇见用意。

［评析］

本篇是作者由桂林北返，行至离京不远的商洛县时所作。诗人失职辞幕，沉思着昔去今来，对比种橘采芝等一类善于谋身的人物，环视秋风暮景，有感于时运衰颓、长期落拓，又一次引起对于理想抱负、行藏出处问题的思考。“向来忧际会，犹有五湖期。”君臣际会，是功成身退、实现“五湖期”的先决条件，自己向来即忧际会之难，一再颠踬蹭蹬，范蠡式的“五湖期”自然难望实现，但即便如此，至今犹抱功成身退的夙愿。可见诗人处在当前的逆境中，用世之心仍然执著，早年“永忆江湖归白发，欲回天地入扁舟”（《安定城楼》）的志愿并没有改变。不过，由于屡遭挫折，诗人在发出自己心声的时候，调子显得沉郁悲凉了。

诗前六句写景纪事，后两句抒怀。由于前六句所写即是际会无缘、穷途而归的感受，所以“向来忧际会”一句就成了上文的自然归结，而“向来”又不仅限于桂幕一件事，遂宕开去成了倒卷之势，末句再转捩而出，就显得有力。

钧天[①]

上帝钧天会众灵，昔人因梦到青冥[②]。伶伦吹裂孤生竹，却为知音不得听[③]。

［注释］

①本篇摘首句二字为题。“钧天”见下注。②钧天：天的中央。《史记·赵世家》载：赵简子病中梦至天帝所居的地方，与百神游于钧天，听奏广乐（天上的音乐）。赵简子，即赵鞅，春秋末年晋国最有权势的卿。众灵：指百神。青冥：指天。两句说，天帝在钧天会集众神，赵简子因为做梦而幸运地平步青冥，听到动人的天上之乐。“因梦”二字着意。③伶伦：传说黄帝时的乐官。黄帝命他制乐律，他从大夏之西、昆仑之阴取竹制管，吹奏出黄钟宫的乐调。孤生竹：指竹之孤生不成林者。这里指代用孤生竹制成的竹管。吹裂孤生竹，含下“知音”之意。为：因，读去声。知音：精通音律。两句说，伶伦尽管吹裂了竹管，却正因为他精通音律而不能聆听钧天广乐。

［评析］

诗以不知音的赵简子平步青云，得听钧天广乐，知音的伶伦反因其精通音律而不得听天上之乐作鲜明对照，显示了封建社会政治生活中的不合理现象：庸才每跻贵仕，而真正有才能的人却正因其有才而遭到摒弃。“却为知音”四字，最宜重看，其中熔铸着诗人切身的痛苦感受。他在《寄令狐学士》中说：“钧天虽许人间听，阊阖门多梦自迷。”可与本篇参证。

这首诗约作于大中二年（848）由桂林返长安以后。这年二月，令狐绹自湖州刺史内迁考功郎中，不久，知制诰、充翰林学士，骤居内职，颇像是诗中那位“因梦到青冥”的赵简子。而诗人自己，则“归来寂寞灵台下，着破蓝衫出无马”，沉沦困顿，有如欲闻钧天而不得的伶伦。诗明说“昔人”，实则所指正是今日的“因梦到青冥”者。下面所录的一则记载，可以窥见令狐绹平步青冥的情形。

［**备考**］

裴庭裕《东观奏记》：“上（指唐宣宗）延英听政，问宰臣白敏中曰：‘宪宗迁坐景陵，龙辕行次，忽值风雨，六宫、百官尽避去，唯有一山陵使，胡而长，攀灵驾不动，其人姓氏为谁，为我言之。’敏中奏：‘景陵山陵使令狐楚。’上曰：‘有儿否？’敏中曰：‘绪小患风痹，不任大用，次子绹见任湖州刺史，有台辅之器。’上曰：‘追来。’翌日，授考功郎中、知制诰。到阙，诏充翰林学士。间岁遂立为相。”

旧将军

云台高议正纷纷①，谁定当时荡寇勋②？日暮灞陵原上猎，李将军是旧将军③。

［**注释**］

①云台：汉代宫中的高台。汉明帝永平三年（60），画汉光武帝时功臣

二十八人像于云台。云台高议：指朝廷中关于评功画像的议论。“高”字语含讽刺。②荡寇勋：语带双关，借李广抗击匈奴的功勋，影指作者心目中当代功臣的业绩。③“日暮”二句：汉代名将李广在抗击匈奴的战争中屡建功勋，但未得封侯。后退居蓝田南山，以射猎消遣。一次夜间饮酒回来，被喝醉酒的灞陵尉呵斥，不许通行。李广的从骑说：这是故将军。尉说：“今将军尚不得通行，何‘故’也!”两句说日暮时在灞陵原上打猎归来的李广，已经成了被冷落轻视的故将军了。这是借李广事揭露封建统治者对有功将领的斥弃。灞陵：汉文帝陵墓所在地，在长安东南郊。姚培谦说：“只一‘故’字，黯然。”

［评析］

本篇牵合东、西汉两代史事，显然另有托寓。大中二年（848）七月，朝廷续绘功臣三十七人图像于凌烟阁，均为唐初至贞元年间文臣武将。与此同时，会昌年间在抗击回鹘贵族侵扰、平定泽潞叛镇的战争中建立过功勋的将相则不但没有受到褒奖，反而连遭当权者的贬斥。同年九月，李德裕再贬崖州司户参军；石雄求任一节度使之职以终老，宰相白敏中不许，致使石雄怅恨而死。会昌有功将相遭遇的不幸，有甚于汉代的李广，诗借史抒慨，为之深致不平。

诗人善于化典故为形象，宛若现实中的情事。四句中有三句用于述典，但由于得第二句从中过渡和点化，遂使前后构成了相互联系和映照的生动画面，虽用典而变化灵动，不流于堆垛。

韩 碑[①]

元和天子神武姿，彼何人哉轩与羲[②]。誓将上雪列圣耻[③]，坐法宫中朝四夷[④]。淮西有贼五十载[⑤]，封狼生貙貙生罴[⑥]。不据山河据平地，长戈利矛日可麾[⑦]。

帝得圣相相曰度[⑧]，贼斫不死神扶持[⑨]。腰悬相印作都统[⑩]，阴风惨澹天王旗[11]。愬、武、古、通作牙爪[12]，仪曹外郎载笔随[13]。行军司马智且勇[14]，十四万众犹虎貔[15]。入蔡缚贼献太庙[16]，功无与让恩不訾[17]。

帝曰“汝度功第一[18]，汝从事愈宜为辞[19]”。愈拜稽首蹈且舞，“金石刻画臣能为[20]。古者世称大手笔[21]，此事不系于职司[22]。当仁自古有不让[23]”，言讫屡颔天子颐[24]。

公退斋戒坐小阁，濡染大笔何淋漓[25]！点窜《尧典》、《舜典》字，涂改《清庙》、《生民》诗[26]。文成破体书在纸，清晨再拜铺丹墀[27]。表曰“臣愈昧死上”[28]，咏神圣功书之碑[29]。

碑高三丈字如斗，负以灵鳌蟠以螭[30]。句奇语重喻者少[31]，谗之天子言其私。长绳百尺拽碑倒，粗砂大石相磨治[32]。公之斯文若元气，先时已入人肝脾[33]。汤盘孔鼎有述作，今无其器存其辞[34]。

呜呼圣皇及圣相，相与烜赫流淳熙[35]。公之斯文不示后，曷与三五相攀追[36]？愿书万本诵万过，口角流沫右手胝[37]。传之七十有三代，以为封禅玉检明堂基[38]。

［注释］

①韩碑：指韩愈所撰《平淮西碑》。唐宪宗元和十二年（817）十月，宰相裴度所统帅的讨叛诸军讨平淮西藩镇吴元济。十二月，诏命韩愈撰《平淮西碑》。碑文见《韩昌黎全集》。②元和天子：指宪宗。神武姿：英武的姿质。宪宗在位期间（806~820），先后讨平剑南、镇海、淮西、淄青等割据一方的藩镇，一时号称“中兴”。彼何人哉：用《孟子·滕文公上》“舜何人也？予何人也？有为者亦若是”语意。轩与羲：轩辕氏（即黄帝）、伏羲氏。举轩、羲以概三皇五帝。两句赞颂宪宗英武奋发，立志追攀三皇五帝的事业。何焯说：“彼何人哉”，自宪宗对轩、羲言之，即下所谓“相攀追”也。③列圣耻：指玄、肃、代、德、顺等历朝皇帝所蒙受的耻辱，如玄宗因安史之乱出奔成都，德宗因朱泚之乱出奔奉天及多次讨叛战争的失败等。④法宫：帝王处理政

事的宫殿，即正殿。句意谓安坐于正殿，使四方的外族来朝。《平淮西碑》：“既定淮蔡，四夷毕来，遂开明堂，坐以治之。”何焯说：“起颂宪宗，得大体。”纪昀说：“笔笔挺拔，步步顿挫，不肯作一流易语。‘誓将上雪列圣耻’，说得尔许关系，已为平淮西高占地步。”⑤淮西：唐彰义军节度使，辖申、光、蔡三州，地当今河南东南部信阳、汝南、潢川一带，称淮西镇。淮西地区自李希烈于代宗大历末割据叛乱以来，历陈仙奇、吴少诚、吴少阳至吴元济，已割据近四十年（自代宗大历十四年至宪宗元和十二年，779~817）。这里说“有贼五十载”，系根据韩愈《平淮西碑序》“蔡帅之不廷授，于今五十年”，当包括代宗宝应元年（762）到大历十四年李忠臣镇蔡的时间在内而举成数。其实，李忠臣镇蔡期间并未以兵叛，但朱泚反，署李忠臣为司空兼侍中，泚攻奉天，以忠臣居守，泚败，忠臣与其子俱斩。因其晚节不终，沦为叛臣，故将他也算到“贼”的行列。⑥封狼：大狼。貙（chū）：一种形状像狸而体形较大的野兽。罴（pí）：即“人熊”。封狼、貙、罴都喻指递相割据的凶残横暴的叛镇。⑦日可麾（huī）：《淮南子·览冥训》说，鲁阳公和韩交战，战方酣而日暮，援戈而挥之，日为之反三舍（倒退了三个星宿的距离）。麾、挥互通。两句极写淮西藩镇割据平原沃野之地，自恃兵力强盛，气焰嚣张，公开对抗朝廷。《新唐书·吴少阳传》：“自少诚盗有蔡四十年，王师未尝傅（靠近）城下。又尝败韩全义、于頔，以是兵骄无所惮。内恃陂濅重阻。故合天下兵攻之三年，才克一二县。”纪昀说：“‘淮西’四句，极言元济之强，便令平淮西之功益壮。入手八句，句句争先，非寻常铺叙之法。”

以上为第一段，叙宪宗平藩决心和淮西镇长期猖獗。

⑧原注：《晏子春秋》：“仲尼，圣相也。”度：指裴度，唐中后期著名政治家。贞元中进士，由监察御史晋升为御史中丞，力主削除藩镇。宪宗元和十年任宰相。《史记·殷本纪》：“武丁夜梦得圣人，名曰说。”此兼用其事。⑨讨伐淮西藩镇的战争自元和九年开始，成德镇王承宗和淄青镇李师道几次上表请赦免吴元济，宪宗不许。十年六月，李师道派刺客暗杀了主战的宰相武元衡，当时担任御史中丞的裴度背部、头部受伤，坠沟，刺客以为裴度已死，即逃走。裴度疾愈后拜中书侍郎、同中书门下平章事（宰相）。“贼斫不死”即指此事。斫（zhuó）：砍。扶持：保佑。⑩都统：唐代自天宝以后，用兵时常

任大臣为诸道行营都统，为各道出征兵的统帅；以后又因都统过多，在其上再设都都统。元和十二年七月，因讨伐淮西的战争长期拖延未能取胜，宰相李逢吉、王涯都建议休师，裴度则奏请亲往淮西前线督战，诏以裴度守平章事，仍充淮西宣慰招讨处置使。裴度因韩弘已领都统，辞“招讨”之名，但实际上行使都统（主帅）职权。由于裴度以宰相身份前往督师，所以说“腰悬相印作都统”。⑪天王旗：皇帝的旗帜。裴度赴淮西时，宪宗诏命以神策军（皇帝的禁卫军）三百骑卫从，并亲至通化门送行。这句形容裴度出征时森严肃穆的气氛。纪昀说：“十四万兵如何铺叙，只‘阴风’七字空际传神，便见出森严气象。”⑫愬：指李愬。元和十一年，命李愬为随、唐、邓节度使，讨吴元济。武：指韩公武。元和十年九月，任宣武节度使韩弘为淮西诸军行营都统。韩弘是个半割据者，不愿淮西镇被消灭，被任为统帅后并未离开汴州治所，仅派遣其子韩公武率师二千隶李光颜军。古：指李道古。元和十一年，以道古为鄂、岳、蕲、安、黄团练使。通：指李文通。元和九年（一作十年），以文通为寿州团练副使，讨吴元济。牙爪：即“爪牙”，喻武臣，这里指部下战将。《平淮西碑》：“光颜、重胤、公武合攻其北，道古攻其东南，文通战其东，愬入其西。”⑬仪曹外郎：礼部员外郎。“仪曹”是对礼部郎官的称呼。裴度前往督师时，以礼部员外郎李宗闵等掌书记，故说“载笔随”。⑭行军司马：唐代在出征的将帅及节度使下设行军司马，为军府幕职。裴度出征时，奏右庶子韩愈兼御史中丞、充行军司马。愈曾向裴度建议，自领五千兵，间道偷袭蔡州（今河南汝南县），裴度未同意。后来李愬即以雪夜偷袭蔡州成功。出征的将帅可以奏请朝官充任其行军司马、判官、掌书记等幕僚，所以这两句点出李宗闵、韩愈随军出征。而且这里点明韩愈为行军司马，也正为下文担任撰碑一事张本。⑮虎貔（pí）：虎与貔貅，都是猛兽，喻勇猛的军队。《书·牧誓》：“如虎如貔。”⑯裴度到郾城督师，奏请取消监阵的宦官，使将领得以自主，号令统一，士气大振。元和十二年十月十五日，李愬雪夜袭蔡州，十七日，擒吴元济。送至长安，献于太庙（皇帝的宗庙），然后斩首。何焯曰：“应‘雪耻’。”⑰功无与让：功劳没有可以推让的，意即功劳无人可及。訾（zī）：量。恩不訾：恩遇隆重，不可计量。在这次战争中，裴度既赞画决策于前，又亲临前线督师，奏罢监阵宦官，军法严肃，号令划一，对战争胜利起了重要作用。

元和十三年二月，以裴度平淮西功，加金紫光禄大夫、弘文馆大学士，赐勋上柱国，封晋国公。田兰芳评："省笔已括。"

以上为第二段，叙裴度任统帅，率军讨平淮西的功绩。

⑱功第一：《史记·萧相国世家》：汉高祖刘邦定天下，大封功臣，萧何位最高。群臣不服，高祖说："夫猎，追杀兽兔者，狗也；而发踪指示兽处者，人也。今诸君徒能得走兽耳，功狗也；至如萧何，发踪指示，功人也。"这里以萧何之功比裴度决策统帅之功。⑲从事：汉代于将军下置从事中郎二人，职参谋议。三公及州郡长官自辟僚属，多以从事为称。韩愈在平淮西之役中，任行军司马，职位相当于幕僚，故称"从事"。宜为辞：应该写文章（指撰碑文记述平淮西之功）。《旧唐书·韩愈传》："淮蔡平，随度还朝，以功授刑部侍郎，仍诏撰《平淮西碑》。"何焯说："二语勾清平淮西功，引起作碑，是全篇关键。提明'帝曰'，以明其词之非私也。"纪昀说："层层写下，至'帝曰'二句，群龙结穴，此一篇之主峰。"⑳稽（qǐ）首：叩头至地，一种最恭敬的跪拜礼。蹈且舞：即舞蹈。古代臣下朝见皇帝时的一种仪节。金石刻画：原指在钟鼎、碑碣上刻写文字记述功德，这里指撰写歌功颂德的碑文。㉑大手笔：犹言大著作，皇皇大文，指有关朝廷大事的诏令文书等文字。《晋书·王珣传》："珣梦人以大笔如椽与之。既觉，语人云：'此当有大手笔事。'俄而帝崩，哀册谥议，皆珣所草。"㉒职司：这里具体指朝廷中专掌撰拟诏命、起草文件的部门和官吏，如翰林院和翰林学士等。韩愈《进碑文表》："兹事至大，不可轻以属人。""此事不系于职司"即从"兹事至大"而言。两句意谓：古来被认为记述朝廷大事的文章，往往不交给有关部门的文学侍从之臣来撰写（意思是要另觅真正合适的人来担任）。当时段文昌任翰林学士。㉓当仁不让：语出《论语·卫灵公》。韩愈当时任刑部侍郎，撰写碑文本非其职事，因宪宗特命，故说"当仁自古有不让"。㉔领：这里用作动词"点（头）"的意思。颐（yí）：下巴。领颐，点头表示赞许。何焯说："此等皆波澜顿挫处，不尔便是直头布袋。"

以上为第三段，叙韩愈奉命撰碑。

㉕斋戒：古代在举行祭祀等重大典礼前，要独居一室，素食，沐浴，澄清思虑。这里形容韩愈撰碑的严肃慎重。小阁：同"小阁"。濡染：润湿。淋漓：

形容写文章时笔酣墨饱，尽情尽致。㉖点窜：改换字句（减去叫点，添上叫窜），与涂改义近。《尧典》、《舜典》：《尚书》篇名。按：《舜典》系伪《古文尚书》从《尧典》下半篇分出，增二十八字。《清庙》、《生民》：《诗经》中的两篇颂诗。两句谓韩愈撰写碑文极力追摹典诰颂美的文体，求其典雅高古。“点窜”、“涂改”是形容写作过程中精心推敲修改。㉗破体：有两解。一说指破当时为文之体（明释道源说），一说指破体书（行书的一种变体。唐张怀瓘《书断》：“王献之变右军行书，号曰破体书。”）。钱钟书说：“此‘纸’乃‘铺丹墀’，呈御览者，书迹必端谨，断不‘破体’作行草。文‘破当时之体’，故曰‘句奇语重喻者少’。韩碑拽倒而代之段文昌《平淮西碑》，取青妃白，俪花斗叶，是‘当时体’矣。……破体即破今体，犹苑咸《酬王维》曰：‘为文已变当时体’……”（《管锥编》）按：道源及钱说是。丹墀（chí）：宫殿前台阶上涂以丹漆的地面。㉘昧死：冒死。“昧死上言”，是秦汉以来臣下向皇帝奏事时的习用语，表示敬畏惶恐。㉙书之碑：刻写在石碑上。

以上为第四段，叙韩愈撰写碑文和进碑的过程。

㉚字如斗：字大如酒斗。灵鳌（áo）：神龟，指负碑的龟形基石。蟠：盘绕。螭（chī）：古代传说中一种无角龙。蟠以螭，碑的上端刻着盘绕的螭龙。冯浩说：“平蔡用简笔，作碑用繁笔，不特相题宜然，亦行文虚实之法。”斗，蒋本、姜本、戊签、悟抄、席本、影宋抄、钱本均作“手”，此从朱本、季抄。㉛句奇语重：文句奇特新颖，用语庄重深刻。喻：明白、理解。朱彝尊说：“（句奇语重）四字评韩文，即是评此诗。”㉜“谗之”三句：《旧唐书·韩愈传》：“诏愈撰《平淮西碑》，其辞多叙裴度事。时先入蔡州擒吴元济，李愬功第一。愬不平之。愬妻（唐安公主女也）出入禁中，因诉碑辞不实。诏令磨愈文。宪宗命翰林学士段文昌重撰文勒石。”（又，罗隐有《说石烈士》一文，谓李愬旧部石孝忠因愤韩碑不叙李愬功绩，推碑几仆，致为宪宗所闻。孝忠因得以面对陈李愬功。宪宗乃令翰林学士段文昌撰淮西碑。）“谗之天子言其私”，指此事。治：修治。三句意谓：有人在皇帝面前进谗，说韩愈撰碑因有私心而失实，所以石碑被用百尺长绳拽倒，并用粗砂大石磨去上面刻的文字。㉝斯文：此文，指《平淮西碑》。元气：精神、生气。两句意谓韩愈的《平淮西碑》正像人身上的元气，早已深入肝脾，产生巨大力量。㉞汤盘：传

为商汤沐浴的盘，上刻铭文“苟日新，日日新，又日新”。孔鼎：指孔子先世正考父的鼎，上面也刻有铭文。两句意谓：汤盘孔鼎上都刻有古人著述的文字，现在盘和鼎虽已不存，但铭文仍然流传。言外之意是，韩愈的《平淮西碑》自有其千古不朽的价值，并不会因为碑被推倒磨去文字而丧失它的巨大影响。纪昀评：“‘公之斯文’四句，揩拄全篇。凡大篇有精神固结之处，方不散缓。”

以上为第五段，叙推碑的过程和赞颂碑文深入人心。

㉟圣皇：指宪宗。烜（xuǎn）赫：声名或威望昭著。淳熙：正大光明。两句赞叹宪宗与裴度，声威昭著，相互辉映，正大光明之气流布世间。这是赞美他们削平藩镇、统一全国的业绩。㊱示后：传示后世。曷：何，怎么。三五：三皇五帝。两句意谓：韩愈的碑文如果不传示后世，宪宗的帝业怎能与三皇五帝相承比美呢？㊲书万本：抄写一万份。过：遍，次。胝（zhī）：胼胝，手脚皮肤的老茧。㊳七十有三代：《史记·封禅书》：“管仲曰：‘古者封泰山、禅梁父者，七十二家。’”这里把唐代也加进去，所以说“七十有三代”。三，戊签、席本、朱本作“二”，今从蒋本、姜本、悟抄、毛本、影宋抄及钱本。封禅：古代帝王宣扬自己功业的一种隆重典礼。在泰山上筑土为坛以祭天，报天之功，叫“封”；在梁父（泰山下的小山）上辟基祭地，报地之功，叫“禅”。玉检：封禅所用文书外面罩的玉石封盖。明堂：古代天子宣明政教的地方，凡朝会、祭祀、庆赏等大典均在此举行。两句意谓：世代相承的封禅大典传到了唐宪宗的时代，就用韩碑来告功封禅，并作为明堂的基石。这里暗将韩碑比为七十三代封禅书和天下承平的象征，极力颂扬其不朽价值。纪昀说：“‘呜呼圣皇’以下，总束上文。有此起，合有此结，章法乃称。”

以上为第六段，赞颂宪宗、裴度之功绩与韩碑的不朽价值。

[评析]

韩愈的《平淮西碑》，热情歌颂平叛统一战争，突出宰相裴度的战略决策之功，乃是着眼于宣扬唐朝廷削平藩镇的战略方针，提高中央政府的威望，警诫其余仍抱对抗态度的强藩，不但具有鲜明的进步倾向，而且表现出卓越的政治识见。李愬在这次战役中作出了特殊贡献，但总的来说仍属战术执行性质。段文昌重撰的碑文，对李愬之功叙述较为充分，但在大处着眼方面，显然逊于韩碑。

李商隐极力推崇韩碑，并一再强调裴度的决策统帅首功，说明他对韩碑的用意有深刻理解，也体现出他将国家治乱归于中枢是否得人的一贯主张。诗中对宪宗和裴度在伐叛统一战争中的明断果决和相互信任，表现出强烈的向往，而对宪宗后来信谗推碑之举则不无微词，这也表现出他对君相关系的看法。

李商隐的咏史之作，多寓现实感慨。本篇题名“韩碑”，实际用意则在强调裴度之功不可磨灭，这在事隔数十年，裴度平淮西之功早已成为举世公认的事实的情况下，很可能是借题寄慨、有感而发。会昌年间，宰相李德裕在武宗的信任与支持下，力排众议，坚决主张讨伐叛镇刘稹，并亲自部署指挥，取得了泽潞战役的胜利。这和当年宪宗专任裴度，取得淮西战役的胜利，情况非常相似。宣宗继立，李德裕等会昌有功将相纷纷遭到贬黜，这几乎又是当年推碑事件的另一种形式的重演。李商隐对李德裕为伐叛统一事业作出的贡献非常推崇，在为郑亚代拟的《会昌一品集序》中，热烈赞颂李德裕平泽潞、逐回鹘等功绩，借武宗之口，称扬其“居第一功”，并誉之为“万古之良相”。针对李德裕等人受到宣宗君臣的贬逐斥弃，他在《旧将军》、《潭州》等诗中深致感慨。联系上述情况和他一贯的借咏史以寄慨的作风，不难窥见诗中对“圣皇及圣相”的赞叹和对推碑的不满，是融有现实感慨的。

本篇叙议相兼，而以叙事为主。叙淮西战役，简括郑重，不但为推崇韩碑张本，而且意在突出裴度的统帅身份和决定性作用，是表达主旨不可或缺的重笔。叙奉命撰碑，特用详笔铺叙渲染，用极恣肆的笔墨写极郑重的场面，波澜顿挫，酣畅淋漓。最后就推碑而发的一段议论，气盛言壮，大气磅礴，特具笼罩一切的气势。它既保持和发扬了不入律的七古笔力雄健、气象峥嵘的特点，又吸取了韩诗以文为诗、多用“赋”法的经验，而避免了韩诗过分追求奇崛拗涩的弊病，形成一种既具健举气势，又能步骤井然地叙事、议论的体制。全篇多用拗调、拗句，多用散文句法和虚字，但由于不用古字僻字和佶屈聱牙的句法，整个语言风格显得既雄健高古而又清新明快。屈复说："生硬中饶有古意，甚似昌黎而清新过之。"(《玉谿生诗意》)

骄儿诗[①]

衮师我骄儿，美秀乃无匹[②]。文葆未周晬，固已知六七[③]。四岁知姓名，眼不视梨栗[④]。交朋颇窥观，谓是丹穴物[⑤]。前朝尚器貌，流品方第一[⑥]。不然神仙姿，不尔燕鹤骨[⑦]。安得此相谓？欲慰衰朽质[⑧]。

青春妍和月[⑨]，朋戏浑甥侄[⑩]。绕堂复穿林，沸若金鼎溢[⑪]。门有长者来，造次请先出[⑫]。客前问所须，含意不吐实[⑬]。归来学客面，闵败秉爷笏[⑭]。或谑张飞胡，或笑邓艾吃[⑮]。豪鹰毛崱屴，猛马气佶傈[⑯]。截得青筼筜，骑走恣唐突[⑰]。忽复学参军，按声唤苍鹘[⑱]。又复纱灯旁，稽首礼夜佛[⑲]。仰鞭罥蛛网[⑳]，俯首饮花蜜。欲争蛱蝶轻，未谢柳絮疾[㉑]。阶前逢阿姊，六甲颇输失[㉒]。凝走弄香奁，拔脱金屈戌[㉓]。抱持多反倒，威怒不可律[㉔]。曲躬牵窗网，衉唾拭琴漆[㉕]。有时看临书[㉖]，挺立不动膝。古锦请裁衣，玉轴亦欲乞[㉗]。请爷书春胜，春胜宜春日[㉘]。芭蕉斜卷笺，辛夷低过笔[㉙]。

爷昔好读书，恳苦自著述。憔悴欲四十，无肉畏蚤虱[㉚]。儿慎勿学爷，读书求甲乙[㉛]。穰苴《司马法》[㉜]，张良黄石术[㉝]。便为帝王师，不假更纤悉[㉞]。况今西与北，羌戎正狂悖[㉟]。诛赦两未成[36]，将养如痼疾[37]。儿当速成大，探雏入虎穴[38]。当为万户侯，勿守一经帙[39]。

[注释]

①骄儿：宠爱的儿子。指诗中所说的衮（gǔn）师。②美：侧重于外在器宇形貌的俊美。秀：侧重于内在的灵秀聪敏。无匹：无比。匹，读入声。这首诗通篇押入声韵。③文葆：绣花的婴儿包被。葆，同“褓”。周晬（zuì）：周岁。晬：婴儿满百日或满一岁。孟元老《东京梦华录》：“生子百日，置会，谓之百晬；至来岁生日，谓之周晬。”这两句说，当衮师未满周岁还在襁褓中时，就已经认识“六”、“七”这两个字。④这两句说衮师四岁就认识自己的姓名，懂事地不再贪馋地盯着梨栗等果品。陶潜《责子诗》说：“雍端年十三，不识六与七；通子垂九龄，但觅梨与栗。”这里顺手接过陶潜责备儿子愚笨的诗句，略加点化，变作夸赞骄儿灵秀的材料，驱使故典，如同己出。⑤两句说，朋友们很注意观察衮师，预言他将来是人中的凤凰。丹穴物：《山海经》上说丹穴山产凤凰。这里以丹穴物指凤凰，比喻不平凡的人物。⑥前朝：这里指魏晋南北朝。当时士族矜尚门阀，注重人的仪貌风度、言谈举止，并常以此品评人物的流品。器貌：器宇仪容。两句说，（朋友们认为）衮师如果生在注重器宇仪貌的六朝，将会被评为第一流的人物。⑦不然……不尔……：犹“要不就是……要不就是……”。燕鹤骨：燕颔鹤步（下巴像燕，走路像鹤）在古代被认为是贵人的骨相。这两句仍然是朋友夸赞衮师的话。⑧两句是诗人对朋友夸赞的答话：哪能这样说呢？不过是想安慰我这个衰朽无用的人罢了。貌似自谦的口吻中流露出对爱子的激赏。田兰芳评：“不自信，正是自矜。”“衰朽质”，伏末段自慨憔悴与对衮师的期望。

以上为第一段，写骄儿的聪明俊秀和朋友们对他的夸赞。

⑨青春妍和月：美丽和煦的春天。⑩浑：杂。这句说，衮师和甥侄辈混在一起玩耍。《祭小侄女寄寄文》有“侄辈数人，竹马玉环，绣襜文褓，堂前阶下，日里风中，弄药争花，纷吾左右”之句，所写情景与此相似。⑪这句说，孩子们闹得就像开了锅一样。⑫造次：仓促，急急忙忙地。两句说，门外到了长辈的客人，衮师急匆匆地抢先出去迎客。⑬两句谓：客人当面问他想要什么，他却隐藏内心的意愿而不吐真情。“造次请先出”，是心有所冀而情不自

禁；“含意不吐实”，是出于懂事而产生的羞怯。描摹刻画儿童心理神情入微。⑭阌（wěi）：开门。败：毁坏。阌败，破门而入。笏（hù）：古代官员上朝时拿着的手板，用以记事。两句说，送客回来，衮师拿着父亲的手板，模仿着客人的神态，从外面破门而入。⑮谑（xuè）：嘲笑。胡：多髯，大胡子。邓艾：三国时魏将，有口吃的毛病。两句说衮师有时模仿张飞大胡子的形象，有时模仿邓艾口吃的样子，以此嘲笑取乐。“张飞胡”、“邓艾吃”的形象可能得自当时的“说话”艺人的表演，衮师即以此嘲笑客人中与“张飞胡”、“邓艾吃”相似者。⑯崱屴（zè lì）：山峰高耸的样子，这里形容豪鹰羽翅开张耸立的形状。佶傈（jí lì）：壮健的样子。⑰篔筜（yún dāng）：大竹。唐突：冲撞。以上四句写骄儿骑竹马，一会儿模仿雄鹰，一会儿模仿猛马，任意奔跑冲撞。⑱参军：指参军戏（一种以滑稽的对话和动作引人发笑的表演形式）的角色之一参军。参军戏一般由参军（官）和苍鹘（穿破衣的仆从）两个角色表演。按声：模仿参军的调门。或解为压低声音，亦通。⑲稽首：叩头。二句写骄儿模仿大人在纱灯旁拜佛。从“归来”以下十二句，描绘衮师模仿他在生活中接触到的各种有趣情事。⑳罥（juàn）：挂取。这句写举鞭牵取蛛网。㉑未谢：不让。二句写衮师追逐蛱蝶、柳絮为戏，好像是要跟它们比赛谁更轻捷。以上四句写骄儿在户外的活动。㉒六甲：指六十甲子中六个逢“甲”的日子。古代儿童入学教数和书写干支。这句说衮师与阿姊比赛书写或背诵干支，被赛输了。㉓凝（nìng）走：硬要跑去。香奁：古代妇女用来装香粉、镜子的梳妆盒。金屈戌：此指梳妆盒上的金属环扣、铰链。㉔律：约束。两句说，阿姊抱开衮师，他却挣扎耍赖，倒在地上，对他威吓发怒也不能使他遵守约束。以上六句写与阿姊赛六甲输后情状。倒，席本、朱本作侧。㉕曲躬：弯着身子。窗网：窗纱之类。唃（kè）唾：吐唾沫。两句说衮师弯着身子牵过窗纱，把唾沫吐在琴上用窗纱擦拭。表现衮师爱琴。㉖临书：临摹碑帖。㉗衣：指书衣，包书的布帛。玉轴：唐代写本多装裱为卷轴，每一卷书有一根木制的轴，两端或镶嵌玉石，露出卷外。二句谓衮师请求用古锦裁作书衣，见到书中的玉轴，也要索取。㉘春胜：或谓即“春幡”。立春日士大夫家剪彩做成小幡，插在头上或挂在树枝下为戏。但这里说“书春胜”，似非指春幡。宋吴自牧《梦粱录》“立春”：“街市以花装栏，坐乘小春牛，及春幡、春胜，各相献遗与贵家宅舍，示丰稔之兆。”亦春幡、春胜分言。或以为即祝春好之吉语，似之。旧俗于元日书“新春开笔，万事大吉”，类此。㉙辛夷：即木笔，花含苞时形状像笔。过：手传。孩子身矮，故说“低过笔”。两句意谓：斜卷之笺如芭蕉，低递之笔如辛夷。写孩子递纸笔给父亲，要求书写春胜。从“曲躬牵窗网”至此十句，写孩子在书房的种种活动：拭琴、看临摹书帖、乞讨玉轴、请书春胜，反映出他对乐器、文墨、书籍的爱好。纪昀说：“借‘请爷书春胜’四语递入‘爷昔读书’，引起结束一段，有神无迹。”

以上为第二段，写骄儿的各种嬉戏活动和天真活泼的情态。

㉚畏蚤虱：喻畏惧小人们的攻讦指摘。《南史·文学传》：卞彬仕不遂，著蚤虱等赋，大有指斥。这句明说自己憔悴消瘦，畏虱蚤的叮咬，暗寓困顿不得志，为谗邪之徒所攻击。作者亦著有《虱赋》云：“汝职唯啮，而不善啮，回臭而多，跖香而绝。”可与此句相发明。㉛甲乙：唐代科举考试制度规定：经、策全通为甲第，策通四、帖过四以上为乙第。读书求甲乙，即读书应举以求及第做官。㉜穰苴（ráng jū）《司马法》：穰苴，春秋时齐景公将领，姓田，曾官大司马，故通称司马穰苴。《史记·司马穰苴列传》：“齐威王使大夫追论古者司马兵法，而附穰苴于其中，因号曰《司马穰苴兵法》。”㉝张良黄石术：据《史记·留侯世家》记载，张良在下邳的一座桥上遇到一位老人（即黄石公），送给他一部《太公兵法》，说：“读此，则为王者师矣。”㉞假：凭借，依靠。更纤悉：更为琐细的知识。㉟羌戎：这里指当时西北少数民族如吐蕃、党项、回鹘等。悖（bó）：逆，叛乱。据《资治通鉴》记载：宣宗大中元年（847），吐蕃诱党项羌及回鹘余众寇掠河西。二年，吐蕃又攻掠西边。直到四年，党项羌仍为患不已，吐蕃则大掠河西、鄯、廓等八州。时在大中三年，正值“羌戎”猖狂叛乱之时。㊱句意谓无论讨伐还是安抚都无成效。㊲将养：将息调养，这里意近姑息放纵，养痈遗患。痼疾：经久难治的病。㊳雏：此指雏虎。这句暗用班超“不入虎穴，焉得虎子”的话，希望孩子迅速长大，深入敌人巢穴，建立殊功。㊴万户侯：食邑万户的侯。汉制，列侯食邑，大者万户，小者五六百户。勿守一经帙：不要死抱住一部经书。帙：包书的套子。《汉书·韦贤传》：“邹、鲁谚曰：‘遗子黄金满籯（yíng，竹箱），不如一经。’”“勿守一经帙”，正针对此类谚语而发。两句叮嘱孩子要以军功博封侯，不要

死守一经。

以上是第三段，抒写因骄儿引起的感慨和对骄儿的期望。

[评析]

这首诗作于大中三年春初，这一年诗人三十八岁。他在一封信中这样描绘自己当时的境况："成名逾于一纪，旅宦过于十年，恩旧凋零，路歧凄怆。……去年远从桂海，来返玉京（指长安），无文通半顷之田，乏元亮数间之屋。……勉调天官，获升甸壤（调补为盩厔尉），归唯却扫，出则卑趋。"这种生活遭遇使他在面对聪明灵秀、天真烂漫的骄儿时，总是带着一种饱经忧患、憔悴潦倒者的眼光与心境，来观察、感受一切。首段自赞骄儿和转述朋友的夸赞，仿佛兴会淋漓，但"欲慰衰朽质"一句挨转，便隐隐透出一个潦倒大半生的父亲衰朽的身姿面影。第二段仿佛全写骄儿，但在骄儿的一切活动后面，却是诗人那双始终跟随、注视着的充满爱怜之情的眼睛。骄儿的聪慧灵秀、天真活泼，正与自己憔悴衰老的状况形成鲜明对照，更加深了对自身遭际的感慨，而自己的境遇又使他对骄儿的将来命运更加关注和担忧。骄儿的现在透露出自己过去的面影，而自己的现在则可能预示着骄儿的将来。末段的感慨和期望，正是由此产生的。这里既有"文章憎命达"式的牢骚不平，也有"请君试上凌烟阁，若个书生万户侯"式的深沉感慨，更有徒守经帙，于国无益、于己无补的痛苦体验与反省。这是全篇发展的自然结穴。感情的出发点和归宿的不同，使这首汲取左思《娇女诗》笔意的诗作自具独特面目，不落前人窠臼。

诗选取儿童日常生活细节，纯用白描，笔端充满感情。中段描摹孩子的种种嬉戏、活动，生动地体现出其聪慧灵巧、兴趣广泛、精力充沛，有时还不免在活泼天真中带点滑稽和恶作剧成分，透出男孩子特有的气质。写衮师的恃宠仗幼、耍赖撒泼的情状，更充分体现出题目中的"骄"字——既明写衮师的骄纵，又暗透做父亲的娇宠。令人在欣赏这场闹剧的同时发出会心的微笑。轻怜爱惜之中时露幽默的风趣，而在它背后又饱含着诗人沉沦不遇的人生感慨。全诗风格，或可用含泪的微笑概括。

杜司勋[①]

高楼风雨感斯文[②]，短翼差池不及群[③]。刻意伤春复伤别[④]，人间唯有杜司勋。

［注释］

①杜司勋：指杜牧。宣宗大中三年（849）春作。时杜牧任司勋员外郎（吏部属官）兼史馆修撰，李商隐也在长安暂代京兆府法曹参军。②高楼风雨：《诗·郑风·风雨》："风雨如晦，鸡鸣不已。"原抒风雨怀人之情，这里化用其意，借以表达对杜牧的怀念，且以登楼四顾，风雨如晦的景象象征当时昏暗凄迷的时代氛围。斯文：文儒之士，含有尊尚意味，意近"文坛领袖"。感斯文，即怀念斯文之士（指杜牧）。或说"感斯文"系用王羲之《兰亭集序》"后之览者，亦将有感于斯文"，意指对杜牧的诗文有更深刻的感受，亦可通。何焯云："含下伤春。"③短翼差（cī）池：《诗·邶风·燕燕》："燕燕于飞，差池其羽。之子于归，远送于野，瞻望弗及，涕泣如雨。"原诗系伤别之作。差池：形容燕飞时尾羽参差不齐的样子。句意谓自己如翅短力微的鸟儿，赶不上同群。这是自伤身世孤孑，不能奋飞远举，也是自谦才力不如杜牧。何焯云："含下伤别。"④刻意：着意，指写作态度严肃，用意深刻。伤春：这里特指忧国伤时。《曲江》："天荒地变心虽折，若比伤春意未多。"可参证。伤别：特指短翼差池，自慨不遇。

［评析］

杜牧是晚唐的杰出诗人。他的诗多抒写忧国伤时之慨、困顿失意之感。李商隐用"刻意伤春复伤别"概括了杜牧诗歌的主要内容和基本主题，揭示了它的时代特征——带有那个衰颓时世所特具的感伤情调，并用“人间唯有”重笔勾勒，突出他在当时诗坛上的地位。杜牧诗中也有一部分在感慨时世、身世的同时流露出颓放情调的伤春伤别之作，往往或多或少地掩盖了他的主要倾向。李商隐的评赞也不妨看做对杜牧的热情劝勉和引导人们去正确认识杜牧创作的价值。

诗人称扬杜牧，寓有引杜牧为同调的意蕴。“刻意伤春复伤别”，不但评杜，亦属自道。何焯说：“高楼风雨，短翼差池，玉豁方自伤春伤别，乃弥有感于司勋之文也。”“唯有”二字，寓慨特深，知音之稀少，诗坛之寂寞，均可于言外领之。

赠司勋杜十三员外[①]

杜牧司勋字牧之，清秋一首杜秋诗[②]。前身应是梁江总，名总还曾字总持[③]。心铁已从干镆利[④]，鬓丝休叹雪霜垂[⑤]。汉江远吊西江水，羊祜韦丹尽有碑[⑥]。

[注释]

①司勋杜十三员外：即杜牧，牧排行十三（唐朝人以同一曾祖所出的兄弟姊妹计算行第）。与上篇同时作。②杜秋：姜本、戊签、钱本作“杜陵”，冯注本同。按：作“杜陵”者非。冯浩谓“一首杜陵诗”指《将赴吴兴登乐游原》诗，但该诗系大中四年（850）秋杜牧外调湖州刺史前所作。而作此诗时，杜牧正奉诏撰韦丹碑，具体时间当在大中三年二三月间（参末句自注），所以诗中绝不可能提到一年多以后才作的《将赴吴兴登乐游原》诗。且此诗首联有意重第二、第六字，如作“杜陵”，句式不协，风调全失。今从蒋本、悟抄、席本、影宋抄作“杜秋”。杜秋诗：指杜牧于大和七年（833）作的《杜秋娘诗》，诗中借杜秋娘荣悴遭遇，抒写世事变化无常的感慨，李商隐的《井泥》诗在思想内容和写法上都明显受到它的影响，所以特为标举，以表示自己的钦佩服膺，且与下“鬓丝休叹雪霜垂”之语相应。③江总：南朝梁、

陈时著名诗人。因为他名总，字总持，与杜牧名牧，字牧之相似，故以“前身应是梁江总”戏称之，比拟其有文才。④心铁：犹言胸中之甲兵。指杜牧对时局的筹策。从：共。干镆利：干将、莫邪（均为宝剑名）那样锋利。按：杜牧素以才略自负，青年时代就注意研究“治乱兴亡之迹，财赋兵甲之事，地形之险易远近，古人之长短得失”（《上李中丞书》）。曾作《罪言》、《战论》、《守论》、《原十六卫》等议兵论政的文章，注《孙子》行于世。在讨伐刘稹的战争中，曾上书李德裕献策，受到采纳。这句称赞杜牧的政治军事才能。⑤承上句，劝慰杜牧不要为自己的年衰发白而嗟叹。杜牧志大才高，常因屈居下位而叹老嗟卑。如《郡斋独酌》：“前年鬓生雪，今年须带霜。”⑥作者自注：时奉诏撰韦碑。《通鉴·大中三年》载：“正月，上与宰相论元和循吏孰为第一，周墀曰：‘臣尝守土江西，闻观察使韦丹功德被于八州。没四十年，老稚歌思，如丹尚存。’乙亥，诏史馆修撰杜牧撰丹遗爱碑以纪之。”“奉诏撰韦碑”指此。汉江：本指杜预。预曾任襄阳太守，襄阳地处汉江之滨，故称。这里因杜预系杜牧远祖，故又以“汉江”转指杜牧。西江：即江西，借指韦丹。羊祜：晋朝名将，曾镇守襄阳，死后襄阳人在岘山建碑纪念他，据说看到的人莫不流泪，杜预名之为堕泪碑。两句说，杜牧奉诏撰写韦丹碑，此碑必当像羊祜的堕泪碑一样，并传不朽。韦丹，唐京兆万年人。任江西观察使时，曾筑江堤，修陂塘五百八十九所，灌田一万二千顷，并计口受俸，委余于官，罢八州冗食者，收其财。《旧唐书·循吏列传》有传。《樊川文集》卷七有《唐故江西观察使武阳公韦公遗爱碑》，卷十五有《进撰故江西韦大夫遗爱碑文表》。

［评析］

杜牧当时虽入仕京职，但仍多叹老嗟衰、郁郁不得志之慨。李商隐在赠诗中加以劝勉。不但盛赞其诗文久负时誉、必能流传后世，而且赞扬其筹划切中时需，已为治国所用，因此虽鬓丝雪垂、名位未达，亦自可无憾。语重心长，情深意切，表现出不以个人穷达为悲喜的胸襟气度。杜牧以经世济时之才自命，作者不单以诗人视之，可谓真知己。

诗以姓、名、字作拟，又故用叠字，本极易流于文字游戏，但不觉其轻佻纤巧，反特具清畅格调与亲切情趣，正因为内含高情远意，似谐而实庄的缘故。诗人当时困厄穷愁较杜牧更甚，诗中不为诉苦同病之语，劝勉之中自含深挚情意，显得非常可贵。

李卫公[①]

绛纱弟子音尘绝[②]，鸾镜佳人旧会稀[③]。今日致身歌舞地，木棉花暖鹧鸪飞[④]。

［注释］

①李卫公：即李德裕。唐武宗会昌年间任宰相，执行削弱藩镇、抵御回鹘、打击僧侣地主势力的政策。会昌四年（844），因平泽潞叛镇刘稹功封卫国公。唐宣宗即位后罢相，大中元年（847）冬贬潮州司马，次年九月，再贬崖州（今海南省海口市琼山区东南）司户参军，三年十二月死于崖州。本篇可能作于大中三年。②绛纱弟子：东汉马融讲学时，常坐高堂，施绛纱帐，前授生徒，后列女乐。后常用“绛纱弟子”指受业生徒。此指李德裕门下士。音尘绝：信息断绝。李德裕贬崖后《与姚谏议郃书》云：“天地穷人，物情所弃，无复音书，平生旧知，无复吊问。”③鸾镜佳人：范泰（东晋、刘宋间人）《鸾鸟诗序》说：罽宾王获一鸾鸟，三年不鸣。其夫人言：鸟见其类而后鸣，可悬镜以映之。王从其言，鸾睹影悲鸣，冲霄一奋而绝。鸾镜佳人，本指后房妻妾，此处喻政治上的同道者。史载：李德裕“后房无声色娱”。其《与姚谏议郃书》云：“大海之中，无人拯恤，资储荡尽，家事一空，百口嗷然，往往绝食。”则李德裕此次南贬，系携带家人同往，不存在与妻妾不得会面的问题。可见“鸾镜佳人”非指妻妾之流而系有所托寓。作者《破镜》：“秦台一照山鸡后，便是孤鸾罢舞时。”《鸾凤》：“旧镜鸾何处？衰桐凤不栖。”用鸾镜典亦均有托寓，可供参证。④致身：犹言归身，收身。歌舞地：即歌舞冈，在广州市越秀山上，因南越王赵佗曾在此歌舞得名。这里以歌舞地指代与广州

相邻的一带。“木棉”句：杨慎《升庵诗话》：“南中木棉树，大如抱，花红似山茶而蕊黄，花片极厚。”故说“花暖”。《禽经》：“子规啼必北向，鹧鸪飞必南翥。”两句说：李德裕今日被贬，致身于昔时的歌舞胜地，举目所见只是木棉花红、鹧鸪南飞而已。屈复说：“结用赞皇（李德裕）‘不堪肠断思乡处，红槿花中越鸟啼’意。”

［评析］

会昌时期，宰相李德裕是政治上颇有建树的人物，在大中初不幸遭受贬斥。这首诗慨叹李德裕置身遐荒，“块独穷悴”，与昔日政治上亲近的人物，音信断绝，于今昔之感中，致伤怜之意。结尾以景结情，以丽语反衬贬所的荒凉。处境的孤寂，北归的无望，均于言外见之。

诗含蓄而有情韵，在低沉哀婉的情调中，流露了作者的政治倾向。大中元年，他在为郑亚代拟的《会昌一品集序》中历叙李德裕会昌期间的功绩，称颂李德裕为“万古之良相”，可与本篇互参。

流莺

流莺漂荡复参差①，度陌临流不自持②。巧啭岂能无本意，良辰未必有佳期③。风朝露夜阴晴里，万户千门开闭时④。曾苦伤春不忍听，凤城何处有花枝⑤？

［注释］

①流莺：即莺鸟。流，谓其鸣声圆转流美。漂荡：流转迁徙。参差：本是形容鸟儿飞翔时翅膀张敛振落的样子，这里用如动词，犹张翅飞翔。漂荡复参差，是说漂荡流转之后又紧接着再飞翔转徙。②不自持：不能自主，不能控制自己。这三字是全联点睛之笔，暗示流莺之漂荡流转在于根本无法掌握自己的命运。③莺啼圆转流美，故说“巧啭”。莺啼正值三春芳时，故说“良辰”。佳期：美好的期遇。两句说，流莺的圆转美妙的歌声中岂能不包蕴着内心的愿

望呢？但却无人理解它的深衷，所以虽遇三春良辰却未必有美好的期遇。这一联与《蝉》颔联“五更疏欲断，一树碧无情”相近，但后者所强调的是虽凄断欲绝而不被同情，是所处环境的冷酷，而前者所强调的则是巧啭本意的不被理解，是世无知音的咏叹。相传有“流莺不解语”之说，这里反其意，故说“岂能无本意”。④两句承上“巧啭”，仍写莺啼，意谓无论是刮风的早晨还是降露的夜晚，是晴朗的天气还是阴霾的日子，无论是京城皇宫中千门万户开启还是关闭的时分，流莺总是在流啭啼鸣。两句对仗工整，又句中自对，且均为略去主、谓语的状语句，仿佛语意未尽，造成整饬而流美、明畅而含蓄的风调。⑤凤城：古称秦都咸阳为丹凤城（或称凤城），这里借指唐都长安。这一联从李义府《咏乌》诗“上林多少树，不借一枝栖”化出，意谓：我已为伤春之情所苦，不忍再听流莺伤春的哀鸣，在这广大的长安城中，又哪里能找到可供它栖息的花枝呢？这一联关合到诗人自身，点明“伤春”正意。末句既像是对无枝可栖的流莺的关切，又像是诗人从流莺啼声中听出的含意，更像是诗人自己的心声。流莺与诗人已浑然一体。

［评析］

《流莺》和《蝉》，是诗人托物寓怀、抒写身世之感的姊妹篇，内容各有侧重，风格也有区别。二者都写到“漂荡”和“梗泛”，写到“巧啭”和“费声”。但《蝉》所突出的是“高”与“饱”的矛盾，“费声”与“无情”的矛盾，而本篇所突出的则是“巧啭”与“本意”不被理解的矛盾，希冀“佳期”与“漂荡”无依的矛盾。《蝉》所塑造的形象更多清高的寒士气质，《流莺》所塑造的形象则明显具有苦闷伤感的诗人特征，这可能是蝉和莺在人们心目中唤起的印象本来就有所不同的缘故。在风格上，《蝉》在凄断悲苦中显出激愤不平，《流莺》则在清新流美中含有抑郁苦闷。

流莺，是诗人自身的象征。它的漂荡流转、无所栖托，象征着诗人飘零无依的身世遭遇；它的巧啭，则是诗人美妙歌吟的比喻。所谓“巧啭岂能无本意”，正不妨看做诗人对自己“寄托深而措辞婉”的诗歌风格的形象化说明。这一联用“岂能”、“未必”两个虚词回旋作势，在流美圆转中自具回肠荡气之感，本身就体现了深与婉的统一。

据“漂荡”、“凤城”及时令等推断，本篇可能作于大中三年（849）春。

漫成五章①

沈宋裁辞矜变律②，王杨落笔得良朋③。当时自谓宗师妙，今日惟观对属能④。

李杜操持事略齐⑤，三才万象共端倪⑥。集仙殿与金銮殿，可是苍蝇惑曙鸡⑦。

生儿古有孙征虏，嫁女今无王右军⑧。借问琴书终一世，何如旗盖仰三分⑨？

代北偏师衔使节，关东裨将建行台⑩。不妨常日饶轻薄，且喜临戎用草莱⑪。

郭令素心非黩武，韩公本意在和戎⑫。两都耆旧偏垂泪，临老中原见朔风⑬。

［注释］

①漫成：信手写成。古代多用这类诗题抒写感慨，发表议论，取其不受题目约束，略如后世的所谓杂感。②沈宋：指初唐诗人沈佺期、宋之问。沈、宋是律诗体裁的定型者。他们继承了六朝以来诗律方面的创作经验，建立了完整的律诗形式，对诗歌形式发展有一定贡献。裁辞：犹裁诗，指裁制词句成

诗。矜（jīn）：夸耀。变律：指对诗歌的声律有所变化发展。③王杨：指初唐诗人王勃、杨炯，与卢照邻、骆宾王齐名，号称“四杰”。良朋：这里指诗中“佳对”，即所谓“属对精密”。落笔得良朋，实即《樊南甲集序》所谓“得好对切事”。或认为指王杨与卢骆齐名，但与上句“矜变律”不相属，恐非。四杰对改变齐梁绮靡诗风，推动唐诗发展也有一定贡献，但仍未能彻底摆脱旧习。④宗师：此指文坛领袖。对属（zhǔ）：亦称属对，即对仗。在诗文中撰成对句。⑤李杜：指李白、杜甫。操持：执笔为诗。杜甫《戏为六绝句》：“纵使王杨操翰墨，劣于汉魏近风骚。”操持，即“操翰墨”的省语。这句是说李、杜二人的写诗才能和成就不相上下。⑥三才：天地人合称三才。万象：宇宙间一切事物或现象。端倪：《庄子·大宗师》：“反覆终始，不知端倪。”端倪即头绪。此处用作动词，显露头绪的意思。句意谓李、杜能使天地万象显露于诗中。⑦集仙殿：即集贤殿。天宝十三载（754），杜甫为了获取功名，曾向唐玄宗呈献《三大礼赋》，受到玄宗赏识，命待制集贤院，召试文章。金銮殿：天宝元年，李白被召至长安，唐玄宗于金銮殿接见。可是：却是。苍蝇惑曙鸡：《诗·齐风·鸡鸣》：“匪鸡则鸣，苍蝇之声。”又《诗·小雅·青蝇》：“营营青蝇，止于樊。岂弟君子，无信谗言。”这里以苍蝇喻皇帝左右的谗谀之徒，以曙鸡喻李杜。二句谓李、杜虽曾于集仙殿、金銮殿上蒙受君主赏识，然终因谗谀之徒淆乱视听而未被重用，一似苍蝇的喧嚣惑乱了报晓的鸡鸣声。⑧孙征虏：指孙权。曹操曾表孙权为讨虏将军。《三国志·吴书·孙权传》注引《吴历》云：“曹公出濡须，作油船，夜渡洲上。权以水军围取，得三千余人。公见舟船器仗，军伍整肃，喟然叹曰：‘生子当如孙仲谋，刘景升儿子若豚犬耳！’”王右军：指王羲之。他曾为右军将军。《晋书》载：郗鉴使门生到王导家求婿，王导让他到东厢遍观家中子弟。王家一些少年都表现得非常矜持，只有王羲之在东床袒腹食。郗鉴于是选中了王羲之作婿。两句字面上是说：古时生子有像孙仲谋那样的英雄，当今择婿觅不到像王羲之那样的才士。两句寄慨很深，详下。⑨琴书终一世：意指政治上无所建树，终生以琴书自娱。王羲之以书法著称于世，此处“琴书”泛指艺术和文学之事。旗盖仰三分：指孙权建立鼎足三分的帝业。旗盖：黄旗紫盖。古代迷信认为天空出现黄旗紫盖状云气，是出皇帝的象征。三国时吴国曾有“紫盖黄旗，运在东南”

之说（见《三国志·吴书》孙权传、孙皓传注引《吴书》及《江表传》）。何如：犹言“比……如何”。两句说：请问如王羲之以琴书自娱，终其一生，与孙权建立鼎足三分的帝业相比较，究竟如何呢？言外有琴书终世未必即逊于旗盖三分的意思。⑩“代北”二句：叙述唐武宗时名将石雄破回鹘、平刘稹的功绩。代北：代州（今山西北部代县一带）之北。唐时在此处驻代北军。偏师：全军的一部分。在抗击回鹘战争中，石雄率偏师建立功勋。《旧唐书·石雄传》：“会昌初，回鹘寇天德，诏命刘沔为招抚回鹘使。三年，回纥大掠云朔北边，牙于五原。沔以太原之师屯于云州。……雄受教，自选劲骑……月暗夜发马邑……直犯乌介牙帐……斩首万级，生擒五千……遂迎公主还太原。”衔使节：石雄破回鹘后，因功升任丰州都防御使，所以说“衔使节”。关东：函谷关以东地区。裨将：指地位较低的将佐。石雄系徐州人，出身低微，少为牙将，故云“关东裨将”。会昌三年（843），在讨伐泽潞叛镇战争中，晋绛行营节度使李彦佐观望无进兵意，七月乙巳，以石雄为晋绛行营副使，九月庚戌，又以雄代李彦佐为晋绛行营节度使。雄受代翌日，即引兵越乌岭，破五砦，斩获千计。建行台：指石雄任晋绛行营节度使等职。行台：朝廷命将出征设置在外地的统军机构。⑪饶：犹任、尽（管）之意。轻薄：此指受人菲薄。石雄出身寒微，又曾被诬而遭流放，因此为一些人所看不起。临戎：临战。草莱：草野之人。两句意谓：不妨其平日任人菲薄轻视，且喜在战争时能任用他这样出身草野的英雄。⑫郭令：指郭子仪，乾元元年（758）任中书令。素心：本心。非黩武：并非好战。代宗宝应二年（763），吐蕃贵族大举侵扰内地，郭子仪用少数兵卒虚张声势，吐蕃惊骇，全军退出长安。永泰元年（765），仆固怀恩引回鹘、吐蕃兵入侵，郭子仪与回鹘讲和，合力击退吐蕃。其后历次作战，都由吐蕃（或回鹘）贵族挑起。德宗建中元年（780）五月，遣韦伦使吐蕃，郭子仪为载书（盟誓之书），使双方一度和好。因此说他“素心非黩武”。韩公：指张仁愿，景龙二年（708）封韩国公。神龙初年，他任朔方总管时，在黄河以北（今内蒙古境内）筑三受降城以抵御突厥，突厥不敢进犯，北部地区得以安定，因此说他“本意在和戎”。以上两句是借赞美郭、张来赞美李德裕，为他对吐蕃、回鹘的政策辩诬。文宗大和五年（831）九月，吐蕃维州刺史悉怛谋请降。李德裕派人入据维州，向朝廷请示。牛僧孺反对，朝廷下令李德裕归还维州，并将悉怛谋和归附唐王朝的军民缚送吐蕃，遭到吐蕃残酷杀戮。开成末年，回鹘被其北方黠戛斯部落所败，一部分逃到天德塞下，李德裕约束边将，不许生事，并运米粮赈济。至会昌二年（842），因回鹘乌介可汗所部屡次侵扰，才决定加以抗击。这两件事，在大中初年遭到唐宣宗等的否定，故李商隐为之辩护。⑬两都：指西都长安和东都洛阳。耆旧：父老。见朔风：重见北方边地的民情风俗，意即见到西北方边地重归唐王朝。（一说，"朔风"系"朔风变楚"的省语，意思是北鄙之风变成王化之风。）这两句写大中三年（849）收复三州七关的消息传来时，中原地区人民激动感慨的心情。《通鉴·大中三年》："（八月）河陇老幼千余人诣阙。己丑，上御延喜门见之，欢呼舞跃，解胡服，袭冠带，观者皆呼万岁。"诗中叙述此事，强调"两都耆旧""临老"始见朔风，用意颇深。河陇地区的收复，主要由于吐蕃衰弱和当地人民向往统一。唐宣宗等却贪为己功，当年十一月，宰相竟以克服河湟请上尊号。而对会昌年间的正确政策加以否定。其实，河湟的恢复，与会昌年间讨回鹘战争扭转了唐王朝在边境上的被动局面分不开。会昌四年，唐武宗和李德裕等又"以回鹘衰微、吐蕃内乱，议复河湟四镇十八州，乃以给事中刘濛为巡边使，使之先备器械糗粮及诇吐蕃守兵众寡，又令天德、振武、河东训卒砺兵"（《通鉴》）。作者认为，如遵循李德裕的谋划策略，当会提前收复河湟，不必等到今天。且今天亦未尝不叨蒙会昌的余威。这正是两都耆旧"临老"始见朔风，并"偏垂泪"的原因。"偏"字见用意。言外对李德裕遭贬表示不平。

［评析］

《漫成五章》是李商隐历叙生平而作的重要组诗。诗人不仅回顾了自己二十多年的政治生活遭遇，而且越出个人范围对当时现实重大政治问题进行了评论。

五章多借咏史抒发感慨。第一章借品评初唐诗人沈宋和王杨，寓身世沉沦之慨。王杨沈宋皆自喻。商隐早年从令狐楚学骈文章奏，通今体。"自蒙半夜传衣后，不羡王祥得佩刀。"（《谢书》）当时自认为青云可上。殊不料与令狐楚的关系非但未能使其致身通显，反招致后来令狐绹等人的排斥和沮抑。而早年以为是青云阶梯的章奏技巧，只不过用以在幕府中操笔事人而已。“今日惟观对属能”，言外除“对属能”外一无所能，一无所成。诗以当时踌躇满志与今日潦倒无成对照，蕴涵无限隐痛。

次章以李杜才高遭谗，不为世所用，寄寓自己受排斥的愤慨。“苍蝇惑曙鸡”，既指贤愚淆乱不分，亦含有小人毁贤忌才之意。

三章一、二句系互文对句。“古有孙征虏”亦即“今无孙征虏”，“今无王右军”亦即“古有王右军”。大意是说，我为人子，既无孙仲谋的武略；我为人婿，亦无王羲之的才艺。然而次句实际上隐然以王右军自比，唯用语谦婉而已。作者真意是说自己并非像孙仲谋一流的煊赫人物，但擅长艺文之事或有如王右军。当今文才虽不为流俗所重，然试问“琴书一世”，是否一定让于“旗盖三分”呢？这是空有文才不遇而发为愤激之言。嫁女，指已为王茂元婿。“生儿”似亦隐然兼有所指，冯浩说“孙仲谋比令狐（楚）之有贵子”，可参。

第四章赞美李德裕拔石雄于草莱，能够任人唯贤。冯浩说：“雄受党人排斥，义山受党人之累，故特为之鸣不平，而致慨于卫国（李德裕）也。”颇能道出作者的用心。《唐摭言》载：李德裕“颇为寒畯开路”。大中时流传有“八百孤寒齐下泪，一时南望李崖州”的诗句，可与此章后二句相印证。怀李德裕拔石雄于草莱，即隐含自己遭当权者排斥的幽愤。

第五章借郭子仪、张仁愿事为李德裕对回鹘、吐蕃的正确政策辩诬。并借三州七关收复事，揭露宣宗君臣既承受会昌朝武功的好处，又贬斥李德裕的不公正做法。这在当时是重大是非问题。作者敢于给李德裕辩护，固然说明他具有正义感和政治识见，但组诗由历叙生平出发而涉及李德裕，当是由于作者意识到其沉沦的原因，与其在令狐楚死后转依为李德裕所信用的王茂元、郑亚等人有关。

因而对李德裕的评价问题，也就成了总结和认识自己过去所不能不加以思考的问题了。这是末章与组诗前几章的内在联系。

组诗题为“漫成”，显然模仿杜甫七绝连章议论的体制。一、二章以感慨自己的沉沦遭谗为主，涉及与令狐父子的关系。三章承自己的才而见忌和沉沦，发为琴书一世未必逊于旗盖三分的愤语。且由令狐绹的忌恨，联及就婚王氏之事。四、五章又由王茂元联及李德裕，而所论已由个人身世逐渐涉及重大政治是非问题。统观全体，不难窥见作者基于个人政治遭遇，思想认识发展的线索。往昔与令狐父子的亲密关系，不料竟成为日后沉沦废斥的根源；而与令狐绹对立的李德裕，倒是政治上有建树的人物。既然如此，自己曾经亲近李德裕政治集团的某些人物，又有何过错可言呢？因此这组诗在自我回顾中有借评论政治是非进行自我解剖的意味。冯浩称这组诗为“一生吃紧之篇章”是有见地的。

议论中渗透强烈感情、深切体验，又着力于虚字的锤炼、搭配，故虽连章议论却能唱叹有致，充满抒情气氛。纪昀评论说：“较少陵诸绝仍多婉态。专取神情，绝句之正体也。参入论宗，绝句之变体也。论宗而以神情出之，则变而不失其正者也。”所论对于辨析体会李商隐这类诗作和李白、王昌龄、杜甫等人绝句之间异同流变是有帮助的。

[备考]

作者《白云夫旧居》：“平生误识白云夫，再到仙檐忆酒垆。墙柳万株人绝迹，夕阳惟照欲栖乌。”（令狐楚曾自称白云孺子）

又《樊南甲集序》云：“樊南生十六能著《才论》、《圣论》，以古文出诸公间。后联为郓相国（令狐楚）、华太守（崔戎）所怜，居门下时，敕定奏记，始通今体。……有请作文，或时得好对切事……十年京师寒且饿，人或目曰：韩文、杜诗、彭阳章檄，樊南穷冻人或知之。”

大中元年正月，大赦，宣宗制文称：“国家与吐蕃舅甥之好，自今后边上不得受纳投降人。”（按：此制文纯出于攻击李德裕之需要，实则大中三年宣宗君相即接受三州七关归降。）

大中十年三月，宣宗下诏云：“回鹘有功于国，世为婚姻，称臣奉贡，北边无警。会昌中奸臣（指李德裕）当轴，遽加殄灭。”

九 日[①]

曾共山翁把酒时，霜天白菊绕阶墀[②]。十年泉下无消息[③]，九日樽前有所思。不学汉臣栽苜蓿[④]，空教楚客咏江蓠[⑤]。郎君官贵施行马[⑥]，东阁无因再得窥[⑦]。

［注释］

①大中三年（849）九月初九重阳节在长安作。钱谦益写校本题下注：“一本题下有‘怀令狐府主’五字。”但现存各种旧本均未见。冯浩怀疑是后人所注，必非原注。②山翁：晋山简，人称山公，亦称山翁，性嗜酒，曾镇守襄阳。这里借指旧日的府主令狐楚。墀：台阶。两句追忆往年在霜秋白菊绕阶开放的时节，陪奉令狐楚把酒赏菊的情景。重阳节有把酒赏菊的风俗，令狐楚最爱白菊，故有“霜天白菊”的联想。“白菊绕阶”，可能暗寓令狐楚对自己的赏爱与栽培。作者《上令狐相公状一》追述在令狐楚天平幕情景说：“每水槛花朝，菊亭雪夜，篇什率征于继和，杯觞曲赐其尽欢。委曲款言，绸缪顾遇。”又《祭相国令狐公文》：“天平之年，大刀长戟；将军樽旁，一人衣白。”均可参证。时，朱本一作卮。③令狐楚卒于开成二年（837），到大中三年首尾十三年。“十年”系约举成数。冯浩、张采田系此诗于大中二年，但二年九月，作者尚在由桂返京途中，有《九月於东逢雪》诗可证。④汉臣栽苜蓿：汉张骞通西域，携回苜蓿种子，种植在离宫旁。这里比喻令狐楚能栽培汲引人才。“不学”云云，暗指令狐绹不能继承父风。⑤教（jiāo）：使。楚客：指屈原，作者借以自喻。咏江蓠：屈原《离骚》有“览椒兰其若兹兮，又况揭车与江蓠”之句，对椒兰、揭车、江蓠等香草的芜秽变质（喻人才的变质）

表示痛心愤慨，这里以江蓠暗指令狐绹。“咏江蓠”实即“怨江蓠”，唯“怨”字直露，“咏”字稍含蓄。《潭州》诗有“楚歌重叠怨兰丛”之句，寓意相近，可互参。江蓠，即蘼芜，芎䓖（xiōng qióng），也叫川芎，一种香草。⑥郎君：称令狐绹。《唐摭言》：“义山师事令狐文公（楚），呼小赵公（绹）为郎君。”呼“郎君”是以令狐家人门客身份自居。施：设。行马：官署或府邸前设置的拦阻人马通行的木架。汉制，光禄大夫门前特设行马以标志其品秩。程大昌《演繁露》：“晋、魏以后，官至贵品，其门得施行马。行马者，一木横中，两木互穿以成四角，施之于门以为约禁也。”本年二月，令狐绹拜中书舍人。五月，迁御史中丞。九月，充翰林学士承旨。故称“官贵”。贵，《北梦琐言》作重。⑦东阁：西汉公孙弘当宰相时，曾“起客馆，开东阁以延贤人”（《汉书·公孙弘传》）。程梦星说：“东阁者公孙丞相见贤之地，以比楚之第宅，乃属楚非属绹也。”两句说，以前曾有幸受到官居高位的令狐楚的延接礼遇，今日令狐绹官贵，却无缘再窥东阁，受到昔日的礼遇了。“窥”字见意，应上“官贵”。再得，悟抄作得再，《北梦琐言》作许再。

［评析］

这首诗由重阳把酒赏菊展开联想，深情追怀令狐楚对自己的赏爱栽培，怨望令狐绹对自己的冷遇排斥，今昔相形，感念愤怨交并。“十年”一联，将缅怀追思之情、长期牢落之感、今昔迥异之慨与“九日樽前”的现境融为一体，空灵含蕴，语浅情深。“有所思”三字，束上启下，感念怨愤，统包于沉思默想之中，耐人寻味，前后幅的过渡也显得很自然。后幅感情由深情缅怀转为怨怼不满，写法也由微婉转为发露。令狐绹的冷遇排斥固然出于朋党偏见，但诗人的感情也较多纠缠于个人恩怨，诗境不免显得狭小。

［备考］

五代孙光宪《北梦琐言》卷七：“李商隐员外依彭阳令狐公楚，以笺奏受知。……彭阳之子绹，继有韦平之拜，似疏陇西，未尝展分。重阳日，义山诣宅，于厅事上留题，其略云……相国睹之，惭怅而已。乃扃闭此厅，终身不处也。”（按：胡仔等人曾指出《九日》第六句不避“楚”字名讳。故此诗虽怨令狐绹，但“于厅事上留题”等说法则不足信。胡氏说见《苕溪渔隐丛话》。）

哭刘蕡①

上帝深宫闭九阍，巫咸不下问衔冤②。黄陵别后春涛隔③，湓浦书来秋雨翻④。只有安仁能作诔，何曾宋玉解招魂⑤！平生风义兼师友，不敢同君哭寝门⑥。

［注释］

①大中三年（849）秋作于长安。二年春，李商隐和刘蕡在黄陵晤别。本年秋，刘蕡逝世的噩耗从浔阳传来，李商隐一连写了四首诗哭吊，本篇及下选五律《哭刘司户蕡》就是其中的两首。②九阍（hūn）：犹九门、九关，传说天帝所居有九门。也指皇宫的重门。这里的“上帝”、“九阍”即比喻皇帝和宫门。巫咸：传说中的古代神巫。巫是神、人之间的使者，故有“下问衔冤”之语。两句说，天帝安居深宫，重门紧闭，不派遣巫咸到人间来了解衔冤负屈的情况。这是对刘蕡冤贬而死的政治环境的象征性描写，矛头直指昏聩冷酷的“上帝”。③黄陵：旧本均作“广陵”，何焯、冯浩、纪昀等据《哭刘司户蕡》，“去年相送地，春雪满黄陵”之句，以为当作“黄陵”，兹从诸家校改。黄陵，山名，在今湖南湘阴县，当湘水入洞庭湖处。山下有黄陵庙，相传是舜的二妃娥皇、女英所葬的地方。这句说，去年黄陵别后，彼此被浩渺的江湖上的春涛所阻隔，再也没有会面。④湓浦：指浔阳（今江西九江市）。这句说，从湓浦传来您不幸逝世的讯息，正值秋雨飘洒的时候。这一联从去年的生离写到今年的死别，生离的思念更衬出死别的悲恸。大中三年秋，与杨嗣复先后被贬的裴夷直已在江州任司马。会昌元年，刘蕡亦因与杨、裴之关系受株连而冤贬柳州。此时已量移澧州年余。⑤安仁：西晋作家潘岳，字安仁。他擅长作哀诔一类文章。诔（lěi）：叙述死者生前行事，在丧礼中宣读的文章。宋玉：战国时楚国著名辞赋家。王逸认为《楚辞》中《招魂》一篇是他“怜哀屈原忠而斥

弃……魂魄散佚”而作。两句借潘岳、宋玉自比，说自己只能写作哭吊的文字深致哀悼，却不能招其魂魄使之复生。解：会，懂得。两句一正一反，相互映衬，有力地表达出悲痛欲绝又徒唤奈何的心情。因平仄而调动词序，更增拗峭遒劲。⑥风义：情谊。兼师友：兼有师、友之谊。同君：与君（指刘蕡）相齐相等，即和您居于相等的朋友地位。《旧唐书·刘蕡传》说令狐楚、牛僧孺待刘蕡如师友，则李商隐说“风义兼师友”、“不敢同君”自属当然。哭寝门：《礼记·檀弓》上说：如果死者是师，应当在内寝哭吊；如果死者是友，应当在寝门之外哭吊。寝门：内室的门。两句意谓：我和您平生情谊，兼有师友之分，不敢自居于您的同列而哭吊于寝门之外。

[评析]

这首挽诗对刘蕡衔冤被贬、身死异乡深表悲恸，对黑暗的政治环境表示了强烈的抗议。首联直斥“上帝”，笔势凌厉，感情愤郁，如急风骤雨笼罩全篇。颔联宕开，转忆生离，回到死别，融叙事、抒情、写景为一体。“春涛隔”，不但形象地显示出别后江湖阻隔的情景，而且赋予阻隔中的思念以浩渺无际的具象。“秋雨翻”，不但自然地点明时令，而且使诗人当时激愤悲恸与凄凉哀伤交织的情怀化为具体可感的画面形象。腹联又转为直接抒情，声情拗峭而沉郁。尾联“师友”承“宋玉”，突出对刘蕡高风亮节的由衷钦仰，显示出与刘蕡深厚情谊的政治基础，使这首哭吊朋友的诗具有鲜明的政治内容。纪昀评此诗说：“一气鼓荡，字字沉郁。”

哭刘司户蕡

路有论冤谪①，言皆在中兴②。空闻迁贾谊，不待相孙弘③。江阔惟回首④，天高但抚膺⑤。去年相送地，春雪满黄陵⑥。

[注释]

①句意谓道路上的行人都在议论刘蕡被冤贬的事。论，这里应读平声如

“伦”（lún）。②这句仍是路人议论的内容，谓刘蕡当年对策中所发的议论都是为了国家的中兴。中：再。“中兴”的“中”有平、去两读，这里读去声如“仲”（zhòng）。论蕡之冤贬，赞蕡之言论，都是刘蕡死后人们对他的评论、追思，并非写诗时刘蕡刚遭冤谪。③迁：升迁官职。《史记·屈原贾生列传》：“文帝召以为博士……孝文帝说（悦）之，超迁（越级提拔），一岁中至太中大夫。”“迁贾谊”当指刘蕡自贬所放还时，外界有朝廷将召回杨嗣复加以重用的传闻，但终未成为事实，故说“空闻”。孙弘：指公孙弘。汉武帝初即位，招贤良文学士，弘征为博士。因出使匈奴回国报命不合武帝之意，被免职。后再次征为贤良文学，对策第一。累官为丞相，封平津侯。两句谓：空自听说杨嗣复将有升迁官职加以重用的传闻，却等不到重新征用、官居要职就客死异乡。大中二年二月，朝廷征杨嗣复入朝为吏部尚书，路经岳阳，一日病卒，故云。详《刘学锴讲李商隐》附考十《说注释之难》。④写这首诗时，作者在长安，与刘蕡客死的浔阳遥隔大江，故说“江阔”。句意谓遥隔宽阔的大江，不能亲临哭吊，只能频频回首南望，遥寄哀思。⑤膺：胸。句意谓天高难问，沉冤莫诉，唯有抚胸恸哭而已。两句正写“哭”字。⑥去年：指大中二年（848）。黄陵：参看《哭刘蕡》注③。两句说，回想去年黯然相送，那时纷纷春雪正洒满了黄陵。这一联似从古诗“前日风雪中，故人从此去”化出。

［评析］

这一首痛悼刘蕡志在中兴、才堪重任而身遭冤谪、客死异乡。首联以路人的议论起笔，见诗中所抒写的哀愤不但出于私谊，而且出于公论公愤，从而使颔联所表达的惋惜之情和腹联所抒发的痛愤之情显得格外沉雄有力。“天高”句感愤激烈，控诉高天，情感达到高潮。尾联收转去年黄陵雪中送别，将当时黯淡阴寒的环境气氛，依依惜别的情怀，与今日对故友的沉痛悼念融为一体，感情从激烈转向深沉，更增含蓄不尽之致。

题汉祖庙①

乘运应须宅八荒，男儿安在恋池隍②？君王自起新丰后③，项羽何曾在故乡④！

［注释］

①汉高祖刘邦庙，在沛县东故泗水亭中（刘邦曾为泗水亭长）。本篇是大中四年（850）在徐州卢弘止幕期间所作。《偶成转韵七十二句赠四同舍》有“我来不见隆准人，沥酒空余庙中客”之句，本篇当与之同时作。②运：时运、时势。宅八荒：以天下为家，一统天下。八荒，八方极远之地。池隍：本指城池（有水的叫池，无水的叫隍），此指乡里。两句说：大丈夫应该乘有利的时势立下统一天下的宏愿，岂能胸无大志，留恋故乡？③君王：指刘邦。起：兴建。新丰：刘邦定都长安后，因其父思念故乡沛县丰邑，乃按丰邑样式在长安附近的骊邑另建街里，迁原丰邑百姓于此。后改名新丰县（故址在今陕西西安市临潼区）。④据《史记·项羽本纪》，项羽引兵进入关中后，有人劝他定都咸阳以成霸业。项羽心里怀念着东方，欲东归，说：“富贵不归故乡，如衣绣夜行，谁知之者！”于是分封诸将为侯王，自称西楚霸王，定都彭城（今徐州市，离项羽故乡下相——今江苏宿迁很近）。三、四两句意谓：有“宅八荒”之志的刘邦，在他建立了统一中国的大业后，可以按照自己的意愿另建和家乡一样的新丰，而“恋池隍”的项羽，到头来兵败身亡，又何曾能在故乡称王称霸，夸耀富贵！按：刘邦统一天下后，一次过沛，曾对沛父兄说：“游子悲故乡，吾虽都关中，万岁后吾魂魄犹乐思沛。”诗人并不否定这种思故乡的感情，他所批判的是“恋池隍”而无大志。姚培谦说：“巧在第三句，便不碍过沛一段情思。”（《李义山诗集笺注》）

［评析］

刘、项同时崛起而成败异趋，本篇专就一端而论。首句一篇之纲，“应须”二字用重笔，次句即从反面着笔。三、四句乃进一步显示“宅八荒”与“恋池隍”二者截然相反的结果。何焯说：“宅八荒者可以自起新丰，恋池隍者终不能故乡昼锦，相形最妙。”揭示了本篇思想内容和构思、手法上的特点。程梦星说：“试看汉起新丰之后，无论尺土一民皆非项有，即残骸余魄亦岂得依恋于彭城、下相间乎?”（按：项羽死后，以鲁公礼葬于谷城。）对末句讽刺之毒也作了很好的阐释。

晚唐君主，多庸碌而乏远略。穆、敬以来，河北藩镇割据已成定局，朝廷也放弃恢复意图。本篇于咏史之中，不无讽慨时君之意，参“我来不见隆准人”之句，更不难意会。

偶成转韵七十二句赠四同舍[①]

沛国东风吹大泽[②]，蒲青柳碧春一色[③]。我来不见隆准人[④]，沥酒空余庙中客[⑤]。征东同舍鸳与鸾[⑥]，酒酣劝我悬征鞍[⑦]。蓝山宝肆不可入，玉中仍是青琅玕[⑧]。武威将军使中侠[⑨]，少年箭道惊杨叶[⑩]。战功高后数文章[⑪]，怜我秋斋梦蝴蝶[⑫]。诘旦天门传奏章，高车大马来煌煌[⑬]。路逢邹枚不暇揖，腊月大雪过大梁[⑭]。

忆昔公为会昌宰，我时入谒虚怀待[⑮]。众中赏我赋《高唐》[⑯]，回看屈宋由年辈[⑰]。公事武皇为铁冠，历厅请我相所难[⑱]。我时憔悴在书阁，卧枕芸香春夜阑[⑲]。明年赴辟下昭桂，东郊恸哭辞兄弟[⑳]。韩公堆上跋马时，回望秦川树如荠[㉑]。依稀南指阳台云，鲤鱼食钩猿失群[㉒]。湘妃庙下已春尽，虞帝城前初日曛[㉓]。谢游桥上澄江馆，下望山城如一弹[㉔]。鹧鸪声苦晓惊眠，朱槿花娇晚相伴[㉕]。顷之失职辞南风[㉖]，破帆坏桨荆江中[㉗]。斩蛟破壁不无意[㉘]，平生自许非匆匆[㉙]。归来寂寞灵台下，着破蓝衫出无马[30]。天官补吏府中趋，玉骨瘦来无一把[31]。手封狴牢屯制囚，直厅印锁黄昏愁[32]。平明赤帖使修表，上贺嫖姚收贼州[33]。旧山万仞青霞外，望见扶桑出东海[34]。爱君忧国去未能，白道青松了然在[35]。此时闻有燕昭台，挺身东望心眼开[36]。且吟王粲从军乐，不赋渊明《归去来》[37]。

彭门十万皆雄勇，首戴公恩若山重[38]。廷评日下握灵蛇，书记眠时吞彩凤[39]。之子夫君郑与裴，何甥谢舅当世才[40]。青袍白简风流极[41]，碧沼红莲倾倒开[42]。我生粗疏不足数，《梁父》哀吟鸲鹆舞[43]。横行阔视倚公怜，狂来笔力如牛弩[44]。借酒祝公千万年，吾徒礼分常周旋[45]。收旗卧鼓相天子，相门出相光青史[46]。

［注释］

①大中三年（849）十月，武宁军（治所在徐州）节度使卢弘止（一作正）奏辟李商隐入幕任节度判官。这首诗是四年春赠幕府同僚之作。转韵：这里指一种换韵的七言古诗。本篇四句一换韵（末四句两句换韵），平仄韵交押。同舍：指幕府同僚。②沛国：即沛郡，汉代郡国名。这里借指徐州。据《史记·高祖本纪》，汉高祖刘邦，沛丰邑中阳里人，传说其母在大泽岸边休息，梦与神遇而生刘邦。又传他酒后夜行泽中，拔剑斩杀当路的大蛇。沛县属徐州，借以点明作诗地点，“东风”点时。“沛国”、“大泽”兴起下面“不见隆准人”的感慨。③蒲：蒲柳。《诗·王风·扬之水》：“扬之水，不流束蒲。”郑玄笺：“蒲，蒲柳。”即水杨。春一色：一片春色。④隆准：高鼻子。隆准人，指刘邦。史称其“隆准而龙颜”。⑤沥酒：滴酒。庙中客：作者自指。庙，指徐州附近的高祖庙。两句意谓：我来此地，已经再也见不到刘邦这样雄才大略的君主，只能独自在庙中沥酒祭奠而已。这个发端即寓有不遇于时的感慨。⑥征东：汉代将军的名号。这里借指卢弘止。因徐州在长安之东，故称镇徐州的卢弘止为“征东（将军）”。鸳、鸾：犹言鸳侣鸾朋，形容同僚的才俊。田兰芳说：“先点出一句。”⑦悬征鞍：悬挂马鞍，不再征行。这句借同事相劝，表示自己将久居卢幕。⑧蓝山：即蓝田山，在今陕西蓝田县，著名的产玉地。蓝山宝肆：宝玉之肆，喻卢幕。仍是：更有、复加。青琅玕（láng gān）：

指青玉。古代以青玉为上品，这里借指四同舍。两句意谓：卢幕如同蓝山宝肆，人才济济，何况更有四同舍这样杰出的人物，自己不宜厕身其中。这是赞美同事，且表示自谦。⑨武威将军：指卢弘止。使：节度使。使中侠，节度使中具有豪侠气概的杰出人物。⑩箭道惊杨叶：《战国策·楚策》载：春秋时楚大夫养由基善射，能百步穿杨，百发百中。唐人每用穿杨比喻文场考试得胜。句意谓卢弘止善为文而少年登第。⑪战功高：指卢弘止在会昌年间讨刘稹的战争中立下的功劳。《新唐书·卢弘止传》："会昌中，诏河北三节度讨刘稹。何弘敬、王元逵先取邢、洺、磁三州。宰相李德裕畏诸帅有请地者，乃以弘止为三州团练观察留后；制未下，稹平，即诏为三州及河北两镇宣慰使。还，拜工部侍郎。"数文章：评论文章。数（shǔ）：计算、历数，这里有评比的意思。《戏题枢言草阁》云："尚书（指弘止）文与武，战罢幕府开。""武威"三句意类此。⑫梦蝴蝶：《庄子·齐物论》："昔者庄周梦为胡蝶，栩栩然胡蝶也……俄然觉，则蘧蘧然周也。不知周之梦为胡蝶与，胡蝶之梦为周与？"这里借喻理想抱负的幻灭。句意谓卢弘止同情自己困居秋斋，抱负成虚。所以下面接叙招己入幕情事。⑬诘旦：明朝。天门：指皇宫的门。煌煌：光明的样子，这里形容车马的鲜丽耀目。两句叙卢弘止向皇帝奏辟作者为幕僚的奏章传入朝廷，得到批准后又派高车大马接作者赴徐州。《樊南乙集序》："（大中三年）十月，尚书范阳公（指卢弘止）以徐戎凶悍，节度阙判官，奏入幕。"卢弘止已在三年五月任武宁军节度使，与辟作者为判官相隔五个月。天门，蒋本、姜本、戊签作元门，毛本、钱本、影宋抄、朱本、席本作九门。冯浩云："九门以京城言，非专宸居也。此必误'天'作'元'，后又讹作'九'耳。"兹从冯校。⑭邹枚：邹阳、枚乘，西汉著名文人，曾为梁孝王刘武宾客。这里借指在宣武节度使（治汴州，今开封市）幕的文士李郢等人，参下选《板桥晓别》诗注。不暇揖：形容行色匆匆，未作停留。大梁：战国时，魏惠王自安邑（在今山西夏县西北）迁都于大梁（在今开封市附近）。唐人诗中多以大梁指汴州城。两句谓行程匆匆，路经梁园故地，也无暇与汴幕文士叙旧交谈，在腊月的漫天风雪中过了大梁故城。按：作者从长安出发时已下雪，有《对雪二首》。

以上为第一段。从时地引出徐幕同舍和幕主卢弘止奏辟自己入幕的经过。

⑮会昌：唐昭应县旧名，今陕西西安市临潼区，参《行次昭应县道上送户部李郎中充昭义攻讨》注。宰：县令。卢弘止大和八年（834）曾任昭应县令。谒（yè）：拜见。两句追忆昔年卢为昭应县令时，作者拜见，受到卢的虚心接待。所述当是两人最初结识的情景。⑯《高唐》：赋篇名，传为宋玉所作，写楚襄王游高唐（楚国台馆，在云梦泽中），梦见巫山神女事。后人或以为有所讽喻寄托。这里借指作者同类性质的作品。⑰屈宋：屈原、宋玉。由：通"犹"。年辈：年龄、行辈相近的人。句意谓回视屈、宋，感到他们就如同自己的同辈一样。上句写卢弘止的称赏，这句写自己的狂态。⑱武皇：借指唐武宗。铁冠：御史大夫、御史中丞、御史所戴的法冠，以铁为柱，其上施珠两枚。为铁冠，当指卢弘止于会昌二年（842）担任御史中丞的职务。历厅：越过厅堂。相（读去声）所难：帮助解决疑难问题。秘书省（时作者任秘书省正字，参下句注）与御史台官署隔横街斜对，故要"历厅"相请。⑲憔悴：困顿失意。书阁：指秘书省中收藏珍贵图书的秘阁。秘书省正字的职责就是校理秘阁图书。芸香：一种香草，古代藏书多用之驱除蠹虫。阑：尽。两句说当时自己任职秘省，困顿失意，夜间在秘阁值班，枕靠着散发芸香气味的书籍，在寂寥中度过春夜。以上八句为一节，叙与卢初交及会昌年间任职秘阁时的交往。⑳明年：指大中元年。赴辟下昭桂：指应桂管观察使郑亚的征聘任观察支使，当表记，随郑亚赴桂州。桂州、昭州均为桂管观察使辖州。东郊：指京城长安东南郊。从长安赴岭南，由东南郊出发。兄弟：指作者之弟羲叟。时羲叟新登进士第，在长安，故至东郊送别。㉑韩公堆：驿站名，在蓝田县南。跋（bá）：拖转。跋马：勒马使之回转。秦川：本指关中平原地区，这里指长安一带。荠：荠菜。登高远望，树木显得很矮小，故说"树如荠"。两句写在韩公堆上回望秦川所见，隐透去国怀乡之情。北朝乐府《陇头歌辞》有"陇头流水，鸣声呜咽。遥望秦川，心肝断绝"之语，此处暗用。㉒依稀：仿佛，模糊不清的样子。阳台云：宋玉《高唐赋序》中神女自称"妾在巫山之阳，高丘之阻。旦为朝云，暮为行雨，朝朝暮暮，阳台之下"。鲤鱼食钩：暗喻为生活所迫而应辟入幕，与"补羸贪紫桂"（《酬令狐郎中见寄》）意近。猿失群：寓失侣孤子之感。两句说自己南指荆楚，遥望依稀缥缈的巫山行云，心情抑郁苦闷，孤子无依。㉓湘妃庙：即舜的二妃娥皇、女英的庙，在湘阴县北洞庭湖

畔，又名黄陵庙。诗人于闰三月二十八日抵达潭州（今长沙市），过湘妃庙正当“已春尽”时。虞帝城：指桂林。桂州临桂县虞山下有舜祠。初日曛：指已入夏，太阳初感灼热。曛，古作熏。《玉篇》：“熏，热也。”两句写春尽在湖南，入夏到桂林。按：诗人抵桂林在六月九日。以上八句为一节，叙大中元年应辟赴桂旅途始末。㉔谢游桥、澄江馆：南齐诗人谢朓《晚登三山还望京邑》有“澄江静如练”之句，桥与馆当为纪念谢朓而建。从上下文推测，当在桂林。谢朓曾到过岭南，可能游过桂州。山城：指桂林。弹：弹丸，形容城的窄小。作者《桂林》诗有“城窄山将压”之句。两句写桂林名胜风景。㉕鹧鸪（zhè gū）：鸟名，鸣声凄切。古人认为它的叫声像“行不得也哥哥”，易触动异乡羁旅之感，故说“声苦”。李群玉《九子坂闻鹧鸪》：“落照苍茫秋草明，鹧鸪啼处远人行。……此时为尔肠千断，乞放今宵白发生。”郑谷《鹧鸪》诗：“游子乍闻征袖湿。”均可参证。朱槿：花名，开红花的木槿。夏季盛开，南方花期较长。其花朝开午萎暮落，晚间正是新花含苞欲放时，故说“娇”。唐时幕僚晨入幕府，黄昏始归，故说“晚相伴”。作者在桂林有《朱槿花》二首，前首末联云：“日西相对罢，休浣向天涯。”与“朱槿花娇晚相伴”意近。两句写桂林风物与幕府生活，透出客居异域的孤寂感。㉖顷之：不久。失职：指大中二年二月郑亚贬循州刺史，作者离幕职。辞南风：指离开南方北归。㉗荆江：长江自今湖北枝江至湖南城陵矶段的别称，这一带古属荆楚之地。作者北归途中须经行荆江，至江陵后再转陆路北上。“破帆坏桨”，可能是纪舟行遇风涛实际情况，但也可能兼寓自己在人生道路上遇到风浪和挫折。参下二句可悟。㉘斩蛟破璧：《博物志》载：澹台子羽带着千金之璧渡河，遇波浪起，两蛟夹船。子羽左手持璧，右手持剑，斩杀两蛟。渡过河后，三次投璧于河，河神三次跃出，把璧送还他。子羽毁璧而去。不无意：并非没有……的志气。句意谓自己并非没有斩蛟破璧那样勇敢豪迈的气概。㉙匆匆：草率、随便的样子。句意谓平生对自己的期望很高，并非肯于随便了此一生的人。以上八句为一节，叙在桂幕期间的生活及罢幕北归情景。㉚灵台：汉代天象台叫灵台。《后汉书·第五伦传》注引《三辅决录》注云：“颉（第五伦少子）为……三郡太守、谏议大夫，洛阳无主人，乡里无田宅，客止灵台中，或十日不炊。”这里隐用此事，形容自桂归京后生活的困窘。蓝衫：即青袍，唐代八、九品官穿青袍。作者回长安后选为盩厔（今陕西周至县）尉（正九品下阶），故穿青袍。㉛天官：指吏部，武后光宅元年（684）曾改吏部为天官。补吏：选补官吏。府：指京兆府。趋：趋奔，小步急行，表示对上司的恭敬。玉骨：隐喻自己的高洁品格。两句说自己归京后先被吏部选补为盩厔尉，后又为京兆尹奏署为掾曹，在府中趋奔，不仅憔悴骨立，而且高洁的品格也受到屈辱和损害。《樊南乙集序》："（大中二年）二月府贬，选为盩厔尉，与班县令武功（原作'公'，据张校改）刘官人同见尹，尹即留假参军事，专章奏。"㉜狴（bì）牢：牢狱。古代画狴犴（àn）兽形于狱门上，故称牢狱为狴牢。屯：聚。制囚：皇帝下令扣押的囚犯。直厅：在府厅当值住宿。印锁：即锁印。作者在京兆府大约代理法曹参军，所以要管理牢狱。"封牢"、"锁印"均法曹参军当值时的例行公事。两句写代理法曹的日常事务，字里行间流露出苦闷寂寥情绪。㉝赤帖：书写贺表用的红色纸帖。嫖姚：西汉名将霍去病曾为嫖姚校尉，随大将军卫青出塞抗击匈奴。这里借指当时收复三州七关的唐朝将领。大中三年正月，因吐蕃内乱，其宰相论恐热以秦、原、安乐三州及石门等七关归唐，诏灵武、邠宁节度使各出本道兵马应接三州七关兵民归。六、七月，泾原、灵武、邠宁、凤翔等节度使收复三州七关。《樊南乙集序》："属天子事边，康季荣首得七关。数月，李玭得秦州。月余，朱叔明得长乐州，而益丞相（杜悰）亦寻取维州。联为章贺。"所谓赤帖修表、贺收贼州即指此。以上八句为一节，叙为京兆府掾时的生活和处境。㉞旧山：指作者故乡怀州附近的王屋山。作者少年时代曾在王屋山的分支玉阳山求仙学道。青霞外：道书上说，元始天王游憩于青霞九曲之房。这里形容玉阳山高出于青霞之上，兼点明求仙学道。扶桑：神话中东方大海里的神树，日所栖息。王屋山的绝顶叫天坛，登天坛能看到东海日出。作者在《李肱所遗画松诗》里回忆学仙玉阳时情况，曾写道："形魄天坛上，海日高曈曈。"两句说故乡的玉阳山高出青霞之外，登上山顶可以看到日出扶桑。㉟了然：清楚在目的样子。两句说，尽管王屋山上的白道青松至今仍然历历在目，对之不胜向往，但由于爱君忧国，却欲去而未能。何焯说："（旧山四句）顿挫，下始不直。"㊱燕昭台：战国时燕昭王筑台，置千金于其上，以招揽天下贤士。后因称黄金台，或称燕昭台。唐人诗中多以燕台指使府。这里指卢弘止镇徐州，开幕府征聘人才。当时作者在长安，徐州在长安之东，故说“挺身东望”，表示对入幕的向往。心眼开：犹言心花怒放。田兰芳说：“一纵一收，揽入本题。”㊲王粲从军乐：王粲先在荆州依刘表，不得志；后归依曹操，参加南征孙权，写了《从军诗五首》，其中说：“从军有苦乐，但闻所从谁。”渊明《归去来》：东晋诗人陶渊明作《归去来辞》，表示归隐田园的决心和乐天知命的意趣。两句承上，说自己乐于追随卢弘止，从军入幕，而不效陶渊明的归隐田园。何焯说：“上下关锁。”以上八句为一节，抒写自己归隐旧山和爱君忧国的矛盾心情以及决心入佐卢幕的经过。

以上为第二段。追叙与卢弘止的交往始末，着重回顾自己从会昌末到入卢幕这段时间的经历遭遇，为全诗中心部分。

㊳彭门：指徐州。徐州古名彭城。唐天宝元年（742）置彭城郡，乾元元年（758）复为徐州。《新唐书·卢弘止传》：“徐自王智兴后，吏卒骄沓，银刀军尤不法。弘止戮其尤无状者，终弘止治，不敢哗。”“首戴”句指此。两句谓徐州的十万雄兵都感戴卢弘止的恩德，因为他整肃军纪，避免了祸乱。从这以下，转入叙述当前幕府情况。㊴廷评：即大理评事官。唐代幕官常带京官职衔，这里的“廷评”即带试大理评事衔的某一卢幕同僚，大理评事为从八品下阶。时作者为节度判官，亦初得侍御衔（指监察御史，正八品下）。日下：指京城。握灵蛇：曹植《与杨德祖书》：“人人自谓握灵蛇之珠，家家自谓抱荆山之玉。”握灵蛇即握灵蛇之珠，比喻掌握了写文章的秘诀。（按：灵蛇珠即所谓隋侯珠。《淮南子·览冥训》高诱注“隋侯之珠”云：隋侯见大蛇伤断，以药敷之。后蛇于江中衔大珠以报。）书记：指节度使幕府的掌书记。眠时吞彩凤：《晋书·文苑传》说，罗含昼卧，梦见一只文采异常的鸟飞入口中，此后文思日新。这两句赞美卢幕的两位文职同事，说大理评事公早就以擅长文章而闻名于京师，幕府书记更是文思新颖、富于才藻。㊵之子：《诗·魏风·汾沮洳》有“彼其之子，美如英”、“彼其之子，美如玉”之句。夫君：《楚辞·九歌》有“思夫君兮太息”、“望夫君兮未来”等句，夫君用作对神的美称。唐诗中也有用夫君称朋友的（如作者《雨中长乐水馆送赵十五滂不及》：“夫君太骋锦障泥”）。这里以“之子”、“夫君”作为对郑、裴两位同舍的美称。何甥：东晋何无忌，是名将刘牢之（在淝水之战中担任前锋）的外

甥，时人称他“酷似其舅”。谢舅：指谢安，曾筹划指挥淝水之战，取得大捷。谢安有甥羊昙，为安所重，故说谢舅。这两句赞美卢幕的另两位武职同事郑某与裴某，说他们两人正如当年的何无忌和谢安一样，是当时杰出的将帅之才。“何甥”、“谢舅”仅取其有武略，与姓氏、甥舅关系无涉。㊶青袍：唐代八、九品官穿青袍。后以深青乱紫，改着碧青、碧蓝。青、蓝只是颜色深浅不同，故前称“蓝衫”，此称“青袍”，实际上所指相同。白简：竹木手板。《唐会要》：五品以上执象笏，六品以下执竹笏。所谓竹笏或白简，均指六品以下用的竹木手板。句意谓诸同舍虽然青袍白简，官品不高，但却都是极富文采风流的人物。㊷沼：曲池。红莲：《南史·庾杲之传》：王俭用庾杲之为长史，萧缅写信给王俭说：“庾景行（杲之字）泛绿水，依芙蓉，何其丽也！”时称俭府为莲花池。后因称幕府为莲幕。“碧沼红莲”取义于此，喻卢幕诸同舍。倾倒开：犹“烂漫开”，形容莲花盛开时的情状。句意谓同舍正如碧池中的红莲，开得十分繁盛美艳。以上八句为一节，赞美府主和四同舍。㊸生：生性。粗疏：粗犷疏略。不足数（shǔ）：不足与同舍比数，犹“数不上”。《梁父》：诸葛亮在躬耕陇亩时喜欢弹奏《梁父吟》的曲调，后世多以《梁父吟》为诸葛亮寄托怀抱的诗歌。《梁父吟》曲调悲凉，故说“哀吟”。鸲鹆（qú yù）舞：《晋书·谢尚传》说：王导辟谢尚为掾属，尚到府拜谒，王导说：“闻君能作鸲鹆舞，一座倾想。”尚即着衣帻而舞，旁若无人。两句意谓：我生性粗疏忽略，原不足称数，但也胸怀大志，具有豪迈的气质。上句自谦，先放开一步；下句自负，再翻卷逼进，揭出主意，写得顿挫有致。㊹横行阔视：形容行为作风不受拘检。倚公怜：依仗着府公的爱怜。牛弩：用牛筋、牛角做的弩。笔力如牛弩：形容笔力雄健豪放。钱良择说：“极细，写得知己之感。”㊺吾徒：犹“我辈”，指自己和四同舍。礼分：礼数。周旋：追随。这两句谓借酒敬祝府主长寿，并表示要长远追随于左右。㊻收旗卧鼓：指立功归朝。相门出相：范阳卢氏，大房、二房、三房在唐代均有任宰相者，弘止系四房，未有相，所以这里以“相门出相”预祝其入相。以上八句为一节，感恩知己，祝颂府主。

以上为第三段。赞美同舍，祝颂府主，抒写自己的怀抱和性格。

［评析］

李商隐在离郑亚幕北归的第二年，又应辟入徐州卢弘止幕。

郑、卢都是会昌年间为李德裕倚重的人物。刘稹平定前后，为防止河北藩镇乘机扩张势力，曾任命卢为邢、洺、磁三州（原为刘稹所据）留后及河北两镇宣慰使。其后，卢在理财、治军方面也作出过一定成绩。李商隐和卢弘止早年即有交谊，此次应辟入幕，又颇得卢的知遇。政治倾向的一致与个人情谊的投合，使困顿蹉跎的诗人在入幕初期精神比较振奋，思想性格中本就具有的豪迈不羁的一面便在潜伏中苏醒过来，得到进一步的发扬。这首带有自叙传性质的长篇七言歌行，着重抒写了从会昌末到入卢幕这段期间自己的生活经历和思想感情，是了解诗人生活、思想和诗歌艺术风格多样性的重要作品。

唐宣宗即位后，废弃会昌时期某些有积极意义的政治措施，打击李德裕等有功将相，政治愈趋腐败，诗人的境遇也日益困窘。诗一开始就慨叹"我来不见隆准人"，显系针对现实，有感而发。诗中更以主要篇幅叙述这段时期困顿潦倒的境遇——从"憔悴在书阁"到"赴辟下昭桂"，从"失职辞南风"到"补吏府中趋"，从中可以看出一个有才能有抱负的文人在当时现实中所遇到的种种不公平的待遇以及他对现实政治的不满与怨愤。这些生活内容与感情内容，在唐王朝的没落期，都具有一定典型意义。但尤为可贵的是诗人在困厄境遇中所显示出来的豪迈胸襟抱负。尽管境遇极为坎坷，但"爱君忧国"之志、"斩蛟破璧"之慨不因之而少衰。"此时闻有燕昭台"四句，报国从戎之情溢于言表；"我生粗疏不足数"四句，豪纵不羁之概如在目前。诗中所塑造的自我形象，与史籍中所诬称的"放利偷合"、"诡薄无行"的李商隐其人固大异其趣，也和通常印象中多愁善感、软弱消沉的诗人形象显有区别。清代田兰芳评此诗说："傲岸激昂，儒酸一洗。"倒是抓住了诗人形象的主要特点。

本篇在构思上以自叙生平经历、性格抱负为经线，以记述与卢弘止及同舍的交谊为纬线，二者交错分合，相互映衬引发，不但使全篇叙事错综而富于变化，而且使知己者的温暖情谊成为黯淡寂寞的时代氛围中弥足珍贵的亮色，成为诗人用积极态度对待生活的精神因素。因此这种构思完全符合主题表达及诗人形象塑造的需要。在语言风格上，它将“碧沼红莲倾倒开”式的鲜妍明丽与“狂来笔力如牛弩”式的豪放健举有机地融合在一起，于叙次分明流畅中时见波澜顿挫，于挥洒自如、一气流注中时露深沉凝重，艺术上较之早期七古更臻成熟。

戏题枢言草阁三十二韵[①]

君家在河北，我家在山西[②]。百岁本无业，阴阴仙李枝[③]。尚书文与武，战罢幕府开[④]。君从渭南至，我自仙游来[⑤]。平昔苦南北，动成云雨乖[⑥]。逮今两携手，对若床下鞋[⑦]。夜归碣石馆，朝上黄金台[⑧]。

我有苦寒调，君抱阳春才[⑨]。年颜各少壮[⑩]，发绿齿尚齐。我虽不能饮，君时醉如泥。政静筹画简，退食多相携[⑪]。扫掠走马路，整顿射雉翳[⑫]。春风二三月，柳密莺正啼。清河在门外，上与浮云齐[⑬]。欹冠调玉琴，弹作《松风》哀[⑭]。又弹《明君怨》[⑮]，一去怨不回。感激坐者泣[⑯]，起视雁行低[⑰]。翻忧龙山雪，却杂胡沙飞[⑱]。仲容铜琵琶[⑲]，项直声凄凄[⑳]。上贴金捍拨，画为承露鸡[㉑]。

君时卧枨触[㉒]，劝客白玉杯，苦云年光疾，不饮将安归？我赏此言是，因循未能谐[㉓]。君言中圣人[㉔]，坐卧莫我违。榆荚乱不整，杨花飞相随。上有白日照，下有东风吹。青楼有美人[㉕]，颜色如玫瑰[26]。歌声入青云，所痛无良媒。少年苦不久，顾慕良难哉[27]！徒令真珠肶，裛入珊瑚腮[28]。君今且少安，听我苦吟诗。古诗何人作？老大犹伤悲[29]。

［注释］

①枢言：草阁主人的字。从诗意看，这位草阁主人系作者居卢幕时的同僚，姓李。本篇约作于大中四年（850）春，是作者在枢言草阁上的题诗。枢言二字，可能取义于《易·系辞传》“言行君子之枢机”。②君：指枢言。河北：今河北省及今河南、山东二省黄河以北一带地区。山西：指陇山以西地区。李唐王室源出陇西李氏，李商隐远祖与李唐王室同宗，故说“我家在山西”。③业：产业。仙李：《神仙传》说，老子生而能言，指李树为姓。唐朝皇帝奉老子李耳为祖宗，商隐与枢言又都自称是唐宗室，故说“阴阴仙李枝”。阴阴：枝叶繁茂貌。两句说二人虽世代无产业，却和李姓王室同属神仙李耳的支派。作者《上尚书范阳公启》说自己“无文通半顷之田，乏元亮数间之屋”，可为“无业”之证。④尚书：指卢弘止。大中三年，卢弘止以检校户部尚书出为徐州刺史、武宁军节度使。这两句说，卢弘止尚书兼有文才武略，在讨伐刘稹的战事结束以后，又重开幕府，罗致人才。⑤渭南：唐京兆府属县，今陕西渭南市。枢言在入卢幕前曾在渭南任职。仙游：指盩厔县，唐京兆府属县。县中有仙游乡、仙游泽。商隐于桂管归后曾被选补为盩厔尉，旋为京兆尹留假参军。假即暂代之意，类似后世的暂借、借调，其本职盩厔尉并未正式解除，所以说“我自仙游来”。商隐与枢言在入卢幕前盖同为京兆府僚属。⑥乖：背离，分离。云雨乖：谓如云与雨之相别。两句说平生苦于南北奔波，与枢言时常分别。⑦逮今：及今。对若床下鞋：戏言得以朝夕合而相对。鞋，谐“谐和”之“谐”。钱钟书《管锥编》中引蒋防《霍小玉传》“鞋者谐也，夫妇再合”语，谓“此唐人俗语，诗中屡见”。何焯评道：“风人体有此，微不类耳。”⑧碣石馆：战国时燕昭王曾筑碣石宫，以师事名士邹衍。黄金台已见上首“燕昭台”注。这里喻指卢弘止幕府的馆舍与官署。“朝上”、“夜归”即晨入昏归之意，指幕僚生活。

以上为第一段，叙两人家世及平生离合。

⑨苦寒调：乐府《相和歌·清调曲》有《苦寒行》。《乐府解题》谓晋乐

奏魏武帝《北上篇》（即《苦寒行》），备言冰雪谿谷之苦。这里借指自己的诗作多抒写身世悲凉之感和对现实环境的怨愤。阳春才：指不为世俗所理解与欣赏的杰出才能。宋玉《对楚王问》中说，有人在楚郢都唱《阳春白雪》（一种高级歌曲），跟着唱的人很少。二句文虽分举，意实互文。⑩少壮：作者这一年三十九岁，因在卢幕宾主相得，心情比较愉快，故说“少壮”。观下句“齿尚齐”语，也可看出是年岁已大而不自觉衰老的人说话的口吻。⑪政静：政事清静不烦扰。筹画：谋划。退食：本指官吏退朝后用餐，这里犹说下班。两句说，使府政事清静不烦，需要幕僚筹办的事情很少，因此公事之余常可相偕出游。⑫翳（yì）：用草木做成的伪装，用来隐蔽射者。⑬清河：指汴水、泗水，二水交流于徐州城外。河水从远处天际流下，故说“上与浮云齐”。⑭攲（qī）：同“敧”，倾侧。“攲冠”弹琴，画出不受封建礼教羁束的潇洒神态。《松风》哀：琴曲有《风入松》，传为晋嵇康所作。⑮《明君怨》：即《昭君怨》（晋时避司马昭讳改昭为明），琴曲名。传说王昭君在匈奴，作怨思之歌，后人名为《昭君怨》。何焯说：“沉沦使府，如明君之一去紫台也。”⑯感激：有所感受而情绪激动。坐，戊签作卧。⑰承上句，说天上的鸿雁似乎也因琴声的哀怨而低飞了。可与钱起《归雁》“二十五弦弹夜月，不胜清怨却飞来”同参，不过一为琴，一为瑟而已。⑱龙山：山名，旧称在云中郡（今内蒙古自治区托克托一带）。鲍照《学刘公幹体》：“胡风吹朔雪，千里度龙山。”这两句描绘音乐所蕴涵的艺术意境及主观感受，暗寓对边事的忧虑，谓琴声中似展现出胡天风沙卷裹着龙山朔雪的情景，令人感到忧虑。⑲仲容：晋阮咸字仲容，解音律，善弹琵琶，据说他曾制铜琵琶。⑳项直：琵琶有直项、曲项两种。西晋时的琵琶主要指直项琵琶（后称为“阮”，相传因阮咸善弹此乐器而得名）。南北朝时又有曲项琵琶传入，隋唐时盛极一时。诗人在这里以“直项”琵琶暗寓自己性格的耿直和不合时宜。㉑金捍拨：以金涂饰的弹琵琶时拨动弦索的工具。承露鸡：南郡产的一种鸡，又叫长鸣承露鸡。二句谓琵琶上贴放着金饰的捍拨，画着承露鸡的图样。

以上为第二段，叙两人在卢幕出游宴乐情景。

㉒枨（chéng）触：感触。卧枨触，谓怅卧而多所感触。㉓因循：有“怠慢”义。谐：同。两句谓我虽赏君之言，而怠慢未能与君同饮。㉔中

(zhòng) 圣人：中酒。古代酒徒把清酒叫圣人，浊酒叫贤人。㉕青楼：古代豪贵人家多住青漆涂饰的高楼。美人：比喻有抱负、有才能的知识分子。曹植《美女篇》："青楼临大路，高门结重关。容华耀朝日，谁不希令颜！媒氏何所营，玉帛不时安。……盛年处房室，中夜起长叹。"借美女无媒难嫁寄寓志士怀才不遇的感慨。本篇"青楼"以下八句寄意与之类似。㉖玫瑰：美玉。㉗顾慕：眷慕。良：实在。冯浩说："谓所思难合而年华易逝，极宜少愁而多饮也。"㉘真珠：像珍珠一样的清泪。肶（pí）：牛胃。疑应作眦（zì，眼窝），形近而误。真珠眦，犹今生理学名词所谓泪腺、泪囊。裛（yì）：沾湿。珊瑚腮：红腮。两句谓徒然使清泪沾湿了红腮。"君言"到这里结束，以下四句是诗人所说的话。又，李贺《将进酒》有"小槽酒滴珍珠红"之句，颇疑此处"真珠肶"亦指酒而言，两句盖谓徒然让珍珠般的红色酒滴沾湿了红腮。这是因苦闷而借酒浇愁。㉙乐府古辞《长歌行》："少壮不努力，老大徒伤悲。"冯浩说："四句义山答词，言老大犹将伤悲，可不及时努力耶？"犹，悟抄、朱本作徒。

以上为第三段，借彼此对答抒写不遇之感，以及时勉力作结。

［评析］

草阁主人李枢言与作者同居卢幕，身世境遇也相仿佛。诗中通过对彼此身世、交谊的叙述和宴游对答情景的描绘，抒发了有才能有抱负的文士落拓不遇的情怀。诗人对现实有不满与牢骚，也有忧虑和感愤，但并不消沉颓丧，而是在游宴酬酢的场景描绘中时时流露出对自然和生活的热爱，表现出俊迈爽朗的胸襟气概。结尾以及时勉力互勉，更显示出思想感情的归趋不是颓唐幻灭，而是积极奋发。冯浩说："义山在徐幕，心事稍乐，故有此种之作。音节古雅，情景潇洒，神味绵渺，离合承引，极细极自然，五古中上乘也。"何焯说："气味逼古，后幅纯乎汉魏乐府。"

板桥晓别[1]

回望高城落晓河[2]，长亭窗户压微波[3]。水仙欲上鲤鱼去[4]，一夜芙蓉红泪多[⑤]。

［注释］

①板桥：在唐汴州（今河南开封市）西，又名板桥店，为汴州西方门户。白居易《板桥路》诗："梁苑城西三十里，一渠春水柳千条。若为此路重经过，十五年前旧板桥。曾共玉颜桥上别，不知消息到今朝。"李商隐这首诗，即写板桥与情人言别的情景。大中四年（850）六月，他由汴州卢弘止幕奉使入京，与由汴幕赴苏州的诗人李郢欢宴言别。按：商隐汴幕奉使事，可参刘学锴《李商隐传论》上编第十二章第六节"汴幕奉使"。李郢有《送李商隐侍御奉使入关》、《板桥重送》二诗（均见童养年辑《全唐诗续补遗》卷十二）。按：李郢赴苏州，系循水路，商隐入关，系取陆路。此诗有"水仙欲上鲤鱼去"之句，似"晓别"者为李郢与其在汴州结识的情人。②高城：指汴州城。落晓河：天已破晓，银河西移垂地。明点题内"晓"字，兼寓期会已过，离别在即。"回望"中含有"多少蓬莱旧事，空回首、烟霭纷纷"的意绪。③长亭：当是板桥上或板桥边临水的亭阁。系昨夜别前聚会之处，也是晓来分别之处。"压"字形容长亭窗户紧贴水波的情景。这句板桥即景，写景颇似牛女鹊桥，夜合晓分。"微波"启三、四句。④《列仙传》：琴高，战国赵人，以鼓瑟为宋康王舍人。学修炼长生之术，游于冀州、涿郡间。后入涿水中取龙子，与弟子约定明日返。至时，高果乘赤鲤来，留月余，复入水去。吴均《登寿阳八公山》诗："是有琴高者，凌波去水仙。"这句化用琴高乘鲤的神话传说，以水仙指即将乘舟凌波而去的男主人公，以鲤鱼指舟船。⑤芙蓉：荷花，喻指女主人公。红泪：《拾遗记·魏》："文帝所爱美人，姓薛名灵芸……闻别父母，歔欷累日，泪下沾衣。至升车就路之时，以玉唾壶承泪，壶则红色。既发常山，及至京师，壶中泪凝如血。"红荷晓珠，盈盈如泪，故说"红泪"，以喻指女主人公泣血神伤之泪。

［评析］

喜欢从神话传说中汲取素材，构成诗歌的新奇浪漫情调和奇幻瑰丽色彩，是李商隐诗的一个特点。本篇所写的情人言别，本极平常，由于诗人将一系列神话传说（牛女鹊桥、琴高乘鲤、灵芸泣血）融入诗中，使现实与幻想打成一片，遂呈现出绚丽的色彩和童话式的意境。诗由“晓河”过渡到板桥下的“微波”，又由“微波”生出水仙乘鲤、芙蓉红泪的想象，从现实境界导入幻境，而幻境又都是现实境界的幻化，虽新奇瑰丽却自然真实。末句转写“一夜红泪”，不但将时间延伸到昨夜“蜡烛啼红怨天曙”的情景，而且从夜来的伤离进一步衬出了“晓别”的难堪，目睹芙蓉如面的情人泪光盈盈，行者“执手相看泪眼，竟无语凝噎”的黯然销魂之状如在目前。

献寄旧府开封公①

幕府三年远②，春秋一字褒③。书论秦逐客，赋续楚离骚④。地里南溟阔⑤，天文北极高⑥。酬恩抚身世，未觉胜鸿毛⑦。

[注释]

①旧府：旧日的幕主。开封公：指郑亚。郑氏在汉代居荥阳，开封晋置荥阳郡，遂为郡人。李商隐文章中称郑亚为荥阳公，诗则称开封公。本篇是大中四年（850）在徐州或汴州卢弘止幕时寄呈远贬循州（今广东惠州市东）的郑亚之作。②句意谓离开郑亚幕府已有三年之久（从大中二年至四年）。③孔子作《春秋》，言简意赅，常用一个字来表示褒扬或贬斥。杜预《春秋左传序》：“《春秋》虽以一字为褒贬，然皆数句以成言。”范宁《穀梁传序》：“一字之褒，宠逾华衮之赠。”这里化用范序之意，谓在幕时曾受到郑亚的褒奖知遇。作者《为某先辈献集贤相公启》：“蒙文宣一字之褒。”与此句含意略同。④论（lún）：比拟。秦逐客：指李斯的《谏逐客书》。楚离骚：指屈原的《离骚》。两句说郑亚的表状书信可比李斯的《谏逐客书》，诗赋可续屈原的《离骚》。郑亚能文，但这里说他书拟《逐客》，赋继《离骚》，实暗寓他对遭受冤贬的不满。郑亚在贬为循州刺史时，曾致书刑部侍郎马植、大理卿卢言等申述自己无罪受冤（均见《樊南文集补编》卷七，系商隐代拟），可能在循州贬所还写过这类性质的书信诗赋。⑤地里：犹言“道里”，指作者与郑亚所在的地

方相隔的距离。蒋本、姜本、戊签、朱本作“地理”，系后人因下句“天文”而误改。地里对天文，系借对。兹从毛本、影宋抄、席本、钱本。南溟：南海。循州近海，故云。句意谓郑亚远贬南海，彼此相距辽远，难通音问。⑥北极：北极星，喻朝廷。杜甫《登楼》：“北极朝廷终不改。”这句借北极高悬，天高难问，表达对朝廷的怨愤。何焯说：“五六逐臣读之定当雨泣。”⑦鸿毛：比喻轻微。二句意谓：自抚身世，人微望轻，想酬报郑亚的恩遇于万一也很难实现。

［评析］

这首诗对郑亚蒙冤远贬深表同情，对迫害郑亚的封建统治集团流露了强烈的怨愤。郑亚被贬不是孤立的政治事件，它是当权派借所谓吴湘冤案残酷迫害以李德裕为首的会昌有功将相的政治阴谋的一个组成部分。李商隐对郑亚冤贬的同情，和他大中元年入郑亚桂林幕一样，都表露了他的政治倾向。诗中对郑亚知遇之恩的感激，也就不能单纯视为僚属与幕主间的私谊，而是具有一定的政治色彩。

诗中织入了作者对黑暗政治现实的感受和个人身世之感，风格深沉凝重。

［备考］

《新唐书·李绅传》：“（吴）湘为江都尉，部人讼湘受赃狼籍，身娶民颜悦女。绅使观察判官魏铏鞫湘，罪明白，论报，杀之。时议者谓吴氏世与宰相有嫌，疑绅内顾望，织成其罪。谏官屡论列，诏遣御史崔元藻覆按。元藻言湘盗用程粮钱有状，娶部人女不实。……德裕恶元藻持两端，奏贬崖州司户参军。宣宗立，德裕去位，绅已卒。崔铉等久不得志，导汝纳（吴湘兄）使为湘讼。……崔元藻衔德裕斥己，即翻其辞。……是时德裕已失权，而宗闵故党令狐绹、崔铉、白敏中皆当路，因是逞憾，以利诱动元藻等，使三司结绅杖钺作藩，虐杀良平。……”又《旧唐书·吴汝纳传》：“元藻既恨德裕，阴为崔铉、白敏中、令狐绹所利诱，即言湘虽坐赃，罪不至死；又云颜悦实非百姓，此狱是郑亚首唱，元寿协李恪锻成，李回便奏。遂下三司详鞫。故德裕再贬，李回、郑亚等皆窜逐。吴汝纳、崔元藻为崔、白、令狐所奖，数年并至显官。”

蝉

本以高难饱，徒劳恨费声①。五更疏欲断，一树碧无情②。薄宦梗犹泛③，故园芜已平④。烦君最相警，我亦举家清⑤。

[注释]

①《吴越春秋》："秋蝉登高树，饮清露，随风㧑（挥）挠，长吟悲鸣。”古人认为蝉栖息高树，啜饮清露，故说“高难饱”。蝉声悲切，似乎在诉说自己“高难饱”的怨恨，但却得不到同情，故说“徒劳”“费声”。“徒劳恨费声”，即徒劳费声以寄恨。“高”字双关，既指栖高饮露，也隐寓其品格的高洁。初唐虞世南的《蝉》、骆宾王的《在狱咏蝉》与本篇立意有别，但都间接或直接地提到蝉的高洁。两句揭出“高”与“饱”、“费声”与“徒劳”的矛盾，写蝉即以喻人，隐寓自己因品格高洁而穷愁困苦，虽悲鸣传恨而无人同情的悲剧性命运。纪昀说：“起二句斗入有力，所谓意在笔先。”②这一联承“徒劳恨费声”，说彻夜悲鸣的蝉，到天快亮时，鸣声渐渐稀疏，像是就要断绝了，而它所栖息的高树却一片碧绿，悄然无言，像是对寒蝉的悲鸣全然无动于衷。上句传神地描绘出五更时蝉声悲凄无力、欲断仍嘶的神韵，透出自己濒于绝望而仍不甘沉默、有所希冀的心理状态；下句奇想入幻，将清晨时分静寂不动的一树浓阴想象为对凄断欲绝的寒蝉冷漠无情的反应，显示出所处环境的冷酷以及对这种环境绝望的怨愤。两句构成强烈对比，使下句的反跌更为沉痛有力。钟惺说：“‘碧无情’三字冷极幻极。”（《唐诗归》）沈德潜说：“（三四）取题之神。”③薄宦：官卑职微。梗泛：《战国策·齐策》载：齐孟尝君要到秦国去，苏秦（代）劝阻道：“今者臣来过于淄上，有土偶人与桃梗相与语。桃梗谓土偶人曰：‘子西岸之土也，挺子以为人，至岁八月，降雨下，淄水至，则汝残矣。’土偶曰：‘不然，吾西岸之土也，土则复西岸耳。今子东国之桃梗也，刻削子以为人，降雨下，淄水至，流子而去，则子漂漂者将何如

耳?' ”后因以“梗泛”喻漂泊流转的生涯。梗：树枝。这句由蝉的流转栖息于树枝，联想到自己的宦游羁泊生活，说自己至今仍然过着漂泊梗泛的生活，做着低微的小官。何焯说：“双抱。”④芜已平：杂草丛生，长得一片平齐，形容荒芜景象。陶潜《归去来辞》：“归去来兮，田园将芜胡不归！”卢思道《听鸣蝉篇》：“故乡已超忽，空庭正芜没。”这句化用其意，说故乡的田园已经荒芜，丛生的野草快要平齐没径了。按：这句疑亦物、我双抱，明为自写，隐亦写蝉。蝉的幼虫生长在树下的土洞中，至若虫、成虫阶段，才栖息于高树。“故园”或指幼虫所居。“芜已平”，正透出欲归而不得的意蕴。⑤君：指蝉。警：警醒，提醒。举家清：全家清贫，一室荡然。《戏题枢言草阁三十二韵》说自己“无业”，《上尚书范阳公启》说自己桂管归后，“无文通半顷之田，乏元亮数间之屋”，即“举家清”之意。两句意谓：劳烦你用悲鸣警醒我的归居故园之心，可是我跟你一样，也是举家清寒，有家难归啊！尾联君、我双收，“亦”字见意，“举家清”回抱首句“高难饱”。

［评析］

这首托物寓怀的诗抓住寒蝉栖高饮露、悲鸣欲绝这两个特点，突出描写其“高难饱”、“恨费声”的处境遭遇，为自己志行高洁而不免穷困潦倒、满腔悲愤而无人同情、羁宦漂泊而欲归不得的悲剧命运写照。诗人写蝉，不着重于外在形貌的描绘刻画和它与人的形似，而致力于揭示它的感情、感受与心理，在将蝉人化的同时达到人、物一体的有神无迹的境界，诗评家所说的“空际传神”、“意在笔先”，指的正是这种特点。在结构章法上，首联总起，颔联、腹联分承“恨费声”与“高难饱”，尾联双收，回抱首联。前四句写蝉即以自寓，五、六句写己兼抱寒蝉，七、八句“君”、“我”并提。隐显分合，严密而有变化。

据“薄宦”一联，诗当作于后期依人作幕期间。结合“五更”一联及“举家清”之语体味，以作于徐州卢弘止幕的可能性较大。

读任彦昇碑[1]

任昉当年有美名，可怜才调最纵横[2]。梁台初建应惆怅，不得萧公作骑兵[3]。

［注释］

①任彦昇：任昉，字彦昇。仕宋、齐、梁三代。擅长表、奏、书、启各体散文，“当世王公表奏，莫不请焉”，有“任笔沈（约）诗”之称。齐永元末为司徒右长史。萧衍建梁朝后，昉历官御史中丞、秘书监，出为新安太守，卒。②可怜：张相说：“此言才调纵横之可贵。”（《诗词曲语辞汇释》卷五）才调：才情。纵横：奔放，不受拘束。③梁台初建：犹言梁朝初建。宋洪迈《容斋随笔》：“晋、宋后以朝廷禁省为台，故称禁城为台城。”冯浩注云：“南朝每以一朝之兴为某台建。”惆怅：因失意而伤感、懊恼。萧公：指萧衍，南齐时官雍州刺史，镇守襄阳。后起兵入建康，自为大司马，专朝政。公元502年称帝，建国号梁。骑兵：官名，即骑兵参军，为节镇僚属。任昉与萧衍等人，早年并游于竟陵王萧子良西邸，号称“八友”。萧衍曾对任昉说：“我登三府，当以卿为记室。”昉亦戏衍说：“我登三事，当以卿为骑兵。”公元501年萧衍为大司马开府时，引昉为骠骑记室参军，以符其言。

［评析］

任昉和萧衍当初关系至为亲昵，后萧衍尊贵，而任昉不过为他从事文字之役。作者取此加以咏叹，可能直接受到具体人事触发，比如令狐绹大中年间地位骤然显赫，即难免要引起他的“惆怅”，但商隐一生沉沦，同辈的人到头来高踞在他之上的，又岂止令狐绹？因此，诗人的感慨虽可能有具体对象，而潜在的升沉之慨却要广泛得多。值得注意的是，这种感慨并不显得哀伤低沉。诗人把任昉的戏言坐实认真，设想他为未得开建梁朝的萧衍做骑兵而遗憾，便多少带有一点不平之气，反映了内在的倔强性格和“命压人头不奈何”的深沉苦闷。王夫之评李商隐诗“亦有英雄之泪”，在本篇中也隐然有所体现。

诗中包含着自伤、自怜、自嘲、自负等种种复杂情绪，而以幽默调侃的笔调出之。起二句赞任昉才名，对于后两句起了衬跌作用。后两句写任昉处境的尴尬可悲，却又借以衬托其内在的倔强，看似率尔成篇，实则颇耐寻味。

[备考]

姚培谦云：“文人倔强如此，岂帝王所能夺耶?”（《李义山诗集笺注》）

程梦星云：“此诗明为大中四年十月令狐绹入相而发。盖义山初为楚所知，令与诸子游，则绹与义山等耳。其时义山已有才名，绹自不可企及。岂知己则老为幕僚，绹转居然政府，才质之高下，有何定耶？故借任昉与梁武帝伤之。……绹颇不学，温飞卿常（尝）有‘中书堂里坐将军’之诮，此诗用‘骑兵’事，薄绹正同。若以为实咏任彦昇，则痴人说梦矣。”（《重订李义山诗集笺注》）

房中曲[①]

蔷薇泣幽素，翠带花钱小[②]。娇郎痴若云，抱日西帘晓[③]。枕是龙宫石，割得秋波色[④]。玉簟失柔肤，但见蒙罗碧[⑤]。忆得前年春，未语含悲辛[⑥]。归来已不见，锦瑟长于人[⑦]。今日涧底松，明日山头檗[⑧]。愁到天地翻，相看不相识[⑨]。

[注释]

①房中曲：乐府曲名。《旧唐书·音乐志》：“平调、清调、瑟调，皆周房中曲之遗声也。”大中五年（851）春，商隐妻王氏卒。本篇是他自汴幕归来，睹物思人，写下的一首悼亡诗。②泣幽素：本当是花带露水，但由于移情作用，感觉它似乎是在哭泣流泪。幽素，指给人幽冷感觉的淡色花朵。翠带：谓蔷薇枝条细长柔弱如翠叶缀成的绿色衣带。花钱：指圆而小的花瓣。二句借

蔷薇泣露、翠带圆花，兴起悼亡之意与下娇郎痴小的情状。③“娇郎”二句：日高帘卷，行云拥日，时娇儿仍抱枕晏眠，故有“娇郎痴若云，抱日西帘晓”的联想。“痴”字以幼子不知失母之哀，反衬己悼亡之痛。作者《杨本胜说于长安见小男阿衮》“失母凤雏痴”，以“痴”状失母的娇儿，可为一证。或说“痴若云”系形容自己悲伤失神之状，表示如浮云无所依托，亦通。唯作者其时年已四十，似不应以“娇郎”自称，且与上“花钱小”不相连属，故仍以前说为优。钟惺云：“娇郎句，妙在无谓。”④龙宫石：泛言宝石。秋波：以秋水的明净状眼波。李贺《唐儿歌》：“一双瞳人剪秋水。”割得秋波色：割字生新，似即仿上引李贺诗“剪”字用法。二句谓此龙宫宝石所做的枕头，光可照人，仿佛割得伊人秋波之色。睹枕而如见明眸，益增凄怆。⑤罗碧：犹言翠被。二句谓簟席之上不复见王氏玉体，但见翠被蒙盖而已。⑥“忆得”二句：夫妇平居言语，对方未必都很注意。前年春王氏“未语含悲辛”，除由于沦落艰虞而外，可能缘彼时已有疾恙，预感将不久于人世，然商隐未必即往不幸处想。今悼亡归来，复又忆及前时情景，不幸而验，遂愈觉有铭心刻骨的悲痛。⑦“归来”二句：谓自己汴幕归来之日，已不复见王氏，唯见其生前所爱弹奏的锦瑟而已。“锦瑟长于人”之“长”系“远别长于死”之“长”，犹“久”的意思。⑧涧底松：语本左思诗“郁郁涧底松”，以松生涧底喻低贱沉沦。檗（bò）：即黄檗。味苦。山头檗：由《古乐府》“黄檗向春生，苦心随日长”化出，因“随日长”，故说在“山头”，形容苦辛（苦心）至极。今日、明日皆就自己而言，上句谓沦贱受抑，下句谓苦辛日长。⑨“愁到”二句：地，一作池。冯浩说：“《古乐府》‘天地合，乃敢与君绝’，句意本此。天池，海也，于义亦通。然天地似暗承上‘涧底’、‘山头’。”钱良择说：“宜作地，天地俱翻，或有相见之日，又恐相见之时已不相识，设必无之想，作必无之虑，哀悼之情，于此为极。”按：二句钱氏已作疏解，可从。所抒感慨与《长恨歌》结尾“天长地久有时尽，此恨绵绵无绝期”相近。唯白氏直接抒慨，作为长篇的结尾，此篇则用设想中的“相看不相识”来表现。苏轼《江城子》“纵使相逢应不识，尘满面，鬓如霜”似受末句启发。

［评析］

本篇是作者汴幕归来，怀念王氏的悼亡诗。首四句写帘外泣露的蔷薇和帘内失母痴睡的娇儿，起悼亡之意。“泣幽素”三字为全篇定下凄凉冷艳的基调。次四句写枕簟，寄托物在人亡的哀思。“忆得”四句由忆昔而愈增当前心境的悲哀。末四句抒写身世之慨，并设想天地俱翻而“相看不相识”的情景。前半由室外而室内，从空间方面着笔；后半由眼前及于往昔和未来，从时间方面着笔。围绕悼亡，写出“归来已不见”的万般感慨与沉痛心情。

诗在修辞和句法上有仿佛六朝和李贺乐府诗的地方，略带古涩的韵致。但脉络清晰，比李贺诗显得融贯和平易。而用幽艳的语言写深切的悲痛，笔调纤冷，感情却沉挚深厚，则又显出作者的本色。

七月二十九日崇让宅宴作①

露如微霰下前池，风过回塘万竹悲②。浮世本来多聚散，红蕖何事亦离披③？悠扬归梦唯灯见，濩落生涯独酒知④。岂到白头长只尔？嵩阳松雪有心期⑤。

［注释］

①崇让：里名，在唐东都洛阳。崇让宅：指商隐岳父王茂元在洛阳崇让里的住宅。大中五年（851）秋，商隐赴梓幕前可能曾回洛阳。此篇大约是归洛料理有关事务后，又即将离去时作。宴，据诗意看，当指别宴。②霰：由空中落下的细小的冰粒。风：各本均作月。季抄一作风。何焯说：“二十九日安得有月耶？”纪昀说：“风字尤与悲字相生。”回塘：曲折回绕的池塘。万竹悲：《韦氏述征记》：崇让宅出大竹及桃。两句写崇让宅初秋夜景：前池露冷，回塘风寒，万竹皆发出悲秋的萧瑟之声。③浮世：旧时认为世事和人生虚浮无定，故称人世为浮世。红蕖：红色荷花。蕖，芙蕖的省称。离披：分散貌。此处形容红蕖散落凋零的形状。程梦星说：“取‘颜如蕣华’之义。”二句谓：人世虚浮不定，本多聚散离合，自然界的红蕖为何亦离披散落呢？话虽似惊红

蕖的散落，实则深悲于人世的离合。④悠扬：恍恍惚惚，了无住着。归梦唯灯见：洛阳崇让宅对于商隐来说，可以当故居看。此时王氏已卒，别宴既散，独对孤灯，觉今后他乡归梦，所能见到梦魂的只有这盏孤灯了（言外指王氏已不可再见自己的归梦）。又，由于情怀恶劣，精神恍惚，此次归来，当然也不免觉得如同归梦，旧诗词中常有把事实说成是梦的。濩（huò）落：同“瓠落”，义为空廓，引申为空廓无用，大而无当。唐人习用以形容无所成就，遇合不偶。两句极写丧偶和身世沦落之痛：前此归梦，爱妻或能见之，濩落生涯，夫妇亦抱同悲，然从今而后所见者唯有孤灯，所知者唯有苦酒了。⑤尔：如此，这样。嵩阳：登封县，唐神龙元年（705）改称嵩阳。此处泛指嵩山近境。作者《东还》诗：“归去嵩阳寻旧师。”《偶成转韵七十二句赠四同舍》诗：“旧山万仞青霞外……白道青松了然在。”嵩阳，即指所谓旧山。心期：犹心愿，夙愿。两句意谓：岂能一直到年老白头的时候，还这样长久地孤孑濩落呢？此心早已向往与嵩阳松雪为伴，终当遂此初愿，方是了结。

[评析]

本篇所表现的环境气氛，显系夜间景象，可能是诗人于别宴客散之后，感极而作。

行将出役的前夜，崇让宅凄清萧瑟的景象感发于外，诗人去乡之悲诱发于内，情绪自然不堪。但更深的痛苦却在于此次远赴他乡，依人作幕，是在长期生涯濩落、王氏新故之后。厄运重重，又失去相濡以沫的妻子，孑然一身而无所伴，濩落一生而无人知，作为一个封建时代的士大夫，是容易往消极方面发展的。诗中称人世为“浮世”，结尾表示要实现与“嵩阳松雪”的“心期”，显然是出世思想的抬头。诗人入蜀后“忽忽不乐”，甚至要“打钟扫地”，皈依佛门，从这里已经露出端绪了。

诗情深于言，妙于顿挫。告别崇让宅，悲感已深，却说“本来多聚散”，正含有“人间别久不成悲”那种况味。悠扬归梦、濩落生涯，对于身世如作者的人来说也许平常，但跌到“唯灯见”、“独酒知”便凄凉彻骨。结联似宕开一步，而悲慨更深。用低昂跌宕的笔法写悲凉情绪，最需要有真情实感。

王十二兄与畏之员外相访见招小饮，时余以悼亡日近不去，因寄①

谢傅门庭旧末行②，今朝歌管属檀郎③。更无人处帘垂地，欲拂尘时簟竟床④。嵇氏幼男犹可悯，左家娇女岂能忘⑤！秋霖腹疾俱难遣，万里西风夜正长⑥。

[注释]

①王十二：王茂元之子，李商隐的内兄。畏之：李商隐的连襟韩瞻的字。时任尚书省某部员外郎。大中五年（851）秋，王、韩往访商隐，邀其前往王家小饮。诗人因妻子王氏去世未久，心情悲痛，没有应邀。过后写了这首诗寄给王、韩二人。②谢傅：即谢安，死后追赠为太傅。这里借指妻父王茂元。谢安的侄女谢道蕴嫁王凝之，以为凝之不及谢氏一门的伯叔兄弟，曾说："一门叔父则有阿大、中郎，群从兄弟则有封、胡、遏、末，不意天壤之中乃有王郎。"（《世说新语·贤媛》）作者用这个典故表示自谦，说自己过去在王家门庭之中，曾忝居诸子婿行列之末。商隐所娶系茂元幼女，故云。③檀郎：晋潘岳小字檀奴，后人或称之为檀郎。唐人惯称婿为檀郎，这里借指韩瞻。这句说今天的歌吹宴饮之乐只能属于韩瞻了。言外见自己心绪不佳，无心参与宴饮，也感慨自己因王氏亡故，再也不能和韩瞻一样享受充满亲切温暖气氛的家庭宴饮了。"属"字惨然。④更：绝。簟：竹席。竟：铺满。潘岳《悼亡诗》："展转眄枕席，长簟竟床空。床空委清尘，室虚来悲风。"对句化用其意。两句说，室内空寂绝无人迹，唯见重帘垂地，恍惚中想去拂拭床上的灰尘，却只见长簟铺满空床。这两句在上四字与下三字之间有一小的停顿和转折，传神地表达出诗人恍惚若有所悟的精神状态和目击长簟竟床时神惊心折之感。⑤嵇氏幼男：指嵇康之子嵇绍。绍十岁丧母。这里借指自己的儿子衮师。左家娇女：左思《娇女诗》："左家有娇女，皎皎颇白皙。"这里借指自己的女儿，即《骄儿

诗》中的“阿姊”。两句是说王氏去世后，留下幼小的儿女，深为哀悯怜念。“犹可悯”、“岂能忘”，互文兼指，不主一方。或谓“左家娇女”指妻子王氏，不但与“娇女”之专指幼小女子不合，而且妻亡未久，即对妻党声言“岂能忘”，则貌似钟情而实寡情。“岂能忘”即无时不牵挂的意思。⑥秋霖：蒋本、姜本、戊签、钱本、席本、悟抄及冯注本均作“愁霖”。此从毛本、影宋抄。腹疾：语本《左传·昭公元年》：“雨淫腹疾。”原指因淫雨而引起的腹泻之疾，这里泛指内心隐痛。俱：读平声。两句说，连绵不绝的秋雨和内心的隐痛都难以遣散，更何况万里西风，茫茫长夜，情怀就更难堪了。诗人当是在秋天风雨之夜写这首诗，故有这两句。“西风”而曰“万里”，“夜”而说“正长”，都突出了环境的凄冷黑暗和内心痛苦的未有穷期。

[评析]

诗人和王氏结婚后的十四年中，政治上曾屡遭挫折和打击，而伉俪之情则愈趋深挚，表现为一种相濡以沫的关系。这首诗抒写对亡妻的深长悼念和自己的寂寞凄凉情怀，其中渗透浓重的身世之感，悼亡、自伤融为一体。而茫茫长夜、秋霖西风，又曲折表达出诗人对现实环境的感受。悼亡自伤之意，全借重帘不卷、游尘满床、苦雨凄风及幼男娇女等从侧面烘托渲染，平易朴素的叙写中自含无限低回伤感。钱良择说：“平平写去，凄断欲绝。”

西南行却寄相送者[①]

百里阴云覆雪泥，行人只在雪云西。明朝惊破还乡梦，定是陈仓碧野鸡[②]。

[注释]

①大中五年（851）深秋初冬间赴东川途中将至陈仓时回寄相送的友人而作。蜀地在长安西南，故称“西南行”。从长安出发时韩瞻曾送到咸阳（渭城），“相送者”或指韩瞻。②陈仓碧野鸡：《史记·封禅书》：“（秦）文公获

若石云，于陈仓北阪城祠之。其神……来也常以夜，光辉若流星，从东南来集于祠城，则若雄鸡，其声殷云，野鸡夜雊。以一牢祠，命曰陈宝。”《汉书·郊祀志》载汉宣帝即位时，遣大夫王褒持节往益州求金马碧鸡之神。作者因陈仓宝鸡神的传说联及碧鸡神，故用“碧野鸡”的字面。两句想象自己今夜宿于陈仓，当因思念亲友而做还乡之梦，明朝定被陈仓鸡声惊醒乡梦。纪昀说：“着眼在‘还乡梦’三字，却借陈仓碧鸡反点之，用笔最妙。”马茂元说：“末句糅合传说与真实，表现梦魂惺忪迷离，和对陈仓的新奇印象。”

[评析]

诗写行程、旅途风物与感受。一、二句为已历之境，于百里阴云笼罩雪野的画面中透出旅途的孤孑艰辛，逗下“还乡梦”。“行人只在雪云西”，则不但点出行程与双方之遥隔，且暗透对方对自己的思念。三、四句为未历之境，虚境实写。一方面借“还乡梦”点醒全篇主意，另一方面又借“碧鸡惊梦”的想象给羁旅乡愁涂上一层轻淡的新鲜喜悦感，全篇情调遂显得不太沉重与感伤。题为“西南行却寄相送者”，读来却又很像是“友人西南行遥有此寄”，行者所描绘或悬想的景物，不妨看做送者对行者的遥想。笔意殊妙。

冯浩系此诗于开成二年（837）驰赴兴元令狐楚幕时。但此行系奉楚急召，恐无此诗所表现的缓滞情态。且“还乡梦”亦更切长期远行，而与赴召作短期征行不甚合。赴蜀时至散关遇雪，与本篇所写情景也相合。

悼伤后赴东蜀辟至散关遇雪[①]

剑外从军远，无家与寄衣[②]。散关三尺雪，回梦旧鸳机[③]。

[注释]

①悼伤：犹悼亡，指丧妻。散关：又称大散关，在今陕西宝鸡市西南。大中五年（851）九月，商隐应柳仲郢辟，赴东川（治梓州，今四川三台县）

任节度书记。本篇是赴蜀途中怀念亡妻之作。何焯说："通首不离'悼伤后'三字。"②剑外：剑阁之外（剑阁在今四川剑阁县北，即大、小剑山间的一条栈道），此指梓州。从军：指赴节度使幕。与（yù）：给。《诗·秦风·无衣》写从军出征，每章都以"岂曰无衣"开头。屈复说："以从军起无衣，以无衣起三尺雪。"③鸳机：织锦机。古代女子以纺织纫补为事，这里梦鸳机犹言梦见仍在做活计的妻子。鸳机唤起人温馨的感受，着一"旧"字，化为无限悲凉。纪昀说："陈陶《陇西行》曰'可怜无定河边骨，犹是春闺梦里人'是此诗对面。"

［评析］

诗人悼亡之后，远赴剑外，却在旅途的雪夜中梦见了旧鸳机。语似平常，诗似单纯，含蕴却很丰富。处境的孤孑，远行的辛苦，身世的飘零，以及对亡妻的怀念均自然流露笔端。诗浑成而曲折有致，"'回梦旧鸳机'，犹作有家想也"（纪昀语），就是看去只淡淡收住，实则是极为曲折和富有韵味的表现。

利州江潭作①

神剑飞来不易销②，碧潭珍重驻兰桡③。自携明月移灯疾，欲就行云散锦遥④。河伯轩窗通贝阙，水宫帷箔卷冰绡⑤。他时燕脯无人寄，雨满空城蕙叶凋⑥。

［注释］

①自注：感孕金轮所。金轮，指武则天。武后长寿二年（693），加金轮圣神皇帝号。胡震亨《唐音戊签》引《九域志》说：武士彟为利州都督，生后曌（zhào）于其地。唐利州属山南西道，今四川省广元市。其地皇泽寺有武后真容殿。据《名胜记》：广元"县之南有黑龙潭，盖后母感溉龙而孕也"。胡震亨《唐音癸签》引《蜀志》则云："则天父士彟泊舟江潭，后母感龙交，娠后。"古代对统治阶级某些特异人物的出生，每有这类迷信传说。本篇大约

是大中五年（851）冬作者赴东川柳仲郢幕途中经利州江潭时有感于这一传说而作。戊签题内无“作”字。②古代有神剑化龙的传说，这里即以“神剑”借指江潭中的神龙。句意谓：天外飞来跃入江中的神剑是不易销蚀的，千载之后它仍然化为神龙，蛰居在江潭。或引鲍照《双剑诗》：“双剑将别离，先在匣中鸣。雌沉吴江里，雄飞入楚城。吴江深无底，楚阙有崇扃。一为天地别，岂直限幽明？神物终不隔，千祀傥还并。”认为这里用比兴手法，暗喻龙与后母的遇合，犹如雌雄双剑一样。可参考。③碧潭：指利州江潭。珍重：这里义近“郑重”。兰桡：对舟船的美称。这句写自己带着追怀的心情，郑重地泊舟江潭。④明月：明月珠的省称。行云：用高唐神女朝为行云、暮为行雨事。这里隐喻武后母。锦：指龙身上的锦鳞。两句想象神龙与后母交感情景，意谓神龙自携明月宝珠，光耀满室，迅疾地移去了室内的灯烛；想靠近美丽的“行云”，而远远地就散开了身上的锦鳞。胡震亨说：“言龙衔珠为灯，而散鳞锦以交合。”⑤河伯：古代神话传说中的黄河神，又叫冯（píng）夷。曾化为白龙，游于水上。贝阙：紫贝装饰的宫阙。《楚辞·九歌·河伯》：“鱼鳞兮龙堂，紫贝阙兮珠宫。”水宫：指龙宫。冰绡：即鲛绡。传说海底有鲛人，能织绡。《述异记》：“南海出鲛绡纱，泉室（指鲛人）潜织，一名龙纱，其价百余金。以为服，入水不濡。”冰，形容其洁白透明。两句想象神龙所居水下宫室的华美，意谓龙宫宝殿，轩槛瑶窗，接连着华美的宫阙；帷幕帘箔，翻卷着透明的冰绡。⑥他时：异日，这里实指今日（昔时的异日）。燕脯：干燕肉。《南部新书》说：“龙嗜烧燕肉。”《梁四公记》中说到罗子春兄弟曾送烧燕五百只入震泽中洞庭山洞穴，以献龙女，龙女大喜。两句现境，说今日至此碧潭之上，潭空龙杳，再也没有人为神龙寄燕脯，唯见雨满空城、蕙叶凋衰的景象而已。

［评析］

这是一首以带有神话色彩的传说为题材的诗篇。利州江潭，相传是感孕武后的地方。诗人旅途经过这里，不由得对唐代统治者中这位卓异奇特而又有缺点的人物孕育的传说产生浓厚兴趣，因而驰骋浪漫主义的想象，形象地描绘了龙人交合、感孕武后的情景。诗未必有所寓托。因为诗人的着眼点主要不在武后这个历史人物，而在这一传说的新奇神异色彩。旧日有的注家附会武后“盗帝位，诛唐宗室”、“嬖张六郎兄弟”等事，未免错会。尾联描绘雨满空城、蕙叶凋衰的荒凉景象，所抒写的仍是遗迹荡然的感慨。何焯说：“武后见骆宾王檄文，犹以为斯人沦落，宰相之过。义山为令狐绹所摈，白首使府，天子曾不知其姓名，有不与后同时之恨。”这种感情，作为一种潜在的创作动机，也许不能完全排斥。

武侯庙古柏[①]

蜀相阶前柏，龙蛇捧閟宫[②]。阴成外江畔，老向惠陵东[③]。大树思冯异[④]，甘棠忆召公[⑤]。叶凋湘燕雨[⑥]，枝拆海鹏风[⑦]。玉垒经纶远[⑧]，金刀历数终[⑨]。谁将《出师表》，一为问昭融[⑩]！

［注释］

①武侯：诸葛亮，谥忠武侯。成都有武侯庙（或称武侯祠），庙前两株大柏树，传为诸葛亮手植。大中五年（851）冬，作者在东川节度使幕为判官，曾差赴西川（治所在成都）推狱，诗当作于此时。②蜀相：指诸葛亮。捧：拱卫。閟（bì）宫：深闭静谧的祠庙。成都的武侯祠附在先主（刘备）庙中，这里即指君臣二人的合庙。两句谓武侯庙阶前的柏树，像盘绕屈曲的龙蛇一样拱卫着深闭的祠庙。③外江：指岷江。惠陵：蜀先主刘备的陵墓。两句说，古柏阴翳繁茂，长成于岷江之畔；劲拔苍老，正朝向东边的惠陵。两句暗寓诸葛亮泽庇蜀人，忠于刘备。④《后汉书·冯异传》：“每所止舍，诸将并坐论功，异常独屏树下，军中号曰‘大树将军’。”句意谓见古柏而追思诸葛亮功高不伐的品德。⑤《诗·召南》有《甘棠》篇云：“蔽芾甘棠，勿剪勿伐，召伯所茇。”（枝叶茂盛的棠梨树，不要剪它砍它，因为召伯曾经在树下休息。）召伯，即这首诗中所说的召公，亦即召穆公虎。周厉王时，民众暴动，召穆公虎曾藏匿太子靖于其家，后扶靖即位，即宣王。召伯曾巡行南国，宣扬文王之政，于甘棠树下休憩决狱。后人念其遗爱，因赋《甘棠》。这句说

面对古柏，就会缅怀诸葛亮的治绩和遗爱。上句指武功，此指文治。纪昀说："此二句乃一篇眼目，不但以用事工细赏之。"⑥《湘中记》说，零陵山上有石燕，遇风雨则飞舞如燕，雨止仍化为石。这句说古柏的树叶因遭风雨的摧残而凋落。⑦拆（chè）：同"坼"，裂开。毛本、影宋抄、钱本、席本、悟抄、朱本均作折。冯浩说："若作折，非劲柏矣。"兹从蒋本、姜本及戊签。海鹏风：《庄子·逍遥游》："鹏之徙于南冥也，水击三千里，抟扶摇（一种自下而上的暴风）而上者九万里。"这里指暴风。句意谓古柏的枝柯因暴风的摇撼而断裂。以上两句以古柏受到狂风暴雨的摧残暗寓英雄人物所遇时势环境的恶劣。何焯说："二句发'古'字偏壮丽。"⑧玉垒：山名，在成都西北，今四川阿坝藏族羌族自治州汶川县境。经纶：喻政治、军事方面的规划。这句赞美诸葛亮治蜀兴汉具有宏伟远大的规划。⑨金刀：指刘（劉）汉王朝（劉字系卯金刀三字合成）。历数：帝王相继的次第。古代迷信，以为帝位相承与天象运行的次序相应，故称帝位继承的次第为历数。历数终，犹言气运已终。⑩《出师表》：蜀后主刘禅建兴五年（227）诸葛亮在出师伐魏前上的表疏。昭融：指天。两句说，谁能拿着《出师表》，去问一问那悠悠苍天呢？言外对诸葛亮出师未捷、志业不成深表痛惜。何焯说："后四句意极完密，重武侯耳，方抱得转第三联。若用字面关合，反成俗笔。"

［评析］

诗因柏及人、借柏喻人，将古柏作为诸葛亮精神品格和悲剧命运的象征，深情缅怀其治蜀的功绩和经纶规划的远略，颂扬其忠于先主、功高不伐的品德，并为其遭逢末世、志业不成深致痛惜。对诸葛亮才德事功的赞颂更反衬出悲剧命运的可慨可伤。结尾四句，撇开古柏，直写武侯，直抒感慨，正透露出诗人用意所在。晚唐政治腐败，危机深重，统治集团中虽有才略之士，却因客观环境的阻碍限制而难以挽回颓势、拯救危局。咏怀古迹之中，可能融入作者对政治现实的这种感受。张采田认为这首诗是"因武侯而借慨赞皇（李德裕）"（详见"备考"引），根据李德裕的地位、才能，任西川节度使时的治绩以及后来的遭遇，与诗中所写的情况相对照，张说不为无见。“湘燕”、“海鹏”二语，如单纯咏武侯，无所取义，而以借慨李回、郑亚之摧折于湘中海上解之，则豁然贯通。“玉垒”句与李德裕纳维州之降一事，也若合符节.(玉垒山在维州附近)。

[备考]

张采田云：“因武侯而借慨赞皇也。‘大树’二句，一篇主意。赞皇始终武宗一朝，后遭贬黜，故曰‘阴成外江畔，老向惠陵东’也。‘叶凋’句指李回湖南，‘枝折’句指郑亚桂海。二人皆义山故主，又皆受卫公恩遇，同时远窜，故特言之。‘玉垒’句暗指卫公维州之事。‘金刀’句言其相业烟消，亦以见天之不祚武宗也。结则搔首彼苍之意。”(《玉豀生年谱会笺》)

《新唐书·李德裕传》：“蜀自南诏入寇，败杜元颖，而郭钊代之，病不能事，民失职无聊生。德裕至，则完残奋怯，皆有条次。……建筹边楼，按南道山川险要与蛮相入者图之左，西道与吐蕃接者图之右。其部落众寡，馈饷远迩，曲折咸具。乃召习边事者与之指画商订，凡虏之情伪尽知之。……率户二百取一人，使习战，贷勿事，缓则农，急则战，谓之‘雄边子弟’……筑杖义城，以制大度、青溪关之阻；作御侮城，以控荣经犄角势；作柔远城，以阨西山吐蕃；复邛崃关，徙嶲州治台登，以夺蛮险……蜀人多鬻女为人妾，德裕为著科约……及期则归之父母。毁属下浮屠私庐数千，以地予农。蜀先主祠旁有猱村，其民剔发若浮屠者，畜妻子自如，德裕下令禁止。蜀风大变。于是二边寖惧，南诏请还所俘掠四千人，吐蕃维州将悉怛谋以城降……德裕既得之，即发兵以守，且陈出师之利。”

杜工部蜀中离席[①]

人生何处不离群？世路干戈惜暂分[②]。雪岭未归天外使，松州犹驻殿前军[③]。座中醉客延醒客，江上晴云杂雨云[④]。美酒成都堪送老，当垆仍是卓文君[⑤]。

[注释]

①大中六年（852）春初，作者在成都推狱事毕准备返回梓州。在临行前饯别的宴席上，写了这首诗。因诗的风格模仿杜甫，故在诗题“蜀中离席”之上加“杜工部”三字（杜甫在成都严武幕时，曾加检校工部员外郎的官衔，故后世称“杜工部”）。作者诗集有《韩翃舍人即事》，亦即拟韩翃风格以“即事”为题之作，与本篇标题方式相同。纪昀说：“谢康乐《邺中集》、江文通《杂体诗》标题皆如此。”②二句意谓：人世间哪里没有离别的事呢？但在世路艰难、干戈未靖的年代，即使是暂时的别离，也令人感到依依不舍。何焯说：“起用反喝，使曲折顿挫，杜诗笔势也。‘暂’字反呼‘堪送’，杜诗脉络也。”纪昀说：“起二句大开大合，矫健绝伦。”③雪岭：即雪山。《元和郡县图志》：“雪山在（松州嘉诚）县东八十里，春夏常有积雪，故名。”这一带是唐和吐蕃的分界，也是党项聚居之地。唐太宗时内属，置松州都督府。其后成为唐王朝与吐蕃及南山党项争夺的地区。使：使臣。松州：唐州名，今四川阿坝藏族羌族自治州松潘县。殿前军：本指神策军（皇帝的禁卫军）。唐中叶以来，各地将领为了得到优厚的给养，往往奏请遥属神策军，称神策行营。这里所谓殿前军即指后者。这一联承“世路干戈”，说遥远的雪岭那边（指吐蕃辖境），朝廷的使臣尚稽留天外未归；松州一带，仍然驻守着朝廷的防边部队。二句写与吐蕃、党项接壤地区的军事形势。“未归”、“犹驻”，见这种局面已非一日。④两句正写“离席”。两句用当句对，醉、醒分别起下束上。⑤美酒成都：成都产美酒，《国史补》：“酒则有……剑南之烧春。”作者《碧瓦》诗：“酒是蜀城烧。”垆：酒店中垒土砌成用以安放酒缸的土台子，叫酒垆。卖酒的人坐在垆边，叫当垆。仍是：更有。卓文君：司马相如的妻子，才貌出众，相传她和相如在成都开酒店，亲自当垆卖酒。这里借指美女。两句承上“醉客”，仍写“离席”，意谓成都美酒本来就可送老，更何况又有卓文君这样的美女当垆卖酒呢？

[评析]

本篇拟杜，并不单纯肖其形貌，而是兼具杜诗神情。诗明写离席，实以抒写忧国伤时之情为主。首联以“离群”引出“世路干戈”，已将宾主关系摆明。故颈联即紧承“世路干戈”概写蜀中依然紧张的边防形势，境界阔大，感慨深沉，王安石深赏此联，以为老杜无以过。腹联正写“离席”。“醉客延醒客”，见席上觥筹之交错，亦透出“惜暂分”的情意；“晴云杂雨云”，见天气之变幻不定，于即景描写中略寓留客之意。尾联即承此谓成都既产美酒，又多当垆之美女，殊堪终老，以成都之美表现诗人对成都之留恋，进一步表现“惜暂分”。“座中”一联，为当句有对格，创自杜甫，而义山定其体，此亦学杜之一端。

韩冬郎即席为诗相送，一座尽惊。他日余方追吟“连宵侍坐徘徊久”之句，有老成之风，因成二绝寄酬，兼呈畏之员外①

十岁裁诗走马成②，冷灰残烛动离情③。桐花万里丹山路，雏凤清于老凤声④。

剑栈风樯各苦辛，别时冬雪到时春⑤。为凭何逊休联句⑥，瘦尽东阳姓沈人⑦。

［注释］

①韩冬郎：即韩偓，冬郎是他的小名。其父韩瞻（即题中的畏之员外）与李商隐同年进士，又系连襟，交谊颇深。大中五年（851），李商隐赴梓时，韩偓写诗相送。商隐在《留赠畏之》中曾称赞说：“郎君下笔惊鹦鹉。”大中五年冬暮，韩瞻由员外郎出为普州刺史，六年春到任，其子韩偓亦随父前往普州。此二诗系韩瞻到任后商隐自梓州寄酬韩偓在自己赴梓幕时“即席为诗相送”并“兼呈”韩瞻之作。时在大中六年春。详参刘学锴《李商隐杂考二题》。“连宵”句，是韩偓送别诗中的佚句。余，席本、影宋抄作“徐”。②裁

诗：作诗。走马成：形容诗思敏捷，像跑马一样迅速。③冷灰：指烛芯的灰烬。这句追忆冬郎当年即席为诗相送的情景，意谓夜深时面对残烛冷灰，触动离情别绪，写下了感情深挚的诗章。④桐：梧桐，传为凤凰所栖的树。丹山：即丹穴山，传说中产凤凰的地方。雏凤：晋陆云幼时，闵鸿奇其才，说："此儿若非龙驹，当是凤雏。"此借指韩偓。清：鸣声清亮，喻诗歌清丽、新颖。老凤：喻指韩瞻。两句说：在丹山的万里道上，桐花盛开，花间传出凤凰的和鸣声，而雏凤的鸣声比老凤更为清亮悦耳。意思是说冬郎比他父亲更富于才华，前程未可限量。⑤剑栈：指四川剑阁一带的山路。因险处筑有栈道，故称剑栈。风樯：指船。韩瞻自长安赴普州，兼有水陆行程，且须经剑阁栈道，故云"剑栈风樯各苦辛"。下句"别时冬雪到时春"，则指韩瞻别京启程的时间在冰雪之冬，到达普州已是春天。⑥凭：请。何逊：南朝诗人。联句：根据诗题，由数人轮流相继各赋若干诗句，连缀成篇。何逊集中有《范广州宅联句》："洛阳城东西，却作经年别。昔去雪如花，今来花似雪。"由于本篇上句"别时冬雪到时春"巧妙地关合了"昔去"、"今来"二句，故此处说"休联句"不显突然，暗含有虽情景或如当年何逊等与范云交游之时，却不敢效其联句赋诗之意。⑦自注：沈东阳约尝谓何逊曰："吾每读卿诗，一日三复，终未能到。"余虽无东阳之才，而有东阳之瘦矣。按：沈约曾为东阳太守，故作者称之为"东阳姓沈人"。沈约在《与徐勉书》中，又曾谈到自己的老瘦："百日数旬，革带常应移孔；以手握臂，率计月小半分。"此处把韩偓比作何逊，把自己比作沈约，并认为自己有东阳（沈约）之瘦，而无东阳之才，作诗更非韩偓对手。

［评析］

首章追述大中五年秋诗人赴梓时韩偓即席赋诗相送的情景，题内"一座尽惊"，诗中"十岁裁诗走马成"之句，与《留赠畏之》"郎君下笔惊鹦鹉"之语正合。"桐花"二句，从"凤雏"翻出，想象新奇，"寄酬"、"兼呈"双绾，笔意超妙。次章一、二句叙韩瞻赴普州之水陆行程及启程、到达的时令。三、四句仍收到称赏冬郎诗作结，同兼"寄酬"、"兼呈"二意。

这两首诗盛赞韩偓少年才俊，诗思敏捷，诗风清新老成，超越父辈。甚至将韩偓比作自幼即负盛名的南朝诗人何逊，而把自己比作自认为才思低于何逊的沈约，对之倾倒备至，大加称赏。这种虚心、热情的态度，在封建文人中尤为可贵。因诗系写给幼年诗人，显得亲切而幽默，但韵味却很高远。首章由“凤雏”的典故翻出“桐花”二句，想象奇特。次章由“别”、“到”的时令，翻出“休联句”，既富情味，又很自然，这些都显得笔意超妙，风调绝佳。

李商隐称赞韩偓的诗，特别标举“清”与“老成”，可能受了杜甫诗论的影响（杜甫曾说“清新庾开府”，“庾信文章老更成”）。他自己的诗，于清丽婉曲中时露沉郁，正是这种主张的实践。韩偓的诗风也深受李商隐影响。

井络

井络天彭一掌中，漫夸天设剑为峰[②]。阵图东聚烟江石[③]，边柝西悬雪岭松[④]。堪叹故君成杜宇，可能先主是真龙[⑤]？将来为报奸雄辈，莫向金牛访旧踪[⑥]！

［注释］

①井：井宿，又称东井或天井（现代天文学上属双子座）。络：网络、包括。井络：即井宿所照及的范围，亦即其在地面上对应的区域。中国古代天文学根据天空星宿的位置，划分地面上相应的区域，叫星宿分野。蜀地是井宿的分野。《三国志·蜀书·秦宓传》注引《河图括地象》：“岷山之精，上为东井络。”又左思《蜀都赋》：“岷山之精，上为井络。”故井络亦可指岷山。本篇系取篇首二字为题。②天彭：山名，在今四川都江堰市。《水经注》：“天彭山，两峰相对，其形如阙。谓之天彭门，亦曰天彭阙。”剑为峰：险峰如剑，此指大小剑山。《元和郡县图志》：“其山峭壁千丈，下瞰绝涧，飞阁以通行

旅。”剑门山长达七十余公里，主峰大剑山在剑阁县北。两句意谓：岷山、天彭只不过在指掌之中，更不要空自夸耀剑门天险。“一掌”形容其迫蹙，“漫夸”言其不足恃。四字透下对“奸雄”的警告。何焯说：“第一句便破尽全蜀，第二是门户。”③阵图：传说诸葛亮曾在鱼腹县（今重庆奉节县）江边平沙上聚石布成八阵图。《荆州图记》：永安宫南一里渚下平碛上，有孔明八阵图，聚细石为之。各高五丈，广十围，历然棋布，纵横相当，中间相去九尺，正中间南北巷悉方广五尺，凡六十四聚。或为人散乱及为夏水所没，冬时水退，依然如故。烟江石：蒋本、姜本、席本、钱本、影宋抄均作燕江口，悟抄、朱本作燕江石，戊签燕一作烟，口作石。兹从戊签及冯校。朱鹤龄疑“燕”字系“夔”字之误，亦可通，然无版本证据。句意谓在川东烟雾缭绕的江边，有诸葛亮当年聚石布成的八阵图。④柝（tuò）：打更报警的木梆。雪岭已见《杜工部蜀中离席》注。句意谓川西雪岭一带，地处蕃、汉交界，报警的木柝时时高悬。三、四二句分咏东、西川险要形势。⑤故君成杜宇：古代传说，杜宇本周末蜀国君主，号望帝，后失国身死，魂魄化为杜鹃。本句中“杜宇”即指杜鹃鸟。可能：岂能。先主：指蜀汉先主刘备。真龙：所谓真命天子，喻统一全国的皇帝。《三国志·吴书·周瑜传》：“瑜上疏曰：‘（刘备）必非久屈为人用者……恐蛟龙得云雨，终非池中物也。’”这里反其意而用之。两句意谓：可叹古代的望帝早已国亡身死，魂化杜鹃，而富于才略的蜀汉先主又岂能成为真龙，一统天下？⑥将来：持来、拿来。报：告。奸雄：这里指怀有割据野心的人。金牛：指金牛道。自今陕西勉（沔）县西南行，越七盘岭入今四川境，经朝天驿趋大剑关，古称金牛道，为由秦入蜀的重要通道。传说秦惠王想伐蜀，但不知入蜀的道路，乃刻石牛五头，置金于牛尾下，说这是能便金粪的天牛。蜀人信以为真，派五壮士去搬运石牛，开出通道。张仪得以循此道伐蜀。金牛（道）在这里指蜀中形胜之地。访旧踪：重寻割据者的旧迹。两句意谓：拿据蜀而亡的历史事实告诫那些怀有野心的奸雄之辈，不要循着金牛形胜之地去重访割据者的旧迹。

［评析］

诗作于东川幕。前四句极写蜀中险阻，而以“一掌”、“漫夸”微露天险不足恃的意蕴。自四海一家的眼光看来，蜀中固指掌之地而不必夸险阻。五、六句层递，主意在对句。先主尚且不能为真龙，则天险之不足恃、奸雄窃据之必败可知。故末联总收，以莫寻割据者覆亡旧辙对“奸雄”提出有力的警告。唐代自安史乱后，蜀地常发生割据叛乱。宪宗初年，刘辟据蜀反叛，被朝廷荡平。作者写这首诗，可能注意到这段历史。田兰芳评道：“足褫奸雄之魄，而冷其觊觎之心。”（冯浩《玉谿生诗集笺注》引）诗写得概括、雄放，在作者七律中另是一格。

西溪[①]

怅望西溪水，潺湲奈尔何[②]！不惊春物少，只觉夕阳多[③]。色染妖韶柳，光含窈窕萝[④]。人间从到海，天上莫为河[⑤]。凤女弹瑶瑟，龙孙撼玉珂[⑥]。京华他夜梦，好好寄云波[⑦]。

［注释］

①西溪：水名。《四川通志》：“西溪在潼川府（即梓州）西门外。”作者《谢河东公和诗启》：“某前因假日，出次西溪，既惜斜阳，聊裁短什，盖以徘徊胜境，顾慕佳辰，为芳草以怨王孙，借美人以喻君子。思将玳瑁，为逸少装书；愿把珊瑚，与徐陵架笔，斐然而作，曾无足观，不知谁何，仰达尊重，果烦属和，弥复兢惶。”对这首诗的写作情况，有较多的说明，并可见本篇曾得到柳仲郢（即启中所称河东公）的酬和。②二句谓望西溪流水潺湲而去，中心怅然。“奈尔何”即“逝者如斯，不舍昼夜”的感慨，亦即作者《谒山》诗中所云：“从来系日乏长绳，水去云回恨不胜。”次联即承此意。③二句点破上联蓄而未发的感慨，谓见此西溪夕照景色，不觉触动迟暮之悲。“不惊”、“只觉”，似旷达而实惆怅。④上句指溪水映柳，使柳绿显得更鲜艳；下句指柳萝倒影入水，为水增添光色。两句状眼前斜阳笼罩下的“春物”。⑤从：任，听凭。两句谓：溪水东流，既奈何不得，则只好任其到海而已，唯望切莫流至天上为银河，阻隔牛郎、织女的会合。两句承上启下，由感慨迟暮

转出伤离。纪昀说："十字是一意，一开一合。"⑥凤女、龙孙：分指子女。龙孙：犹言龙种，指作者之子衮师。作者《杨本胜说于长安见小男阿衮》诗："寄人龙种瘦。"《哭遂州萧侍郎》诗："我系本王孙。"瑶瑟：用玉作装饰的瑟。玉珂：马笼头，用贝一类物品作装饰，颜色如玉，振动的时候能发出声音。这两句想象儿女寄居在长安的生活情景：女儿弹瑟，衮师则做骑马一类游戏。⑦京华他夜梦：指日后思念在京子女之梦。寄云波：语出曹植《洛神赋》："托微波而通辞。"想象中借助流水可以把情意传寄给对方。这两句和上两句都申明所以要求西溪"天上莫为河"的原因。意谓：牛郎织女之会，此生已休，唯望他日思念京华儿女之梦，能够借云波得以传送。

［评析］

据《谢河东公和诗启》中"既惜斜阳，聊裁短什"，以及"为芳草以怨王孙，借美人以喻君子"等语，本篇确有寄托。然所用并非比体，而属触物兴怀一类。诗的前半因西溪流水潺湲，触动迟暮之悲。诗人所感受的斜晖笼罩下的"春物"，略近于"夕阳无限好，只是近黄昏"之慨，亦寓其中。后半由感怀迟暮转出伤离，借希望西溪"天上莫为河"，抒发悼亡之痛和对儿女的思念。诗人内心所感，均由西溪景物引发，言外含悲，隐而不露。虽为排律，然清空如话。屈复说："此诗想成于游览之顷，不暇獭祭，遂能爽利近情，全无堆集之病，在本集中最为难得，在排律中更难得也。"（《玉豀生诗意》）

二月二日①

二月二日江上行，东风日暖闻吹笙②。花须柳眼各无赖③，紫蝶黄蜂俱有情。万里忆归元亮井④，三年从事亚夫营⑤。新滩莫悟游人意，更作风檐夜雨声⑥。

［注释］

①蜀中风俗，二月二日为踏青节。据“三年”句，诗当作于大中七年（853）二月。②二句点明踏青节江上春游和最初的感觉印象。笙簧畏潮湿，天寒则声涩，东风日暖，笙也簧暖而声清。着一“闻”字，笙声之清亮可想。首句用五仄声字，次句“闻吹笙”三平声，作拗体而仍有轻爽流利之感。③花须：花的雄蕊细长如须，故云。柳眼：柳叶初生时细长如眼初展。无赖：本为放刁、狡狯的意思，这里含有可爱而恼人之意。杜甫《奉陪郑驸马韦曲》诗：“韦曲花无赖，家家恼杀人。”《送路六侍御入朝》诗：“剑南春色还无赖，触忤愁人到酒边。”或谓“无赖”即无意、无心，与“有情”相对，亦可通。诗人因心情抑郁，所以觉得美好的春色似有意逗人羁愁。何焯说：“前半逼出忆归，如此浓至，却使人不觉。”④元亮：东晋诗人陶潜的字。其《归园田居》中有“井灶有遗处，桑竹残朽株”之句。句意谓客居万里之外的异乡，经常想着归返乡里。⑤从事：指担任幕职，参《韩碑》注。亚夫营：汉文帝时，大将周亚夫屯兵细柳（在长安附近），军纪严明，后世称“柳营”、“亚夫营”。这里暗寓柳姓，借指柳仲郢幕。句意谓在柳幕羁留已经三年。两句于“万里”、“三年”的对映中传出欲归而不能的苦闷。⑥新滩莫悟：毛本作“新春莫讶”，与下句不合。兹从蒋本、姜本、影宋抄、钱本、席本。游人：作者自指。风檐夜雨声：夜里檐间风雨之声。夜雨，蒋本、姜本、悟抄、席本、影宋抄作雨夜。此从毛本、钱本。两句说，江上新滩不理解我这个游人的心情，更又发出夜里檐间风雨的凄其之声。诗人平时即因风檐夜雨之声而触动愁怀，故闻新滩流水之声有此联想。何焯说：“同一江上行也，耳目所接，万物皆春，不免引动归思。及忆归不得，则江上滩声顿有风雨凄凄之意。笔墨至此，字字化工。”冯浩说：“‘悟’字入微。我方借此遣恨，乃新滩莫悟，而更作风雨凄其之态以动我愁，真令人驱愁无地矣。”春江新滩的声音，在一般人的感觉中，原是欢畅悦耳的，由于诗人主观感情作用，反觉得它有风雨凄清之声了。“更作”二字，有不堪禁受之意。

［评析］

李商隐许多抒写身世之悲的诗篇，往往以深沉凝重的笔调、绮丽精工的语言，着意渲染迷蒙悲凄的气氛。这首诗却别具一格。它以乐境写哀思，以美好的春色反衬凄苦的处境，以轻快流走的笔调抒写抑郁不舒的情怀，以清空如话的语言表现深婉浓至的情思，收到了相反相成的艺术效果。一路写来，无明显顿挫曲折，却包蕴着感情变化发展的层次，显得自然浑成，不着痕迹。

初起

想象咸池日欲光①，五更钟后更回肠②。三年苦雾巴江水③，不为离人照屋梁④。

[注释]

①咸池：神话中地名。太阳升起时在咸池洗浴。《淮南子·天文训》："日出于旸谷，浴于咸池。"句意谓：在想象中，此刻在那遥远的咸池，太阳大概正要放射出灿烂的光华了。②回肠：愁思辗转。这句说，五更的钟声已经响过，却仍然不见日光，不由得令人更加愁肠百结。"更"字暗透在此之前已等待盼望多时，且已在希望与担心中深为焦虑。③苦雾：连续不断令人烦厌的雾。蜀地多雾，故云。巴江：泛指东川一带的江。④离人：诗人自指。宋玉《神女赋》："耀乎如白日初出照屋梁。"两句说，三年来一直是迷茫苦雾，笼罩着巴江烟水，灿烂的阳光从不为我这羁泊异乡的人一照屋梁。

[评析]

题为"初起"，盖晨起又对浓雾有感而作。妙在赋实中微寓比兴象征，既见诗人伤离思乡感情的深切，亦透出诗人意绪的苦闷无憀，心境的压抑窒息，而企盼雾开日出、复见光明的心情也溢于言表。弥漫不开的苦雾，正像是无法摆脱、冲破的一张阴暗的网罗，太阳的光辉是照不到这里的。

夜饮

卜夜容衰鬓[①]，开筵属异方[②]。烛分歌扇泪[③]，雨送酒船香[④]。江海三年客[⑤]，乾坤百战场[⑥]。谁能辞酩酊，淹卧剧清漳[⑦]？

［注释］

①卜夜：《左传·庄公二十二年》载：齐桓公使敬仲为工正，并到敬仲家去，敬仲设宴招待，桓公甚乐。至晚，“公曰：‘以火继之。’辞曰：‘臣卜其昼，未卜其夜，不敢。’”后因称昼夜相继宴乐为卜昼卜夜。衰鬓：鬓发斑白，作者自指。“容”字凄然。②属：值。异方：异乡。这里指东川节度使府所在的梓州。③歌扇：古代歌女歌舞时用的扇子。句意谓蜡烛的脂泪流溅到歌女所持的歌扇上。暗示夜饮宴乐时间之长，情景近似“歌尽桃花扇底风”（晏幾道《鹧鸪天》）。④酒船：酒器。庾信《北园新斋成应赵王教》诗云：“金船代酒卮。”《海录碎事》：“金船，酒器中大者呼为船。”句意谓微雨飘送着酒杯中酒的芳香。雨中酒香较平时更浓，故云。⑤江海：犹“江湖”，泛指与朝廷相对的外地异方。三年客：作者自大中五年（851）赴东川幕，到这时（大中七年）已三年。⑥乾坤百战场：犹《杜工部蜀中离席》之“世路干戈”，不必具体指哪次战争。作者至东川后，大中五年有蓬、果二州人民依据鸡山的起义和果州刺史王贽弘对起义的镇压；六年有湖南邓裴起义和团练副使冯少端的镇压。⑦酩酊：大醉。淹卧：久卧。剧：更甚于。清漳：即漳水。刘桢《赠五官中郎将四首》诗云：“余婴沉痼疾，窜身清漳滨。”末句用此。两句意谓：谁能推辞酩酊大醉，而淹卧不起，有甚于刘桢的卧病漳滨呢？作者在东川期间，身体多病，诗中常以刘桢卧病为比，如《病中闻河东公乐营置酒口占寄上》：“可怜漳浦卧，愁绪乱如麻。”《梓州罢吟寄同舍》：“漳滨多病竟无憀。”相互参证，可见此诗作于东川幕无疑。

［评析］

首联点明“夜饮”，衰鬓异方，已透出沉沦漂泊的萧索悲凉意绪。颔联正面描写宴席上听歌饮酒情景，歌扇酒香的绮丽热闹境界与衰鬓异方的悲凉处境适成鲜明对照，语丽而情悲，“泪”字隐透意绪。腹联是夜饮中对身世、时事的联想，意境阔大，感情沉郁，深得杜甫律诗神味。尾联以“谁能辞酩酊”反结，将诗人借酒遣愁、强颜为欢的情绪更深一层地表现出来。

写 意①

燕雁迢迢隔上林，高秋望断正长吟②。人间路有潼江险，天外山唯玉垒深③。日向花间留返照，云从城上结层阴④。三年已制思乡泪，更入新年恐不禁⑤。

［注释］

①写意：犹言抒情。②燕雁：燕地的鸿雁，犹言北雁。上林：即上林苑。汉武帝增广秦上林旧苑，周围二百多里，苑内放养禽兽，并建有离宫、观、馆数十处，故址在今陕西西安市西及周至、户县界。《汉书·苏武传》载：武帝时苏武出使匈奴被扣留。昭帝即位，汉与匈奴和亲，汉求武等，匈奴诡言武死。苏武的随行人员常惠教汉使者对单于说，天子（昭帝）射上林中，得雁，足有系帛书，言武等在某泽中。匈奴惧，放还苏武。唐人常用苏武比逐臣，这里暗用苏武事，寓思归京国而不得的心情。上林借指长安。望断：极望而不见。两句意谓：自己所在之地与帝京长安远隔，思归不得，望眼欲穿，而发为长吟。③潼江：即梓潼江，又名驰水或五妇水，自北向南，在射洪附近注入涪江。天外：此指蜀中（从长安角度言）。玉垒：参《武侯庙古柏》注⑧。二句实写蜀中山川的险阻，言外见对滞留异乡的厌倦，亦暗寓世路的险阻。④“日向”二句：意谓太阳匆匆而下，向花间留下一抹残照，云却凝滞不去，在城上结成重阴。陆昆曾说：“（上句）譬余光之无几也，（下句）喻愁抱之不开也。”冯浩说：“迟暮之感，羁愁之痛。”⑤制：制止，控制。两句说：思乡有泪，强为克制已三年之久，若继续羁留下去，恐再也无法禁受了。何焯说：

“一路逼出此二句。”

[评析]

本篇借客观景物抒怀，意在言外，情寓景中，故特题为“写意”。起结虽写思乡情绪，但全篇内容远不止此，诸如羁滞迟暮之痛，世路崎岖之慨，时世阴霾之悲，均见于言外。思乡只是上述感情的归结点。

诗取境阔大，声调浏亮，表现的却是诗人黯然神伤的精神状态，情味独绝。而正由于它的取境和声调关系，情绪虽抑郁却不委靡，具有带崇高感的悲剧美。

杨本胜说于长安见小男阿衮①

闻君来日下，见我最娇儿②。渐大啼应数，长贫学恐迟③。寄人龙种瘦，失母凤雏痴④。语罢休边角，青灯两鬓丝⑤。

[注释]

①杨本胜：名筹，字本胜。作者《樊南乙集序》：“大中七年十月，弘农杨本胜始来军中，恳索所有四六。”可见杨是商隐梓幕同僚，本篇当系大中七年（853）十月所作。阿衮：即衮师。参看作者《骄儿诗》。②日下：指京都。旧时以帝王比日，故以皇帝所在之地为日下。娇儿：爱子。③数（shuò）：屡次，频繁。冯浩说：“渐大则知思父远游，伤母早背，故‘啼应数’。”④龙种、凤雏：指衮师。作者与唐皇室同宗，所以对其子这样称谓。屈复说：“‘应’、‘恐’二字，想当然耳。五六定然之词。虽皆写情，亦有浅深之别。”⑤休边角：指边城的晚角已停。唐时军队在外，夜间要分几次鸣鼓吹角。参看唐杜佑《通典》卷一百四十九。

[评析]

本篇可与《骄儿诗》参读，同一衮师，已由昔日的欢乐嬉戏、备受怜爱，落到丧母失学、寄人篱下的境地，这反映了诗人大中年间景况的进一步恶化。

诗的中间两联不赘述谈话内容，仅点出诗人最为系念的几个方面，手法经济。末联在“语罢休边角”所造成的黯然无言、旷寂悲凉的气氛中，由冷冷的青灯照出诗人“两鬓丝”的面影，从时间、空间、听觉、视觉以及心理感受等几个方面，同时烘托表现当时的景象，暗示出深沉的思想感情，诗人的种种不幸无须深说，而凄凉之意自然溢于言外。

夜雨寄北[①]

君问归期未有期，巴山夜雨涨秋池[②]。何当共剪西窗烛，却话巴山夜雨时[③]？

[注释]

①本篇是作者在梓幕期间寄赠在长安的友人之作。姜本题作“夜雨寄内”。冯浩云：“《万首绝句》作‘夜雨寄内’。”按：文学古籍刊行社影印明嘉靖刊本《唐人万首绝句》作“夜雨寄北”，冯氏所见当是别本。又，冯浩、张采田均以此诗为寄内诗，系于大中二年（848）秋所谓巴蜀之游期间。然行踪包括东川一带的巴蜀之游实际上并不存在（岑仲勉《玉谿生年谱会笺平质》曾详加辨正），作者本年自桂返京途中实际上只到过夔州、巫峡一带（参《过楚宫》诗注），而本篇所写情景，又与暂时羁留夔峡不合。故仍从其他旧本题“夜雨寄北”，系于梓幕期间。②巴山：泛指东川一带的山，与“巴江”、“巴江水”、“巴雷”（均梓幕诗语）用法相同。又梓幕作《为崔从事福寄尚书彭城公启》云：“潼水千波，巴山万嶂。”以潼水与巴山对举并提，足证巴山即指东川一带的群山，而不是指今湖北省巴东县南的巴山，而“巴山”、“巴江”、“巴雷”又均为梓幕所作诗文的习用语。③何当：何时。盼望之词。却话：回过头来谈说。

[评析]

这是李商隐脍炙人口的抒情短章。首句包含着一问一答，中间有一个曼声吟哦的阶段，仿佛是深夜灯前，向远方的朋友遥吐归期无日的心曲，在黯然神伤中透出友情的深挚与亲切，为三、四句伏根。次句推开，写想象中室外夜雨涨满秋池的情景。巴山、夜、雨、秋、池这一系列包含着寂寥、凄清、绵长、萧瑟意味的物象，用一“涨”字绾结，构成极富包蕴的抒情氛围，客居异地的孤寂凄寒，对友人的深长思念以及郁积心底的种种愁思，似乎都随着单调的雨声暗暗涨满秋池。三、四句紧扣夜雨，从深重绵长的愁思中生出异想、转出新境，遥想他日重逢，今宵巴山夜雨的情景都将成为西窗之下剪烛夜谈的资料。在重逢的欢愉中回首凄清的往事，不但使重逢显得更为珍贵而富于诗意，而且那遥想中的重逢本身也多少给眼前凄冷的雨夜带来一丝温暖，给寂寞的心灵带来一点慰藉。“西窗剪烛”这个典型的细节，更加强了重逢时的亲切温暖气氛和今宵遥想时的悠然神往之情。诗语浅情深，曲折含蓄而不失清新流畅，回环往复中有发展变化，极富风调美。

即 日①

一岁林花即日休，江间亭下怅淹留②。重吟细把真无奈，已落犹开未放愁③。山色正来衔小苑，春阴只欲傍高楼④。金鞍忽散银壶滴，更醉谁家白玉钩⑤？

[注释]

①即日：犹言以当日的感受为诗，而“即日”二字又是从首句中拈出的，结合首句，更能体会此题的含意。②两句谓：一年的春花似当日即将消歇，自己在江边的小亭中为滞留于远方而怅恨。由景而情，首句“一岁”与

"即日"对比，极言春去之速，即李煜《乌夜啼》"林花谢了春红，太匆匆"之意，次句因春去花落而引起迟暮淹留之恨。何焯说："学（杜甫）'一片飞花减却春'。"③把：把玩，赏玩。未放愁：冯浩说："如曰'未尽愁'。"放愁犹言破愁，解愁。两句谓：自己反复吟咏、细细把玩，对于花无限依恋，而花却已落犹开，只顾完成一年的花事，令人无可奈何，愁怀难解。一说，"未放愁"的主语是花。花已落犹开，似乎是它的愁思还没有放完。④衔：指山色映入苑中，宛如被小苑所"衔"。春阴：指春日的云霭。这里指春日的暮霭。只欲，写春阴似有意志，只欲将高楼笼罩，正见人心理上对此感到不堪。傍高楼，言在楼边渐次增长、弥漫，愈积愈浓。两句谓：山色映入小苑，景象绝佳，但忽而春日的云阴暮霭已笼罩高楼，暝色沉沉了。⑤"金鞍"句：指时间消逝，席罢客散。金鞍：代指人。银壶：即漏壶，古代计时仪器。白玉钩：指月。梁简文帝诗："浮云如帐月如钩。"作者《代赠》二首："玉梯横绝月如钩。"两句谓：银壶漏尽，金鞍忽散，惆怅独归，百无聊赖，更能至谁家醉于月下呢？

[评析]

本篇写即日层递地影响心境的几种情事：先是睹春暮而觉一年花事行休，继之睹日暮而觉一日好景亦难驻，复加以银壶漏尽，客散独归，遂极其难以为怀。诗人的愁闷，表面上是由花残日暮而发，事实上是缘此触动了身世之悲。伤春而兼伤别，伤别只于次句以"怅淹留"三字点发。诗人意在表现无可奈何的情绪，不在详述自身的不幸。略去许多事不说，自然更便于从总体上烘托渲染情绪，以情致取胜，但对不熟悉作者身世的人来说，却不免要觉得情绪过于低沉。

笔笔唱叹，且又层层转进。虽声调悠扬，笔致流走，却又能有一种歌与哭俱的艺术效果。

柳

曾逐东风拂舞筵，乐游春苑断肠天[①]。如何肯到清秋日，已带斜阳又带蝉[②]。

[注释]

①断肠：犹云销魂（参看张相《诗词曲语辞汇释》卷二）。两句说：昔日乐游苑中，当令人销魂的芳春时节，柳曾随东风轻拂舞筵，占尽繁华。②肯：张相说："肯，犹会也。如何肯，犹云如何会。"（《诗词曲语辞汇释》卷二）两句说：柳昔日在春光中无限风流、历经繁华，奈何会到秋天，便于斜阳残照、寒蝉凄断中度此萧条凄凉的时日呢？

[评析]

这首诗借柳发先荣后悴的感慨。作者虽一生坎坷困顿，但前期中进士和两入秘书省，在当时一般文士心目中，仍可算春风得意。尤其是处在晚年的境地回看前期，更有似天壤之别。故本篇所抒发的当包括有作者的身世之感。唯诗中柳的形象有较大的概括性，"曾逐东风拂舞筵"的柳，如果说是白居易笔下的琵琶女、杜牧笔下的杜秋娘一类人物，也逼肖得很。因此诗并不排斥有慨人的成分。当然它和《琵琶行》、《杜秋娘诗》等作品又有很大区别，后二者是叙事诗，仅在叙事过程中慨人兼而慨及自己；《柳》诗则侧重抒情，借"柳"作自我写照，诗人的自我表现比较明显，其慨人仅居于从属地位。

诗一方面能曲尽柳的情态，一方面又很主观化，这种主观化不在于变化景物的情态以就我，而是凭虚字唱叹来实现，所以达到了"有神无迹"的境地。蘅斋说："只用三四虚字转折，冷呼热唤，悠然有弦外之音，不必更著一语也。"对此诗的感受是很贴切的。

忆 梅[①]

定定住天涯[②]，依依向物华[③]。寒梅最堪恨，长作去年花[④]。

［注释］

①这是梓幕后期之作。写在百花争艳的春天，梅花早已开过，故题为“忆梅”。②定定：犹牢牢地、死死地，形容长期留滞不动。天涯：这里指梓州。梓州离长安一千八百多里，称“天涯”，似乎更多的是心理的因素。屈复说：“‘定定’字俚语入诗却雅。”③依依：亲切依恋的情状。物华：美好的春天景物。“向”字点醒“物华”系眼前所见景物，为“忆梅”伏根。“依依向物华”即因“定定住天涯”的苦闷孤孑而生。④寒梅总是在年前先春而开，不与三春芳华，故说“长作去年花”。两句表面上是怨梅花之不在“物华”之列，实际上却是因为“忆梅”而触动身世之感，故感到它的“堪恨”。“恨”字所包含的意蕴主要是怅恨惋惜，而不是怨恨。“恨”即因“忆”而生，说“恨”也就包括了“忆”。

［评析］

这是诗人羁留天涯，面对三春芳华，转忆“去年”开放的寒梅，有感于身世遭遇而作。寒梅先春而开，春前而谢，不能和三春的百花同享春光，诗人自己也正是“早秀”而“不待作年芳”（《十一月中旬至扶风界见梅花》）的沉沦漂泊者，所以因“忆梅”而触发早秀先凋、开不逢春的身世之悲，内心充满怨怅惋惜。类似的意蕴，在诗人后期作品中常见，如《柳》（曾逐东风拂舞筵）之叹先荣后悴即是。解此诗关键，在注意题内“忆”字与诗中“恨”字及“去年花”的关系。四句层层转折，而自伤身世的正意始终藏而不露，极曲折含蓄。但通篇抒情，仍不离一开头即已点明的沉沦羁泊的处境这个根源。

天涯

春日在天涯，天涯日又斜[①]。莺啼如有泪，为湿最高花[②]。

[注释]

①首句说值此春日，自己沦落在天涯极远之地，次句说在天涯而又面对残阳晚照。于回环递进的咏叹中，不胜黯然神伤。②最高花：指花树绝顶上的花朵。二句说：莺啼如果亦有泪水，请为我沾湿花树的最高枝。作者怀着伤春之心观物，觉莺也宛若为伤春而悲啼，故想象其“有泪”。钱钟书说：“认真‘啼’字，双关出泪湿也。”

[评析]

诗首二句说春日良辰却置身天涯，置身天涯又逢日斜，几经转折，感慨已深。后二句欲以莺啼之泪染湿最高花，更是深情奇想。最高花通常早秀，最为芳美和引人注目，但如今它在天涯寂寞地自开自落，岂能不为之一哭？最高花亦花亦人，正有着才而早秀的诗人的影子。而洒泪湿花之所以要倩黄莺，又似暗示伤春之人泪水早已流干，有着“欠泪的，泪已尽”那样深一层的伤痛。表面上看，诗人所写的是伤春的老主题，但他有着彼时彼地的深切感受，使得伤春残日暮与伤自身老大沉沦，融成一体，而这种伤感中又带着时代黯淡没落的投影，表现出诗人对于个人乃至时代前景的失望，因而作单纯伤春看，便嫌过浅。

用意奇曲深至，词语极其美艳，但又浑然天成。作者入川后有不少小诗都达到了这一境界。

梓州罢吟寄同舍①

不拣花朝与雪朝，五年从事霍嫖姚②。君缘接座交珠履，我为分行近翠翘③。楚雨含情皆有托，漳滨多病竟无聊④。长吟远下燕台去，唯有衣香染未销⑤。

[注释]

①大中九年（855）十一月，柳仲郢罢东川节度使，内调为吏部侍郎。本篇是作者罢幕职时寄赠梓幕同僚之作。②不拣：不选，不论。花朝与雪朝：犹言春天与冬天，举春、冬以概一年四季。从事：此指为幕府僚属。霍嫖姚：参看《偶成转韵七十二句赠四同舍》注。此借指柳仲郢。因作者在梓幕曾判上军，故以霍去病指柳仲郢就恰切而不生硬。两句谓自己与同舍追随柳仲郢在梓幕任职已五年（从大中五年至九年，首尾五年）。③君：指同舍。接座：座席相连。珠履：战国时楚春申君黄歇有客三千余人，其上客均穿珠履（鞋）。此处指达官贵人。分行：指歌舞筵中的舞行。崔液《踏歌词》："歌响舞行分，艳色动流光。""接座"、"分行"皆顶次句"从事"而言。翠翘：妇女首饰，状如翡翠鸟尾羽，此指代官妓。二句互文，意谓由于幕府公务需要，彼此既得结交珠履上客，亦常亲近歌伎舞女。这两种人贵贱悬远，却都要予以交接，殊为不伦，然既从事幕职，便不得不周旋在这些人之间，作者正是要借此表现幕僚生活的况味。④楚雨：宋玉《高唐赋》述楚王梦遇巫山神女事，序中有"旦为朝云，暮为行雨。朝朝暮暮，阳台之下"等语。作者诗中常用"楚雨"、"梦雨"喻政治上的遇合。漳滨多病：建安时代诗人刘桢《赠五官中郎将四首》有句说："余婴沉痼疾，窜身清漳滨（指邺城，今河北临漳县）。"刘桢是曹操的幕僚，作者常借以自况，如《楚泽》："刘桢元抱病，虞寄数辞官。"《病中闻河东公乐营置酒口占寄上》："可怜漳浦卧，愁绪独如麻。"两句意谓：数年以来承幕主照拂，彼此皆欣然有托，无奈自己体弱多病，常无聊怅卧，未能奉陪诸君多所欢游。⑤燕台：燕昭台的省语，此指柳仲郢幕府。参看《偶成转韵七十二句赠四同舍》注。衣香：习凿齿《襄阳记》载：荀令君（彧）至人家，坐处三日香。两句意谓：自己即将远离梓幕，在吟诗作别时回顾五年间同僚生活，唯有旧日所染衣香犹未能消。

[评析]

本篇借罢幕寄赠同舍，对长达五年的梓幕生活作了回顾。诗中抒写与同舍、幕主的情谊，而更主要地则是深深致慨于自己栖身幕府，愁病潦倒、无所作为的处境。诗的第五句过去不少注家都认为是为无题诗作注脚，其实不然。本篇一、二句已与同舍合起。三、四句互文，兼及“君”、“我”双方。五句承上，“皆有托”合彼此皆承幕主照拂而言。六句转入自己。七句承六句。八句借“衣香未销”合自己与同舍作结。章法严密。因寄赠同舍而处处不离幕府生活与双方关系，不可能突然插入无题诗的问题。

一气直下，而又有抑扬顿挫的节奏。写五年幕府生活本免不了要叙事，而全以抒情出之。笔致婉转，有感叹不尽的艺术效果。

［备考］

作者《上河东公（柳仲郢）启》：“两日前于张评事处伏睹手笔，兼评事传指意，于乐籍中赐一人（指官妓张懿仙），以备纫补。某悼伤以来，光阴未几。梧桐半死，才有述哀；灵光独存，且兼多病。……至于南国妖姬，丛台妙妓，虽有涉于篇什，实不接于风流。……伏惟克从至愿，赐寝前言，使国人尽保展禽，酒肆不疑阮籍。则恩优之理，何以加焉。……”（《樊南文集详注》）按启中所说“虽有涉于篇什，实不接于风流”，是表明自己诗歌中虽有时写到歌伎舞女，但并非对她们有所恋。从这里可以看出，诗人在男女关系上态度是比较严肃的，诗中所谓“近翠翘”，不过是对栖身幕府、无所作为的一种委婉说法。

筹笔驿①

猿鸟犹疑畏简书②，风云长为护储胥③。徒令上将挥神笔④，终见降王走传车⑤。管乐有才真不忝⑥，关张无命欲何如⑦！他年锦里经祠庙，《梁父》吟成恨有余⑧。

［注释］

①筹笔驿：故址在今四川广元市（唐时属利州绵谷县）北。传诸葛亮出师伐魏，曾驻此筹划军事，因而得名。为川、陕间交通要站。本篇是大中九年（855）冬随柳仲郢还朝途经筹笔驿的咏怀古迹之作。②猿鸟：此从朱本。他本均作“鱼鸟”。简书：古代用竹简写字，称简书，这里特指军中文书命令。

《诗·小雅·出车》："畏此简书。"传曰："简书，戒命也。"句意谓筹笔驿一带，猿鸟不近，像是仍然畏惧诸葛亮当年森严的军令。③储胥：军队驻扎时设以防卫拒障的木栅藩篱。句意谓筹笔驿上，风云屯聚，像是长久地护卫着当年的藩篱壁垒。范温说："诵此两句，使人凛然复见孔明风烈。"④徒令：空教。上将：犹主将，指诸葛亮。《孙子·地形》："料敌制胜，计险阨远近，上将之道也。"王维《燕支行》："教战虽令赴汤火，终知上将先伐谋。"挥神笔：指筹划军事，挥笔出令，含有料敌如神之意。⑤降王：指蜀后主刘禅。传车(zhuàn jū)：驿站所备供长途旅行用的车。传，传舍，驿站。魏景元四年(263)，司马昭派邓艾、钟会伐蜀。邓艾兵至成都城北，后主出降，全家被迁至洛阳，"走传车"指此。这句承上说到头来不免见到降王刘禅乘传车驰遣洛阳的结局。"见"字泛说。何焯说："'猿鸟'二句一扬。……'徒令'二句一抑。破题来势极重，妙在次连接得矫健，不觉其板。"按："徒令"句抑中有扬，以扬衬抑，与下句对映，益见"上将挥神笔"之无法挽救蜀汉危亡。⑥管：管仲，春秋时著名政治家，佐齐桓公成霸业。乐：乐毅，战国时著名军事家，曾为燕昭王破齐。《三国志·蜀书·诸葛亮传》："亮躬耕陇亩，好为《梁父吟》。……每自比于管仲、乐毅，时人莫之许也。惟博陵崔州平、颍川徐庶元直与亮友善，谓为信然。"忝（tiǎn）：愧。句意谓诸葛亮真不愧为像管、乐那样具有杰出才能的政治家、军事家。真，他本或作终。真，纵使之意，与下句相应，义似较长。但与上句犯复。何焯说："此句又扬。"⑦关：关羽。张：张飞。两人都是蜀汉著名的大将。无命：夭亡。指关羽镇荆州，为孙权遣将偷袭，兵败被杀，以及张飞领兵伐吴时被部将所杀之事。欲何如：又能有什么办法呢？这句慨叹关、张早死，诸葛亮失去有力的协助，很难再有所作为。何焯说："此句又抑。""议论固高，尤当观其抑扬顿挫处，使人一唱三叹，转有余味。"⑧他年：犹往年。用"他"字指时间的有指过去及将来两种不同的用法。作者诗中，指过去的，如"清樽相伴省他年"（《野菊》）、"岭外他年忆，於东此日逢"（《九月於东逢雪》）；指将来的，如"他生未卜此生休"（《马嵬》）、"他日扁舟有故人"（《赠郑谠处士》）。本篇"他"字属前一义。锦里：在成都城南，武侯祠所在处。《梁父》：即《梁父吟》，古乐曲名，诸葛亮躬耕南阳时，好为（弹奏）《梁父吟》。今传古辞，内容咏齐相晏婴二桃杀三士，传为诸葛亮作，后世或以诸葛亮系借此抒写政治感慨。这里即以《梁父》转指自己所写的借咏史以寓慨的诗篇。大中五年冬，作者差赴成都，曾谒武侯庙，写下《武侯庙古柏》这首借咏怀古迹以寄慨的诗篇（参该诗评析），殆即此句所谓《梁父》。该诗中有“玉垒经纶远，金刀历数终。谁将《出师表》，一为问昭融”之句，与“恨有余”之语正合。两句意谓：回想当年曾到锦里的武侯祠凭吊，写成怀古伤今的诗篇，深感余恨无穷。一结转忆当年，而眼下沉思默想、感慨无限之情自寓言外。

[评析]

这首诗和《武侯庙古柏》内容相近，寓慨也大体相同。诗中说，诸葛亮虽然才比管、乐，料敌如神，但既逢刘禅这样昏庸的君主，又失关、张这样有力的辅翼，终于无法挽回蜀汉覆亡的命运。末句“恨”字点醒全篇，说明作者所要着意表现的正是诸葛亮的才智与命运的悲剧性矛盾。诗中对诸葛亮才略事功的赞颂成为其悲剧命运的有力反衬。在这一点上，它和杜甫《蜀相》的艺术构思一脉相承。但它的内容，实际上更近于杜甫《咏怀古迹》之五。唯杜诗在“运移汉祚终难复”的深沉感慨中仍强调诸葛亮“志决身歼军务劳”的主观精神品质，李作则深慨才人志士的无能为力，突出诸葛亮所遇的客观条件。时代不同，着眼点有别。

《蜀相》已兼用抒情、议论、叙事、写景，本篇也融四者为一体，而议论成分更见突出。但由于以抒情贯穿全篇，读来并不感到干枯抽象。首联即景描写，见崇敬追思之情。颔、腹二联将大开大合的议论和抑扬顿挫的唱叹融在一起，笔力雄健，感慨深沉，而蜀汉衰亡的史事即穿插其间。尾联追叙往年行踪，以“恨有余”作结，昔之恨，今之慨，均在不言之中。

重过圣女祠[1]

白石岩扉碧藓滋，上清沦谪得归迟[2]。一春梦雨常飘瓦，尽日灵风不满旗③。萼绿华来无定所，杜兰香去未移时④。玉郎会此通仙籍，忆向天阶问紫芝⑤。

[**注释**]

①圣女祠：旧注引《水经注·漾水》，武都（郡名，治所在今陕西宝鸡）秦冈山“悬崖之侧，列壁之上，有神象若图，指状妇人之容，其形上赤下白，世名之曰圣女神”，认为圣女祠即指此圣女神的祠庙，祠在陈仓（今宝鸡）、大散关之间，是秦、蜀或秦、梁间道路所经。近人或谓圣女祠实即女道士所居住的道观。两说不妨并存。因为在这首诗之前，作者已写过《圣女祠》五排、七律各一首，故本篇题为“重过圣女祠”。②扉（fēi）：门户。上清：道教所称的神仙灵宝道君所居的天外仙境（另有玉清、太清二仙境，合称三清）。上清蕊珠宫，大道玉宸君居之。商隐《赠华阳宋真人兼寄清都刘先生》有“沦谪千年别帝宸，至今犹谢蕊珠人”之句，可与这一联互参。两句意谓：圣女祠的白石门户旁边已经长满了碧绿的苔藓，看来这位从上清仙境谪降到下界的仙女已经迟迟未能回归天上了。首句画出圣女祠的幽寂，“碧藓滋”暗示幽居独处，久无人迹，也隐寓“归迟”之意。次句揭出一篇主意。③梦雨：迷蒙飘忽的细雨。王若虚《滹南诗话》引萧闲语云：“盖雨之至细若有若无者，谓之梦。”梦雨不单是对春天细雨形态神韵的描绘，且因暗用巫山神女的故事而融入爱情遇合方面的内容。灵风：神风。不满旗：不能将祠前的神幡扬起，形容神风的微弱。两句着意渲染圣女祠幽寂迷蒙的环境气氛。如梦似幻的细雨轻轻飘洒在屋瓦上，境界既带有朦胧的希望，又透出虚无缥缈的气息，令人想见圣女爱情上的期待、追求和遇合正像这飘忽迷蒙、若有若无的梦雨，而轻柔得吹不满神旗的灵风又暗透好风不来的遗憾。点眼处在“梦”、“不满”。④萼绿华：女仙名。道书《真诰》说，萼绿华自云南山人，年约二十，上下青衣，颜色绝整。以晋穆帝升平三年（359）夜降于羊权家。自此往来，一月之内，六过羊权家。杜兰香：女仙名。《墉城仙录》载：杜兰香本是渔父在湘江岸边收养的弃婴，长大后有青童自天而降，携其升天而去。兰香临上天前对渔父说：“我仙女也，有过谪人间，今去矣。”未移时：没有过多久。两句以萼绿华、杜兰香这两位女仙来去飘忽不定的行踪反衬圣女长期沦谪不归的处境，意谓萼绿华下降人间，并无固定的住所，杜兰香升天而去，只是不久前的事。何

焯说："'无定所'，则非沦谪；'未移时'，则异归迟。"甚是。或以为"萼绿华"、"杜兰香"均借指圣女，则"来无定所"、"去未移时"均不可解，与"沦谪得归迟"也矛盾。⑤玉郎：道教典籍中掌管学仙簿箓的仙官。《太平御览》引《金根经》曰："青宫之内，北殿上有仙格，格上有学仙簿箓，及玄名年月深浅……领仙玉郎之典也。"仙籍：即仙人的名册。通仙籍：指将名字载入仙籍，取得登仙界的资格（唐代以登第入仕为通籍，通仙籍类此）。忆：思。天阶：天宫的台阶。紫芝：道教所说的一种神芝，仙人所服。两句转思掌管仙官簿箓的玉郎（可能隐喻内征为掌官吏铨选的吏部侍郎柳仲郢）在此与圣女相会，助她入仙籍，得以临天阶而求取紫芝，"忆"字贯上下两句。不说当前，而当前沦谪归迟的境遇和盼望重登仙籍的情感自见。作者律体尾联，每宕开以忆昔或遥想将来作结。

[评析]

这首诗围绕"沦谪归迟"，抒写重过圣女祠所见所思所感，明赋圣女，实咏女冠，而诗人自己的"沦谪"之慨也就隐寓其中。颔联借圣女祠环境气氛的渲染，暗示"圣女"（实即女冠）的爱情遭逢，诗人自己政治上遇合如梦、无所凭依的感慨也隐约可见。施补华评道："作缥缈幽冥之语，而气息自沉，故非鬼派。"（《岘佣说诗》）正因为其中融有诗人的人生体验，所以在轻柔缥缈中露出沉郁的意味。末联盼望玉郎助之通仙籍向天阶采芝情景，托寓痕迹更为明显。

诗咏"圣女"沦谪遭遇，不从正面着笔，全用白石碧藓、梦雨灵风的环境气氛进行烘托，以萼绿华、杜兰香来去飘忽的行踪作反衬，以盼望天阶采芝寓重登朝籍之情。全诗意境缥缈朦胧，极富象外之致，"梦雨"一联尤为出色，历来被誉为"有不尽之意"的名句。

鄠杜马上念汉书[1]

世上苍龙种，人间武帝孙[2]。小来惟射猎，兴罢得乾坤[3]。

渭水天开苑，咸阳地献原④。英灵殊未已，丁傅渐华轩⑤。

［注释］

①鄠（hù）杜：在长安南郊。鄠：县名，今陕西户县。杜：秦及西汉初县名，西汉元康元年（前65）因宣帝筑陵于此，改名杜陵。地在今陕西西安市东南。《汉书》载：汉宣帝幼时，喜欢在鄠杜一带嬉戏。故作者游于鄠杜想到汉宣帝。②苍龙种：犹言皇帝子孙。《汉书》载：汉高祖薄姬，曾梦见苍龙据其身，后遂生刘恒（汉文帝）。武帝孙：指汉宣帝刘询，为汉武帝曾孙，戾太子孙。两句强调汉宣帝是高祖、武帝的嫡系子孙。③“小来”二句：宣帝幼时因戾太子犯罪，被收下狱，长期流落民间。高材好学，然亦喜游侠，斗鸡走马，上下诸陵，周遍三辅。汉昭帝无嗣，死后原已立昌邑王刘贺继位，后辅政大臣霍光因昌邑王淫乱，遂废之，迎立刘询为帝。兴罢得乾坤：游兴罢而得到了天下。有言其无意中得位的意思。④渭水天开苑：犹言天开苑于渭水之滨。渭水流经西汉都城长安之北。《汉书·宣帝纪》：宣帝神爵三年，起乐游苑。咸阳地献原：犹言地献原于咸阳。原，宽阔的高平之地。《汉书·宣帝纪》：宣帝元康元年，以杜东原上为初陵，更名杜县为杜陵。咸阳与长安隔水相望，古代常以咸阳代指长安，这里即指京畿地区。二句以起苑、建陵渲染宣帝在位时兴盛景象。“天开”、“地献”谓天地亦因其雄武而为之开苑献原。⑤英灵：指宣帝之灵。丁傅：指汉哀帝（刘欣）母舅丁家、哀帝父之母舅傅家。刘欣原袭其父位为定陶恭王。汉成帝无嗣，征刘欣，立为太子，即位后尊其母定陶丁姬为帝太后，尊其祖母定陶太后为皇太后。丁家二人封侯，一人官至大司马，傅家六人封侯，二人官至大司马，成为当时暴兴的外戚。华轩：华美的车子。轩，古代一种前顶较高而有帷幕的车子，供大夫以上乘坐。此以乘华轩指地位尊贵。两句说：宣帝殁世未久，英灵未泯，而丁、傅等外戚已经贵显烜赫起来了。（按：西汉末期外戚之患自此始，后王莽终于以外戚身份夺取了汉王朝的政权。）结尾转折致慨，一点即收。

［评析］

这首诗寥寥数笔，勾勒出了汉宣帝的一生：首二句说他是高祖、文、景之后，武帝曾孙，来历不凡。三、四句写其英灵豁达，出自民间，无须营求而践祚正位，得有天下。五、六句写其力致中兴，有似天地都对他特别眷顾。结尾慨其殁世未几而外戚势力膨胀，导致汉朝的衰落。作者咏汉宣帝，意中可能是追怀唐武宗。武宗爱好射猎，无意而得乾坤，在位时政治上曾有所建树，“王室几中兴”，都和汉宣帝有些相像。末联叹息“丁傅华轩”，则是借以影指继位的宣宗尊宠母氏，虐待郭后等一类做法（参“备考”），以见大中末政的腐朽，感慨唐王朝从此一蹶不振，难以收拾。

五律而具有古诗苍劲的笔势，大起大落，仅仅抓住几个主要方面，就概括了人物的一生和整个精神风貌，与作者另一些写得很纤细的律诗相比，别具一副面目。姚培谦说：“四十字中，具有排山倒海气势。”虽不免夸张，但作者在此篇中所表现的笔力，的确值得注意，在晚唐诗作中尤为少见。

［备考］

《通鉴》唐宣宗大中二年（848）六月：“……（宣宗母）郑太后本郭太后侍儿，有宿怨，故上即位，侍郭太后礼殊薄，郭太后意怏怏，一日登勤政楼，欲自陨；上闻之，大怒，是夕，崩，外人颇有异论。”

《通鉴》大中六年三月：“敕赐右卫大将军郑光鄠县及云阳庄并免税役。”

《通鉴》大中八年春：“上自即位以来，治弑宪宗之党……诛窜甚众。虑人情不安，丙申，诏：‘长庆之初，乱臣贼子，顷搜擿余党，流窜已尽，其余族从疏远者，一切不问。’”

《通鉴》大中十年三月：“郑光庄吏恣纵，积年租税不入，（京兆尹韦）澳执而械之。……上曰：‘郑光殢我不置，卿与痛杖，贷其死，可乎？’”

《通鉴》大中十年十一月：“吏部尚书李景让上言：‘穆宗乃陛下兄，敬宗、文宗、武宗乃兄之子，陛下拜兄尚可，拜侄可乎！……宜迁四主出太庙……’诏百官议其事，不决而止。”按：宣宗素以直承宪宗自居，李景让迁四主出太庙之议，实正中彼下怀。此诗首联特郑重表明“苍龙种”、“武帝孙”，可能也寓有微意。

正月崇让宅[①]

密锁重关掩绿苔，廊深阁迥此徘徊[②]。先知风起月含晕，尚自露寒花未开[③]。蝙拂帘旌终展转，鼠翻窗网小惊猜[④]。背灯独共余香语，不觉犹歌《起夜来》[⑤]。

［注释］

①崇让宅：作者岳父王茂元在洛阳的故宅。诗人自就婚王氏后，来往洛阳，多居崇让宅。诗题标正月，盖正月本应有热闹喜庆气象，而诗人此次重来，所感受的却全然是另一种景况，故特以此种标题见意。②廊深阁迥：深指廊向宅内远伸，迥指阁高迥临空。由于宅内静悄，又更觉廊深阁迥。上句写宅内重重房屋长期扃闭不用，下句写诗人于深廊迥阁间徘徊。陆昆曾说：“下句即潘黄门（岳）‘入室想所历’（见《悼亡诗》）之意。”③晕：出现在日月周围的光环。月晕为起风的先兆。两句写室外景象：天上之月朦胧含晕，出现风象；庭中之花，怯于夜露风寒，犹自未开。花未开，切正月。屈复说：“风露花月，不堪愁对。”④帘旌：以帛制成的帘子，因形状似旌（旗），故称。展转：心情不定，睡不安席的样子。窗网：张挂于檐窗，以防鸟雀等入室的网。两句写室内景况，因鼠与蝙蝠活动而造成疑虑惊猜，辗转不寐。冯浩说：“心有惊猜，动成疑似。”⑤背灯：掩暗灯（就寝）。独共余香语：写独处旧日卧室内，惊猜辗转，似觉亡妻一缕余香犹在，而情不自禁地共余香朦胧私语。《起夜来》：乐府旧题。《乐府解题》：“《起夜来》，其辞意犹念畴昔思君之来也。”诗人猜疑不定，耳畔恍若犹闻王氏《起夜来》的歌声。

［评析］

诗中所写的崇让宅几乎像是多年无人居住的废宅，当为东川归后所作。

崇让宅有过繁华的、令作者感到无限温馨的过去，如今落得如此凄凉寂寞，作者既是见证人，也是当事人。因此，触景生情，心境悲凉，不仅深深地伤悼王氏，而且怀有更大范围的亲故零落之痛。

诗的前半直接写室外荒凉景象，境地悄然。后半写夜间在室内由蝙、鼠引起惊猜，恍恍惚惚。这种疑似伊人犹在的情景，更显得崇让宅空虚寂悄，也更能见出诗人当夜痛苦不安、迷惘不定的情怀。

齐宫词

永寿兵来夜不扃①，金莲无复印中庭②。梁台歌管三更罢，犹自风摇九子铃③。

［注释］

①永寿：南齐宫殿名。扃（jiōng）：闭锁。据《南史》、《南齐书》记载，齐东昏侯萧宝卷起芳乐、芳德、仙华、含德等殿，又另为宠妃潘妃起神仙、永寿、玉寿三殿，四周用黄金璧玉作饰。永元三年（501），雍州刺史萧衍（即后来的梁武帝）率兵攻入京城建康（今南京市），齐叛臣王珍国、张稷等作为内应，夜开云龙门，引兵入宫。当晚东昏侯正在含德殿笙歌作乐，卧未熟，兵至被斩。这句即写齐东昏侯在宫中寻欢作乐，宫门不闭，叛兵突然到来的情景。写东昏侯荒淫，从兵来国破之夜着笔，并集中笔墨写"夜不扃"这一细节，以突出东昏侯的醉生梦死。笙歌作乐之地由含德殿改为永寿殿，是为了使人物、场景更加集中，且与下句叙潘妃事相应。②金莲：齐东昏侯凿金为莲花，贴放地上，让潘妃在上面行走，说："此步步生莲花也。"句意谓东昏侯因荒淫而国破身亡，昔日齐宫的殿廷再也见不到潘妃步步生莲的舞姿了。"无复"二字，似慨似讽，耐人寻味。齐亡及东昏侯被斩等情事，均借"金莲无复印中庭"一语带过，笔意轻灵跳脱。③梁台：即梁宫（也就是原先的齐宫，不过宫殿易主而已）。晋、宋以后，称朝廷禁省为台，称禁城为台城。九子铃：一种用金、玉等材料制成的挂在宫殿、寺塔四角的檐铃。据史载，齐东昏侯曾派人摘取华严寺的玉九子铃来装饰潘妃的宫殿。两句意谓：夜半更深，

梁宫中歌吹之声停歇后，在寂静中仍然能听到往日潘妃殿前的九子铃在风中摇动的声响。

［评析］

题为“齐宫词”，实兼咏齐、梁两代。诗人用笔的重点，不在齐之亡而在梁台新主的淫乐相继，无视历史教训。九子铃既是齐东昏侯荒淫昏聩的标志，又是他荒淫亡国的见证；既是梁台新主淫乐相继的标志，又是其重蹈亡国覆辙的预兆。一微物而贯串两代亡国败君的丑剧和悲剧，立意构思之精妙，表现之含蓄蕴藉，都臻于极致。全篇不着一字议论，完全通过前后的映照对比，以微物寓慨。九子铃所奏出的齐代亡国余音，正像电影上的叠印一样，融入梁台歌管之中，成为新朝覆亡命运的一种象征。

本篇与下面所选《南朝》、《咏史》、《隋宫》、《吴宫》诸诗，从张采田《会笺》系于大中十一年（857）任盐铁推官游江东时。

南朝

地险悠悠天险长①，金陵王气应瑶光②。休夸此地分天下，只得徐妃半面妆③。

［注释］

①地险：指金陵（即南朝都城建康）虎踞龙盘的险要地理形势。悠悠：与“长”义近，前者状时间之久远，后者状空间之长远。天险：指长江。②金陵王气：《太平御览》卷十七引《金陵图》云：“昔楚威王见此有王气，因埋金以镇之，故曰金陵。秦并天下，望气者言江东有天子气，凿地断连冈，因改金陵为秣陵。”应，读去声。瑶光：北斗七星的第七颗星。吴地属斗宿分野，故说“应瑶光”。以上两句写南朝统治者自恃有山川之险，又上应天象。③分天下：分有天下之半。徐妃半面妆：史载梁元帝的妃子徐昭佩姿容不美，

受到元帝的冷遇。元帝要两三年才至徐妃处一次。徐妃因元帝有一只眼是瞎的，得知元帝将至，故意只妆饰半边脸，元帝看到，大怒而去。两句借徐妃仅以半面妆接待梁元帝，讽刺南朝皇帝拥有半壁江山的可悲。

[评析]

这首诗末句用梁元帝事，但元帝建都江陵，而非建康，且题称“南朝”，故所讽实非一人，系举梁事以概南朝。“徐妃半面妆”，原仅反映帝妃的不和，缺乏社会意义，但作者别出心裁，将其与“分天下”联系，以“半面妆”轻轻抹倒南朝皇帝及其所夸耀的形胜和王气，不仅使事灵变，妙语解颐，而且于讽刺中寓深刻思想。

晚唐君主，在藩镇割据、疆土日蹙情势下，多但求苟安，不图进取，作者这首诗或许是有感于此而发。张采田系本篇于大中十一年（857）作者游江东时，虽无确据，但诗明言“此地”，似是亲至江东之作。

南朝

玄武湖中玉漏催，鸡鸣埭口绣襦回[①]。谁言琼树朝朝见，不及金莲步步来[②]？敌国军营漂木柹[③]，前朝神庙锁烟煤[④]。满宫学士皆莲色，江令当年只费才[⑤]。

[注释]

①玄武湖：在今南京市玄武门外，南朝时湖面很广，亦即《咏史》中说的“北湖”。玉漏：古代计时器。“催”字煞有介事，讽其在游幸方面时间抓得紧。鸡鸣埭（dài）：南朝齐武帝常游琅邪城，带领宫女，很早出发，到湖北埭时鸡始鸣，故称鸡鸣埭。埭，水闸，土坝。绣襦：锦绣短袄，这里指代宫女。回：犹重来，又来。两句说：天未破晓，犹能听到静夜中一声声玉漏的滴响，而玄武湖中、鸡鸣埭口，绣襦宫人又已纷至沓来。这一联上句涉及宋

（因玄武湖于宋文帝时方建成，并改今名），下句用齐事，但实际上是泛咏南朝君主游幸频繁，不拘某一代。②琼树朝朝见：陈后主荒淫，创制艳词丽曲，歌咏张贵妃、孔贵嫔的容色，其《玉树后庭花》说："璧月夜夜满，琼树朝朝新。"金莲步步来：指齐东昏侯（废帝）宠潘妃事，参看《齐宫词》注。两句谓陈后主荒淫比齐废帝有过之而无不及。而其中又寓荒淫相继，后代更甚于前朝的意思。"谁言"、"不及"用反诘的语调加以嘲笑。何焯说："吐属绞而婉，叙致亦错综善变。"陆昆曾说："用反语转出陈来，句法最为跌宕。"③"敌国"句：指隋造战舰准备伐陈事。据《南史·陈后主本纪》，隋文帝命人大造战船，准备伐陈，有人建议密其事，以免被陈知道消息。文帝说："吾将显行天诛，何密之有？使投柹于江，若彼能改，吾又何求！"敌国，指隋。柹（fèi）：削下的木片。④"前朝"句：《通鉴·陈纪·祯明元年》："吴兴章华……上书极谏，略曰：昔高祖南平百越，北诛逆虏；世祖东定吴、会，西破王琳；高宗克复淮南，辟地千里。三祖之功勤亦至矣。陛下即位于今五年，不思先帝之艰难，不知天命之可畏，溺于嬖宠，惑于酒色，祠七庙而不出，拜三妃而临轩。……今疆埸日蹙，隋军压境，陛下如不改弦易张，臣见麋鹿复游于姑苏矣！"前朝神庙：指陈朝三祖的宗庙。烟煤：屋顶上的烟尘。太庙为烟尘所封，说明陈后主平时荒淫享乐，连祖宗都忘记了，在隋兵压境的情况下，仍然沉湎女色，不祭太庙，也暗示陈朝祖宗之统已绝，必将覆亡。⑤"满宫"二句：史载，陈后主宠张贵妃及龚、孔二贵嫔等，以宫人有文学才能者袁大舍等为女学士，每引宾客对贵妃等。游宴时则令诸宠妃、女学士与号称"狎客"的文臣共赋新诗，互相赠答。江令，指江总，陈时为尚书令。他不理政务，日与后主游宴后庭，与陈瑄、孔范、王瑗等十余人，当时号为狎客。莲色：以莲花形容美色。莲，诸本皆作"颜"，此从毛氏汲古阁本。两句说：后主嫔妃、学士都姿容艳丽，使得当年江总为歌咏她们的姿容而费尽了才华。尚书令是朝廷的宰臣，被当做狎客使用，可见后主荒淫，废弃政事。而身为尚书令的江总，才华仅用于歌咏妇人容色，又何等可悲。君臣都在串演亡国悲剧，既毁灭国家，也毁灭自己。姚培谦说："学士满宫，而狎客作相，所贵于才华者，乃只为覆亡之具也乎？"也看到了末尾不光是讽刺，还有感慨。而正由于有感慨，使讽刺的意义更深刻。

［评析］

本篇讽南朝君主荒淫失政。主旨与《咏史》（北湖南埭水漫漫）、《齐宫词》相近。一、二句点地纪游，不仅兼该宋、齐，实亦包举梁、陈，所谓“玄武开新苑，龙舟宴幸频”（《陈后宫》），不言而自可包括在其中。三、四句说陈后主荒淫更甚于齐废帝，深一层意思则是讽南朝君主荒淫相继，变本加厉。后四句专咏陈事，以见南朝恶性发展至末期的情况，及其必然灭亡的趋势。作者以南朝作为一个整体，着重咏陈事而兼顾前此各朝，在构思和取材上都颇见匠心。

行文参错交互，跌宕变化。后半叙陈事“案而不断，荒淫败亡一一毕露”（冯浩评语），也显得深警。

咏 史

北湖南埭水漫漫①，一片降旗百尺竿②。三百年间同晓梦，钟山何处有龙盘③？

［注释］

①北湖：即玄武湖，东晋元帝时修建北湖，宋文帝元嘉年间改名玄武湖。南埭：指鸡鸣埭。参看《南朝》（玄武湖中玉漏催）注。句中“北湖南埭”统指玄武湖。玄武湖为南朝练习水军之所，又是帝王游宴之地，说“水漫漫”，则战舰、龙舟皆不复存在，昔日的繁华都成了历史陈迹。②“一片”句：语本刘禹锡《西塞山怀古》：“一片降幡出石头。”这里所写的情景既包括南方小朝廷被中原的王朝攻灭（晋灭吴，隋灭陈），也包括江左各朝间的更迭嬗递，一代代都是亡旗高举，一片没落气象。③三百年：当指东吴、东晋、宋、齐、梁、陈六朝享国年代的约数，或谓指东晋至陈亡（共二百七十三年），亦通。“三百年”是举成数。晓梦：喻南朝各代统治时间之短促。钟山，即紫金山。传说诸葛亮看到金陵形胜，曾说：“钟山龙盘，石城虎踞，帝王之宅也。”两句意谓：三百年间，一连换了好几个短命王朝，钟山哪里有什么龙

盘的气象呢？

［评析］

这首诗从眼前景象着笔，中间寓无限兴亡之感。“水漫漫”三字，一笔扫去六代繁华，次句过渡至想象中的历史画面。“一片降旗百尺竿”，统指六代兴废。亡旗高举，正是六朝委靡没落的象征。有前两句作为铺垫，“三百年间同晓梦”便字字有根，末尾的反问也显得有力。全篇主旨可以用刘禹锡的诗句“兴废由人事，山川空地形”（《金陵怀古》）加以概括。

诗层层作势，逼出末句，但由于气脉辽阔，并不显得艺术上刻意用力。结尾道破而不说尽，雄直中含有顿挫之致。

隋宫①

乘兴南游不戒严②，九重谁省谏书函③？春风举国裁宫锦，半作障泥半作帆④。

［注释］

①隋宫：指隋炀帝杨广在江都（今江苏扬州市）所建的江都、显福、临江等豪华的行宫。题一作“隋堤”。②南游：隋炀帝为满足其荒淫享乐的欲望，自大业元年（605）起，曾三次巡游江都。不戒严：封建礼制规定，皇帝出游时要实行戒严。这里说“不戒严”，是说他自以为天下太平，不加戒备。“乘兴南游”四字一篇之纲。③九重：指皇帝所居的深宫。宫门九重，故“九重”可指深宫，也可借指皇帝。省（xǐng）：这里是省视、察看的意思。谏书函：函封的谏书。大业十二年，炀帝三游江都，当时各地农民已纷纷起义。奉信郎崔民象、王爱仁先后劝谏，均被炀帝所杀。这句写炀帝的昏顽。④宫锦：按照宫廷所定规格织成的华美锦缎。裁宫锦：指织制宫锦。障泥：马鞯，垫在马鞍下，垂于马背两旁以挡泥土。据史载，炀帝南游江都，除造高大的龙舟、翔螭舟（皇后所乘）、浮景（三重的水殿）外，从行的船只几千艘，挽船工八

万余人，船只相接二百余里，照耀川陆。骑兵在两岸翊卫随行，旌旗蔽野。所过州县，五百里内皆令献食。两句说，在春风和煦的季节，举国上下都在忙着裁制宫锦，一半用作马鞯，一半用作船帆。“春风”，见其破坏农业生产；“举国”，见危害之广之烈；“障泥”、“帆”分点陆上与水上。何焯说：“‘春风’二句，借锦帆事点化，得水陆绎骚、民不堪命之状如在目前。”姚培谦说：“用意在‘举国’二字。半作障泥半作帆，寸丝不挂者可胜道耶?”

［评析］

前两句大处落墨。“乘兴南游”四字既揭示南游之纯出享乐欲望，又勾画出炀帝肆意而行，无所顾忌，以下所叙情事均于此伏根。三、四句选取“裁宫锦”一事作集中描写。“锦帆”见诸史籍，“障泥”则出之想象，一实一虚、一水一陆，概括反映南游的巨大靡费，以收“举隅见烦费”的艺术效果。运笔也跌宕有致，对比鲜明，在风华流美的格调中寓有深沉感慨。

隋宫

紫泉宫殿锁烟霞，欲取芜城作帝家①。玉玺不缘归日角，锦帆应是到天涯②。于今腐草无萤火，终古垂杨有暮鸦③。地下若逢陈后主，岂宜重问《后庭花》④？

［注释］

①紫泉：即紫渊。司马相如《上林赋》中写长安形胜，有“丹水更其南，紫渊径其北”之语。这里避唐高祖李渊讳改称紫泉，借指长安。锁烟霞：指宫殿为烟云彩霞所缭绕。芜城：广陵的别称，亦即隋时的江都（今江苏扬州市）。刘宋诗人鲍照见广陵故城荒芜，作《芜城赋》，后遂以芜城为其别名。帝家：即帝都。两句意谓长安的宫阙在烟霞缭绕中已显得十分壮丽，炀帝却还要另取江都作为帝都。见炀帝享乐欲望永无止境。②日角：古代星相家把人的额骨中央隆起如日者称为日角，认为这是帝王之相。李渊起兵夺取隋代政权

前，唐俭曾说他“日角龙庭，姓协图谶，系天下望矣”。这里即以日角借指李渊。锦帆：指炀帝巡游所乘的龙舟，其帆用华丽的宫锦制成。两句意谓：如果不是因为传国的玉玺（政权的象征）归于日角龙庭的真命天子，炀帝的龙舟想必要一直游到天涯海角了。实际上炀帝已开了八百多里的江南河，准备从扬州渡江进一步南游会稽，只是未及实现。大业十二年（616），炀帝第三次南游江都。次年，李渊在太原起兵；十四年，炀帝被宇文化及所杀。沈德潜说：“用笔灵活，后人只铺叙故实，所以板滞也。”纪昀说：“无限逸游，如何铺叙？三四只作推算语，乃并未然之事亦包括无遗，最善用笔。”③据《隋书》记载，大业十二年，炀帝在东都景华宫征求萤火虫数斛，夜出游山时放之，光照山谷。扬州有放萤苑，据说也是炀帝放萤之处。萤火生于腐草丛中，古代有“腐草为萤”之说。这里说“腐草无萤火”，既是嘲讽萤火被炀帝搜尽，至今连腐草亦不复生萤，又是慨叹荒宫腐草，萤火绝迹，满目幽暗凄凉。终古：长久。垂杨：指隋堤杨柳。炀帝开通济渠及邗沟（运河由汴口到长江的一段），沿堤一千三百里，遍植杨柳，世称隋堤。“终古”句是说，长久以来，隋堤垂杨之上，唯有暮鸦聒噪，无复当年锦帆相接的气象。两句“无”、“有”对照，寓慨深沉。今日之“无”，正透露往昔之“有”，也正暗示往昔隋宫繁华何以成为一片空无；今日之“有”，却比什么都没有的“无”更令人感慨歔欷。冯班说：“腹联慷慨，专以巧句为义山，非知义山者也。”④陈后主：陈朝末代皇帝陈叔宝，历史上著名的荒淫奢侈的亡国之君。《后庭花》：即《玉树后庭花》。陈后主嗜声乐，于清乐中造《玉树后庭花》等曲，与幸臣等制其歌词。歌词绮艳，男女唱和，其音甚哀。歌词中有“玉树后庭花，花开不复久”之句，被视为预兆亡国的歌谶。《隋遗录》载：炀帝在江都，昏湎更深，曾游吴公宅鸡台，恍惚中梦遇陈后主。见舞女数十，中有一人尤美。炀帝屡目之，后主曰：“即丽华（后主宠妃）也。”炀帝因请丽华舞《玉树后庭花》。丽华徐起，终一曲。后主问帝曰：“龙舟之游乐乎？始谓殿下致治在尧、舜之上，今日复此逸游，曩时何见罪之深耶？”炀帝忽寤，叱之，怳然不见。两句用此事，而将生前梦遇引申为死后重逢，意谓已经国亡身殒的隋炀帝，如果在幽冥之中和陈后主重逢，难道还好意思再请张丽华舞一曲《玉树后庭花》吗？用假设之辞尖刻嘲讽炀帝不但生前紧趋亡陈后尘，死后亦当相随后主于地下；不但活着的时候做梦都醉心于《玉树后庭花》这样的靡靡之音，就连死后也迷恋声色，淫昏本性丝毫不变。“岂宜”二字，轻描淡写中寓有冷峻的嘲讽。

［评析］

在李商隐的咏史政治讽刺诗中，这首诗足以标志其讽刺艺术所达到的高度。诗人不重铺排故实、罗列史事，而是运用典型化的艺术手段，深入揭示讽刺对象的本质与灵魂。颔、尾两联，用虚拟推想之辞，在史实传说的基础上进行艺术的想象，从已然推想未然，从生前预拟死后，深刻地揭露了炀帝贪婪昏顽、至死不悟的本性。腹联不平列直叙聚萤逸乐与开河植柳二事，而是将它们和隋朝的盛衰兴亡联系起来，让读者透过饱含历史沧桑之感的物象与图景去领会其内在的意蕴。深刻的讽刺和深沉的感慨融合无迹，“兴在象外”，极富蕴含。何焯评此诗说：“前半展拓得开，后半发挥得足，真大手笔。”展拓、发挥，不妨理解为典型化的艺术手段。在深刻揭示讽刺对象本质、抒写深沉感慨的同时，诗人自己既尖刻又含蓄、既嬉笑怒骂又深沉严肃的形象也一齐跃然纸上。

吴宫①

龙槛沉沉水殿清，禁门深掩断人声②。吴王宴罢满宫醉③，日暮水漂花出城④。

［注释］

①吴宫：指春秋末年吴王夫差所建的宫殿。历史上的吴宫早已荒废，这里是悬想昔日情景，托古讽时。②龙槛（jiàn）：指宫中水边有栏杆的亭轩类建筑。沉沉：深沉寂静的样子。水殿：建在水边或水上的宫殿。禁门：宫门。两句写黄昏时分整个吴宫笼罩着一片沉寂：轩槛深沉寂静，在暮色中隐现出朦胧的暗影，水殿在静静的水面照映中显得格外空寂清凉，宫门深掩，悄无人

声。这是一种反常的沉寂。③吴王：指夫差。曾打败越国，因恃胜骄奢淫逸，后来反被越国所灭。此句方点醒反常的沉寂是由于“宴罢满宫醉”的结果。“醉”字含义双关。④这句似不经意地拈出一个细节：御沟流水，在朦胧暮色中悄然漂送着几瓣残花流出宫城。极富象外之致。

［评析］

本篇题材、主旨与李白《乌栖曲》相同，但通篇除第三句虚点吴宫宴饮之外，其余全从侧面着笔。引导读者从“满宫醉”后死一般的沉寂去想象“满宫醉”前狂欢极乐的喧闹和醉生梦死的丑态，“荒淫之状，言外见之”（纪昀评语）。末句流水漂花的细节不但进一步烘托出吴宫的沉寂，也微寓“流水落花春去也”的慨讽。姚培谦说：“花开花落，便是兴亡景象。”日暮黄昏、流水漂花的景象，使人感到覆亡的暗影正悄然无声地笼罩着整个吴宫。

风 雨[①]

凄凉宝剑篇，羁泊欲穷年[②]。黄叶仍风雨，青楼自管弦[③]。新知遭薄俗，旧好隔良缘[④]。心断新丰酒，销愁斗几千[⑤]？

［注释］

①这首诗抒写羁泊异乡时因凄风苦雨而引起的身世之感。风雨，是一个带有象征色彩的题目。②宝剑篇：一作《古剑篇》，唐前期名将郭震（字元振，656~713）托物寓志的诗篇。郭震少倜傥，廓落有大志。年十八擢进士第，判入高等，授梓州通泉尉。武则天闻其名，征见，令录旧文，震上《古剑篇》，擢为右武卫铠曹参军。后历任凉州都督、陇右诸军州大使、安西大都护等要职。《古剑篇》以宝剑尘埋借寓才士零落漂沦的遭遇和郁勃不平之气。这里借指自己抒写的怀才不遇之感的诗作。羁泊：羁旅漂泊。穷年：终年，这里有终老的意思。两句说自己空怀壮志而羁旅漂泊，潦倒终生，只能空自吟咏抒发宝剑沉埋之愤的诗篇。③仍：更，兼之以。自：含有自顾、只管自己之

意。两句谓自己的身世遭遇正如眼前这飘零的黄叶，更遭风雨摧残，而青楼豪贵之家，却自顾管弦歌吹，尽情享乐。上句触景兴感，赋中含比，与下句实写形成“一喧一寂”（冯注引杨守智评）的强烈对比。“仍”、“自”开合相应，见风雨之无情、不幸之重重，与苦者自苦、乐者自乐那样一种人间关系，其中含有愤激不平。④新知，可能指郑亚等；旧好，可能指令狐绹。但也不妨理解为泛指。诗人卷入党争漩涡，被加上“放利偷合”、“诡薄无行”一类罪名，故有新知遭受非难、旧好关系疏远的情形。二句意谓：新结交的知己遭到浇薄世俗的诋毁，旧日的好友也良缘阻隔，关系疏远。⑤心断：念念不忘。新丰酒：据《新唐书·马周传》，马周西游长安，宿新丰旅舍，店主人对他颇慢待，马周遂命酒独酌。后来得唐太宗赏识，授监察御史。新丰产美酒，王维《少年行》有“新丰美酒斗十千”之句。斗：古代盛酒器。斗几千，极言美酒价贵。两句暗用马周事，意谓值此异乡羁泊，风雨凄凉之时，极盼以新丰美酒销愁解忧，却不知道如今这销愁之物又斗值几千了。隐含自己虽有马周当年之落拓，却无马周之幸遇，甚至连以新丰酒解忧都不可得的意思。应上“羁泊”。

［评析］

本篇可能作于大中十一年（857）任盐铁推官游江东时。风雨，在诗中既是兴感之由，又是压抑摧残才智之士的冷酷社会现实的象征。诗中对风雨着墨无多，但透过诗人凄凉、孤孑、苦闷、愤郁等心理感受的折光，却分明可感到全诗中笼罩着一层冰冷的人间风雨的帷幕。在表现风雨凄冷的同时，诗中还处处流露出诗人的用世热情与生活热情。首尾用典，即含有对唐初盛世的向往和匡世济时的渴望，写凄凉羁泊境遇也时露愤惋不平之气。这种环境的冷与内心的热的矛盾统一，正是这首诗的显著特点。

井泥四十韵①

皇都依仁里，西北有高斋②。昨日主人氏，治井堂西陲③。

工人三五辈，辇出土与泥[4]。到水不数尺，积共庭树齐[5]。他日井甃毕，用土益作堤[6]。曲随林掩映，缭以池周回[7]。下去冥寞穴[8]，上承雨露滋。寄辞别地脉，因言谢泉扉。升腾不自意，畴昔忽已乖[9]。

伊余掉行鞅[10]，行行来自西。一日下马到，此时芳草萋。四面多好树，旦暮云霞姿。晚落花满地，幽鸟鸣何枝[11]？萝幄既已荐[12]，山樽亦可开[13]。待得孤月上，如与佳人来[14]。因之感物理，恻怆平生怀[15]。

茫茫此群品，不定轮与蹄[16]。喜得舜可禅，不以瞽瞍疑[17]。禹竟代舜立，其父吁咈哉[18]。嬴氏并六合，所来因不韦[19]。汉祖把左契，自言一布衣[20]。当途佩国玺，本乃黄门携[21]。长戟乱中原，何妨起戎氐[22]。

不独帝王尔，臣下亦如斯[23]。伊尹佐兴王，不藉汉父资[24]。磻溪老钓叟，坐为周之师[25]。屠狗与贩缯，突起定倾危[26]。长沙启封土，岂是出程姬[27]？帝问主人翁，有自卖珠儿[28]。武昌昔男子，老苦为人妻[29]。蜀王有遗魄，今在林中啼[30]。淮南鸡舐药，翻向云中飞[31]。

大钧运群有，难以一理推[32]。顾于冥冥内，为问秉者谁[33]？我恐更万世，此事愈云为[34]：猛虎与双翅，更以角副之；凤凰不五色，联翼上鸡栖[35]。我欲秉钧者，朅来与我偕[36]。浮云不相顾，寥泬谁为梯[37]？悒怏夜参半，但歌井中泥[38]。

[注释]

①《易·井卦》："井渫（xiè）不食，使我心恻。"意谓淘干净了井，而没有人来饮水，是很痛心的。比喻自己虽修洁其身，而不为世用。王粲《登楼赋》："惧匏瓜之徒悬兮，畏井渫之莫食。"刘孝威《箜篌谣》："岂甘井中泥，时至出作尘。"本篇以"井泥"为题，诗中写治井使井泥地位升腾，合取以上几方面的意思。②皇都：这是指唐东都洛阳。依仁里：洛阳街里名。何焯

说："《古诗·西北有高楼》篇《文选》注云：'此篇明高才之人仕宦未达，知之者稀也。'西北乾位，君之居也，发端本此。……举仁者君之事，故假里名寓意耳。"③治井：修治水井。陲（chuí）：边。④辇（niǎn）：古时用人拉着走的车子，这里作动词用，运载的意思。⑤共：与。句意谓修井时淘出的泥堆得和庭前树木一样高。⑥甃（zhòu）：井壁，这里用作动词，砌井壁的意思。益：增加。两句说：过了几天，井修好了，就把挖出来的井泥堆加在堤岸上。⑦两句说：井泥堆成的堤沿着掩映的树林伸展，缭绕在池的周围。⑧去：离。冥寞穴：幽深黑暗的地穴，指井底。⑨地脉：指地下的水。水流行地中，像人身上的血脉，故称地脉。谢：辞别。泉扉：犹泉眼。畴昔：往昔。乖：异。四句说：井泥寄语地下的流水和泉眼，说自己没料想到会从地底升上地面，转眼与往昔的处境已大不相同。

以上为第一节。写深埋地底的井泥，因治井而得升腾地面，上承雨露。

⑩伊：发语词。掉鞅：掉正马络头，从容而闲逸地驾驭。《左传·宣公十二年》："吾闻致师者，左射以菆，代御执辔，御下两马，掉鞅而还。"注："掉，正也，示闲暇。"⑪"旦暮"句：意谓早晚都能看到美丽的云霞。何：姜本作"柯"。何焯说："'何'字精妙，使'幽'字精神转出。"⑫幄：帐。荐：进，这里有"设置"的意思。这句说树间挂满了藤萝，像帐幕一样。⑬山樽：饰有山云图纹的盛酒器具。⑭如与：犹言如同。与，犹"和"。（参看张相《诗词曲语辞汇释》卷四）或疑"如与"连文，义近口语"好比"。二句似从曹丕"朝与佳人期，日久殊未来"，谢灵运"圆景蚤已满，佳人犹未适"，江淹"日暮碧云合，佳人殊未来"等句化出。⑮"因之"二句：意谓因井泥升腾的事，自己有感于事物变化的道理，联想起生平不得志的遭遇，不禁感慨伤怀。

以上为第二节。写井泥筑为池堤以后，池上林间所呈现的幽美景色。至此为全诗的第一段，写井泥地位变化，及其后处境的得意，引起对"物理"的议论。"因之"二句，是一、二两段的转关。

⑯群品：犹万物。两句谓：宇宙间茫茫万物，就像车轮与马蹄一样不断运动。⑰禅：以帝位让人。传说舜的父亲虽有目而不能辨别好坏，因而被称为瞽瞍（盲眼）。两句谓：尧得到舜以后，就高兴地把帝位传让给舜，并不因其父

不贤而疑及舜的品质与才能。喜：程梦星以为当作“尧”，冯浩从程说。旧本均作“喜”。⑱其父：指禹的父亲鲧（gǔn）。吁咈（fú）哉：据《尚书·尧典》记载，尧在有人推荐鲧的时候，曾说：“吁，咈哉!”系叹声，有表示不满、不同意的意味。两句意谓：禹终于代舜而立，但他的父亲却不是什么贤能的人。⑲嬴氏：指秦始皇嬴政。并六合：统一天下。所来因不韦：据《史记·吕不韦列传》，吕不韦将自己已经怀孕的美妾送给子楚（即后来的秦庄襄王），生下了嬴政。两句意谓：统一中国的秦始皇，其实是商人吕不韦所生。⑳汉祖：汉高祖刘邦。左契：古代契约分左右两联，双方各持一联，左契即左联，常用为索偿的凭证。把左契一般用作有把握的意思。这里指刘邦在统一中国的斗争中稳操胜券。布衣：平民。《史记·高祖本纪》记载刘邦说：“吾以布衣，持三尺剑取天下。”两句谓：汉高祖取天下如持左券，但他却出身于平民。㉑当途：“当途高”的省语。当途高，东汉末年谶纬之辞。这里指代汉朝而起的曹魏。《三国志·魏书·文帝纪》注：“太史丞许芝条魏代汉见谶纬于魏王曰:‘……故白马令李云上事曰：“许昌气见于当途高，当途高者当昌于许。”当途高者，魏也；象魏者，两观阙是也；当道而高大者魏。魏当代汉。’”国玺：传国的玉玺（皇帝的印章）。魏文帝曹丕受汉禅，汉献帝派使者送上玉玺和绶带。黄门：指宦官。携：携养。曹操的父亲曹嵩原是汉桓帝时宦官曹腾的养子，故说“本乃黄门携”。两句谓：曹魏代汉而立，拥有国家的最高权力，但其祖上却出身于宦官。㉒戎氐：泛指西晋末年在北方起兵的匈奴、鲜卑、羯、氐、羌等少数民族。两句谓：“五胡十六国”时期在中原进行战争的前赵、后赵、前燕、前秦等国的君主，都出身于少数民族。

以上为第三节，列举历史上许多君王均出身微贱，以证贱者可变为贵，与上井泥地位变化呼应。

㉓尔：如此，像这样，与下句“如斯”义同。㉔伊尹：商初政治家。曾辅佐汤攻灭夏桀，建立商朝；后又辅佐商的儿子太甲，故说他“佐兴王”。藉：依靠。汉：古代常称男子为“汉”。陆游《老学庵笔记》卷三：“今人谓贱丈夫曰汉子。”资：赋予。两句意谓：辅佐商朝君主开国的元勋伊尹，却连父亲也没有。《列子》上说伊尹是在空桑树中生出的。㉕磻（pán）溪钓叟：指吕望。传说他年纪很老还在渭水边的磻溪钓鱼。后来得遇文王，拜为师，佐

周灭商。坐：无故，与上文“不藉”，下文“突”意思互相呼应贯通。两句谓：到老还在磻溪钓鱼的吕望，无所凭借地突起而为周文王之师。㉖屠狗：指樊哙。贩缯：指灌婴。两人都是汉初著名的武将。据《史记·樊郦滕灌列传》，樊哙曾以屠狗为业，灌婴原是贩缯（丝织品）的小商人。定倾危：平定危乱。指辅助刘邦打天下。㉗“长沙”二句：据《汉书·长沙定王传》，长沙定王的母亲唐姬，原是景帝姬妾程姬的侍女。一次，景帝醉中与假饰为程姬的唐姬发生了关系，生了刘发。启封土：开疆裂土，指立刘发为王。㉘“帝问”二句：据《汉书·东方朔传》，董偃少时与母亲卖珠为业，后来得到汉武帝姑母馆陶公主的宠幸。武帝至馆陶公主处想见董偃，不直呼其名，而说“愿谒主人公”，以示尊贵。两句说：武帝优礼相待的董偃，出身原是卖珠少年。㉙“武昌”二句：《搜神记》上说，汉哀帝时豫章有男子变成女子，嫁为人妻。豫章郡首府在南昌，这里说武昌，可能是作者在引述时误记，也可能是传闻异辞。㉚“蜀王”二句：传说蜀王杜宇，死后魂魄化为杜鹃。参看《井络》诗注。㉛“淮南”二句：《神仙传》上说，汉淮南王刘安好神仙，因吃了仙药，白日升天；剩下的药，鸡狗吃了，也都飞上天。以上四句是说：贵为君主，失权则魂化禽鸟；反之，贱如鸡犬，得势亦可升天。

以上为第四节，转叙将相起于微贱的事例，进而连及另一些怪异的人事变化，以见世事演变并非都像井泥升腾那样可喜。至此为第二段，就人类社会现象，列举种种事例，陈述“茫茫此群品，不定轮与蹄”的“物理”。

㉜大钧：指造化万物的宇宙。钧：参看《行次西郊作一百韵》注。群有：万物。两句说：宇宙间事物的变化，情况极为复杂，很难用一种“理”去推求解释。㉝冥冥：原为幽深渺远的意思，这里指茫茫天宇。秉者：主宰万物发展变化者，即下文“秉钧者”。两句说：回视茫茫宇宙，掌握造化机器的究竟是谁？作者因感到万物变化“难以一理推”，故想向“秉钧者”问个究竟。㉞更（gēng）：经历。此事：指下文虎添翼、角与凤上鸡栖一类的事。愈云为：犹言愈演愈烈。《易·系辞下》：“是故变化云为。”旧注谓：“乾坤变化，有云有为。云者，言也；为者，动也。”又班固《东都赋》：“乌睹大汉之云为乎？”云为，犹言行，此处指变化，系省语。两句意谓：我担心万世之后，下述一类变化将更甚于今日。㉟副：助。鸡栖：鸡窝。以上四句意谓：将来不仅

会给凶恶的猛虎长上双翅，而且还会让它添上双角；而美丽的凤凰将会失去五彩的羽毛，到鸡窝去投宿。这是比喻邪恶者愈益得势，贤能者则失位不遇于时。㊱朅（qiè）来：有去来、盍来、尔来数种意思，此处意为盍来，犹言何不来。两句表示希望主宰万物造化者与己同游，以穷究“物理”。㊲寥泬（xuè）：空旷寂静的样子，这里指寥廓的天宇。两句意谓：浮云不相理睬，天高无梯可上。言外见事物变化的“理”，无法向秉钧者问个明白。㊳悒（yì）怏：愁闷忧郁。何焯说：“‘夜参半’暗用‘长夜漫漫何时旦’。”姚培谦说：“本旨在此数语（按指‘我恐’以下十二句）。”

以上为第五节（即第三段），抒写无法把握“物理”的苦闷与忧虑。

［评析］

这首诗由所写的井泥推及各种人事变化。随着各类变化的性质不同，诗人始而愉悦，终则悒怏不已。诗共五节，先叙井泥升腾及古代圣贤豪杰起于微贱的事例，令人欣喜鼓舞。第四节后半至篇末所叙，则属悖谬不伦、令人惶惑可畏的现象。诗人由此而为“物理”难明苦闷，并埋怨天高难问，抑郁长叹。诗在内容和情绪上的这种发展和转变，显然是有慨于前一种变化不能成为宇宙间共同的“物理”，而担心后面种种违背人们意愿的变化，会愈演愈多，变本加厉。“因之感物理，恻怆平生怀”，诗人才高位下，希有井泥那样的际遇而不可得，且愈到后期，处境愈恶劣。从所抒发的感慨、忧虑中，不难看出世事反常在其心理上的投影，以及无法掌握自己命运的苦闷。诗人的感情不免凄恻，甚至怀疑世事冥不可知，但其间又正包含着不平。明说“大钧运群有，难以一理推”，实则于不可知之中寓深沉怨愤，何焯称此诗是“《天问》之遗”，极有见地。其与《天问》相似处，不在形而在神。

杜牧的《杜秋娘诗》，曾因杜秋娘的遭遇而发“自古皆一贯，变化安能推”的慨叹。李商隐极为称赏杜牧的《杜秋娘诗》，本篇显然受其影响。杜作以叙杜秋娘事为主体，更富于情致；此篇借题取兴，偏于议论，但怨愤更深。

诗的作年不可确考。张采田据其内容、风格定为李商隐晚年之作，虽无确据，但大体可信。

［备考］

程梦星云："朱长孺云：'此诗深刺世之沉沦下才而幸居高位者'，如此则不当引许多圣贤豪杰起于侧微者为之比论矣。愚谓此诗取题于《易》，乃自寓之辞也。《易》于井卦，皆取其有养人之意。……先叙井泥为堤，上承雨露，而有生长草木，养成花鸟之功，所以感兹物理而恻怆平生。尔时仕宦，皆由门第。己虽宗族，陵替已久，等于寒门，以故在上之人不肯汲引。次述古来圣贤豪杰，率由崛起，虽至不类如卖珠儿，然帝贵之则竟贵矣。此与男化为女，人变为禽，鸡犬舐药，飞向云中，皆事所有，而不可以一理推者。况用人以家世，岂无方之义乎？惟是己怀隐忧而欲为秉钧告者，则群小肆虐，如虎而翅角；主上孤危，如凤止鸡栖，诚存亡安危之所系。而秉钧者高自位置，不肯下交，如浮云之不可梯而近也。虽有嘉谟，其道无由，而得不悒快终夜，而自叹为井泥不能成及物之功乎？此疑太和九年义山未释褐之前作。诗中猛虎翅角，盖喻宦官之骄横，凤止鸡栖，盖喻文宗之卑弱也。"（《重订李义山诗笺注》）

陈沆曰："观篇末致慨于秉钧之人，且有虎而翼、凤而鸡之虑，则知为牛李之党而言之也。扬之升天，抑之入地；所好生毛羽，所恶成疮疣，用舍不平若斯。君子值此，惟有安命而已。前半篇杂陈古今升沉变态，皆为篇末张本。纯乎汉魏乐府之遗。于义山诗中亦为变格。"（《诗比兴笺》）

张采田云："此篇感念一生得丧而作。赞皇辈无端遭废，令狐辈无端秉钧，武宗无端而殂落，宣宗无端而得位，皆天时人事，难以理推者，意有所触，不觉累累满纸，怨愤深矣。观'行行来自西'语，盖推官罢后自京还洛时也。即以诗格论，意境颓唐，亦近晚年。冯氏谓卫公当国时，为牛党致慨，真臆说矣。"（《玉谿生年谱会笺》）

锦瑟[①]

锦瑟无端五十弦，一弦一柱思华年[②]。庄生晓梦迷蝴蝶[③]，望帝春心托杜鹃[4]。沧海月明珠有泪[5]，蓝田日暖玉生烟[6]。此情可待成追忆，只是当时已惘然[7]！

［注释］

①锦瑟：绘有锦绣般美丽花纹的瑟。瑟是古代一种弦乐器。②无端：没来由地，平白无故。五十弦：传说古瑟本为五十弦，后改为二十五弦。《汉书·郊祀志》："泰帝使素女鼓五十弦瑟，悲，帝禁不止，故破其瑟为二十五弦。"作者《七月二十八日夜与王郑二秀才听雨后梦作》亦有"雨打湘灵五十弦"之句，可见瑟言五十弦者多有。柱：系弦的木柱，可上下移动，以定声音的清浊高低。每弦各有一柱。华年：青年时代，这里含有年华身世之意。两句说，锦瑟无端而有五十弦，听到这弦弦柱柱所弹奏出的悲声，不禁追忆起自己的华年身世。无端，或谓即"无心"之意，言锦瑟之有五十弦本属无心，而人见瑟上弦则易产生年华易逝的联想。义亦可通，而情味稍减。盖诗人触物兴悲，本因情之郁积，反觉物之有意逗恨，故不禁怨之；而曰"无端"。"思华年"既因"五十弦"的数目而触发，也因"一弦一柱"（即弦弦柱柱）所发的悲音而引起。三字一篇之主。思，读去声。③庄生：即庄周。《庄子·齐物论》："昔者庄周梦为胡蝶，栩栩然胡蝶也；自喻适志与？不知周也。俄然觉，则蘧蘧然周也。不知周之梦为胡蝶与，胡蝶之梦为周与？"晓梦：言梦境之短暂。这句用庄周梦为蝴蝶、不辨物我的典故写瑟声之如梦似幻，令人迷惘，着意处在"梦"字、"迷"字。而瑟声的这种境界亦即诗人如梦似幻、惘然若失的身世的象征。作者"顾我有怀如大梦"（《十字水期韦潘侍御》）、"怜我秋斋梦蝴蝶"（《偶成转韵》）、"枕寒庄蝶去"（《秋日晚思》）、"神女生涯原是梦"（《无题》）等句，意均可与此互参。④望帝化鹃事，参看《井络》注。春心：本指对爱情的向往，常用以喻指对理想的追求。这里兼用《楚辞·招魂》"目极千里兮伤春心"，亦含伤春之意，指伤时忧国、感伤身世（参《曲江》、《杜司勋》诗注及评析）。托：即寄托、托寓。这句写瑟声的凄迷哀怨，如杜鹃泣血。着意处在"春心"、"托"。暗寓自己的满腔伤时忧国之恨、壮志不遂之悲、身世沉沦之痛都只能托之于哀怨凄断的诗歌。泣血悲啼的杜鹃，不妨看成作者的诗魂。⑤沧海：青苍色的大海。月明珠有泪：古代认为海中蚌珠的圆缺和月的盈亏相应，所以把"月明"和"珠"联系起来；又有

海底鲛人泪能变珠的传说，所以又把“珠”和“泪”联系起来。又《新唐书·狄仁杰传》：“黜陟使阎立本召讯，异其才，谢曰：‘仲尼称观过知仁，君可谓沧海遗珠矣。’”这句糅合以上几个典故，构成沧海遗珠的意象：明月映照着空阔的沧海，被遗弃的明珠晶莹圆润，正如盈盈的珠泪。这是形况瑟声的清寥悲苦，与“望帝”句虽同属悲凄之境，但一则近乎凄厉，一则近乎寂寥，自有区别。珠有泪，仿佛无理，而正所以见此人格化的珍珠内心的悲苦寂寞。此句托寓才能不为世用的悲哀，意较明显。⑥蓝田：山名，又名玉山，在今陕西蓝田县，是著名的产玉地。司空图《与极浦书》：“戴容州（叔伦）云：‘诗家之景，如蓝田日暖，良玉生烟，可望而不可置于眉睫之前也。’”这句形况瑟声之缥缈朦胧，如良玉生烟，可望而不可即，以寄寓自己的种种向往追求，都望之若有，近之则无，属于虚无缥缈之域。⑦此情：统指颔、腹两联所回忆的种种境界情事。可待：何待，岂待。惘然：怅然若失的样子。二字概括“思华年”的全部感受。两句说，这一切情境岂待今日成为追忆时才不胜怅惘，即使在事情发生的当时就令人惘然若失了。

［评析］

这首诗可能是诗人晚年回顾平生遭际、抒写身世之感的篇章。张采田系于大中十二年（858）罢盐铁推官病废居郑州时，似可从。这一年诗人四十七岁，与首句见五十弦瑟而心惊之语正合。

本篇素称难解，歧说纷纷。实则首尾两联已明言这是思华年而不胜惘然之作。华年之思，即因睹锦瑟之形（五十弦）、闻锦瑟之声（弦弦柱柱所发的悲声）而生。所以颔、腹两联即承“一弦一柱思华年”，既摹写锦瑟所奏的迷幻、哀怨、清寥、缥缈的音乐意境，又借助于描摹音乐意境的象征性图景对华年所历所感作概括而形象的反映。锦瑟既是诗人兴感的凭借，又是诗人不幸身世的象征。从总体看，它和诗人许多托物自寓的篇章性质是相近的。但由于他在回顾华年往事时没有采取通常的历叙平生的方式，而是将自己的悲剧身世和悲剧心理幻化为一幅幅各自独立的含意朦胧的象征性图景，因此它既缺乏通常抒情方式所具有的明确性，又具有通常抒情方式所缺乏的丰富的暗示性，能引起读者多方面的联想。歧解纷出的主要原因也正在此。但只要抓住“思华年”和“惘然”这条主线，结合诗人身世、创作，对颔、腹二联所展示的图景从意象到语言文字细加揣摩，则其中所寓的象外之意——身世遭逢如梦似幻、伤春忧世似杜鹃泣血、才而见弃如沧海遗珠、追求向往终归缥缈虚幻——却不难默会。这些象征性图景之间在时间、空间、事件、感情等方面尽管没有固定的次序，但却都是诗人在自己的诗歌创作中一再重复的主题和反复流露的心声。借助于工整的对仗、凄清的声韵、迷离的气氛等多种因素的映带联系，又使全诗笼罩着一层哀怨凄迷的情调气氛，加强了整体感。它相当典型地反映了走向没落的晚唐时代才人志士的悲剧心理和对自己的悲剧命运感到迷惘的情绪。

[备考]

（黄）山谷曰：“余读此诗，殊不晓其意。后以问东坡，东坡云：‘此出《古今乐志》，云锦瑟之为器也，其弦五十，其柱如之，其声也，适、怨、清、和。’案李诗‘庄生晓梦迷蝴蝶’，适也；‘望帝春心托杜鹃’，怨也；‘沧海月明珠有泪’，清也；‘蓝田日暖玉生烟’，和也。一篇之中，曲尽其意，史称其瑰迈奇古，信然。”（《苕溪渔隐丛话》前集卷二十二引《缃素杂记》）

元好问曰：“望帝春心托杜鹃，佳人锦瑟怨华年。诗家总爱西昆好，独恨无人作郑笺。”（《论诗绝句》）

朱鹤龄曰：“按义山《房中曲》：‘归来已不见，锦瑟长于人。’此诗寓意略同，是以锦瑟起兴，非专赋锦瑟也。《缃素杂记》引东坡适怨清和之说，吾不谓然，恐是伪托耳。刘贡父诗话云：‘锦瑟，当时贵人爱姬之名。’或遂实以令狐楚青衣，说尤诬妄，当亟正之。”（《李义山诗集笺注》）

何焯曰：“此悼亡之诗也。首特借素女鼓五十弦之瑟而悲，泰帝禁不可止以发端，言悲思之情有不可得而止者。次联则悲其遽化为异物。腹联又悲其不能复起之九原也。曰‘思华年’，曰‘追忆’，指趣晓然，何事纷纷附会乎？钱饮光亦以为悼亡之诗，与吾意合。庄生句，取义于鼓盆也。……亡友程湘衡谓此义山自题其诗以开集首者，次联言作诗之旨趣，中联又自明其匠巧也。余初亦颇喜其说之新，然义山诗三卷出于后人缀拾，非自定，则程说固无据也。"（《义门读书记》）

又《李义山诗集辑评》录朱笔笺语曰："此篇乃自伤之词，骚人所谓美人迟暮也。庄生句言付之梦寐；望帝句言待之来世；沧海、蓝田，言埋而不得自见；月明、日暖，则清时而独为不遇之人，尤可悲也。义山集三卷，犹是宋本相传旧次，始之以《锦瑟》，终之以《井泥》，合二诗观之，则吾谓自伤者更无可疑矣。感年华之易迈，借锦瑟以发端。'思华年'三字，一篇之骨。三四赋'思'也。五六赋'华年'也。末仍结归'思'字。庄生句，言其思历乱；望帝句，诉其情哀苦；珠泪、玉烟，以自喻其文采。"

朱彝尊曰："此悼亡诗也。意亡者喜弹此，故睹物思人，因而托物起兴也。瑟本二十五弦，弦断而为五十弦矣，故曰'无端'也，取断弦之意也。'一弦一柱'而接'思华年'，二十五而殁也。蝴蝶、杜鹃，言已化去也。珠有泪，哭之也；玉生烟，已葬也，犹言埋香瘗玉也。此情岂待今日追忆乎？是当时生存之日，已常忧其至此而预为之惘然，必其婉弱多病，故云然也。"（《李义山诗集辑评》）

汪师韩曰："锦瑟乃是以古瑟自况。……世所用者，二十五弦之瑟，而此乃五十弦之古制，不为时尚。成此才学，有此文章，即己亦不解其故，故曰'无端'，犹言无谓也。自顾头颅老大，一弦一柱，盖已半百之年矣。'晓梦'喻少年时事，义山早负才名，登第入仕，都如一梦。春心者，壮心也，壮志消歇，如望帝之化杜鹃，已成隔世。珠、玉皆宝货，珠在沧海，则有遗珠之叹，惟见月照而泪。生烟者，玉之精气，玉虽不为人采，而日中之精气，自在蓝田。……"（《诗学纂闻》）

张采田曰："……首句谓行年无端将近五十。庄生晓梦，状时局之变迁；望帝春心，叹文章之空托，而悼亡斥外之痛，皆于言外包之。沧海、蓝田二句，则谓卫公毅魄久已与珠海同枯，令狐相业方且如玉田不老。卫公贬珠崖而卒，而令狐秉钧赫赫，用'蓝田'喻之，即'节彼南山'意也。结言此种遭际，思之真为可痛，而当日则为人颠倒，实惘然若堕五里雾中耳。所谓'一弦一柱思华年'也，隐然为一部诗集作解。……"（《玉谿生年谱会笺》）

岑仲勉曰："余颇疑此诗是伤唐室之残破，与恋爱无关。好问金之遗民，宜其特取此诗以立说。"（《隋唐史》卷下）

钱钟书曰："……自题其诗，开宗明义，略同编集之自序。……首二句言华年已逝，篇什犹留，毕世心力，平生欢戚，清和适怨，开卷历历。庄生……一联言作诗之法也。心之所思，情之所感，寓言假物，譬喻拟象，如飞蝶征庄生之逸兴，啼鹃见望帝之沉哀，均义归比兴，无取直白。举事宣心，故曰'托'，旨隐词婉，故易'迷'。……沧海……一联言诗成之风格或境界……以见虽化珠圆，仍含泪热，已成珍玩，尚带酸辛，具宝质而不失人气。暖玉生烟，此物此志，言不同常玉之坚冷。盖喻己诗虽琢炼精莹，而真情流露，生气蓬勃，异于雕绘夺情、工巧伤气之作。……珠泪玉烟亦正以形象体示抽象之诗品也。"（《冯注玉豁生诗集诠评》）

未编年诗

无 题

紫府仙人号宝灯[①]，云浆未饮结成冰[②]。如何雪月交光夜，更在瑶台十二层[③]？

［注释］

①紫府：道家称仙人居所为紫府。《抱朴子·祛惑》："及到天上，先过紫府，金床玉几，晃晃昱昱，真贵处也。"庾信《道士步虚词十首》之三："五香芬紫府，千灯照赤城。"宝灯：仙人名号。据末句"瑶台"语，此"紫府仙人"似是女仙。②云浆：云霞幻成的仙酒。句意谓方欲就彼宴饮，而云浆忽已成冰。似是面对寒冬日暮时分云霞幻灭、寒气袭人的景象而产生的想象。逗下"雪月交光夜"。③瑶台十二层：瑶台，神话中神仙居所。屈原《离骚》："望瑶台之偃蹇兮，见有娀之佚女。"《拾遗记》："崑峇山……傍有瑶台十二，各广千步，皆五色玉为台基。"这里说"瑶台十二层"，是极形对方所居之高寒。两句意谓，奈何值此雪月交辉之夜，这位紫府仙姝又更居十二层瑶台之上呢？

［评析］

诗写想望中的仙姝身处高寒、杳远难即，以及虽追求向往，又时感变幻莫测、难以追攀之感。意境颇似阮籍《咏怀》之十九：“西方有佳人，皎若白日光。……飘飖恍惚中，流盼顾我傍。悦怿未交接，晤言用感伤。”龚自珍《秋思》：“我所思兮在何方？……起看历历楼台外，窈窕秋星或是君。”但商隐更偏重于抒写主观感受，诗旨较晦。这类意境空灵虚幻、迷离惝恍之作，虽也可能由生活中某种具体情事触发（例如诗人与女冠的恋情、与令狐绹的关系），但当其融会其他人生感受，构成具有典型性的艺术境界时，意义已不限于某一具体事件。诗人在政治、爱情方面的向往追求与失望怅惘，理想之境高邈难即之感，都包蕴在这极虚幻的艺术境界中。

无题二首

凤尾香罗薄几重，碧文圆顶夜深缝①。扇裁月魄羞难掩，车走雷声语未通②。曾是寂寥金烬暗，断无消息石榴红③。斑骓只系垂杨岸④，何处西南待好风⑤？

［注释］

①凤尾香罗：一种织有凤尾花纹的薄罗。几重：几层。古代复帐不止一层，故须几层薄罗缝制。碧文圆顶：有青碧花纹的圆顶罗帐。两句写女主人公深夜用凤尾香罗缝制有青碧花纹的圆顶罗帐，期待着与所思念的人会合。②月魄：本指月初生或始缺时不明亮的部分，亦泛指月。这里指圆月形。扇裁月魄，是说裁制的扇形如圆月。传为东汉班婕妤所作的《怨歌行》中有“裁为合欢扇，团团如明月”之句。车走雷声：司马相如《长门赋》：“雷殷殷而响起兮，声象君之车音。”此谓车驰之声如雷声隐隐。两句是“夜深缝”的女主人公对昔日邂逅情景的追忆：对方驱车匆匆走过，自己则含羞以团扇半掩面庞，露眼偷窥，虽相见而未及通一语。描绘路遇情景鲜明如画，刻画初恋心理

细致入微。追忆中有温馨甜蜜，也有遗憾惆怅，艳而不流于亵。③曾是：已是。金烬暗：指灯烛烧残，灯烬已暗。断无：绝无。石榴红：石榴花开。两句写邂逅之后长期的隔绝和悠长的思念，意谓：已经独伴黯淡下去的残灯度过多少寂寥的长夜，但对方却是杳无音讯，转眼间石榴花又红了。“金烬暗”，兼寓相思无望；“石榴红”，暗示青春易逝。石榴花开当初夏，其时春事已过。女主人公在寂寥的期待与思念中，忽然瞥见窗外石榴花红，不免枨触青春易逝的感伤，极富神味。④斑骓：毛色青白相间的马，这里指所思念的男子乘的马。乐府《神弦歌·明下童曲》有“陆郎乘斑骓……望门不欲归”之句。这句是说所思念的人就系马于垂杨岸边，离自己并不遥远。⑤西南风：曹植《七哀》：“君若清路尘，妾若浊水泥。浮沉各异势，会合何时谐？愿为西南风，长逝入君怀。”此句化用其意。句意谓：什么时候能等到美好的西南风，将自己吹送到对方身边呢？待，朱本作任。

重帏深下莫愁堂，卧后清宵细细长①。神女生涯原是梦②，小姑居处本无郎③。风波不信菱枝弱，月露谁教桂叶香④？直道相思了无益，未妨惆怅是清狂⑤。

［注释］

①莫愁：参《富平少侯》注。这里借指女主人公。清宵：静夜。两句谓：堂室中层帷深垂，独卧床上，追思前事，倍感静夜漫长。“细细”二字把女主人公自思身世时辗转不眠的情景和夜的深沉寂静、时间的缓慢推移都生动地表现了出来。②神女：即巫山神女，传说楚王曾在梦中与她欢会。这句说，自己的生涯正像巫山神女，原是一场幻梦。“原是梦”包括往昔的爱情遇合，但不限于此，而是兼包整个“生涯”。③原注：古诗有“小姑无郎”之句。按：南朝乐府《神弦歌·清溪小姑曲》：“小姑所居，独处无郎。”小姑：诗中借指年轻未嫁女子。居处：犹“生活”，与上“生涯”义近。句意谓自己正如小姑独处，没有郎君可以相依相托。这一联中“原”、“本”二字可味。“原是梦”，暗示以前曾有过某种遇合，但到头来却如逝去的幻梦。“本无郎”暗示现实境况虽然如此，却遭到人们的猜疑误解。口吻中带辩解意味。④两句意谓：自己正像柔弱的菱枝，却偏遭风波的摧折；又像具有芬芳美质的桂叶，却

无月露滋润使之飘香。“不信”，是明知菱枝之为弱质而故意施加横暴；“谁教”，是本可使之飘香而竟不施助。措辞婉转而意极沉痛。作者《深宫》诗云：“狂飙不惜萝阴薄，清露偏知桂叶浓。”上句与“风波”句意略同，而语较直遂；下句与“月露”句意相反，而取譬相同，均可互参。教：令。读平声。⑤直道：即使说。了：全然。清狂：本指白痴，这里犹言痴情。两句说即使相思全然无益，也不妨抱痴情而惆怅终身。

[评析]

两首都写少女的相思寂寥，又都采取深夜追思抒慨的心理独白方式，但前章近赋，后章近比。前章不但明点女子的深夜缝制罗帐，男子的系马垂杨岸边，且用细致的笔墨具体描叙双方邂逅、未通言语的戏剧性场景，写实意味较浓，很像是纯粹的爱情诗。后章则不重具体情事的描绘刻画，而以抒写身世境遇为主，笔意空灵概括，托寓痕迹较为显明。颔联慨叹生涯处境，隐见诗人遇合如梦、无所依托的遭遇。腹联如单纯写女子遭际，则意蕴虚涵，不易捉摸；从比兴寄托着眼，反易意会。作者地位寒微，“内无强近，外乏因依”（《祭徐氏姊文》），屡遭朋党势力摧抑，而未遇有力援助，故借菱枝遭风波摧折，桂叶无月露滋润致慨。从《深宫》诗“狂飙”一联分寓政治上的失意受摧抑者与得意蒙君宠者，也可看出“风波”一联确有寓托。何焯说这首诗“直露（自伤不遇）本意”，比较切合实际。但前章所抒写的企盼佳期而不得的心情，与寂寥中的相思期待、青春易逝之感，也和作者的人生际遇、悲剧心理有着潜在的联系。即使把它作为纯粹的爱情诗来欣赏，也并不排斥其中可能渗透诗人的某种身世之感。

无 题

相见时难别亦难①，东风无力百花残②。春蚕到死丝方尽，蜡炬成灰泪始干③。晓镜但愁云鬓改，夜吟应觉月光寒④。蓬山此去无多路，青鸟殷勤为探看⑤。

［注释］

①“别易会难”是古人常语。（曹丕《燕歌行》：“别日何易会日难。”曹植《当来日大难》：“今日同堂，出门异乡。别易会难，各尽杯觞。”）这句翻进一层，说相会固难，离别也令人难以为情。“相见”可指别后重会，也可理解为别前相见。无论指哪一种，相见之难都使别情倍觉难堪。本意在强调离别之难堪，却从“相见时难”着笔，这就延伸扩展了时间内涵，暗示了眼前离别之外的情事。②紧承“别”字，展现离别之际东风无力、百花凋残的景象。像是为难堪的离别提供一幅黯然销魂的背景，又像是象征青春、爱情的消逝；像是别离双方难堪情绪的外化，又像是他们触景伤怀，发自内心的咏叹。形象鲜明而蕴含丰富。冯舒说：“第二句毕世接不出。”③乐府《西曲歌·作蚕丝》：“春蚕不应老，昼夜常怀丝。何惜微躯尽，缠绵自有时。”“春蚕”句化用其意。“丝”谐“思”。蜡炬：即蜡烛。蜡烛燃烧时烛脂流溢如泪，称“蜡泪”，常用以象征别恨，如杜牧《赠别》：“蜡烛有心还惜别，替人垂泪到天明。”作者《独居有怀》：“蜡花长递泪。”两句说春蚕到死才停止吐丝，蜡烛燃尽方停流烛泪，比喻对所爱者至死不渝的挚爱思念，以及终身不已的别离之恨。虽分别说到“丝尽”、“泪干”，但由于突出“到死”、“成灰”，给人的实际感受正好是“尽”和“干”的反面。作者《暮秋独游曲江》“深知身在情长在”可概两句之意。④晓镜：清晨揽镜。“镜”字用如动词。云鬓：年轻女子浓密的鬓发。云鬓改：借指青春容颜的消逝。“但愁”、“应觉”，都是揣想对方心理的口吻。两句设想对方别后的处境心情：晨起对镜，唯忧青春易逝；夜凉吟诗，应感月光凄寒。不说自己如何思念对方，而是设身处地为对方着想，情尤深至。“但愁”、“应觉”，见细心体贴之情。“寒”字兼写处境之孤孑与心境之悲凉。⑤蓬山：神话传说中的海上仙山。这里借指所思念的女子居住的地方。青鸟：神话传说中为西王母传递讯息的仙鸟，参《汉宫词》注。为探看（三字读去、去、平，探、看二字不连文）：替我试为探候致意。张相说：“看，尝试之辞，如云试试看。”两句故作宽解之词，说对方所居离自己不远，希望能有青鸟使者殷勤传书，试为探望致意。何焯说：“末路不作绝望

语，愈悲。”纪昀说：“七八不作绝望语，诗人忠厚之道。”二评语异而意同，可合参。

［评析］

这首《无题》写暮春时节与所爱女子别离的伤感和别后悠长执著的思念。首联写别时，重笔点染，意蕴丰富，感慨深沉。颔联从自己方面抒写别后无穷的思念与离恨，比喻中寓象征，情感热烈缠绵、沉着深至。腹联转从对面着笔，于细意体贴中见情之深至。末联在刻骨的思念与忧伤中故作宽解，更见内心的悲痛和情之不能自已。全篇写别恨相思，纯粹抒情，不涉叙事，而感情的发展脉络清晰，转接自然，续续相生，环环相扣，没有作者其他无题诗常见的跳跃过大、比较晦涩费解的缺点。无论思想内容和艺术形式，都更为精纯。这种爱情诗，已经舍弃生活本身的大量杂质，提纯、升华为艺术的结晶。后代据这类无题去考证作者的恋爱事迹，犹执精以求粗，不知作者早已舍粗以取精了。

惟其精纯深至，它也就有可能融合作者某种人生感受，如政治上追求失意的苦闷和虽失意而不能自已的心理。姚培谦说：“此等诗，似寄情男女，而世间君臣朋友之间，若无此意，便泛泛然与陌路相似。此非粗心人所知。”不说它必有寄托，而说意可相通，可谓读此类诗一法。

无题四首（选三首）

来是空言去绝踪，月斜楼上五更钟①。梦为远别啼难唤，书被催成墨未浓②。蜡照半笼金翡翠，麝熏微度绣芙蓉③。刘郎已恨蓬山远，更隔蓬山一万重④！

［注释］

①两句说：当初远别时对方曾有重来的期约，结果却徒为空言，一去之后便杳无踪影。夜来入梦，忽得相见，一觉醒来，但见朦胧的斜月空照楼阁，远处传来悠长而凄清的晓钟声。如果说第二句是梦醒后一片空寂、孤清的氛围，那么第一句便是抒情主人公一声长长的叹息。②两句意谓：（因为远别而积思成梦，所以连梦也是伤别之梦。）梦中远别，不禁悲啼，但却悲极而咽，唤不出声来。梦醒之后，为强烈的思念之情所催迫，急切地草成给对方的书信，这才发现刚才匆忙中竟连墨还未磨浓。“为”，读平声，犹“是”。“墨未浓”是“书被催成”以后所见，这样写方真切有味。③蜡照：烛光。笼：罩。此指烛光所照及的范围。金翡翠：用金线绣成翡翠鸟图案的帷帐。烛光用罗罩盖住，故帷帐的上部为烛照所不及，因说“半笼”。一说，金翡翠即指画有翡翠鸟的烛台上的罗罩笼。温庭筠《菩萨蛮》词：“画罗金翡翠，香烛销成泪。”麝熏：古代豪贵人家用名贵香料放在香炉中熏被帐衣物。这里指麝香的芬芳气味。绣芙蓉：绣有芙蓉图案的床褥。两句说，残烛的余光半照着用金线绣成翡翠鸟图案的帷帐，芙蓉褥上似乎还依稀浮动着麝熏的幽香。这是梦刚醒时恍惚迷离的感觉。烛光半笼，室内或明或暗，恍然犹在梦中；而麝熏微度，更疑所爱的人真的来过这里，还留下依稀的余香。上句是以实境为梦境，下句是疑梦境为实境，写一时的错觉和幻觉生动传神。“金翡翠”、“绣芙蓉”，均为爱情的象征，更易触动这方面的联想。④刘郎：汉武帝刘彻与传说中同阮肇入天台山采药遇仙女的刘晨均可称“刘郎”。汉武帝曾派人入海至蓬莱山求仙，此处用“蓬山”字面，似用武帝事，但全篇内容与求仙无涉，系咏爱情，故仍以用刘晨事较切。“蓬山”泛指仙山，不必泥。传东汉永平间，剡县人刘晨、阮肇入天台山采药迷路，遇二仙女，被邀至家。半年后返里，子孙已七世。后重入天台访女，踪迹杳然。事见刘义庆《幽明录》。晚唐诗人曹唐有《刘阮洞中遇仙子》诗等五首，诗中有“免令仙犬吠刘郎”、“此生无处访刘郎”之句，是刘晨可称刘郎。刘禹锡“前度刘郎”亦用此。两句谓：刘郎已恨蓬山之远隔，更哪堪隔着千万重蓬山呢！细味诗意，似是双方本就咫尺天涯，仙凡相隔，而后对方又复远去，会合希望遂更渺茫。这两句是幻梦消失后的浩叹。末句点“远别”，与首句亦遥相呼应。

飒飒东南细雨来，芙蓉塘外有轻雷[①]。金蟾啮锁烧香入，玉虎牵丝汲井回[②]。贾氏窥帘韩掾少，宓妃留枕魏王才[③]。春心莫共花争发，一寸相思一寸灰[④]！

[注释]

①“飒飒”亦可状雨声，如杨师道《中书寓直》“飒飒雨声来”，王维《辋川集·栾家濑》“飒飒秋雨中”。东南：姜本、朱本作“东风”，蒋本、戊签、悟抄、席本、影宋抄、钱本、毛本均作“东南”。芙蓉塘：即莲塘。两句说，从东南方向飘来飒飒细雨，芙蓉塘外传来阵阵轻雷。“细雨”暗用“梦雨”典；“轻雷”暗用《长门赋》“雷殷殷而响起兮，声象君之车音”；“莲塘”在南朝乐府与唐人诗中常为男女相会传情之所。这一系列与爱情相关的词语，给予读者以丰富的暗示联想。细雨轻雷，隐隐传出生命萌动讯息，暗逗末联“春心莫共花争发”；而凄迷黯淡的色调又透出女主人公的怅惘忧伤和寂寞的期待。纪昀说：“起二句妙有远神，可以意会。”②金蟾（chán）：一种蛤蟆形状的香炉。啮（niè）：咬。锁：指香炉的鼻钮，可以开闭，放入香料。玉虎：指用玉石装饰的虎状辘轳。丝：指井索。两句谓：香炉虽锁，烧香时仍可开启添入香料；井水虽深，借辘轳牵引亦可汲上清泉。赋而寓含比兴。“烧香”、“牵丝”，谐“相思”；而香炉、辘轳，又常用作男女欢爱的象征或衬托。故这一联既是借室内外香炉啮锁、玉虎牵丝的物象衬托女主人公长日无聊、深锁春光的惆怅，又是暗示情之不能深藏久闭，见“烧香入”、“汲井回”而不免牵动情思。③贾氏窥帘：晋韩寿貌美，大臣贾充辟他为掾（yuàn）。一次充女在门帘后窥见韩寿，私相慕悦，遂私通。女以皇帝赐充的西域异香赠寿。后被贾充发觉，遂以女妻寿。事载《世说新语》。宓（fú）妃留枕：《文选·洛神赋》李善注说：魏东阿王曹植曾求娶甄氏为妃，曹操却将她许给五官中郎将曹丕。甄后被谗死后，曹丕将她的遗物玉带金镂枕送给曹植。植离京归国途经洛水，梦见甄后对他说：“我本托心君王，其心不遂。此枕是我在家时从嫁，前与五官中郎将，今与君王……”植感其事作《感甄赋》，后明帝改名《洛神赋》。（传伏羲氏之女宓妃溺死于洛水，遂为洛神。诗中“宓妃”借指甄氏。）两句意谓：贾氏窥帘，是爱韩寿的少俊；宓妃留枕，是慕曹植的才华。

言外含有无论结局或幸或不幸，但追求爱情的愿望都无法抑制的意思，即“春心应共花争发”之意，反跌下联“春心莫共花争发”。贾氏窥帘、赠香韩掾与上联“烧香”，甄后留枕、情思不断与上联“牵丝”也存在着若有若无的联系。④末联陡转反接，迸发内心的郁积悲愤：向往美好爱情的心愿（即所谓“春心”），切莫和春花争荣竞发，要知道寸寸相思都化成了寸寸灰烬！相思无望，终归幻灭，是抽象的概念，诗人由香销成灰生出联想，创造出“一寸相思一寸灰”的奇句，不但化抽象为形象，且以强烈对照显示美好情愫的被毁灭。在绝望、幻灭的悲愤中所显示的，正是永不泯灭的春心。

何处哀筝随急管，樱花永巷垂杨岸①。东家老女嫁不售，白日当天三月半②。溧阳公主年十四，清明暖后同墙看③。归来展转到五更，梁间燕子闻长叹④。

［注释］

①筝：古代弦乐器，最初五弦，后增为十三弦。“哀”形容乐声的清亮动人。管：古代竹制吹奏乐器。永巷：长巷。两句以“何处”发问领起，先写闻乐，再写哀筝急管相随之声从樱花盛开的深巷、垂杨轻拂的河边传出，生动表现出听者闻乐神驰、按声循踪的情状。《牡丹亭》中伤春的杜丽娘“良辰美景奈何天，赏心乐事谁家院”的感慨，与这两句相似。②东家老女：宋玉《登徒子好色赋》：“臣里之美者，莫若臣东家之子（指女子）。”古乐府《捉搦歌》：“老女不嫁，蹋地唤天。”嫁不售：嫁不出去。两句谓贫家老女婚嫁失时，面对丽日当天的暮春景物，益增迟暮之感。“白日”句似赋似兴，冯浩誉为“神来奇句”。③溧阳公主：梁简文帝女，有美色。嫁侯景，为景所宠。大宝元年（550）三月，景请简文帝禊宴于乐游苑。这里借指当时现实中的贵家女子。两句写东家老女和出游的贵家女子在清明节的和煦天气同墙观景。虽同对美景，而心事忧乐迥异。④两句说东家老女游春归来之后，辗转不寐，直到五更，只有梁间燕子听到她夜来的声声长叹。丝管竞逐、赏心乐事的场景，暮春三月、芳华将逝的景象，贵家女子无忧无虑的游赏，都是促使她“展转到五更”的原因。末句以梁燕闻长叹暗示其痛苦无人理解与同情，侧面虚点，似直而曲。

[评析]

《无题四首》，包括七律两首，五律、七古各一首（五律“含情春晼晚”未选）。体裁既杂，各篇内容也看不出有什么联系。其中有的篇章显有托寓，有的却像是纯粹的爱情诗。这似可说明《无题四首》并不是同时所作的有贯串主题的组诗。

第一首（来是空言去绝踪）写一位男子对远隔天涯的所爱女子的思念。“梦为远别”四字是一篇眼目。全诗围绕“梦”来写“远别”之情，但没有按照远别—思念—入梦—梦醒的顺序来写，而是用逆挽法，先从梦醒时的情景写起，然后再将梦中和梦后、实境和幻觉、梦境糅合在一起描写，不但暗透远别是入梦之由，梦的内容也不离短会远别，而且着意渲染梦醒时的迷离恍惚、真幻莫辨、孤寂凄清和强烈思念，最后方点明已隔蓬山、更复远别之恨，使伤别之情在回环递进中达于极致，从而具有震撼人心的艺术力量。全诗以梦醒时的长叹起，凌空而来，以幻觉消失后的怅恨结，迤逦而去，首尾照应，神理一片。

第二首（飒飒东南细雨来）写一位深锁幽闺的女子对爱情的热烈向往追求和希望幻灭的痛苦。和第一首写法有所不同。首联纯用景物烘托，微露内心的期待与怅惘。颔联赋而含比，明写室内外环境景物，暗寓孤寂境况中时时牵引的情思，由于综合运用隐喻、谐音等手法，务求深隐，读来不免费解。腹联连用两个爱情方面的典故，结局虽异，而两位女子大胆执著地追求爱情的精神则同，不妨看做女主人公的心理独白。末联一笔兜转，如火山迸发，沉痛悲愤、炽热激烈，与前六句之蕴蓄隐含形成鲜明对照，显示出久受压抑禁锢的痛苦灵魂内心郁积的总爆发。

上两首都像是纯粹的爱情诗。但把失意的爱情写得这样深挚浓烈，充满悲剧气氛，则和诗人的悲剧身世、悲剧心理仍有内在联系。蓬山重阻之恨、相思成灰之悲中也许融有仕途间阻、政治上的追求屡遭挫折一类人生感受。

第四首（何处哀筝随急管）则明显是有寄托的。诗中的“东家老女”和“溧阳公主”都是虚拟假托的寓言式人物。在景色明丽的暮春三月，一边是贵家女子无忧无虑、游春赏景，一边是东家贫女无媒难嫁、触景伤情。这幅对比鲜明的游春图，表现了贵显子弟和落拓寒士迥然不同的境遇。诗人所运用的这种以美女无媒难嫁托寓才士不遇的手法，明显渊源于曹植《美女篇》、《杂诗·南国有佳人》等比兴寓言体之作，在作者自己的诗作中（如《戏题枢言草阁三十二韵》末段）也有与此神似的寓托性描写。薛雪《一瓢诗话》说：“此是一副不遇血泪，双手掬出，何尝是艳作！”诗中“嫁不售”的“东家老女”，确实带有明显的自况意味。这首诗用七言短古体裁，语言明快通俗，有民歌风味，与七律无题以深婉秾丽见长有显著区别。

有感

非关宋玉有微辞，却是襄王梦觉迟①。一自《高唐》赋成后，楚天云雨尽堪疑②。

［注释］

①宋玉：战国时楚国著名辞赋家。微辞：婉转巧妙或隐含贬义的言辞。宋玉《登徒子好色赋》：登徒子短宋玉曰：“玉为人体貌闲丽，口多微辞，又性好色，愿王勿与出入后宫。”诗中“微辞”兼有委婉不露与托讽寓贬之意。襄王：指楚襄王。据说他与宋玉游于云梦泽，玉告以怀王曾游高唐，昼寝梦见巫山神女。襄王命宋玉为作《高唐赋》。其夜王寝，果梦与神女遇，明日再命玉作《神女赋》。这两篇赋过去曾被认为是寓讽襄王荒淫之作。如杜甫《咏怀古迹》（其二）说：“云雨荒台岂梦思?”梦觉（jiào）：梦醒。两句意谓：并

非宋玉特喜以隐含不露的言辞托讽，正因为襄王沉迷艳梦，迟迟不醒。②楚天云雨：指描写男女情爱之作。两句意谓：自从宋玉《高唐赋》问世以后，凡是描写男女情爱的作品便都值得怀疑为别有托讽了。

[评析]

作者常自比宋玉，且有“众中赏我赋《高唐》”的自白，这首《有感》正是托言宋玉自道其诗歌创作。但究竟是“为《无题》作解”（冯注引杨守智语），还是“为似有寓意而实无所指者作解”（纪昀语），则论者往往各执一端。其实，诗中二意兼而有之。前两句即暗示自己确有微辞托讽之作，而且是事出有因，不得不然。后两句则暗示自己另一部分写男女之情的诗作并不一定另有寄托，但人们因为受了微辞托讽的《高唐》式作品的影响，便都怀疑它们有寄托了。作者用“尽堪疑”的词语，一方面表明这种“疑”事出有因，一方面又表明这种笼统的疑并不符合实际。结合诗人的作品来看，他的这种表白是真实可信的。

贾　生①

宣室求贤访逐臣②，贾生才调更无伦③。可怜夜半虚前席，不问苍生问鬼神④。

[注释]

①贾生：即贾谊，西汉初期著名政论家、文学家。曾多次上书，主张削弱诸侯王势力，巩固中央集权；抗击匈奴侵扰，加强国防；重农抑商，积贮粮食。②宣室：汉未央宫前殿正室。访：征询、咨询。逐臣：被贬谪的臣子。这里指贾谊。他曾被文帝越级提拔为太中大夫，后为大臣周勃、灌婴等排挤，贬为长沙王太傅。数年后，文帝又将他召回长安，在宣室接见他。“宣室求贤”

指此。③才调：才气、才情。无伦：无比。《史记·屈原贾生列传》："是时贾生年二十余，最为少。每诏令议下，诸老先生不能言，贾生尽为之对，人人各如其意所欲出。诸生于是乃以为能不及也。""孝文帝初即位……诸律令所更定，及列侯悉就国，其说皆自贾生发之。于是天子议以为贾生任公卿之位。"才调无伦的赞语当兼包这类事实，不仅指宣室接见结束时文帝对贾谊的推服叹赏（参下注）。这句将议论和叙述融化在抒情色彩很浓的赞叹中，用笔巧妙。前两句由"求"而"访"而极赞，丝毫不露贬义。④可怜：可惜。虚：空自、徒然。前席：古人席地跪坐，"前席"谓移坐向前（在席上移膝向前）。苍生：老百姓。《史记·屈原贾生列传》："贾生征见。孝文帝方受釐（xī）（刚举行过祭神仪式，接受神的福佑），坐宣室。上因感鬼神事，而问鬼神之本。贾生因具道所以然之状。至夜半，文帝前席（因为谈得投机，不自觉地在坐席上移膝靠近贾谊）。既罢，曰：'吾久不见贾生，自以为过之，今不及也。'"两句意谓：可惜文帝空自夜半前席，虚心垂询，却不向贾谊请教老百姓生计命运的大事而是询问鬼神之道。第三句承中寓转，以"可怜"、"虚"轻点蓄势，末句方引满而发，射出直中鹄的的一箭。但仍只以"问"与"不问"作对照，点破而不说尽，词锋犀利而不失抑扬吞吐之妙。

［评析］

借贾谊贬谪抒写怀才不遇之感，久成熟套。本篇特意选取宣室夜召这一被封建文人视为臣君遇合盛事的题材，抓住前席问鬼这个典型细节，借题发挥，深刻揭示出封建君主表面上敬贤重贤，实际上不能识贤任贤，重鬼神而"不问苍生"的腐朽本质，和杰出才人在深受恩遇的表象下被视同巫祝、不能发挥治国安民之才的不遇的实质。不但选材新颖、立意深刻、构思巧妙，而且透露出诗人不以个人荣辱得失而以是否有利于国家苍生来衡量遇合的超卓胸襟。诗虽托汉文以讽时主，慨贾生而悯自身，但所揭露的问题则具有典型性和普遍意义。

"义山七绝以议论驱驾书卷，而神韵不乏，卓然有以自立，此体于咏史最宜。"（施补华《岘佣说诗》）本篇不但以议论为主干，巧妙无痕地融化史事，而且以抒情唱叹之笔贯串议论，将警策透辟的议论和深沉含蕴的讽慨融为一体，意味深长，耐人咀嚼。诗人成功地运用了欲抑先扬的手法，由“求”而“访”而“夜半前席”，层层铺垫，最后由强烈对照和突然转跌所造成的贬抑便特别有力。“可怜”、“虚”这两个似轻实重的词语，也加强了全诗的唱叹之致和讽慨之情。

龙池[①]

龙池赐酒敞云屏[②]，羯鼓声高众乐停[③]。夜半宴归宫漏永[④]，薛王沉醉寿王醒[⑤]。

[注释]

①龙池：在兴庆宫内。据《雍录》载：玄宗为藩王时，故宅在京城东南角隆庆坊。宅有井，井溢成池。中宗时数有云龙之祥，称龙池。开元二年(714)七月，以宅为宫，是为兴庆宫。旧址在今西安市兴庆公园。②敞：敞开。云屏：云母屏风。敞云屏，见宫中内外不分，妃嫔与诸王一起参加宴乐。这是宫中所设的家宴。③羯（jié）鼓：古代打击乐器，南北朝时经西域传入内地，因其出于羯族，故称羯鼓。开元、天宝间盛行。据南卓《羯鼓录》，其形制如漆桶，下以小牙床承之，击用两杖。其声焦烈，破空透远，特异众乐。玄宗极爱之。一次听琴未毕，遽止之，说：“速召花奴（汝阳王李琎小名）将羯鼓来，为我解秽！”上句的“敞云屏”和这句的“羯鼓声高”都反映出唐皇室统治集团受“胡俗”浸染的情况，诗人对此似有微词。羯鼓声高，众乐皆停，也透露出玄宗个人的爱好可以凌驾一切，这对作者所刺之事也是一种衬托。④宫漏：古代宫中的一种计时器，即铜壶滴漏。永：长。宫漏永是从不眠者（寿王）角度写的。⑤薛王：唐玄宗之弟李业曾封薛王，开元二十二年卒。其子李瑁（xuàn）嗣封薛王。此当指李瑁。寿王：玄宗子李瑁。先娶杨玄琰女玉环为妃。被玄宗看中，先度为女道士，然后纳入宫中。天宝四载（745）

正式册立为贵妃。寿王另娶韦昭训女为妃。两句写夜半宴罢归来，薛王沉醉不醒，寿王彻夜不眠。薛王心无隐痛，宴会上开怀畅饮，故归来自即沉醉酣睡。寿王身遭夺妻之痛之辱，平日早已积郁在胸，今日宴席上更受到强烈精神刺激，无心饮酒，亦不能宣泄愤郁，故归来自伴悠长的宫漏彻夜无眠。一“醒”字极富包蕴。

[评析]

这首诗揭露大胆，讽刺冷峻，表现手法则委婉含蓄，藏锋不露。既不流于一般化的议论，也避免展览秽恶。末句“醉”、“醒”对照，不但言外有事，亦言外寓情。通篇不下一字针砭，而倾向从场面情节自然流露。

白居易的《长恨歌》，意在歌咏李、杨生死不渝的深情，故对玄宗纳寿王妃事有意改作；李商隐此诗，旨在揭露玄宗荒淫秽恶的丑行，故据实直书，略无讳饰。主旨有别，对生活素材的处理也不同。唐代诗人思想较解放，创作也较自由，故每有直陈君恶之作。

复 京①

虏骑胡兵一战摧②，万灵回首贺轩台③。天教李令心如日④，可要昭陵石马来⑤？

[注释]

①复京：指李晟（shèng）收复长安事。德宗建中四年（783），唐军被淮西叛镇李希烈军队围困于襄城，唐朝廷派泾原兵前往救援。泾原兵经长安时，拥立朱泚为帝。唐德宗逃往奉天（今陕西乾县）。第二年，自河北前线入援奉天的朔方节度使李怀光又反，与朱泚联合。德宗又仓皇逃往兴元（今陕西汉中市）。神策军将领李晟率孤军驻守东渭桥，被朱泚、李怀光两支叛军夹在中间，他用忠义激励全军，保持锐气，终于扭转了极端危险的局面，李怀光被迫逃往河中。晟又连败朱泚军，于这年五月收复长安。六月，朱泚乱平。

②虏骑：指朱泚叛军。古代史籍中常称叛臣、逆臣为“虏”。胡兵：指李怀光叛军。李怀光本渤海靺鞨人，故称所部为胡兵，与称安史叛军为胡兵同例。一战摧：指李晟受命后迫退李怀光、屡败朱泚的战绩。③万灵：犹亿万生灵，万民。轩台：传说中黄帝的轩辕台，这里指皇宫。句意谓万民齐贺平叛战争胜利，皇帝大驾回宫。朱泚窃据皇宫称帝时，万民眼望车驾出奔的方向；待皇帝返宫，自然回首而贺。④教（jiāo）：使，让。李令：李晟。德宗兴元元年（784）六月，李晟因收复长安功，进官司徒兼中书令。心如日：犹说赤胆忠心。⑤可要：岂要。朱注本作“可待”。昭陵石马：唐太宗的陵墓叫昭陵，陵前有石刻的六匹骏马。据传安史之乱时，叛军攻潼关，唐军已败，贼将崔乾祐率白旗军左右驰突，忽有黄旗军数百队与之反复交战。过了一会儿，不见了黄旗军。后来，看守昭陵的官员报告，那一天昭陵前的石人石马都流汗。这句承上句，意谓：有李晟这样赤胆忠心的将领，自能一战而败叛军，岂须昭陵石马前来助战呢？

[评析]

本篇歌颂李晟平定朱泚之乱，收复长安的功绩，特别表彰他对国家统一事业的赤胆忠心。末句“可要昭陵石马来”，显然旁敲侧击地有所讽刺。唐后期拥有兵权的人，很少有像李晟那样忠心耿耿，许多对内、对外战争连年无功，多半由于将帅不能竭诚尽力。故诗人抚今思昔，借追颂李晟致慨。

浑河中[①]

九庙无尘八马回[②]，奉天城垒长春苔[③]。咸阳原上英雄骨，半向君家养马来[④]。

[注释]

①浑河中：指浑瑊（jiān），唐代中期著名将领。德宗因朱泚叛乱逃往奉天，浑瑊领家人子弟随后赶到，统率全军坚守围城，终于解奉天之围。复配合

李晟收复长安。后又与马燧围攻在河中的李怀光叛军，李兵败自杀。因浑瑊在收复长安后，兼任河中尹，河中、绛、慈、隰节度使，治河中十六年，故称“浑河中”。②九庙：皇帝祭祀祖先的庙，又称太庙，其中祖庙五，亲庙四，共九庙。九庙无尘：指叛乱已平，九庙不再“蒙尘”。八马：传说周穆王出游时乘八匹骏马，此指皇帝车驾。这句写长安光复，德宗回京。③奉天：唐京兆府属县，今陕西乾县。句意谓曾经进行过激烈保卫战的奉天，如今城垒上已长满了碧绿的苔藓。以此渲染克定叛乱后的和平宁静气氛，同时令人于眼前寂静的景色中回忆当年的激烈战斗。④养马：汉金日磾本匈奴休屠王太子，归汉后在黄门养马，得汉武帝赏识，迁为侍中，后立功封侯。《汉书·金日磾传》说他笃慎忠心，数十年无过失。据《旧唐书·浑瑊传》，浑瑊本铁勒九姓部落之浑部，为人忠勤谨慎，功高不伐，当时比之为金日磾。又，浑瑊的家人子弟参加了奉天的保卫战，当有不少人立功，如他有童奴名黄芩，力战有功，封渤海郡王（后改名高固，《旧唐书》有传），此处“养马”，又可指黄芩一类人物。两句既暗用“养马”事以金日磾比浑瑊，赞颂其忠勤谨慎的品德；又借咸阳原上有英雄之名的累累墓冢，所埋者有半数原属浑瑊门下的厮养，来突出浑瑊的贡献和身份。

［评析］

《复京》与《浑河中》分咏德宗时李晟、浑瑊二名将，不仅突出其复京、卫城的大功，并且赞颂其心如赤日、忠勤谨慎的品德。虽系咏史之作，但抚今追昔，其中不可能没有现实的感慨。程梦星说是“借往日之名将，叹今日之无人”，大体上符合诗意。会昌朝抗击回鹘、平定泽潞，尚有刘沔、石雄那样的良将，大中朝讨党项则连年无功，武将尽皆平庸无足称道，故两诗似有可能作于大中时期。

牡丹

锦帏初卷卫夫人①，绣被犹堆越鄂君②。垂手乱翻雕玉佩，折腰争舞郁金裙[3]。石家蜡烛何曾剪，荀令香炉可待熏[4]？我是梦中传彩笔，欲书花叶寄朝云[5]。

［注释］

①原注："《典略》云：夫子见南子在锦帏之中。"锦帏：织锦的帘帷。卫夫人：春秋时卫灵公的夫人南子，以美艳著称。《典略》载：孔子返卫，南子要孔子去见她。南子在锦帷中，孔子北面稽首，南子自帷中再拜，环佩之声璆然。这里活用故典，将"在锦帏中"改为"锦帏初卷"，形容牡丹正像锦帷乍卷、容颜初露的美妇人，艳丽华贵，光彩照人。"初卷"二字有神，传出牡丹初放鲜艳夺目情状与观赏者神摇意夺情态。②《说苑·善说篇》载：鄂君子皙泛舟河中，划桨的越人唱歌道："今夕何夕兮，搴洲中流，今日何日兮，得与王子同舟？蒙羞被好兮，不訾诟耻。心几烦而不绝兮，得知王子。山有木兮木有枝，心悦君兮君不知！"于是鄂君扬起长袖，行而拥之，举绣被而覆之。清人马位《秋窗随笔》说："越鄂君，'越'字误用。越人爱鄂君而歌，非越之鄂君也。"是。这句将牡丹的绿叶想象成绣被，将牡丹花想象成绣被拥裹着的越人，借此描绘初开的牡丹绿叶紧紧簇拥着红花的娇艳风姿。"犹堆"正点初放，与上句"初卷"相应。何焯说："起联生气涌出。"③垂手：舞及舞乐名，亦指舞姿。《乐府解题》："大垂手、小垂手，皆言舞而垂其手也。"折腰：舞名，亦指舞姿。《西京杂记》载："（戚）夫人善为翘袖折腰之舞。"折，旧本除戊签外均作招，今从戊签及朱鹤龄校。折腰争舞，英华作"细腰频换"。郁金裙：用郁金草染色的裙。张泌《妆楼记》："郁金，芳草也，染妇人衣最鲜明，染成则微有郁金之气。"两句用舞者翩跹起舞时垂手折腰，佩饰翻动，长裙飘扬的轻盈姿态形容牡丹在春风吹拂下枝叶摇曳的动人情态。清胡以梅据此二句谓所咏者为各色大丛牡丹，非单株独本。视"乱翻"、"争舞"之语，确似大丛牡丹。"雕玉佩"、"郁金裙"，似也暗点绿、黄不同之色。④石家蜡烛：据《世说新语》载：西晋石崇豪奢，用蜡烛当柴烧。蜡烛当柴，无须剪烛芯，所以说"何曾剪"。荀令：指荀彧，他曾守尚书令。曹操征伐在外，军国之事皆与彧筹商，称荀令君。据说他到人家，坐处三日香。参《梓州罢吟寄同舍》"衣香"注。可待：岂待、何待。两句分咏牡丹国色天香。说它的颜色像燃烧着的大片烛焰，但无须修剪烛芯；它的芳香本自天生，岂待香

炉熏烘？不待香炉熏烘，见牡丹天然香气之浓郁。陈贻焮说：“李山甫的《牡丹》诗说：‘数苞仙艳火中出，一片异香天上来。’和李商隐的这两句诗相较，虽在构思和表现上一曲一直，有所不同，但都具有很强的艺术效果。”（《谈李商隐的咏物诗和咏史诗》）⑤梦中传彩笔：《南史·江淹传》：“尝宿于冶亭，梦一丈夫自称郭璞，谓淹曰：‘吾有笔在卿处多年，可以见还。’淹乃探怀中得五色笔一以授之，尔后为诗，绝无美句。时人谓之才尽。”这里化用此典而反其意，表明自己富于才思与文藻。花叶：英华作“花片”。朝云：指巫山神女。两句总承上六句，谓面对如此美艳动人的国色天香，恍似梦见巫山神女，颇思借我生花妙笔，书此花叶，以寄歆慕之情于朝云。

［评析］

这是一首借咏物以抒风怀之作。从写法说，是借艳色（卫夫人、越人、贵家舞伎、巫山神女）以写牡丹；从寓意说，则是借牡丹以喻艳姝。牡丹与丽人，实两位而一体。构思巧妙，不露痕迹。前六句分咏牡丹花叶、情态、色香，均借富贵家艳色或富贵家故事比拟，固然由于牡丹是富贵华艳之花，须如此用笔方见本色，也暗示诗人意念中自有此如花之女子。末联由赏而思，将牡丹比作高唐神女，更透露有所思慕、欲寄相思的消息。朱彝尊斥此诗为“堆而无味，拙而无法，咏物之最下者”，纪昀却极赞其“八句八事，而一气涌出，不见襞积之迹”。作单纯咏物诗读，确有堆砌之弊；从寓托着眼，则容色情态，宛若有人，密实处也显得空灵了。末联用艳事丽语，却全不用雕镂刻画，以想象与风致胜，更使全篇都因此一结而灵动起来，变得富于情韵了。

李 花

李径独来数，愁情相与悬[①]。自明无月夜，强笑欲风天[②]。

减粉与园箨，分香沾渚莲[3]。徐妃久已嫁，犹自玉为钿[4]。

［注释］

①数：频繁。悬：牵。二句谓自己频频独来李径，愁绪牵绕，与李花正复相似。②李花色白，虽暗夜而有光，故说“自明无月夜”；李花繁而细，开时似笑，故说“强笑欲风天”。上句既写其暗夜独明，又伤其寂寞无赏；下句既伤其开不逢时，又慨其强笑混俗。冯浩说：“无月夜、欲风天，境象可慨矣。”③箨：这里指新竹。新竹表面有白色粉霜，故说“减粉与园箨”。两句意谓：李花减其粉白与园中新竹，分其幽香与池中白莲。朱鹤龄注引道源曰：“李开不与莲同时，此只仿佛其色耳。”冯浩说：“五六言才华沾丐他人。”④《南史·后妃传》：梁元帝徐妃与帝左右暨季江私通，季江每叹曰：“徐娘虽老，犹尚多情。”初，妃出嫁之夕，车至西州，雪霰交下，帷帘皆白。元帝以为不祥，后果不终妇道。玉为钿：用玉作花钿（金翠珠宝做成的花朵状头饰）。两句用雪白帷帘事将洁白的李花想象成玉做的花钿，说徐妃虽然出嫁已久，却仍然爱好洁白，盛自修饰，插戴着玉钿。

［评析］

咏李花即以自寓。首联物、我双起，揭出一篇主意，“独来”二字，见赏者之寡。次联写李花在暗夜风天中的处境、情态，自伤自慨中含有自赏。腹联托寓才华足以沾溉他人（园箨似喻后进新秀，渚莲似喻同幕文士），但自负中也暗含才而不见赏的自伤。尾联以徐妃久嫁，犹自以玉为钿，托寓自己虽历事他人，年华渐衰，犹自好其夙好，雅爱高洁，不减往昔风韵。全篇突出李花的洁白，作为自身精神美的象征。末联活用故典，舍弃有关徐妃淫逸的内容，独取其风韵犹存一点，借其出嫁之夕“雪霰交下，帘帷皆白”之事而加以想象发挥，为托寓品格之美作点睛，最见隶事的巧妙雅切。

离亭赋得折杨柳二首[1]

暂凭樽酒送无憀[2]，莫损愁眉与细腰[3]。人世死前惟有别，春风争拟惜长条[4]？

含烟惹雾每依依，万绪千条拂落晖[5]。为报行人休尽折，半留相送半迎归[6]。

［注释］

①离亭：即驿亭，送别的地方。赋得，为古人作诗拟题的习用语，即为某事物而写诗的意思。折杨柳：本乐府《汉横吹曲》名，古辞已佚。后人拟作，收入《乐府诗集》者，多伤春悲离之辞。另《梁鼓角横吹曲》亦有《折杨柳歌辞》，源出于北国。本篇为离亭即景伤别之作。②送：遣散。无憀：同"无聊"，精神无所依托的样子。③"愁眉"、"细腰"，双关杨柳与送别的女子。柳叶如眉，柳条袅袅，如女子细腰，故云。④争：怎么。拟：必定。两句意谓：人世间最悲痛的事在死前就只有别离了，又何必爱惜在春风中摇曳的柳枝而不让伤别的人尽情攀折呢？⑤两句意谓：柳枝在傍晚的暮霭中含烟带雾，总是显出依依惜别的情态，万缕千条，都在斜日落晖中轻轻飘拂。"依依"仍双关柳和送别女子的多情。⑥报：告。二句从"依依"生出，意谓：杨柳既如此多情，伤别的行人（兼包送者与行者）又何必将它折尽，而不留一半给人相送，另一半留待迎接行者的归来呢？屈复说："送迎俱是有情，故休尽折。"

［评析］

两首均离亭伤别即景之作，诗人自己不必在内。首章一、二句写离亭宴别，送者神伤。"莫损"是作者以第三者口吻表示劝慰，希望她不要因为伤别而憔悴瘦损。三、四句设为杨柳对答。劝以"莫损"，答以"争惜"，则自己的伤别瘦损更不必说。上幅写人而寓柳，下幅写柳而寓人，而无论瘦损腰肢与不惜长条，又都表现了这人格化的杨柳缱绻多情、不惜以身殉别的品性。次章一、二句画出杨柳于暮霭斜日中依依惜别之状，景、情、柳、人俱在其中。三、四句是诗人对行人的叮嘱，从依依惜别翻出依依迎归的奇想，劝其勿因伤别而尽折，而应想到日后的重逢。这就突破了折柳伤离的旧传统，创造了带有乐观情调的新意境。前首以柳之不惜尽折结束，“人世”句“惊心动魄”（何焯评语），淋漓尽致；后首以无须尽折结束，语浅情深，音情摇曳。前后对照，益见诗人对人格化的杨柳的深情体贴。

微雨

初随林霭动[①]，稍共夜凉分[②]。窗迥侵灯冷[③]，庭虚近水闻[④]。

[注释]

①林霭（ǎi）：笼罩在树林上的雾气。这句说微雨初起时，随着林霭的浮动悄然飘洒，浑然一体，几乎莫辨。②句意谓：渐渐地，它才和夜间的凉气有了区分。盖入夜之后，但觉凉气侵肤，开始时只以为是夜凉，久而方觉其为微雨。③迥：远。句意谓：窗户虽离室内的人尚远，却隐隐感到一股寒凉之气侵入户内，使孤灯明灭闪烁，透出冷意。④虚：空。句意谓：庭空夜静，依稀可以听到近处水面的细微淅沥声。

[评析]

写微雨不易，写夜间微雨更难。因为一般的视、听都不易辨，触觉又和夜凉难分。本篇写微雨，避免直接刻画，主要从周围环境和有关事物着笔，写出静夜中变得细致敏锐的触觉感受和听觉感受，以传微雨之神。一、二句写薄暮时视觉之浑然莫辨到入夜后触觉之由不辨到辨，“初”、“稍”二字表现体物的过程。三句写触觉的细微感受，因窗迥灯冷而得；四句写听觉的细微感受，因庭空人静而闻，都能紧扣静夜特点。这些都表现出诗人体物的细致。

细 雨

帷飘白玉堂[1]，簟卷碧牙床[2]。楚女当时意，萧萧发彩凉[3]。

［注释］

①这句亦比亦赋，既形容飘洒的细雨像帘帷飘拂在白玉堂前，又写出细雨灵风中堂前帷飘的景象。②这句由堂而室，谓因雨洒天凉，竹簟已从碧牙床上卷起。作者《秋月》诗“簟卷已凉天”可证。③楚女：指巫山神女。萧萧：本为形容头发的花白稀疏。这里系状发之纷披疏散。发彩：形容头发滑润富于光泽。两句因细雨如丝，进而联想到神女新沐后纷披的发丝。说眼前这丝丝细雨，不禁使人回想起神女当年的美好意态——披着新沐后的发丝，润泽而散发着凉意。

［评析］

本篇与《微雨》之重在表达对客观景物的细微体察与感受不同，侧重于抒写因细雨所引起的美好联想与记忆。题目“细雨”即含象征意味，近乎所谓“梦雨”。而“白玉堂”、“碧牙床”等富于象征暗示色彩的意象又进一步引发对“楚女”的联想。作者之意，并不在以神女的发丝形况细雨，而是借此抒写对往昔生活中美好片断的追忆。详味诗意，似是抒情主人公过去在细雨飘帷，秋凉簟卷之时，曾与“楚女”有过一段情缘，并对其“萧萧发彩凉”的美好意态留下深刻印象。今日重睹细雨，而其人已杳，故触景兴感。

雨

摵摵度瓜园，依依傍竹轩[1]。秋池不自冷，风叶共成喧[2]。

窗迥有时见，檐高相续翻[③]。侵宵送书雁，应为稻粱恩[④]。

［注释］

①摵（shè）摵：象声词。《文选·卢谌〈时兴诗〉》："摵摵芳叶零。"吕延济注："摵摵，叶落声也。"这里形容雨洒落的声音。依依：形容雨丝轻柔飘荡的样子。竹，冯引一本作"水"。②两句意谓：秋池因雨而平添凉意，风叶因雨而共成秋声。雨声、风声与风雨吹洒树叶的声音相杂，故说"共成喧"。③翻：飘翻。两句写秋雨由疏而密、由小而大。④侵宵：傍晚。稻粱恩：饲养之恩。稻、粱是雁的食料。两句写看到傍晚时分在秋雨中飞翔的雁，想象它该是因为报答主人的饲养之恩而辛勤传书的。冯浩说："此借慨身在幕府。"

［评析］

这是诗人身居幕府时咏雨抒怀之作。首联分别从听觉、视觉描写雨声雨态。吕本中很欣赏这一联，说："此不待说雨，自然知是雨也。……作咏物诗不待分明说尽，只仿佛形容，便见妙处。"（《吕氏童蒙训》）其实这首诗真正写得精彩的倒是颔联，它不但细致入微地写出了秋雨落在池塘、洒在风叶上时所带来的凄冷气氛和萧瑟秋声，而且透露了诗人凄寒悲凉的心境，融视、听、触、感诸觉为一体，笔意也极空灵蕴藉。尾联借雨中飞雁暗寓自身处境，与前三联所透露的凄其感受正相一致。

霜 月

初闻征雁已无蝉[①]，百尺楼南水接天[②]。青女素娥俱耐冷，月中霜里斗婵娟[③]。

［注释］

①《礼记·月令》："孟秋之月寒蝉鸣，仲秋之月鸿雁来，季秋之月霜始降。"陶潜《己酉岁九月九日》："哀蝉无留响，征雁鸣云霄。"初闻征雁，已无蝉声，时令已到深秋。征雁，南飞的雁。②楼南：朱本作楼高，英华作楼

台。按：诗写秋夜登楼遥望，作“楼南”较长。秋空明净，霜华、月光似水一色，故说“水接天”。“水”非实写，系暗写霜、月。何焯说：“第二句先虚写霜、月之光，最接得妙。”③青女：主管霜雪的女神。《淮南子·天文训》：“至秋三月……青女乃出，以降霜雪。”高诱注：“青女，青腰玉女，主霜雪也。”素娥：即嫦娥。作者《秋月》诗：“姮娥无粉黛，只是逞婵娟。”俱，读平声。耐：宜，称。婵娟：美好的容态。两句说，青女、素娥生性和清冷的环境相宜，此刻她们正隐身于月中霜里，在竞相展示她们美好的姿容风韵。

［评析］

诗写秋夜霜华月色，不停留在静止的外在的描绘刻画，而是将自己的独特感受与个性注入客观物象，着意表现霜月之夜的内在生命力和精神美。次句虚写霜月如水一色，已传出诗人对空明澄洁境界的诗意感受，为下“耐冷”预作渲染。三、四句进而将霜月交辉之景想象为青女素娥的竞妍斗美，以突出其宜冷的性格，不但将静景写得极富生趣，而且使无生命的霜月成为某种在幽冷环境中愈富生意和风韵的精神美的象征。作者在《高松》中曾发出“无雪试幽姿”的慨叹，此诗所写，正是其对面。

秋 月[①]

楼上与池边，难忘复可怜[②]。帘开最明夜，簟卷已凉天[③]。流处水花急，吐时云叶鲜[④]。姮娥无粉黛，只是逞婵娟[⑤]。

［注释］

①各本题均作“月”，此从英华。②首句各本均作“池上与桥边”，此从英华。两句谓在楼上与池边望月，都感到它的可爱和难忘。这一联总提。③这一联承“楼上”，说开帘望月，正值三五最明之夜，时届秋凉，竹簟已从床上收卷起来了。④这一联承“池边”，说池边赏月，池水在流光照映下，水花晶莹闪烁；云开月出，照映得旁边的云彩更加鲜洁。⑤两句总结，说素月不施粉

黛，只是充分显示她那高洁美好的容态。

［评析］

本篇写秋月雅洁明净，具有一种超凡脱俗的美。与内容相应，在写法上也洗尽铅华粉黛，纯从侧面虚点，以簟卷天凉、帘开夜明、水光闪烁、云彩鲜洁作衬，使人透过这一切描写想象她的空明皎洁。细参首尾两联，似有以秋月喻人之意。冯浩说：“艳情秀句，可与《霜月》同参。”可备一说。

泪

永巷长年怨绮罗[①]，离情终日思风波[②]。湘江竹上痕无限[③]，岘首碑前洒几多[④]。人去紫台秋入塞[⑤]，兵残楚帐夜闻歌[⑥]。朝来灞水桥边问，未抵青袍送玉珂[⑦]。

［注释］

①永巷：宫中的长巷，汉代幽闭宫中有罪嫔妃或宫女的地方。怨绮罗：怨恨绮罗遍身而不得与君主接近的不幸命运和闲冷生活。这句写深宫怨旷之泪。②思：读去声（sì）。这句说闺中思妇一天到晚为离情所苦，思念着远行在外、涉历风波的丈夫。这句写思妇念远之泪。③相传舜南巡，死于苍梧。他的两个妃子娥皇、女英追至湘江一带，哭舜极为悲哀，斑斑泪痕，染于竹上。这句写吊唁君主逝世的悲泪。历来多用“湘泪”来比喻臣子对故君的哀悼。作者《潭州》诗“湘泪浅深滋竹色”，内容与此类似。④岘（xiàn）首碑：晋朝名将羊祜镇守襄阳时，常游岘首山，饮酒赋诗。他死后，襄阳人在岘山建碑立庙。百姓感念羊祜的惠爱，望其碑者，莫不流涕。这句写感怀旧德的悲泪。洒，蒋本作泪，非。通篇不应出“泪”字。⑤紫台：即紫宫。江淹《别赋》：“明妃去时，仰天太息。紫台稍远，关山无极。”明妃，即王昭君。汉元帝时被选入宫。竟宁元年（前33），匈奴呼韩邪单于入朝要求和亲，她自请嫁匈奴。杜甫《咏怀古迹》（其三）：“一去紫台连朔漠，独留青冢向黄昏。”这句

写远赴绝域的悲泪，意谓一离开宫廷远赴绝域，便年年只见秋风入塞，人则永无重归之日了。⑥项羽被刘邦围困在垓下，兵少食尽。夜里听见汉军四面都唱着楚歌，感到大势已去，于是起来在帐中饮酒悲歌，涕泪俱下。这句写英雄末路的悲泪。⑦灞水桥：即灞桥，在长安东，是送别之处。青袍：唐代八九品官吏穿的官服，这里泛指寒士。珂（kē）：马络头上的装饰物，通常用贝做成，因色白如玉，故称玉珂。这里指代达官显宦。两句意谓：如果清晨在灞水桥边送别之地看一看，那就知道上面所说的种种悲痛之泪，都抵不上那青袍寒士送玉珂贵官时自伤穷途抑塞之泪来得更为沉痛。

［评析］

本篇前六句分写六种不同性质的泪，平列排比，不相连属，写法类似江淹《别赋》、《恨赋》，后两句结出正意，点明主旨，以前六种泪为后一种泪作衬，却与江淹二赋的构思有别。前六种泪中，有的可能与诗人的生活经历有关（如伤悼故君、怀念旧德、远赴绝域之泪），有的则只是一般的生活体验，与诗人身世遭遇的关系若即若离。而后一种泪却是感受至深、含有切肤之痛的泪。作者抑塞穷途，长期作幕，寄人篱下，俯仰随人，“归惟却扫，出则卑趋”。这种屈辱的处境，在“青袍送玉珂”的场合，因为贵贱相形，云泥悬隔，往往更令人难以忍受。诗中连用六种悲泪作反衬，正是为了突出这种穷途抑塞之痛的深刻与强烈。宋初西昆派只学这类诗的排比故实，却没有看到它的用意和构思方面的长处。倒是辛弃疾的《贺新郎·别茂嘉十二弟》取古代英雄美人离家去国之事以抒写别恨，与这首《泪》同仿《别赋》而各有创造。

赠柳

章台从掩映，郢路更参差[①]。见说风流极，来当婀娜时[②]。

桥回行欲断，堤远意相随[③]。忍放花如雪，青楼扑酒旗[④]。

［注释］

①章台：汉长安章台下街名。《汉书·张敞传》："时罢朝会，过走马章台街。"唐韩翃《寄柳氏》词："章台柳，章台柳，昔日青青今在否？纵使长条似旧垂，也应攀折他人手。"章台柳，诗词中每用作歌伎、妓女一类人物的代称。从：任。掩映：遮掩映衬。郢：战国时楚国曾都于郢，即湖北江陵县北纪南城。《世说新语·言语》载：桓温自江陵北征，经金城，看到他年轻时栽种的柳树，粗已十围，慨然叹曰："木犹如此，人何以堪！"参差：形容柳丝披拂之状。两句意谓：章台街里，江陵路上，柳丝曾任意掩映飘拂，呈现出美好的风姿。"章台"、"郢路"用典切柳，不必定指长安、江陵。"掩映"、"参差"起下"风流"、"婀娜"。②见说：听说。《南史·张绪传》：张绪少有清望，吐纳风流，每朝见，武帝目送之。刘悛之献蜀柳数株，枝条甚长，状如丝缕，帝植于灵和殿前，常赏玩叹息，曰："此杨柳风流可爱，似张绪当年时。""风流"隐用此典。两句意谓：早就听说柳的风流极致，今来相见，正当其芳华方盛，婀娜多姿之时。③桥回：桥曲。行：指柳树的行列。两句意谓：因为桥曲折回环，柳行好像要中断的样子；长堤远去，而柳枝则依依飘拂，似乎对人无限眷恋，深情相随。袁枚《随园诗话》："'堤远意相随'，真写柳之魂魄。与唐人'山远始为容，江奔地欲随'，皆是呕心镂骨而成。粗才每轻轻读过。"钱钟书说："'相随'即'依依如送'耳。"④青楼：这里指豪华的酒楼歌馆。两句意谓：如此风流多情的杨柳，岂忍飞花如雪，扑青楼的酒旗呢？言外有惜其芳华消逝之意。

［评析］

借柳喻人，咏其所思。所咏对象可能是歌伎一类人物。诗中不但描绘出柳的参差掩映、风流婀娜的风姿，而且传出其缱绻多情、依依相送的神态。"堤远"句纯用白描，笔意超妙。末联似有惋惜其芳华消逝于歌馆酒楼之意。诗可能是即席相赠之作。

春 雨[1]

帐卧新春白袷衣，白门寥落意多违[2]。红楼隔雨相望冷，珠箔飘灯独自归[3]。远路应悲春晼晚[4]，残宵犹得梦依稀[5]。玉珰缄札何由达？万里云罗一雁飞[6]。

［注释］

①这是春天雨夜怀人之作。②白袷（jiā）衣：白色的夹衣。白衫是当时人闲居的便服。白门：南朝民歌《杨叛儿》："暂出白门前，杨柳可藏乌。欢作沉水香，侬作博山炉。"这里可能是用"白门"借指过去和所爱女子相会之处，不一定实指金陵（《南史》："建康宣阳门谓之白门"）。两句写所爱者远去的寂寞惆怅：往日欢聚之处，寂寥冷落，不见对方踪影，意绪非常萧索，只能独自穿着白袷衣在春雨飘萧之夕和衣帐卧。帐，蒋本、姜本、戊签、影宋抄作帐。③红楼：当是对方原先的住处。珠箔（bó）：珠帘。这里借指雨帘。作者《细雨》："帷飘白玉堂，簟卷碧牙床。"也以"帷飘"形况细雨。两句写帐卧时回想寻访所爱者不见，独自归来的情景：隔着迷蒙的细雨，遥望对方住过的红楼，但觉楼空院冷，一片凄清的气氛；独归途中，细雨飘洒在手提的灯笼面前，犹如珠帘飘荡。④晼（wǎn）晚：日暮黄昏的情景。宋玉《九辩》："白日晼晚其将入兮。"这句设想远去的对方会有春晚日暮、盛时难再的悲感。意蕴与"晓镜但愁云鬓改"（《无题》）相近。"春晼晚"非眼前景。⑤这句说只有在残宵的迷梦中才能依稀见到对方的容颜。依稀：形容梦境的恍惚迷离。"梦依稀"回应"帐卧"。说"残宵犹得"，正暗示因思念对方而长夜难眠。⑥玉珰：玉做的耳坠。古时常以耳珰作为男女间定情致意的信物，并将耳珰附书信一起寄给对方，称为侑缄。这里的"玉珰缄札"，即此。缄札：书信。作者《夜思》"寄恨一尺素（写在素帛上的书信），含情双玉珰"，《燕台·秋》"双珰丁丁联尺素"，均可证。云罗：阴云弥漫如张网罗。雁：古代有雁足传书之说。这里"雁飞"兼寓传书的人。两句说，万里云罗，一雁孤飞，虽有

玉珰书札，恐也难以到达对方那里。

［评析］

这是重寻旧地，不见所爱女子，因而惆怅感怀之作。诗中借助飘洒迷蒙的春雨烘托别离的寥落与怅惘，渲染伤春怀远、音书难寄的苦闷，创造出情景浑融的艺术境界。“红楼”一联，不用典故藻饰，于色彩与感觉的反常对应（红楼而觉其冷）、雨帘与珠箔的自然联想中传出抒情主人公惆怅寥落的意绪，暗寓今昔的鲜明对比。“相望冷”、“独自归”的现境愈益触动对往日红楼高阁、珠帘灯影间旖旎风光的追忆，而现境的凄冷寥落也就愈加不堪。末联以云罗万里、一雁孤飞的景语作结，透露出路途的遥远和希望的渺茫，也富余味。“云罗”与“春雨”仍暗暗绾合。

代赠二首[①]

楼上黄昏欲望休[②]，玉梯横绝月如钩[③]。芭蕉不展丁香结，同向春风各自愁[④]。

东南日出照高楼[⑤]，楼上离人唱《石州》[⑥]。总把春山扫眉黛，不知供得几多愁[⑦]？

［注释］

①二首主人公都是女性，作诗口吻则为男性（第二首比较明显）。当是代男子赠女子的惜别之作。②欲望休：欲远望而还休。因为怕远望苍茫暮色而触动愁绪。③横绝：横断。玉梯横绝，写华美的楼梯连接层楼的情状。月如钩，系黄昏楼上所见。如，蒋本、姜本、悟抄、席本、钱本、影宋抄均作“中”，万绝、才调同。此从毛本、戊签。④芭蕉不展：指芭蕉的里层蕉心卷缩未展。钱珝《未展芭蕉》：“芳心犹卷怯春寒。”即“芭蕉不展”之意。丁香

结：本指丁香的花蕾，因丁香花实丛生如结，故云。这里“结”字用如动词，缄结、固结之意。两句即景兴感，用不展的芭蕉和丛生缄结的丁香花蕾来象征各自固结不解的愁怀。冯浩说：“彼此含愁，不言自喻。”⑤汉乐府《陌上桑》：“日出东南隅，照我秦氏楼。秦氏有好女，自名为罗敷。”此句化用其词意，暗示女主人公的美丽。⑥离人：指女主人公。《石州》：唐乐府曲名。胡震亨《唐音癸签》卷十三《乐通二·唐曲》云：“中宗景龙初，知太史事迦叶志忠表称：‘受命之初，天下先歌英王《石州》。’《石州》，商调曲也。”《乐府诗集》卷七十九有《石州》词一首，系戍妇思夫之作。⑦总把：纵将，即使将。春山眉黛：《西京杂记》：“文君姣好，眉色如望远山，脸际常若芙蓉。”二句意谓：纵然将眉毛画成春山的形状（也难以掩藏内心的忧愁），不知道这眉山之中能包含多少忧愁！“总把”、“不知”，一放一收，扬抑有致。

[评析]

二首均写离愁。前首写别离前夕，梯横楼阁，新月如钩，不但无心凭栏望远，而且连眼前的未展芭蕉和含苞丁香也都像含愁不解，更增彼此离绪。后首写晨起分别情景：日照高楼，人唱离歌，春山眉黛，纵然细加描画，也掩不住重重叠叠的离愁。通观两首，似是离席上代赠所别女子之作。这位女子，可能是平康北里中人。

两首都写得风华流美，情致婉转含蓄，纪昀说它是“艳体之不伤雅者”。首章三、四句移情入景，将对象人化，不主赋实，而重在抒写人的主观感受，写得很富象征色彩。不但把固结的愁绪形象化了，而且将彼此脉脉含愁无言相对的情景也成功地表现出来了。

暮秋独游曲江①

荷叶生时春恨生，荷叶枯时秋恨成②。深知身在情长在③，怅望江头江水声。

［注释］

①曲江：唐长安东南游览胜地，参《曲江》题注。②春恨：指相思之恨。秋恨：指伤逝之恨。“春”、“秋”代序，而恨则越来越深，引出下句。生，毛本作起。③程梦星说：“‘身在情长在’一语最为凄婉，盖谓此身一日不死，则此情一日不断也。”屈复说：“江郎云：‘仆本恨人。’青莲云：‘古之伤心人。’与此同意。”

［评析］

这是一首伤悼情人的小诗。诗人在曲江“荷叶生时”遇意中人而种下相思之恨，于曲江“荷叶枯时”而其人亡故，铸成伤逝之恨。重游旧地，抚迹伤情，遂觉此恨绵绵，永无绝期。此诗语浅情深，似直而富余韵。第三句固然是极沉挚的至情语，但如无末句以不尽语作收，全篇便不免一泻无余。“江头江水声”，不说“听”而说“望”，似无理，却传出怅然茫然情态，特具神味。

碧城三首（其一）①

碧城十二曲阑干②，犀辟尘埃玉辟寒③。阆苑有书多附鹤，女床无树不栖鸾④。星沉海底当窗见，雨过河源隔座看⑤。若是晓珠明又定，一生长对水晶盘⑥。

［注释］

①碧城：仙人所居之城。《太平御览》卷六七四引《上清经》：“元始（天尊）居紫云之阙，碧霞为城。”常用以借指道教宫观。本篇所写，当是女道士观。作者《河内诗·楼上》写女道士，也有“碧城冷落空蒙烟”之句。原诗三首，这里选第一首。②南朝乐府《西洲曲》（《玉台新咏》以为江淹作）：“阑干十二曲，垂手明如玉。”句意谓碧城仙居，有曲曲栏杆环绕着。“十二”泛言其多，不必指实数。③犀：指犀角。辟：辟除。传说犀角可以辟尘。《述异记》：“却尘犀，海兽也。然（燃）其角辟尘。致之于座，尘埃不

入。”玉辟寒：传说玉性温润，可以辟寒。这句暗写碧城仙居的洁净、温煦。仙居每以高寒为言，此处言“玉辟寒”，似是暗示其为欢爱温暖之所。冯浩说：“入道为辟尘，寻欢为辟寒。”似过于指实。诗句是描绘境界、渲染气氛，使读者想象得之，并非直接设喻。④阆苑：传说中的神仙住处。道源注：《锦带》：“仙家以鹤传书，白云传信。”褚载诗：“惟教鹤探丹邱信，不遣人窥太乙炉。”女床：传说中山名。《山海经·西山经》：“女床之山……有鸟焉，其状如翟而五采文，名曰鸾鸟。”“女床”含义双关。“鸾”指男性。两句谓此仙居阆苑，幽期密约，多凭鹤使传书；女床之上，男欢女爱，无不双栖双宿。曰“多”、曰“无不”，可见所指非一，“碧城”中皆如此。⑤旧注此联多歧解。陈贻焮谓“星沉海底”即星没，指清晨，《嫦娥》“长河渐落晓星沉”可证。甚是。二句承“女床栖鸾”，暗写幽欢既毕，天将破晓，分手前双方当窗隔座相对相望情状。碧城天上宫阙（暗喻道观所处高峻），所以晓星沉海，当窗可见，雨过河源，隔座可望。但写景中兼有托寓。“雨”取云雨之意。欢会既罢，又将别离，故当窗隔座，默然相对，见星沉海底，良时已过，不免怅然有触。《明日》诗前幅写幽欢既毕情景：“天上参旗过，人间烛焰销。谁言整双履，便是隔三桥。”意可互参。冯浩说：“以寓遁入此中，恣其夜合明离之迹也。”⑥晓珠：旧注或谓指不夜珠（朱鹤龄），或谓指日（《唐诗鼓吹》注），均非。陈贻焮说：“晓珠不过是说清晓的露珠……露珠易干，虽明而不（固）定，所以希望它既明又定。”亦是。水晶盘：旧注或引汉成帝为赵飞燕造水晶盘，令宫人掌之而歌舞事，或引董偃以玉晶为盘，贮冰于膝前事，均未切。水晶盘未必用典，系切晓珠而言。两句即因夜合晓离，不能朝夕相伴而生幻想：所爱的女子如果能化为“明”而“又定”的宝珠，那么就可贮之于水晶盘中而一生永对了。晶莹玲珑的宝珠和水晶盘相衬，益显其人的莹洁清美。李商隐写女冠，每用这种笔法，如“衣薄临醒玉艳寒”、“慢妆娇树水晶盘”、“不寒长著五铢衣”等。

［评析］

《碧城三首》均咏与女冠的恋情。这一首起联画出道观的高峻华美、温煦洁净，为下面写女冠爱情与晓离遥望张本。次联即明点这清净的道观实际上是幽期密约、男欢女爱之所，“女床”句巧合双关。以上两联不妨看做对这组诗中所写的秘密爱情整个环境的展示。腹联乃从环境描写转到男女双方。两句写晓离情景，有丰富暗示性，境界高远开阔。末联又由晓离不能长聚生出“一生长对”的幻想，比喻新颖精巧，画出对方莹洁的风韵，且与起联“犀辟尘埃”相应。全篇意脉似断而连，有神无迹，意境既清而温，不施浓艳，符合所咏对象的特点。

圣女祠

松篁台殿蕙香帏，龙护瑶窗凤掩扉①。无质易迷三里雾，不寒长著五铢衣②。人间定有崔罗什，天上应无刘武威③。寄问钗头双白燕，每朝珠馆几时归④？

[注释]

①二句写圣女祠的华美，谓青松翠竹，围绕着圣女祠的台殿，殿内有绣着蕙草的帷帐置放神像，华美的窗扉上刻镂着龙凤。形容女子美质，古代诗赋每言“蕙心”、“蕙质”，这里用“蕙香帏”，也兼有渲染圣女美质之意。②无质：没有身体形迹。三里雾：《后汉书·张霸传》附《张楷传》：“（楷）性好道术，能作五里雾。时关西人裴优亦能为三里雾。”五铢衣：古代传说中神仙所穿的极轻的衣服。铢，重量单位，汉制二十四铢为两，十六两为斤；唐制十分为一钱，一钱等于二铢四絫。尚有其他异说，不备列。五铢，极言其轻。唐郑还古《博异志》载：贞观中，岑文本于山亭避暑，有叩门云：“上清童子元宝参。”衣浅青衣。文本问冠帔之异。曰：“仆外服圆而心方正，此是上清五铢衣。”又问曰：“比闻六铢者天人衣，何五铢之异？”对曰：“尤细者则五铢也。”二句形容圣女神像服饰之轻华，说圣女神披裹着轻纱雾縠一类极薄而半透明的衣服，看上去好像是迷茫的三里雾笼罩着宛若无质的形体，大概是仙人不畏寒冷，所以常年穿着这轻薄的五铢仙衣吧。贺裳《载酒园诗话》：“可望不可亲，有是耶非耶之致。”③崔罗什：唐段成式《酉阳杂俎》载：清河人崔

罗什夜过长白山西刘氏夫人墓，忽见朱门粉壁，一青衣出，遇什曰："女郎须见崔郎。"遂引以相见。女郎乃平陵刘府君之妻，侍中吴质之女。什与论汉魏时事，悉与魏史符合。什辞出，女与其订十年相见之约。后十年，崔食杏未半而卒。诗文中常用此为人神交接的典故。刘武威：不详。旧注引《后汉书》武威将军刘尚，《神仙感遇传》汉武威太守刘子南从道士尹公受务成子萤火丸，佩之隐形，均未必即此"刘武威"。刘禹锡《和乐天诮失婢榜者》："不逐张公子，即随刘武威。"可见刘武威为当时诗家所习用。此处崔罗什、刘武威疑均泛指风流才俊之士。"人间定有"、"天上应无"，言外有仙界不如人间，人间可求佳偶，天上则无从求觅相知之意。④钗头白燕：《洞冥记》载：元鼎元年（前116），起招灵阁，有神女留玉钗与（武）帝，帝以赐赵婕妤。至元凤中，宫人犹见此钗，共谋欲碎之。明旦发匣，唯见白燕飞升天。后宫人学作此钗，因名玉燕钗。钗头白燕，指玉燕钗上作为装饰的双燕。珠馆：指天上仙宫。两句意谓：试问圣女神像头上的钗头白燕，圣女神每日何时从天上珠馆归返于此呢？系想望之辞。

[评析]

首联写祠，以下三联都是瞩望圣女神像的感受和想象。这首诗的写作，颇似神话剧《宝莲灯》中刘彦昌之题诗于华山圣母庙。诗人风流才俊，入圣女祠，望见神帏中圣女像轻纱雾縠，宛如人间佳丽，遂生人神恋爱一类非非之想，而有人间胜于天上的调谑和珠馆何时归来的企盼。把它作为圣女祠题壁诗来读，意自豁然可通。颔联描绘圣女神像，不但形象鲜明如画，而且传出洁丽而幽雅、动人而迷离惝恍的风神意态；极富想象，而又具有人间生活气息。圣女祠可能是道观的异称，圣女神身上也可能有女冠的影子。

嫦娥

云母屏风烛影深①，长河渐落晓星沉②。嫦娥应悔偷灵药③，碧海青天夜夜心④。

［注释］

①云母：一种柔韧富于弹性的矿物，晶体透明，有珍珠光泽，其薄片可用作屏风、窗户、车等装饰。这句写室内，云母屏风上笼罩着一圈深暗的烛影。“烛影深”表明蜡烛越烧越短，幽暗的光影愈来愈大，暗示夜已很深。②长河：指银河。秋天的夜晚，银河随着夜深逐渐西移，至破晓前落近地平线以至消失。晓星：指稀疏的晨星。沉：隐没。或说晓星指清晨出现于东方天空的启明星，与“沉”字似更切合。这句写室外。银河渐落，晓星隐没，表明由夜深直至天明。着一“渐”字，暗示了时间的推移，赋予“深”、“落”、“沉”字以渐进的动态感。两句借室内外景物写抒情主人公清冷孤寂的环境氛围和永夜不寐的情景。③嫦娥：神话传说中的月中仙子。《淮南子·览冥训》高诱注：“姮娥，羿妻。羿请不死之药于西王母，未及服之。姮娥盗食之，得仙，奔入月中，为月精。”姮娥，即嫦娥。④碧海：青碧的大海。明月晚间从碧海升起，历青天而复入碧海，故说“碧海青天夜夜心”。李白《把酒问月》：“但见宵从海上来，宁知晓向云间没？”二句意谓：嫦娥想必懊悔偷吃了仙药，以致夜夜独处月宫，历青天而归碧海，凄冷孤寂之情难以排遣吧。这是抒情主人公遥望碧天孤月时产生的浮想。

［评析］

这首诗前两句抒写主人公清冷孤寂的处境和通宵不寐，为寂寞所煎熬的情景。后两句由自身处境揣想独处月宫的嫦娥永恒的寂寞和悔偷灵药的心理，从对面进一层抒写自己的索寞苦闷。这是一个追求超越尘世而使自己处于难以禁受的孤寂境界的苦闷灵魂的自白。由于诗人在构思过程中镕铸了多方面的生活感受和体验，所抒写的情感便带有相当大的典型性和概括性。作者曾以“月娥孀独”喻女冠的孤孑，以“窃药”喻她们的慕仙修道，《月夕》诗中更以“兔寒蟾冷桂花白，此夜姮娥应断肠”来抒写对某一女冠的思念与同情，因此，说这首诗包含了对慕仙入道而不堪孤寂的女冠的同情体贴，是可以成立的。但诗中所抒写的既高远澄洁又孤独寂寞的境界，既自赏又自伤、既追求向往又自悔自怨的复杂情绪，又与诗人自己追慕高洁而不免孤孑的境遇声息相通。嫦娥、女冠、诗人，不妨说是三位而一体，境类而心通。借咏嫦娥喻女冠怀人、自伤孤孑等说也不妨在诗人的独特感受的基础上统一起来。

[备考]

谢枋得曰："嫦娥贪长生之福，无夫妻之乐，岂不自悔？前人未道破。"（《唐诗品汇》引）

何焯曰："自比有才调，翻致流落不遇也。"（《李义山诗集辑评》）

姚培谦曰："此非咏常娥也。从来美人名士，最难持者末路，末二语警醒不少。"（《李义山诗集笺注》）

屈复曰："常娥指所思之人也。作真指常娥，痴人说梦。"（《玉谿生诗意》）

程梦星曰："此亦刺女道士。首句言其洞房曲室之景。次句言其夜会晓离之情。下二句言其不为女冠，尽堪求偶，无端入道，何日上升也？盖孤处既所不能，而放诞又恐获谤，然则心如悬旌，未免悔恨于天长海阔矣。"（《重订李义山诗集笺注》）

纪昀曰："意思藏在第一句，却从常娥对面写来，十分蕴藉。此悼亡之诗，非咏常娥。"（《李义山诗集辑评》）

张采田曰："义山依违党局，放利偷合，此自忏之词，作他解者非。"（《玉谿生年谱会笺》）

银河吹笙[①]

怅望银河吹玉笙，楼寒院冷接平明。重衾幽梦他年断，别树羁雌昨夜惊[②]。月榭故香因雨发，风帘残烛隔霜清[③]。不须浪作缑山意，湘瑟秦箫自有情[④]。

［注释］

①截取首句中“银河吹笙”四字为题，犹无题。②接平明：天色接近黎明。他年：昔年。别树：犹别枝、斜出的旁枝。羁雌：孤栖的雌鸟。以上四句倒叙，意谓重衾幽梦之欢，早望断于他年，而不复追寻，昨夜别树羁雌，悲鸣惊梦，梦醒以后，更感到楼寒院冷、孤孑凄清，因而怅望银河，吹笙寄情，直至天明。牛郎织女犹有年年一度相聚，自己却永世孤栖，所以说“怅望银河”。昨夜所惊之梦，即他年已断之梦，主观上已不复追寻，昨夜却仍然入梦，正见情之不能自已。重衾幽梦，指美好的爱情之梦。③榭：建在高土台上的敞屋。故香：指已开过的残花的余香。两句意谓：月榭旁的残花由于近日经雨，此刻正散发出依稀的幽香；风帘中的残烛在隔帘的清霜映衬下，愈显出凄清的情韵。朱彝尊说：“此联从第二句来。”④缑山：又名缑氏山，在今河南偃师市。据《列仙传》：周灵王太子晋喜吹笙作凤鸣，为浮丘公引往嵩山修炼。三十余年后，在缑氏山顶上，向世人挥手告别，升天而去。缑山意，指修道成仙的意愿。湘瑟：《楚辞·远游》：“使湘灵鼓瑟兮。”湘灵，即湘夫人，传为虞舜之妃。秦箫：秦穆公时有萧史者，善吹箫，能致白鹄、孔雀。穆公女弄玉好之。秦穆公为筑凤台以居之。后弄玉乘凤、萧史乘龙，升天而去。事见《水经注·渭水》及《列仙传》。湘瑟、秦箫，这里喻指人间夫妇之乐。两句意谓：不要空自立下修道成仙的意愿，要知道湘灵鼓瑟、秦台吹箫，人间夫妇本自有深挚的情爱。末句亦可解为道观中的男女道士亦可产生爱情，结为佳偶。

［评析］

这首诗写一位女冠孤孑凄清的处境、心情，和对人间爱情不能自已的向往欣慕，反映出求仙学道、宗教清规和人的正常爱情生活的矛盾。诗人抓住中宵惊梦后的情景，集中抒写女主人公的细微心理活动和对环境的微妙感受，达到人物心境与环境浑然一体的境界。“重衾”句暗示入道以后，爱情的欢乐已不可寻，“别树”句则又暗示昨夜仍然入梦，一“断”一“惊”之间，正显示出宗教清规难以禁锢人的心灵。点出“羁雌”惊梦，暗切女冠身份。“月榭”一联，写景抒感，寄兴在有无之间，“故香”因雨而发，“残烛”隔霜而清的景象，含有比兴象征意味，能引发读者对女主人公身世、处境、心境的广泛联想，却不必过于指实。首联以吹笙起，暗寓道流，末联以湘瑟秦箫结，暗喻人间夫妇（或道观爱情），前后对映，结构也很完整。

昨 日①

昨日紫姑神去也②，今朝青鸟使来赊③。未容言语还分散，少得团圆足怨嗟④。二八月轮蟾影破⑤，十三弦柱雁行斜⑥。平明钟后更何事？笑倚墙边梅树花⑦。

[注释]

①取首二字为题，并非专咏昨日情事。②紫姑神：旧俗于正月十五日迎紫姑神以问祸福，参《正月十五夜闻京有灯恨不得观》注。这里借指自己所爱的女子。“昨日”当是元夕。③青鸟：借指传递消息的使者，参《汉宫词》注。赊：迟。一说“赊”系语辞，与上句“也”字相对。“来赊”，犹来兮。张相谓二句即紫姑昨去，青鸟今来之意。（见《诗词曲语辞汇释》卷五）但细按全诗，似无青鸟使来之迹。也，悟抄作了。④少：稍。足：堪。两句说：昨日匆匆相会，稍得片刻团圆，但还没有来得及细诉衷曲就分散了，想来实在令人怨怅叹息。⑤ 二八：指阴历十六日。蟾影破：月亮开始不圆。传说月中有蟾蜍，这里以蟾影指月。⑥ 十三弦柱：指筝的弦柱。筝有十三弦，每弦系一柱。雁行斜：形容筝柱斜列像雁飞时排成的斜行。这两句借圆月之缺与筝柱之单（十三是单数）喻双方的分离。二八月轮与十三弦柱都是即目所见的景物。看到它们，便触动别离的怨嗟，联想自然。⑦平明：指明日清晨。两句想象对方明日清晨疏钟响后笑倚墙边梅树的情景。

[评析]

这是作者爱情诗中清新明快的一格。诗咏昨日小会遽别和今夕相思。首联方别而嫌音书之迟，正见相思之殷。次联追叙昨日匆匆晤别，虽感惆怅遗憾而无沉重的悲伤。腹联即景兴感，比中有赋。上六句一气流注，末联却从今夕宕开，转想明日对方笑倚梅花情景，悠然神往，益见相思之殷，而所爱者清丽的风神和若有所思的情态也隐见言外，淡淡收住，最富含蕴。

为 有①

为有云屏无限娇，凤城寒尽怕春宵②。无端嫁得金龟婿，辜负香衾事早朝③。

［注释］

①摘首句头两字为题，亦无题一类。②为：因。凤城：指京城。参《流莺》注。两句意谓：因为有云屏的障掩映衬而显得无限娇美，京城的寒冬已经过尽却害怕短促的春宵。“怕春宵”伏下“事早朝”。上句写其富贵娇媚，下句写其贪恋春宵。③无端：不料。金龟：《旧唐书·舆服志》：“天授元年九月，改内外所佩鱼并作龟。久视元年十月，职事三品已上龟袋，宜用金饰。”金龟婿，犹言贵婿。香衾：香暖的被窝。两句谓不料嫁得贵婿，反而因为丈夫要趋事早朝而辜负了香衾的温煦。何焯说：“此与‘悔教夫婿觅封侯’同意，而用意较尖刻。”冯浩说：“言外有刺。”

［评析］

本篇作意和王昌龄《闺怨》同中有异。王诗对“悔教夫婿觅封侯”的闺中少妇，重在表现其青春的觉醒，笔端透露同情；李作则对“嫁得金龟婿”的少妇微寓讽慨。“无端”二字，描绘少妇事出意料、自怨自艾的神情口吻，暗透托青春于富贵反为富贵所误的意蕴，最宜玩味。

日射[1]

日射纱窗风撼扉，香罗拭手春事违[2]。回廊四合掩寂寞[3]，碧鹦鹉对红蔷薇。

［注释］

①取首二字为题。②扉：门扇。香罗拭手：系细节描写，表现女主人公寂寞无聊意态。拭，蒋本、姜本、悟抄、席本、钱本、影宋抄、毛本均作掩，于义未妥，当涉下“掩”字而误。春事违：含义双关，既指辜负大好春光，也暗喻辜负青春年华。③回廊：曲折回绕的长廊。掩寂寞：谓女主人公的寂寞苦闷之情被朱门深院所掩，情事不为外人所知。

［评析］

这是一首闺怨诗，可与刘禹锡《和乐天春词》同参。二诗均写风和日丽之时，朱门深院、闭锁春光的情景，以曲传女主人公青春虚度的幽怨。刘诗以“行到中庭数花朵，蜻蜓飞上玉搔头”的典型细节暗透幽寂无聊之况，李诗以“碧鹦鹉对红蔷薇”的鲜丽景物反托朱门深院的寂寥，都能言外见意。陆鸣皋说：“花鸟相对间，有伤情人在内。”（《李义山诗疏》）纪昀说：“佳在竟住。”角度不同，而各得其妙。

屏风

六曲连环接翠帷[1]，高楼半夜酒醒时。掩灯遮雾密如此，雨落月明俱不知[2]。

[注释]

①六曲：十二扇叠为六曲。古代屏风每置于床边，以障蔽和挡风，故说“接翠帷”。②两句写半夜酒醒时的感受：屏风掩灯遮雾，如此严密，室外究竟是下雨还是月明全都不清楚。

[评析]

旧注多以为有寓托，且以“蔽明塞聪”、“深憾壅闭”为解。其实不过就“掩灯遮雾”一语加以比附。此诗所写，当是一时感触印象。高楼酣饮，浓睡翠帷，半夜酒醒，但见床横六曲屏风，掩灯遮雾，不知身处何所，亦不知室外雨落或月明。诗人所要表现的正是在蒙眬状态中对高楼翠帷间幽绝境界的诗意感受，此外未必更有深旨，以寄托解之，反失诗趣。此诗所写已极近词境。

宫妓[1]

珠箔轻明拂玉墀[2]，披香新殿斗腰支[3]。不须看尽鱼龙戏[4]，终遣君王怒偃师[5]。

[注释]

①宫妓：指掖庭教坊中的歌舞艺人。崔令钦《教坊记》：“西京右教坊在光宅坊，左教坊在延政坊。右多善歌，左多工舞。妓女入宜春院谓之内人，亦曰前头人，尝在上前也。”《新唐书·百官志》：“武德后，置内教坊于禁中。武后如意元年，改曰云韶府，以中官为使。开元二年，又置内教坊于蓬莱宫侧。……京都置左右教坊，掌俳优杂技。”这里所说的宫妓，当指内教坊伎人。②珠箔：珠帘。玉墀：宫殿前白石的台阶。句意谓轻巧透明的珠帘轻拂着白石台阶。③披香殿：汉代未央宫内有披香殿，是汉成帝皇后赵飞燕歌舞过的地方。唐代庆善宫中也有披香殿。这里借这一色彩香艳而又容易引起历史联想的殿名泛指宫中歌舞的场所。白居易《红线毯》诗“披香殿广十丈余……美人踏上歌舞来”，也以披香殿指宫中歌舞场。斗腰支：各自竞赛着优美的身段

舞姿。④鱼龙戏：《汉书·西域传赞》颜师古注："鱼龙者，为舍利之兽，先戏于庭极，毕，乃入殿前激水，化成比目鱼，跳跃漱水，作雾障日，毕，化成黄龙八丈，出水敖戏于庭，炫耀日光。"这是一种新奇变幻的魔术杂技表演。⑤怒偃师：《列子·汤问》载：周穆王西巡途中，遇到一位名叫偃师的能工巧匠，献上一个能歌舞表演的假倡（类似木偶人），"锁（抑）其颐则歌合律，捧其手则舞应节，千变万化，唯意所适"。穆王以为真人，和宠姬盛姬等一起观看它的表演。快结束时，假倡"瞬其目而招王之左右侍妾"，穆王大怒，要杀偃师。偃师剖开假倡，原来都是由革木胶漆白黑丹青等材料拼合成的，穆王叹道："人之巧乃可与造化同功乎?"三、四两句意谓：等不到看完那出神入化的魔术杂技表演，就终归会使君王对偃师发怒。

［评析］

这首诗从宫廷歌舞场面写到"君王怒偃师"，构思显受偃师故事的启发。不过，诗人所注意的，并非"倡者瞬其目而招王之左右侍妾"这一具体情节，而是故事中所包含的以奇巧取悦于君王者反因此而遭怒得祸的内容，这从"不须"、"终遣"等带有冷嘲意味的词语中可以明显体味出来。诗虽题为"宫妓"，讽刺的矛头却并不是指向"斗腰支"的宫妓，而是指向弄奇斗巧以取媚邀宠的偃师式人物。联系《梦泽》、《宫辞》等借宫廷生活以寓讽政治的诗篇，不难看出诗人的意旨正是要预言玩弄政治机巧权术者好景不长。晚唐朋党倾轧，政治生活中固不乏这类偃师式人物。"未知歌舞能多少，虚减宫厨为细腰"，"莫向尊前奏《花落》，凉风只在殿西头"，和这首诗的三、四句，从意蕴到造语遣辞，都极神似。

宫辞

君恩如水向东流，得宠忧移失宠愁[①]。莫向尊前奏《花落》[2]，凉风只在殿西头[3]。

［注释］

①句意谓得宠则担心宠移爱衰，失宠则无限哀愁。冯浩说："次句谓得宠者以其昔忧移付失宠人矣。"非。②尊前：犹宴席上。《花落》：汉乐府《横吹曲》有《梅花落》曲，本笛曲名。唐代《大角曲》有《大梅花》、《小梅花》曲。奏《花落》，含意双关，既状得宠者在君前妙舞清歌，曲意逢迎；又似暗喻其志满意得，幸灾乐祸，以失宠者的不幸遭遇为乐（"花落"暗切失宠者命运）。③凉风：指秋风，暗喻君主的宠衰冷落。秋天多西风，故说"凉风只在殿西头"，暗喻遭到君主无情抛弃的厄运离对方（得宠者）很近，很快就会降临到头上。江淹《拟班婕妤咏扇》："窃愁凉风至，吹我玉阶树。君子恩未毕，零落在中路。"二句化用其意。冯浩说："下二句却唤醒得宠人，莫恃新宠，工为排斥，凉风近而易至，尔亦未可长保也。与上章（《宫妓》）寓意同。"

［评析］

这首《宫辞》，用笔的重点不在怨君主的宠衰爱移，而是讽得宠者的志满意得、曲意逢迎，不知道失宠的厄运正近在咫尺。"君恩如水向东流"在诗中是背景、环境和事件的根源，而不是讽刺的主要对象。"莫向"、"只在"，以过来人的身份口吻说话，冷嘲、警诫、怜悯之意兼而有之。"花落"既双关曲名与花落这一自然现象，又以自然界的花落暗喻人事的"花落"；而双关设喻的"花落"又和"凉风"关合得非常自然巧妙。何焯说："用意最深，人人可解，故妙。"深妙自然，确是此诗特点。

晚唐朋党倾轧，迭相消长进退，今日的得宠者不久后便变为失宠者。作者这首诗，很可能是有感而发。与《宫妓》、《槿花》、《梦泽》等同参，其托意自见。

访隐者不遇成二绝[1]

秋水悠悠浸野扉，梦中来数觉来稀[2]。玄蝉去尽叶黄落，一树冬青人未归[③]。

城郭休过识者稀，哀猿啼处有柴扉[④]。沧江白石樵渔路，日暮归来雨满衣[⑤]。

［注释］

①戊签题内无“成”字。②悠悠：安闲静止的样子。野扉：即下首的柴扉，指隐者所居简陋的门户。数：屡次、多次。两句说，一泓闲静的秋水正紧靠着隐居的柴门，这眼前的幽闲之境，过去梦中曾屡次来到但醒后却很少见到。暗示久已不到隐者所居，而梦魂却常萦绕怀想。野，影宋抄、席本、《万首绝句》作“墅”。③三、四句写隐者门前秋景：玄蝉已绝，树叶也黄落了，独有一树冬青仍然郁郁葱葱，呈现出欣然生意。冬青，常绿乔木。《本草图经》：女贞凌冬不凋，即今冬青木。“人未归”正点题内“不遇”。去，钱本、《万首绝句》作“声”。④两句紧承上首末句“人未归”，想象隐者在归途中不入城市（因为平常很少外出，认识他的人本来就少），心里惦念着哀猿啼叫的柴门蓬户的情景。两句写出隐者心理。⑤两句续想对方归途情景。满，《鹤林玉露》引此作“湿”。

［评析］

两首系联章体。首章写隐者未归，次章想象隐者归途。前首描绘隐者门前景物，闲静清疏中饶有生意，“一树冬青”正为“未归”主人传神写照。后首以归途沧江白石、细雨湿衣的清迥萧散之境衬出隐者精神风貌。两章都能在“不遇”中写出隐者风神，而不只是写景可以入画。

忆匡一师[①]

无事经年别远公[②]，帝城钟晓忆西峰[③]。炉烟消尽寒灯晦，童子开门雪满松[④]。

［注释］

①匡一：冯浩注："按《北梦琐言》：一云王屋匡一上人，一云王屋山僧匡一。疑此忆即其人。"按：《北梦琐言》卷三第二十八、三十三两条下分别有小字脚注云："王屋匡一上人细话之"，"八座事，得之王屋山僧匡一"。然是否即此诗所忆之僧人，则不能定。此从毛本、悟抄。②远公：东晋僧人慧远（334~416），于太元六年（381）入庐山，住东林寺传法，弟子甚多。相传他和十八高贤共结莲社，同修净业，后世净土宗（佛教的一派）尊其为初祖。这里借指匡一。③帝城：指京城长安。西峰：东林寺位于庐山西北麓，故称"西峰"。这里借指匡一所居的山寺。由帝城晓钟联想到山寺钟声，故说"帝城钟晓忆西峰"。④二句想象山寺清晨情景，承上"忆西峰"。

［评析］

一、二句由"别"而"忆"，平平道出，但"无事"、"帝城"，已将羁旅长安的厌倦无聊况味暗暗透出，为三、四句伏根。三、四句画出一个和帝城晓钟之际紫陌红尘、纷纷攘攘的情景截然相反的境界，不仅"相忆之情，言外缥缈"（纪昀评），而且向往之情，也溢于言表。诗中除"远公"借指匡一外，无一语正面描绘其人，但在清晨山寺的晓钟声中，在依稀的炉烟和黯淡的寒灯中，在"童子开门雪满松"的画面中，无处不闪动着匡一清迥绝俗的身影。田兰芳所说"不近不远，得意未可言尽"（冯注引），纪昀所说"格韵俱高"，分别从表现手法和意境风格上指出了这首诗的特点。

乐游原①

向晚意不适②，驱车登古原③。夕阳无限好，只是近黄昏。

［注释］

①乐游原：在长安东南，地势较高，四望宽敞，可以眺望长安全城。原为秦宜春苑。汉宣帝神爵三年（前 59）修乐游庙，因以为名。又名乐游苑。

唐武后长安年间，太平公主在此造亭阁。每逢正月晦日、三月三日、九月九日，长安士女多到此登赏。蒋本、悟抄、席本、影宋抄、钱本、《万首绝句》题内无“原”字；戊签作“登乐游原”。②向晚：傍晚。③古原：指乐游原。

［评析］

本篇抒写登古原遥望夕阳时所触发的好景不长之感。诗人既激赏晚景的美好，又因其“近黄昏”而无限低回流连、惋惜怅惘。惟其“无限好”，怅惘惋惜之情便愈浓重，三句之极赞正所以反跌末句之浩叹。诗人身处衰世，国运陵夷，身世沉沦，岁月蹉跎，对好景不长的感受特深。登古原骋望，见夕阳沉西时辽阔苍茫的景象，不免触发郁积于胸的上述感受，情与境偕，遂浑沦书感，而家国之忧、身世之感、时光流逝之恨一齐包括。意境的蕴蓄虚涵、概括的深广、感情的沉郁、表现的曲折，都非常突出。诗中所表现的对于美好事物消逝的叹惋，既有一定的普遍性，又带有那个衰颓时代特有的感伤色彩。本篇最近兴体，妙在有意无意、不即不离之间，若认作比体，便全失语妙。杨守智说：“迟暮之感，沉沦之痛，触绪纷来，悲凉无限。”纪昀说：“百感茫茫，一时交集，谓之怨身世可，谓之忧时事亦可。”二人都不仅看出其包蕴的丰富，而且触及其兴体的特质。

北青萝①

残阳西入崦②，茅屋访孤僧。落叶人何在，寒云路几层③？独敲初夜磬，闲倚一枝藤④。世界微尘里，吾宁爱与憎⑤！

［注释］

①北青萝：在今河南济源市王屋山中，是僧人结庐的地名。作者早年曾在王屋山的分支玉阳山中学仙求道。②崦（yān）：山。《山海经·西山经》：

“(鸟鼠同穴之山)西南三百六十里曰崦嵫之山。”注:“日没所入山也。”屈原《离骚》:“吾令羲和弭节兮,望崦嵫而勿迫。”这里以“崦”指西山。③访孤僧而不遇,但见落叶遍地,杳无人迹,寒云缭绕,山径层层。何焯说:“三四澹妙。”“‘路几层’亦透落句,不惟回顾‘孤’字,兼使初夜深山迷离如睹。”纪昀说:“三四格高。”④“独敲”、“闲倚”的主语是作者想象中的孤僧。因访而未见,故想其平日闲静幽绝的情景。何焯说:“‘独敲初夜磬’,写‘孤’字;‘初夜’顶‘残阳’来。”⑤微尘:佛教语,指极细小的物质。《北齐书·樊逊传》对问释道两教:“法王自在,变化无穷,置世界于微尘,纳须弥于黍米。”因为山高,故俯视下方,更有世界微尘、泯灭爱憎之感。这是诗人身处幽境的即景抒慨。

[评析]

本篇为访孤僧不遇,夜间独宿僧庐即景抒感之作。首、尾二联叙事起,抒感结;颔、腹二联分写眼前实景与想象中境界,而实中寓虚,虚中见实,虚实融合无间。“落叶”一联尤有淡远的情致韵味,接近韦应物《寄全椒山中道士》“落叶满空山,何处寻行迹”的境界。

河清与赵氏昆季宴集得拟杜工部[①]

胜概殊江右,佳名逼渭川[②]。虹收青嶂雨,鸟没夕阳天[③]。客鬓行如此,沧波坐渺然[④]。此中真得地,漂荡钓鱼船[⑤]。

[注释]

①河清:唐河南府属县,南临黄河。会昌三年(843)曾隶属孟州,旋又还属河南府。赵氏昆季:赵氏兄弟,指赵柷、赵皙兄弟。本篇是与赵氏兄弟在河清宴集,席上分拟杜工部体的诗。②胜概:风景佳胜。殊:异。江右:江西,这里泛指江南。逼:近。渭川:渭河。两句赞河清胜景不同于江南,而它的美名则可与清渭媲美。“殊江右”、“逼渭川”,分别点“河”、“清”。③雨

后初晴，彩虹高悬于青嶂之上，给人以彩虹收尽青嶂残雨的感觉；雨霁日出，飞鸟展翅远去，渐没于夕阳辉映的遥天之中。何焯说："三四清而丽。"宋宗元说："晚晴入画。"（《网师园唐诗笺》）④客鬓：犹客子，诗人自指。行：行将，下句"坐"义同。如此：承上句指如飞鸟之远去。渺然：邈远无际的样子。两句意谓：我这个鬓发苍黑的客子就要像远没天际的飞鸟那样远赴异方了，浩渺无际的沧波就将展现在程途中。二句戊签作"岁月行如此，江湖坐渺然"。⑤此中：指河清。两句赞河清作收，说此地真是佳胜之处，能在这里漂荡钓船实在是乐事。

［评析］

这首诗可能是诗人外出行役前离席即景言怀之作。起、结赞美河清风景佳胜和漂荡钓船之乐，隐透倦游意绪和对故乡近地（河清地近怀州）的留恋。"虹收"一联，写景明丽，境界高远。"第五句转接有力"（姚培谦评），正由于第四句在写景中已微露渺渺孤鸟远去之意。丽景与羁泊之情对照，更增身世之慨。诗骨格苍老，颇得杜甫律诗遗意。沈德潜评道："能以格胜。"

凉 思①

客去波平槛，蝉休露满枝②。永怀当此节，倚立自移时③。北斗兼春远，南陵寓使迟④。天涯占梦数，疑误有新知⑤。

［注释］

①凉思：凉夜的思念。②槛：栏杆。二句说客人乘舟去后，眺望眼前的江水，方才发现浩渺的江波已经和亭轩的栏杆几乎平齐了，夜蝉不知什么时候已停止了歌唱，枝头却已闪烁着盈盈的清露。何焯说："起联写小亭秋夜，读之亦觉凉气侵肌。"③两句意谓：自己在这清秋的季节悠长地思念着，倚栏伫立，竟然没有发觉时间的流逝。两句正写凉思。何焯说："（'倚立'句）写'思'字入神。"④兼：与，同。南陵：唐宣州属县（今安徽南陵县）。寓使：

因出使而流寓异地。两句谓：遥望北斗，感到它似乎和相隔已久的春天一样遥远，而自己寓使南陵，却仍然迟迟未能北归。诗人春天自北方出使南陵，至此已值秋令，故望北斗而思家室，叹春远而慨留滞。纪昀说："五句在可解不可解间，然其妙可思。"⑤天涯：这里指远在天边的妻室。占梦：即圆梦，据梦中所见预测人事吉凶。数（shuò）：频。疑误：误疑。两句承"寓使迟"，说远在天边的妻子恐怕要频频圆梦，误疑我在外别有新相知了。

[评析]

这是诗人奉使南陵、留滞思家之作。首联写客去夜深的清寥境界，从仿佛意外发现江阔波平、蝉休露盈的视听感受中显出时间的流逝和凉夜的寂寞，暗逗"思"字。领联正写思念的悠长，语淡情深，笔意空灵，似对非对，特具隽永的神味。腹联分写怀远之情和留滞之感，对映中益见怀远之情的深切，出句将空间的悬隔和时间的远隔在意念中融为一体，用一"远"字绾结，使时间之远同时具有空间的视觉形象，似无理而真切新颖。末联转从对面——妻室着笔，从遥想对方的"疑误"中进一层表现自己的深切思念和体贴。

此诗不能定编。张采田系于大中元年（847）居桂幕时，无确据。味诗意，当是诗人在北方某地为幕僚时奉使南陵思家之作，且所居之幕与妻子所在之地当相同或相近。似开成三、四年（838、839）在泾幕时寓使南陵的可能性较大。

滞 雨①

滞雨长安夜，残灯独客愁。故乡云水地，归梦不宜秋②。

[注释]

①为雨所滞，羁留长安，思乡而作。②云水地：因为淫雨，想象故乡此刻也成了云笼雾锁、雨水浸淫之地。故乡，当指郑州。两句谓：故乡云封水浸，归梦恐不宜在这霖雨淫淫之秋吧。姚培谦说："大抵说愁雨，皆在不寐

时，此偏愁到梦里去。”

［评析］

李贺《崇义里滞雨》说：“落漠谁家子，来感长安秋。壮年抱羁恨，梦泣生白头。瘦马秣败草，雨沫飘寒沟。南宫古帘暗，湿景传签筹。家山远千里，云脚天东头。忧眠枕剑匣，客帐梦封侯。”本篇内容与之相近，语则浑融含蓄，不施刻画，而客中孤寂之情如在目前，宦游失意之感自寓言外。诗由滞雨长安而生独对残灯的客愁，由思归不得而转生梦归故乡的想望，但又转想值此秋霖苦雨之际，故乡恐也为层云叠雾凄风苦雨所笼罩，故有“归梦不宜秋”的感慨。纪昀说：“运思甚曲，而出以自然，故为高唱。”

日　日①

日日春光斗日光②，山城斜路杏花香。几时心绪浑无事，得及游丝百尺长③？

［注释］

①诸本题一作“春光”，《万首绝句》题作“春光”。②斗：有引、凑、纷、对、趁、陡、嬉戏诸义，这里当如字解。丽日当空，春光烂漫，似是春光与日光争妍斗艳。着一“斗”字，将双方互争雄长的意态，方兴未艾的趋势和天地间热烈烂漫气氛全部传出。“斗”字用法与《霜月》“月中霜里斗婵娟”句的“斗”字相似。何焯说：“惊心动魄之句。”③浑：毛本、悟抄作“曾”。此从蒋本、姜本、戊签、钱本、影宋抄、席本及《万首绝句》。浑是“全”的意思，与末句“百尺长”亦相应。游丝：飘荡在空中的蛛丝，是春天晴日的特征性景象。两句意谓：什么时候我的心绪才全然没有一点缭乱不宁的成分，能够像眼前的百尺游丝这样悠长闲适呢？钱钟书《谈艺录》在论及曲喻这一修辞手法时，曾指出我国古代诗人中，“以玉谿为最擅此，着墨无多，神韵特远。……《春光》曰：‘几时心绪浑无事，得及游丝百尺长？’执著

'绪'字，双关出百尺长丝也。""心绪"的"绪"有丝绪的含义，因而由抽象的心绪引出形象的丝绪，再由丝绪联想到眼前的游丝。"游丝百尺长"的悠闲容与之态正是对"心绪浑无事"的一种象征。

[评析]

诗写心灵对春光的微妙感受。前两句写出春光的热烈烂漫，也暗透意绪的缭乱不宁。丽日中繁盛而微呈粉白的杏花，令人在陶醉的同时唤起莫名的怅惘。"几时心绪浑无事"的企盼就由这种微妙复杂的意绪产生。而"游丝百尺长"的景象则正触着此时诗人的内心要求，所以信手拈起来，遂成妙语。诗人所追求的，是一种摆脱春日无名惆怅的心灵真空的境界。

花下醉

寻芳不觉醉流霞[①]，倚树沉眠日已斜[②]。客散酒醒深夜后，更持红烛赏残花[③]。

[注释]

①流霞：流动的云霞，也借指仙酒。《论衡·道虚》载项曼都好道学仙，三年而返。家问其故，曼都曰："口饥欲食，仙人辄饮我以流霞一杯，每饮一杯，数月不饥。"作者《武夷山》"只得流霞酒一杯"，也以"流霞"指酒。这里"醉流霞"含义双关，既指为甘美如流霞仙酒的醇醪所醉，也暗指为艳丽如流霞的花所醉。"不觉"二字传出不知不觉中痴迷沉醉情态，笔意超妙。②句意谓因迷花醉酒而不觉倚着花树沉沉入眠，一觉醒来，日已西斜。"沉眠"正写"醉"之深。这句似从李白《梦游天姥吟留别》"迷花倚石忽已暝"化出。《红楼梦》中史湘云醉眠芍药茵似又从这里汲取诗的意境。③客散人静，正可静中细赏；酒醒神清，与醉中赏花又自有另一番情趣；夜深之后，方能看到日间未见的情态。所赏者为"残花"，正见出对美好事物的流连惋惜。

［评析］

这是一首抒写对花的陶醉流连心理的小诗。首句包含从“寻”到遇到赏到“醉”的过程。“醉”字妙合双关，迷花与醉酒相互为用，水乳交融，构成目眩神迷心醉的意境。次句进一步写“醉”字，正点题面。“倚树沉眠”，兼有生理上的酒醉与心理上的花醉。醉眠花树下，梦中也充溢着花的芬芳而带有醉意。三、四句转写客散酒醒夜深时对“残花”的赏玩，是“醉”花的更深一层的表现，透露出对行将消逝的美深刻的流连称赏，正如姚培谦所说：“方是爱花极致。”

清人马位《秋窗随笔》说：“李义山诗‘客散酒醒深夜后，更持红烛赏残花’，有雅人深致；苏子瞻‘只恐夜深花睡去，高烧银烛照红妆’，有富贵气象。二子爱花兴复不浅。”苏诗直接从李诗化出，创境之功自当归于义山。

谒 山[①]

从来系日乏长绳[②]，水去云回恨不胜[③]。欲就麻姑买沧海[④]，一杯春露冷如冰[⑤]。

［注释］

①陈贻焮说：“这诗当是登山见日落、水流、云生，因伤流逝、悲迟暮而生出的非非之想。题名‘谒山’，可能指朝谒名山。”（《唐诗论丛》）②傅休奕《九曲歌》：“岁暮景迈群光绝，安得长绳系白日？”句用其意，喻时光的流逝难以挽回。说“从来”，正说明这是古往今来使一切志士抱憾不已无法解决的老问题。③水去：水的流逝。《论语·子罕》：“子在川上曰：‘逝者如斯夫，不舍昼夜！’”云回：云归，形容日暮时烟霭笼罩的景色。胜：禁受。句意谓望见日落时流水东去、云烟屯聚的景色，益发触动时光流逝之恨，感到难

以禁受。④麻姑：神话中女仙。《神仙传》："麻姑自说云：接侍以来，已见东海三为桑田。"这里因麻姑三见沧海变为桑田而认定沧海属于麻姑，转出要向麻姑买下整个沧海的奇想。这奇想即因日落水去云归所触发的时光流逝之恨而产生。在诗人意念中，"逝者如斯"的时间之流最后都汇集到时间的"沧海"，则买下"沧海"也就控制占有了全部时间。⑤紧承上句，谓正想向麻姑买沧海，忽见浩渺的沧海已变为一杯冰冷的冰露。言外见沧海又将变化为桑田，时间的流逝无法控制。

[评析]

这首诗前两句以日落、水去、云回提出时间不能留驻的矛盾。第三句企图以幻想形式（买沧海）解决矛盾，"欲就"二字，上下承转痕迹显然。末句则因沧海又变杯露而更感到时间之不能留，幻想终归破灭。作者《赠勾芒神》说："佳期不定春期赊（迟），春物夭阏（摧折、遏止）兴咨嗟。愿得勾芒（春神）索（娶）青女（霜神），不教容易损年华。"也是因春期迟迟，春物摧折，而幻想勾芒娶青女，以使春色常在。旨意、构思都与本篇近似。就想象的曲折新奇说，本篇似更胜一筹。

寄蜀客

君到临邛问酒垆，近来还有长卿无①？金徽却是无情物，不许文君忆故夫②。

[注释]

①长卿：司马相如，字长卿，西汉蜀郡成都人。曾客游于梁。梁孝王死，相如归蜀，过临邛（蜀郡县名，今四川邛崃）。大商人卓王孙女文君善鼓琴，时丧夫后家居，席间听相如弹琴，心甚慕悦，二人遂相恋，私奔成都。不久又同返临邛，开酒店，文君亲自当垆卖酒，相如涤器。酒垆：酒店中用土砌台安放大酒缸的地方。两句意谓：您到临邛去访求当年文君当垆卖酒的遗迹，不知

道近来还有没有司马相如这样文采风流的人物。②金徽：琴面板一边的一排圆星点，共十三个，用以标志泛音位置及音位，用金属制成，这里即借指琴。却是：正是。两句意谓：琴上的金徽正是无情之物，是它扰乱了文君的心绪，不许她思念旧日的丈夫。说金徽无情，正暗示琴声具有难以抗拒的感人力量，使文君不得不心动而追随新相知。

［评析］

这是一首托文君慕相如事以自寓的诗。前两句寄辞蜀客，已流露出对今日的长卿一流人物的歆慕。后两句则就当日文君私奔的故事抒发议论，为她这一行动的合情合理作解释。作者在人事关系的新故去就方面，颇遭当时一些人的非议（所谓“诡薄无行”、“放利偷合”）。但作者所以如此，自有其慎重的考虑选择和不得不然的原因。《海客》中即明确表示要以“支机石”赠予新知，而不惮旧好牵牛之妒。这首诗所抒写的感情与其相似，只不过措辞更加委婉含蓄而已。旧日注家囿于封建礼教，对卓文君的行动不以为然，因此连带着认为李商隐也对文君进行诮讽，如何焯就说：“以无情诮金徽，殊妙。若说文君无情，便同嚼蜡。”这就把诗意看反了。作者的用意，恰恰是要为文君的不从一而终的行动作辩护。

李商隐年表

年　代	事　迹	史事札记
唐宪宗元和七年壬辰(812)	一岁。商隐自述为凉武昭王李暠之曾孙李承后裔，与唐皇室同宗，然支派已远。本籍怀州河内（辖地相当于今河南沁阳市和博爱县），后迁居郑州荥阳（今河南荥阳市），至商隐已三世，高祖涉（字既济），美原县令；曾祖叔恒（一作叔洪），安阳县尉；祖俌（字叔卿），邢州录事参军。叔恒年二十九卒，俌亦以疾早世。父嗣，时任获嘉县令。商隐兄弟姊妹可考者有伯姊、裴氏仲姊、徐氏姊、弟羲叟。此外尚有三弟一妹，或为从弟妹。是年岁末，裴氏仲姊卒于获嘉，年十九。	韩愈四十五岁。刘禹锡、白居易四十一岁。柳宗元四十岁。元稹三十四岁。李贺二十三岁。杜牧十岁。温庭筠十二岁。 魏博留后田兴上表归附朝廷，诏以其为魏博节度使。
元和八年癸巳（813）	二岁。随父在获嘉。	宰相李吉甫进所撰《元和郡县图志》四十卷，《十道州郡图》五十四卷。

续表

年　代	事　迹	史事札记
元和九年甲午（814）	三岁。父罢获嘉令，入浙东幕府。此后六年，商隐即随父在浙东及浙西度过。	闰八月，彰义节度使吴少阳死，子吴元济匿丧不报，自领军务。十月，以严绶为申、光、蔡招抚使，督诸道兵讨吴元济。 是年九月以给事中孟简为越州刺史、浙东观察使。
元和十年乙未（815）	四岁。随父在浙东越州。	成德节度使王承宗、淄青节度使李师道助吴元济。六月，李师道派人刺杀宰相武元衡，伤中丞裴度。旋以裴度同平章事。九月，以宣武节度使韩弘为淮西诸军行营都统。
元和十一年丙申（816）	五岁。随父在浙东越州。开始诵读经书。	十月，以京兆尹李翛为润州刺史、浙西观察使。十二月，以李愬为随唐邓节度使。本年，李贺卒，年二十七。
元和十二年丁酉（817）	六岁。本年正月后，随父在浙西润州。	诸军讨淮蔡，四年不克。裴度请自往督战。七月，以度兼彰义节度使、淮西宣慰处置使。十月，李愬雪夜入蔡州，擒吴元济。淮西乱平。 本年正月，浙东观察使孟简追赴阙，入为户部侍郎，薛戎由常州刺史授浙东观察使。
元和十三年戊戌（818）	七岁。随父在浙西润州。开始学习撰写诗文。	淮西既平，余镇恐惧。横海节度使程权自请入朝为官。幽州刘总上表请归顺。 王承宗质子、纳地自赎。七月，令宣武等五镇讨李师道。 宪宗骄奢日甚，户部侍郎判度支皇甫镈进羡余以供军费，又厚赂宦官吐突承璀，九月镈同平章事。十一月以

续表

年　代	事　迹	史事札记
		方士柳泌为台州刺史，合长生药。十二月，遣宦官率僧众迎凤翔法门寺佛指骨。 本年十一月，以华州刺史令狐楚为怀州刺史充河阳三城怀孟节度使。 本年三月，韩愈进《平淮西碑》。后被指为不实，诏令磨愈文，命翰林学士段文昌重撰。
元和十四年己亥（819）	八岁。随父在浙西润州。	正月，刑部侍郎韩愈谏迎佛骨，贬为潮州刺史。二月，李师道为部下刘悟所杀，淄青等十二州皆平。四月，诏裴度以门下侍郎、同平章事充河东节度使。 七月，令狐楚同平章事。十月，柳宗元卒，年四十七。 本年三月，浙西观察使李翛卒于任，五月，窦易直继任。
元和十五年庚子（820）	九岁。随父在浙西润州。	宪宗服方士金丹，多躁怒。正月，暴卒，时人皆言为宦官陈弘志所杀。右神策中尉梁守谦与宦官王守澄等共立太子李恒，闰正月即位（穆宗）。穆宗好游宴，赏赐无度。 七月，令狐楚罢为宣歙池观察使；八月，再贬衡州刺史。 本年，吐蕃多次侵扰灵武、盐州、泾州一带。
穆宗长庆元年辛丑（821）	十岁。商隐随父在浙东西约六年余。本年父卒，奉丧侍	春，右补阙杨汝士与礼部侍郎钱徽掌贡举，李宗闵婿、杨汝士弟皆及第。段文昌、李德裕、元稹、李绅等以为

续表

年　代	事　迹	史事札记
	母归郑州。自述当时境况为“四海无可归之地，九族无可倚之亲。既祔故邱，便同逋骇”。	不公。诏王起与白居易复试，黜原及第进士十人。钱徽、李宗闵、杨汝士被远贬。 四月，令狐楚量移郢州刺史；是年，迁太子宾客分司东都。七月，幽州军乱，拥立原都知兵马使朱克融。成德镇都知兵马使王庭凑杀节度使田弘正，自称留后。八月，裴度以河东节度使充幽、镇两道招讨使，讨王庭凑。十二月，以朱克融为幽州卢龙节度使。
长庆二年壬寅（822）	十一岁。在郑州居父丧。	正月，魏博牙将史宪诚逼节度使田布自杀。二月，以王庭凑为成德节度使。河北三镇再度恢复割据。十月，令狐楚授陕虢观察使。十一月，复为太子宾客分司东都。 三月，徐州节度使崔群为其副使王智兴所逐，王自专军务；即以其为徐州刺史、充武宁军节度使。 九月，李德裕为浙西观察使，代窦易直。在任上奏去管内淫祠。
长庆三年癸卯（823）	十二岁。父丧除后，于东甸（郑州）占籍为民，“佣书贩舂”。 商隐从叔李某自淮海归居荥阳，商隐与弟羲叟等于此后数年间由从叔“亲授经典，教为文章”。	李逢吉与枢密使王守澄勾结，左右政局。
长庆四年甲辰（824）	十三岁。仍居郑州。	正月，穆宗服方士金石药，卒。太子湛即位（敬宗），荒淫更甚于穆宗。 三月，令狐楚为河南尹。

续表

年　代	事　迹	史事札记
		九月，令狐楚为检校礼部尚书、汴州刺史、宣武军节度、宋汴亳观察等使。冬，韩愈卒，年五十七。 李逢吉时在相位，用张又新等人。时人恶逢吉者，目之为“八关十六子”。
敬宗宝历元年乙巳（825）	十四岁。仍居郑州。	五月，敬宗至鱼藻宫观竞渡。七月，命王播造竞渡船二十只供进。八月，遣宦官往湖南、江南等道及天台山采药。十一月，游骊山温泉。
宝历二年丙午（826）	十五岁。约于此年以后，学仙玉阳。同在玉阳学道者有其从叔祖李某。约在文宗大和初结束学道生活，离家求仕。	三月，横海镇节度使李全略卒，子同捷擅领留后事，朝廷经年不问。 敬宗游戏无度，五月至鱼藻宫观竞渡。九月，大合宴于宣和殿，陈百戏，数日方罢。又好营建宫殿，自春至冬，大兴土木。十二月，宦官刘克明等杀敬宗。枢密使王守澄等立江王涵，改名昂(文宗)。即位后屡下诏去奢从俭。
文宗大和元年丁未（827）	十六岁。著《才论》、《圣论》（二文今佚），以古文为士大夫所知。徐氏姊卒。	五月，以李同捷为兖海节度使，同捷抗拒朝命。八月，命诸道兵进讨。
大和二年戊申（828）	十七岁。	三月，刘蕡应贤良方正能直言极谏科，对策中猛烈抨击宦官，考官叹服，因畏惧宦官，不敢取。朝官、士人纷纷为刘蕡抱屈。四月，以邕管经略使王茂元为容管经略使。十月，征令狐楚为户部尚书。 本年，河南北诸军讨李同捷久未成功，江淮为之耗弊。

续表

年　代	事　迹	史事札记
大和三年己酉（829）	十八岁。本年三月后，以所业文拜谒令狐楚于东都，楚奇其才，令与诸子（绪、绹、纶）同游。参与文会，并曾谒见时任太子宾客分司之白居易，受其礼遇。从叔处士李某卒。岁末，天平军节度使（驻郓州）令狐楚聘请商隐入幕为巡官。商隐随楚至郓。	四月，唐军攻占沧州，斩李同捷。 西川节度使杜元颖专务蓄积，减削士卒衣粮。十一月，南诏攻西川，十二月陷成都，掳掠而还。 本年三月，令狐楚检校兵部尚书、东都留守、东畿汝都防御使。十一月，进检校右仆射、天平军节度、郓曹濮观察使。十二月，以吏部郎中宇文鼎为御史中丞。
大和四年庚戌（830）	十九岁。在郓州令狐楚幕。楚授以骈文章奏之道，始通今体。	七月，宋申锡同平章事。 正月，牛僧孺由武昌节度使入朝，由李宗闵推荐，为相。二人相与排摈李德裕之党。九月，裴度为李宗闵所忌，出为山南东道节度使。 十月，李德裕为西川节度使，德裕练士卒、修堡障、积粮储，蜀地粗安。
大和五年辛亥（831）	二十岁。在郓州令狐楚幕。正月，得楚资助，在长安参加进士试，主考官贾𫗧。不第后仍返郓州。	正月，卢龙副兵马使杨志诚逐节度使李载义。文宗召宰相议其事。牛僧孺言："范阳自安史以来非国所有……不必计其顺逆。"四月，以志诚为幽州节度使。文宗与宰相宋申锡谋诛宦官，为王守澄、郑注所知。郑注令人诬告宋申锡谋立漳王，文宗信以为真。三月，贬申锡为开州司马。 九月，吐蕃维州守将悉怛谋请降。西川节度使李德裕派兵入据其城，宰相牛僧孺持反对意见。诏德裕以其城归吐蕃，缚还悉怛谋及其从者。吐蕃将悉

续表

年代	事迹	史事札记
		怛谋等全部残酷杀害。 本年，元稹卒。年五十三。
大和六年壬子（832）	二十一岁。正月在长安第二次参加进士试，主考官贾悚。下第后曾上令狐楚状。其后当入楚太原幕。	二月，令狐楚为太原尹、北都留守、河东节度使。 七月，以御史中丞宇文鼎为户部侍郎判度支。 十一月，牛僧孺罢相，出镇淮南。十二月，李德裕由西川节度使入为兵部尚书。将为相，李宗闵百计阻之。
大和七年癸丑（833）	二十二岁。本年第三次应举，知举贾悚不取。太原幕罢，商隐曾回郑州，谒见郑州刺史萧浣，受其礼遇。离郑州后又至华州，依其重表叔、华州刺史崔戎。受其厚遇，在幕中代拟表奏。	正月，王茂元为岭南节度使。二月，李德裕同平章事。三月，出杨虞卿为常州刺史、萧浣为郑州刺史。六月，李宗闵出为山南西道节度使。令狐楚检校右仆射兼吏部尚书。七月，王涯同平章事。闰七月，崔戎出为华州刺史。十二月，文宗患风疾，郑注由王守澄推荐，为文宗治病，得宠信。
大和八年甲寅（834）	二十三岁。因病未应试。正月在华州幕，曾代崔戎草表状。后戎送其习业南山。四月，随崔戎自华州赴兖州，掌章奏。五月初抵兖。戎卒后，西归郑州。冬赴长安，道经洛阳时与东下宣州赴宣歙王质幕之赵皙晤别。	三月，崔戎为兖海观察使；六月病卒。 李训由郑注引荐，八月，任四门助教。十月，李宗闵同平章事。十一月，李德裕出为镇海节度使。成德节度使王庭凑卒，子元逵改父所为，事朝廷颇恭谨。本年，卢弘止由兵部郎中出宰昭应县。皮日休约生于此年。
大和九年乙卯（835）	二十四岁。春，商隐应举，知举崔郸不取。本年，往来长安、郑州之间，曾至崔戎旧宅相吊。其首谒昭应县令卢弘止亦当在此年前后。岁	二月，发左右神策军一千五百人浚曲江及昆明池、重修亭馆。郑注、李训恶京兆尹杨虞卿及李宗闵等，六月贬李宗闵为明州刺史；七月贬杨虞卿为虔州司马，贬萧浣

续表

年　代	事　迹	史事札记
	末，在郑州，有《为郑州天水公言甘露事表》。	为遂州刺史。时大批朝官被指为“二李（德裕、宗闵）之党”而遭贬逐。李训、郑注为文宗画策：“先除宦官，次复河湟，次清河北。”九月，杖杀宦官陈弘志。以郑注为凤翔节度使；舒元舆、李训并同平章事。 十月，鸩杀宦官王守澄。 十一月，李训谋诛宦官，不克。中尉仇士良杀宰相王涯、贾悚、舒元舆及王璠、郭行馀等，李训于逃亡途中被擒斩首。郑注为凤翔监军张仲清所杀。史称“甘露之变”。从此文宗更受挟制，朝廷大权进一步归于宦官。 本年十月，令狐楚守尚书左仆射，进封彭阳郡开国公。以前广州节度使王茂元为泾原节度使。
文宗开成元年丙辰（836）	二十五岁。春夏在长安，与令狐绹、李肱等有交往。与洛中里娘柳枝之短暂恋情当在开成二年进士登第之前。	二月，昭义节度使刘从谏表请王涯等罪名。三月，复上表暴扬仇士良等罪恶。士良惧，稍有收敛。三月，以李德裕为滁州刺史。四月，以李宗闵为衡州司马，“二李之党”渐被复用。 四月，令狐楚为兴元尹、山南西道节度使。 十二月，崔龟从为华州防御使。本年，令狐绹为左拾遗；萧浣卒于遂州。
开成二年丁巳（837）	二十六岁。春，商隐应举，高锴知贡举，令狐绹雅善锴，奖誉甚力，擢进士第。	六月，成德节度使王元逵尚寿安公主。以左金吾将军李执方为河阳节度使。十一月，

续表

年　代	事　迹	史事札记
	春末，东归济源省母。冬，因令狐楚病，由长安驰赴兴元，楚嘱其代草遗表。十二月，奉楚丧回长安。	兴元尹、山南西道节度使令狐楚卒，年七十二。 本年，令狐绹为左补阙。聂夷中生。
开成三年戊午（838）	二十七岁。春应吏部博学宏词科试，先为考官李回所取，并为掌铨选之官吏周墀注拟官职，复审时被某一“中书长者”抹去。落选后赴泾原节度使王茂元幕。茂元爱其才，以女嫁之，商隐因此招致令狐绹之忌，谓其“背家恩”。	正月，仇士良使人暗杀李石未成。石惧，辞相，出为荆南节度使。杨嗣复、李珏并同平章事，二人与郑覃、陈夷行不协，每议政，是非蜂起，文宗不能决。三月，孙简为陕虢观察使。五月，高锴为鄂岳观察使。太子永好游宴，杨贤妃又加谮毁。九月，文宗欲废太子，杀太子宫人左右数十人。十月，太子暴卒。 本年，吐蕃彝泰赞普卒，弟达磨立，荒淫残暴，吐蕃益衰。
开成四年己未（839）	二十八岁。春，以书判拔萃释褐为秘书省校书郎。不久，调为弘农尉，以活狱触怒观察使孙简，将罢官，适逢姚合代简，谕使还官。	三月，裴度卒，年七十五。五月，郑覃罢为右仆射，陈夷行罢为吏部侍郎。七月，崔郸同平章事。八月，姚合为陕虢观察使。十月，杨贤妃请立皇弟安王溶为嗣，李珏反对，立敬宗少子陈王成美为皇太子。文宗自甘露之变后常郁郁不乐，十一月乙亥，召当值学士周墀谈话，以周赧王、汉献帝自比，且谓：“赧、献受制于强诸侯，今朕受制于家奴，以此言之，朕殆不如！”泣下沾襟，自此不复视朝。
开成五年庚申（840）	二十九岁。九月初仍在弘农尉任。九月下旬得河阳节度	正月，文宗卒。仇士良等立颍王瀍(武宗，后改名炎)。

续表

年　代	事　迹	史事札记
	使李执方资助，由济源移家长安樊南。十月十日抵达长安。旋应王茂元之招，赴陈许节度使幕。约十一月初抵达许州。在幕月余，为茂元草拟表状多篇，约在岁末离许州，至华州周墀幕。	陈王成美、安王溶及杨贤妃皆赐死。八月，杨嗣复贬为湖南观察使，李珏贬为桂管观察使。九月，李德裕自淮南入朝，拜相。 本年春，王茂元自泾原入为朝官，任司农卿、将作监。冬，再调忠武（陈许）节度使。令狐绹服丧期满，为左补阙、史馆修撰。周墀出为华州刺史、镇国军潼关防御等使。韦温为陕虢观察使。 回鹘为其北方黠戛斯部落所破，诸部逃散。可汗兄弟嗢没斯等及其相赤心、仆固、特勒那颉啜各帅其众于本年秋冬之际至天德塞下。
武宗会昌元年辛酉（841）	三十岁。正月在周墀华州幕，曾为华、陕之周墀、韦温草贺表。本年十一月中旬、十二月末，又曾为周墀草贺表。	三月，陈夷行同平章事。再贬杨嗣复为潮州司马。裴夷直由杭州刺史贬为驩州司户，刘蕡约于同时或稍后被贬为柳州司户。九月，卢龙军乱。偏将陈行泰杀节度使史元忠自立，次将张绛复杀陈行泰自立。武宗用李德裕策破例不加任命。十月，别任雄武军使张仲方知卢龙留后，逐张绛。仲武事朝廷较恭顺。 回鹘内部分化，嗢没斯一部请求内附。天德军使田牟欲击回鹘以立功，李德裕约束田牟等不许邀功生事。十二月，遣使抚慰回鹘，赈米两万斛。
会昌二年壬戌（842）	三十一岁。正月初与四月下旬，曾为周墀草贺表。约在本年春，再以书判拔萃重入秘书省为正字。约在本年冬，	回鹘嗢没斯入朝，以为归义军使。乌介可汗率所部侵扰天德、振武两军边塞。八月，驱掠河东牛马数万。唐

续表

年　代	事　迹	史事札记
	因母丧丁忧居家。	朝廷筹备兵力，俟来春驱逐回鹘。九月，诏银州刺史何清朝、蔚州刺史契苾通领沙陀、吐浑六千骑赴天德。本年，白敏中为翰林学士。令狐绹为户部员外郎。刘禹锡卒，年七十一。 达磨赞普死，吐蕃内乱。韩偓生。
会昌三年癸亥（843）	三十二岁。在京守母丧。因岳父王茂元卒及裴氏姊迁葬等事，秋冬之际曾至洛阳、河阳、怀州等地。是年，徐氏姊夫卒于浙东。	二月，河东节度使刘沔遣麟州刺史石雄大破回鹘于黑山，乌介可汗遁去，迎太和公主归。崔珙罢为右仆射。五月，武宗任命崔铉为同平章事，宰相、枢密皆不预知。六月，仇士良致仕。四月，昭义节度使刘从谏卒，其侄刘稹据镇自立。朝臣多主张姑息，李德裕以泽潞地近京师，力劝武宗用兵。以忠武节度使王茂元为河阳节度使，邠宁节度使王宰为忠武节度使。五月十三，下制削刘从谏及侄刘稹官爵，命王茂元、刘沔、陈夷行、王元逵、何弘敬等合力攻讨。贬李宗闵为湖州刺史。七月，遣户部侍郎兼御史中丞李回宣谕河朔，令卢龙镇专御回鹘，令成德、魏博两镇攻取昭义所属邢、洺、磁三州，勿助刘稹。三镇节度使何弘敬、王元逵、张仲武皆从命。九月，以石雄为晋绛行营节度使。是月中旬，王茂元卒于河阳军中。十一月，党项侵邠宁，以兖王岐

续表

年　代	事　迹	史事札记
		为灵、夏等六道元帅，兼安抚党项大使，以御史中丞李回为安抚党项副使，史馆修撰郑亚为元帅判官。
会昌四年甲子（844）	三十三岁。正月，处士叔、裴氏姊、小侄女寄寄迁葬荥阳坛山，商隐作祭文伤悼。杨弁乱平后，于暮春自樊南移家永乐。自述此时“遁迹邱园，前耕后饷”，“渴然有农夫望岁之志”，似曾偶或参加农作。在永乐期间，曾往来于太原、霍山、稷山、介休等地。	正月，河东将杨弁勾结刘稹作乱，逐节度使李石，监军吕义忠收复太原，擒杨弁。三月，黠戛斯遣使者入贡。朝廷以回鹘衰微、吐蕃内乱，议复河湟四镇十八州，以给事中刘濛为巡边使。李德裕以州县佐官太冗，奏令吏部郎中柳仲郢减裁。七月，邢、洺、磁三州降。八月，遣卢弘止宣慰三州及成德、魏博两镇。昭义大将郭谊杀刘稹降。石雄率兵入潞州，执郭谊等送京师。泽潞等五州平。九月，卢钧节度昭义。此次用兵，以及会昌三年抗击回鹘，李德裕奏请监军不得干军要，将帅得以施其谋略，所向有功。 七月，杜悰同平章事，兼度支、盐铁转运使。 十二月，牛僧孺贬循州长史。 本年，令狐绹为右司郎中（从冯谱及张氏《会笺》）。
会昌五年乙丑（845）	三十四岁。春，应从叔郑州刺史李褒之招，赴郑州。曾为褒作启及《祷雨文》。夏秋之际，与家人居洛阳，骨肉之间，病恙相继。十月下旬，母丧服阕，曾入京。后复返洛。	正月，武宗宠信道士赵归真，敕于南郊筑望仙台，李德裕谏之。二月，柳仲郢为京兆尹。三月崔铉罢为陕虢观察使。五月，杜悰罢为剑南东川节度使。李回同平章事。武宗下令灭佛。本年，毁佛寺四千六百余区，归俗

续表

年　代	事　迹	史事札记
		僧尼二十六万五百人。财货并没官，寺材用以修葺公廨驿舍，铜像、钟磬用以铸钱。九月，李德裕请置备边库。
会昌六年丙寅（846）	三十五岁。约仲春间已在长安。重官秘书省正字。 子衮师生。	武宗迷信神仙，服长生药，自会昌五年秋已患病，本年三月卒。诸宦官立光王怡为皇太叔，即位改名忱（宣宗）。宣宗恶李德裕，四月，罢为荆南节度使。贬工部尚书判盐铁转运使薛元赏为忠州刺史、弟京兆少尹权知府事元龟为崖州司户。以韦正贯权知京兆尹。五月，白敏中同平章事。七月，淮南节度使李绅卒。李让夷罢为淮南节度使。八月，武宗朝所贬诸相牛僧孺、李宗闵、崔珙、杨嗣复同日北迁。九月以李德裕为东都留守。 本年，白居易卒，年七十五。杜荀鹤生。
宣宗大中元年丁卯（847）	三十六岁。二月，桂管观察使郑亚辟商隐入幕，为观察支使，当表记。商隐随亚赴桂州，三月七日离京，经江陵，闰三月二十八日抵潭州。因涨水在潭逗留月余。至六月九日抵达桂林。九月，代郑亚撰拟《太尉卫公会昌一品集序》。郑亚与荆南节度使郑肃同宗，冬奉郑亚之命往使。十月，于舟行途中编订《樊南甲集》。	宣宗与白敏中等务反会昌之政。正月，大赦，制文称："国家与吐蕃甥舅之好，自今后边上不得受纳降人。"（按：此系针对大和五年维州事而发。）二月，白敏中使其党李咸讼德裕罪，德裕由是以太子少保分司。给事中郑亚出为桂州刺史、桂管防御观察使。以马植为刑部侍郎，充盐铁转运使。崔元式、韦琮并同平章事。闰三月，下令恢复佛教，是以僧

续表

年代	事迹	史事札记
	本年正月，商隐弟羲叟进士及第。商隐赴桂时，羲叟送至蓝田县韩公堆。	尼之弊皆复其旧。六月，卢弘止出为义成军节度使。八月，李回罢为剑南西川节度使。九月，白敏中等兴吴湘之狱，十二月贬李德裕为潮州司马。吏部奏：会昌四年所减州县官员内复增三百八十三员。 两税法施行后，钱重物轻。武宗毁佛像、钟磬铸钱，钱重物轻局面稍有扭转。宣宗即位，新钱以字可辨，复铸为像。又，史称“宣宗即位，茶盐之法益密”。 本年三月，令狐绹由右司郎中出为湖州刺史。 裴夷直自驩州贬所内徙；刘蕡自柳州贬所内徙澧州员外司户。
大中二年戊辰（848）	三十七岁。正月，自江陵归桂林。途经湘阴黄陵时，与已内徙之刘蕡晤别，作《赠刘司户蕡》诗。回桂林后曾客游昭州。二月郑亚贬循州，商隐于三四月间离桂北归。五月至潭州，在湖南观察使李回幕逗留。曾至澧州药山访融禅师。约六月下旬抵达江陵。曾溯江至夔峡一带。仲秋自江陵续发，冬初返长安，选为盩厔尉。	二月，令狐绹召拜考功郎中，寻知制诰、充翰林学士。李回左迁湖南观察使，郑亚贬循州刺史。七月，续画功臣像于凌烟阁。九月，再贬李德裕为崖州司户，李回为贺州刺史。十月，牛僧孺卒，赠太尉。本年五月，周墀、马植拜相。 二月，杨嗣复由江州刺史内征为吏部尚书，道岳州卒。裴夷直约于其后接任江州刺史。
大中三年己巳（849）	三十八岁。商隐选盩厔尉后，谒见京兆尹郑涓，涓留其假参军事，专章奏。十月，武宁节度使卢弘止辟商隐入幕为判官，得侍御衔	正月，诏司勋员外郎兼史馆修撰杜牧撰《故江西观察使韦丹遗爱碑》。二月，吐蕃秦、原、安乐三州及石门等七关来降，诏灵武、邠宁

年　代	事　迹	史事札记
	(当为监察御史)。闰十一月中下旬，启程赴徐州，腊月途经汴州。岁末抵徐。本年，商隐弟羲叟释褐秘书省校书郎，改授河南府参军。本年商隐与杜牧同在长安，商隐有诗赠杜牧。	节度使出兵接应。四月，崔铉、魏扶并同平章事。五月，徐州军乱，逐节度使李廓。以义成节度使卢弘止为武宁军节度使。徐州骄兵屡逐主帅。弘止至镇，都虞候胡庆方复谋作乱，弘止诛之，抚其余众，军府由是获安。六月、七月，泾原、灵武、邠宁、凤翔等节度使收复三州七关。八月，河陇老幼千余人诣阙，朝见宣宗。九月，西川节度使杜悰收复维州。十一月，幽州军乱，逐节度副大使张直方，推其牙将周𬘭为留后。 本年二月，令狐绹拜中书舍人。五月，迁御史中丞。九月，充翰林学士承旨，寻权知兵部侍郎知制诰。 本年秋，刘蕡客死于楚地(可能在江州)。 十二月，李德裕卒于崖州贬所。
大中四年庚午（850）	三十九岁。春夏间在徐州卢弘止幕。约六月随卢弘止至汴州。抵汴幕后奉使入关，时李郢离汴赴苏州，二人相遇于汴，盘桓数日后于板桥相互送别，各有诗。	四月，马植坐与宦官马元贽交通，罢相，贬常州刺史。约五六月间，卢弘止调宣武节度使。 八月，幽州节度使周𬘭卒，军中立其牙将张允伸为留后。党项为边患，发诸道兵进讨，连年无功，右补阙孔温裕上疏切谏，贬柳州司马。 十一月，令狐绹同平章事。
大中五年辛未（851）	四十岁。卢弘止卒于汴州，商隐罢汴幕归京。春夏间抵	沙州人张义潮乘吐蕃内乱逐其守将，夺得沙州。正月，

续表

年　代	事　迹	史事札记
	京，时妻王氏已卒。卒前夫妇未及见面。商隐穷蹙无路，复以文章干令狐绹，补太学博士。七月，柳仲郢任东川节度使，辟为节度书记。商隐因料理家事，迟至九月初始启程赴梓。十月末抵梓，改任节度判官。十二月十八，以幕府判官带宪衔身份差赴西川推狱。曾谒见西川节度使杜悰，献诗文企求提携。并游览武侯祠。	遣使来降。以义潮为沙州防御使。 二月，以裴休为盐铁转运使。 宣宗以南山、平夏党项久未平，颇厌用兵。三月，以白敏中为司空、同平章事，充招讨党项行营都统、制置等使，南北两路供军使兼邠宁节度使。卢弘止卒于汴州。七月，柳仲郢任梓州刺史、东川节度使。十月，魏謩同平章事。 蓬果百姓依阻鸡山，活动于三川边境。以果州刺史王贽弘充三川行营都知兵马使进行镇压。张义潮发兵收复瓜、伊、西等十州，由是，河湟之地尽入于唐。十一月，置归义军于沙州，以义潮为节度使。本年，郑亚卒于循州。岁末，韩瞻出守普州。
大中六年壬申（852）	四十一岁。在梓州柳仲郢幕。兼代掌书记。春初，由西川返梓。五月，杜悰启程赴淮南，商隐奉柳仲郢命往渝州界首迎送。	二月，王贽弘扑灭鸡山义军。三月，敕赐元舅右卫大将军郑光鄠县及云阳庄并免税役。四月，西川节度使杜悰迁淮南节度使。白敏中任西川节度使。湖南奏，团练副使马少端扑灭衡州邓裴起义。党项复侵扰边地。 河东节度使李业纵吏民侵掠少数民族，妄杀降人，北边扰动。魏謩请加贬黜，宣宗不许，闰六月迁业为义成节度使。以卢钧为太原尹、北都留守、河东节度使。 本年，杜牧卒，终年五十。

续表

年　代	事　迹	史事札记
大中七年癸酉（853）	四十二岁。在梓幕。十一月，编订《樊南乙集》，自序云："三年已来，丧失家道，平居忽忽不乐，始克意事佛。"曾自出财俸，于长平山慧义精舍经藏院特创石壁五间，金字勒《妙法莲花经》七卷，启请柳仲郢为记文。 本年商隐思乡念子情切，屡形于吟咏。约在十一月中下旬，启程返长安。	十二月，度支奏："自河湟平，每岁天下所纳钱九百二十五万余缗，内五百五十万余缗租税，八十二万余缗榷酤，二百七十八万余缗盐利。"（时辖土多于大历、建中之时，而财政收入减少。）同月，左补阙赵璘请罢来年元会，止御宣政，宣宗曰："近华州有贼光火劫下邽，关中少雪……虽宣政亦不可御也。"楚州团练使郑祗德"以关辅亢沴，民穷为盗，不可止"，由楚州调任同州刺史。
大中八年甲戌（854）	四十三岁。约春初返抵长安。在京期间，曾为张潜、薛杰逊分别撰写上同州刺史郑祗德、上山南西道节度使封敖之谢启，并有赠翰林学士庾道蔚之诗（《赠庾十二朱版》）。约仲春末或暮春初启程返梓。行前往访已由普州还朝任虞部郎中之韩瞻，有《留赠畏之》七律。返途过金牛驿时，有《行至金牛驿寄兴元渤海尚书》七律寄呈封敖。约四月抵梓。九月一日作《剑州重阳亭铭并序》。	宣宗自即位以来，穷治弑宪宗之党，以穆、敬、文、武诸帝为逆，宦官、外戚乃至东宫官属，诛窜甚众，虑人情不安，正月下诏停止追究。十月，以甘露之变唯李训、郑注当死，自余王涯、贾悚等无罪，诏皆雪其冤。宣宗曾与翰林学士韦澳、宰相令狐绹等谋诛宦官，绹密奏："但有罪勿舍，有阙勿补，自然渐耗，至于尽矣。"宦官窃见其奏，由是益与朝士相恶。 许浑约卒于本年冬。张祜亦于本年卒于丹阳。
大中九年乙亥（855）	四十四岁。在梓幕。十一月，柳仲郢内征，韦有翼接任东川节度使。有翼到任后，商隐曾为其代撰《乞留泸州刺史洗宗礼状》。商隐随仲郢返京之时间约在岁	正月，成德节度使王元逵卒，五月以其子绍鼎为成德节度使。七月，浙东军乱，逐观察使李讷。淮南饥，民多流亡，节度使杜悰荒于游宴，不理政事。以崔铉充淮

续表

年　代	事　迹	史事札记
	末或十年初。	南节度使，以悰为太子太傅、分司。十一月，征柳仲郢为吏部侍郎。韦有翼继任东川节度使。
大中十年丙子（856）	四十五岁。约暮春归抵长安，居永崇里。可能至太原交城一带。寻柳仲郢奏充盐铁推官。岁暮出关赴洛。	柳仲郢入朝，未谢，改兵部侍郎，充诸道盐铁转运使。 三月，诏云："回鹘有功于国，世为婚姻，称臣奉贡，北边无警。会昌中……奸臣当轴，遽加殄灭。近有降者云：已厖历今为可汗，尚寓安西。俟其归复牙帐，当加册命。"外戚郑光庄吏骄横，积年不交租税，京兆尹韦澳执而囚械之，欲置于法，宣宗为郑光故而请免死罪。 十一月，吏部尚书李景让上言："宜迁四主（穆、敬、文、武）出太庙。"诏令百官议其事，不决而止。
大中十一年丁丑（857）	四十六岁。任盐铁推官。正月在洛阳。约暮春游江东。曾游扬州、金陵等地，多咏史览古之作。	二月，门下侍郎、同平章事魏謩以刚直为令狐绹所忌，出为西川节度使。 五月，容州军乱，逐经略使王球。 宣宗晚节颇好神仙，十月，遣中使迎道士轩辕集于罗浮山。
大中十二年戊寅（858）	四十七岁。罢盐铁推官，还郑州，未几病卒。	二月，甲子朔，罢公卿朝拜光陵（穆宗）及忌日行香，悉移宫人于诸陵。以兵部侍郎柳仲郢为刑部尚书，以夏侯孜为兵部侍郎充诸道盐铁转运使。 四月，岭南都将王令寰作乱，

续表

年　代	事　迹	史事札记
		囚节度使杨发。五月，湖南军乱，都将石载顺等逐观察使韩琮，杀都押牙王桂直。六月，江西军乱，都将毛鹤逐观察使郑宪。七月，宣州都将康全泰作乱，逐观察使郑薰。容管都虞候来正谋叛。 安南都护李涿贪暴，当地少数民族怨怒。六月，导南诏侵扰边境。秋，河南、北及淮南大水，徐泗水深数丈，漂没数万家。

重印后记

《李商隐诗选》1978 年由人民文学出版社初版，1986 年在完成《李商隐诗歌集解》的基础上对初版诗选作过一次全面的增订后再版，与初版相比，已面目大变。2011 年，因人民文学出版社“中国古典文学基本丛书”中各种选注均出前辈学者之手，成于“文革”之前，久已不再印，遂将此书转由中州古籍出版社出修订再版，转眼已过十余年，在中州古籍出版社重印也五次了。

此书是我和恕诚真正意义上两次合作的产物。1977 年在人民文学出版社招待所对案而坐、相互讨论的情景历历在目，而恕诚去世已九载，墓木早拱矣。为了尊重故友，此次重印，凡为恕诚执笔，属于对问题或诗意的理解者，文字概不作改动；属于史实、生平考证方面的问题因后出的新材料需作改动者，可参看中州古籍出版社新版的《刘学锴讲李商隐》的有关部分，也算故交之间的人天对话吧。

原《李商隐诗选》系汇集诸本，择善而从，此次改以《唐人八家诗》为底本，以与《李商隐诗歌集解》保持一致。

刘学锴

2023 年 5 月